W0394342

Harper
Collins

Alle handelnden Personen in dieser Ausgabe sind frei erfunden.
Ähnlichkeiten mit lebenden oder verstorbenen Personen wären rein zufällig.

Der Preis dieses Bandes versteht sich einschließlich
der gesetzlichen Mehrwertsteuer.

Umwelthinweis:
Dieses Buch wurde auf chlor- und säurefreiem Papier gedruckt.

Jack Soren

Welt ohne Morgen

Thriller

Aus dem Amerikanischen von
Marco Mewes

Harper
Collins

HarperCollins®
Band 100045
1. Auflage Januar 2017

HarperCollins® Bücher
erscheinen in der HarperCollins Germany GmbH,
Valentinskamp 24, 20354 Hamburg
Geschäftsführer: Thomas Beckmann

Deutsche Erstveröffentlichung

Titel der amerikanischen Originalausgabe:
The Tomorrow Heist

erschienen bei: Witness Impulse, New York

Published by arrangement with Witness impulse,
an imprint of HarperCollins Publishers, LLC.

Umschlaggestaltung: büropecher, Köln
Redaktion: Thorben Buttke
Titelabbildung: OSTILL, Shaxiaozi, agsandrew / Thinkstock;
Roy Bishop / Arcangel
Autorenfoto: © Martin R. Soderstrom
Satz: GGP Media GmbH, Pößneck
Druck und Bindearbeiten: GGP Media GmbH, Pößneck
Printed in Germany
Dieses Buch wurde auf FSC®-zertifiziertem Papier gedruckt.
ISBN 978-3-95967-057-9

www.harpercollins.de

Für Tasha

Niemand sehnt sich mehr danach zu leben,
als jener, der alt wird.
– SOPHOKLES

Prolog

HOUSTON, TEXAS
Juli

Es war die seltsamste Entführungs- und Rückholmission, die Hoyt Randall je angenommen hatte.

Hoyt blickte durch den Feldstecher hinunter ins Gewerbeviertel, das genauso aussah wie jedes andere auch. Als wäre es von einem Architekten mit einer Lego-Obsession entworfen worden. Fünf Firmen waren hier ansässig, hinter den immer gleichen braunen Stuckfassaden, akzentuiert durch burgunderrote Sägezahnmuster und identische Büsche vor den Milchglastüren. Die Lampen auf dem leeren Parkplatz boten gerade genug Helligkeit, um Amateurdiebe zu entmutigen, aber nicht genug, um einen Profi abzuhalten. Nichts regte sich. Alles war still.

Ganz in Schwarz gekleidet und mit Latexhandschuhen ausgestattet, gab Hoyt ein paar Notizen in seinen kleinen Handcomputer ein, den er am Unterarm trug. Er steckte das Fernglas weg und zog sich eine schwarze Sturmhaube übers Gesicht. Er eilte den Hügel hinab und stoppte erst hinter dem Schild, auf dem „Crystasis Foundation“ geschrieben stand.

Arlo Perez, der Mann, der Hoyt angeheuert hatte, um seine Tochter wiederzubeschaffen, hatte erzählt, dass Crystasis sich darauf spezialisiert habe, Frischverstorbene einzufrieren. Hoyt hatte natürlich bereits von Kryonik, oder Kryostase, gehört, und die meisten Menschen kannten die Geschichten von Ted Williams und Walt Disney, die angeblich ihre Köpfe eingefroren hatten, damit man sie in der Zukunft wieder auftauen könne.

Hoyt fand das einfach nur gruselig. Er selbst konnte sich nichts Schlimmeres vorstellen, als in einer Welt aufzuwachen, in der all seine Freunde und geliebten Menschen bereits seit hundert Jahren tot waren. Oder noch schlimmer, in einem Roboterkörper aufzuwachen.

Linda Perez, Arlos Tochter, hatte vor einem Jahr die Diagnose erhalten: Bauchspeicheldrüsenkrebs. Die Prognosen hatten ihr noch ein Jahr gegeben, maximal, wovon die letzten Monate unaussprechliches Leid und Schmerzen versprochen hatten. Vor sechs Monaten hatte Linda Selbstmord begangen. Oder, um es genauer zu sagen, ein Team von Crystasis hatte sie in ihrer Anlage dabei unterstützt. Sofort nach ihrem Tod hatte das Team ihren Körper vorbereitet und sie eingefroren, mit dem Ziel, sie irgendwann in der Zukunft wieder aufzuwecken, wenn ihre Krankheit behandelt werden konnte. Ihre Eltern, die sich vehement gegen den Eingriff gewehrt hatten, wollten sie zurück. Sie hatten Pläne für Lindas Körper, die eindeutiger mit ihren religiösen Grundsätzen vereinbar waren als die verschwindend geringe Hoffnung auf ein Leben in der Zukunft. Hoyt war sich ziemlich sicher, dass er diese Begründung glaubte. Er glaubte außerdem, dass Mr. Perez an den zweihunderttausend Dollar interessiert war, die Linda ihm gestohlen hatte, um Crystasis zu bezahlen.

Er überprüfte die Umgebung ein letztes Mal und lief dann über den Parkplatz weiter zur Rückseite des Gebäudes. Hoyt überbrückte die Alarmanlage und knackte das Schloss eines Seiteneingangs. Im Inneren des Gebäudes wartete Hoyt, bis seine Augen sich an die kaum wahrnehmbare Beleuchtung gewöhnt hatten, bevor er auf seinem Unterarmgerät einen Blick auf den Gebäudeplan warf. Am Haupteingang saß kein Nachtwächter, aber seine Notizen besagten, dass es Videoüberwachung gab. Er schlich zur Ecke und holte einen kleinen Spiegel an einer metallenen Teleskopantenne hervor. Er zog sie aus und warf mithilfe des Spiegels einen Blick um die Ecke. Seine Informationen waren korrekt; hoch oben an der Wand waren Videokameras montiert. Aber er konnte auch sehen, dass das Kabel nicht angeschlossen war. Hoyt vermutete, dass die Kamera gerade repariert wurde und er einfach Glück hatte. Er bewegte sich in den nächsten Raum – dort war die Videoüberwachung ebenfalls abgeklemmt. Mittler weile war es Hoyt unter seiner Maske kochend heiß, und so riss er sie sich herunter. Er wischte sich den Schweiß aus den Augen, bevor er sich die Maske hinter den Gürtel klemmte. Ein paar Flure weiter – jeder davon ausgestattet mit einer nicht angeschlossenen Kamera – erreichte er sein Ziel: zwei große Metalltüren, die selbst in dem schwachen Licht noch schimmerten.

Hoyt zwängte sich durch die Türen und kam sich vor, als wäre er in einen Science-Fiction-Film getreten. Der Raum, etwa so groß wie ein kleines Basketballfeld, enthielt ein Dutzend große, glänzende Chromtanks, die sich die Wände entlang aufreihten. Ein seltsames, pulsierendes Zischen und Summen ging von den drei Meter hohen Zylindern aus.

„Jee-sus." Während er auf seinem Unterarmgerät nach der Seriennummer suchte, die er brauchte, ging er die Reihe entlang und fand die entsprechende Nummer auf einem der glänzenden Zylinder am Ende des Raums. Linda – oder das, was einmal Linda gewesen war – lag dort drin.

„Und wie zur Hölle kriege ich dich da raus?", sagte Hoyt und klopfte mit den Knöcheln gegen den Zylinder. Ein solides *Tock-Tock-Tock* erklang. Die Druckmessgeräte außen am Tank und die davon ausgehenden Kabel und Schläuche waren deutlich komplizierter, als er es erwartet hatte. Die Temperaturanzeige gab an, dass in dem Tank –195,5 °C herrschten.

Dann bemerkte Hoyt ein zusätzliches Gerät an dem Kanister. Und dem Kanister daneben. Und dem folgenden. Anders als die kryostatischen Computerteile kannte er diese aus eigener Erfahrung – magnetisch befestigte Zeitbomben. Und bei der Menge an C-4, die jede davon aufwies, versuchte jemand, den ganzen Laden auf den Mond zu schießen. Die roten Ziffern auf jedem Gerät zeigten alle dieselbe Zahl, die langsam runterzählte.

8 … 7 … 6 …

Hoyt wirbelte herum und rannte los. Er hatte nur drei Meter geschafft, als die Raketen zündeten. Die Druckwelle schleuderte ihn durch die Türen. Scharfkantige Metallteile der zerstörten Zylinder hatten ihn längst in Streifen zerschnitten, als das, was von seinem Körper übrig war, mit einem feuchten Geräusch gegen die gegenüberliegende Wand knallte.

Sie hatte ihn nicht davon abgehalten, in seinen Tod zu gehen.

Der Tod war ein notwendiger Teil des Lebens. Jemanden davon abzuhalten zu sterben, war in ihren Augen die größte Ironie.

Sobald sich die Explosionen gelegt hatten und Flammen aus den von der Druckwelle zerborstenen Fenstern leckten, trat sie aus den Schatten. Sie war ähnlich gekleidet wie der frisch verstorbene Hoyt, abgesehen von dem hellen roten Haar, das unter ihrer schwarzen Kapuze hervorlugte. Sie lief zur Vorderseite des Gebäudes, zog eine Sprühdose aus ihrem Rucksack und schüttelte sie in ihrer mit einem Handschuh geschützten Hand. Die Dose machte ein Geräusch wie die Warnung einer Klapperschlange. Als sie mit ihrer Arbeit fertig war – in der Ferne waren gerade die ersten Sirenen zu hören –, warf sie die Dose zur Seite, nahm ihr Telefon heraus und wählte.

„Es ist vollbracht", sagte sie auf Japanisch. „Bin auf dem Weg zum nächsten."

Sie steckte ihr Telefon wieder weg, während sie in die Büsche zurücklief. Sie rollte ihr schwarzes Ducati-Motorrad aus seinem Versteck, saß auf, zog die Kapuze nach hinten und schüttelte ihr flammend rotes Haar, bevor sie ihren glänzend schwarzen Helm aufsetzte. Sie ließ den Motor ihrer Maschine ein paarmal aufheulen und düste in die Nacht. Hinter ihr erleuchteten die Flammen die orangefarbenen Worte, die sie mit der Sprühdose geschrieben hatte.

„Tote Lichter."

NORDPAZIFIK

August

Dr. Eric Norris, Kopf des Tote-Lichter-Projekts, lehnte sich noch weiter über die Reling des riesigen Schiffs. Er wollte so weit wie möglich weg von der Tür, die wieder ins Innere führte, zumindest weit genug, um sicherzugehen, dass er nicht mehr in Hörweite war, aber er wusste, dass ihm nur eine begrenzte Zeit blieb, bis sie anfangen würden, nach ihm zu suchen. Während er in den Nachthimmel starrte, drückte er sich das Handy ans Ohr und wartete darauf, dass die Stimme zurückkommen und das Schweigen in der Leitung beenden würde. Die Gischt war kalt und fühlte sich angenehm auf seinem Gesicht an. Es war lange her, dass er an Deck gewesen war. Er leckte sich salzige Tropfen vom Mund und sah hinunter in den schwarzen Ozean zwölf Meter unter ihm. Nicht auf die Oberfläche, sondern auf etwas weit darunter. Er hatte den britischen Geheimdienst in der Leitung – Insider kannten ihn als Secret Intelligence Service oder SIS, aber bekannter war er der Welt als MI6. Er hatte ihnen seine Geschichte bereits erzählt – oder zumindest so viel davon, wie er bereit war zu erzählen, ohne Garantien – dreimal bereits. Jeder, mit dem er gesprochen hatte, hatte zunächst desinteressiert geklungen, doch entweder seine Story oder die Furcht in seiner Stimme hatten sie davon überzeugt, dass er es ernst meinte, und sie hatten ihm gesagt, dass er warten solle, bevor sie ihn die Befehlskette weiter nach oben gereicht hatten. Kleine Erfolge, ja, aber jede neue Stimme hatte ihn gebeten, die Geschichte wieder von Anfang an zu erzählen. Er hatte keine Zeit dafür. Wenn die alte Frau, oder schlimmer, dieser schwarze Britenbastard, mitbekamen, wie er ihre Geheimnisse an eine Regierungsbehörde verriet, würden die Dinge sehr schnell sehr hässlich werden.

„Komm schon, komm schon", drängte er.

„Etwas, wobei ich Ihnen helfen kann, Dr. Norris?", sagte ein britischer Akzent, nicht unähnlich Norris' eigenem, hinter ihm. Er wirbelte herum und verbarg sein Handy hinter seinem Rücken wie ein Kind, das mit einem gestohlenen Keks erwischt worden war.

O nein.

„Ich … ich schnappe nur etwas frische Luft. Sie wissen ja, es kann etwas stickig da unten werden", sagte Norris, stolz auf sein schnelles Schalten. Er ließ das Telefon in seine Gesäßtasche gleiten.

Der Mann war makellos gekleidet, mit einem Dreiteiler und einem Trenchcoat, dessen Kragen er gegen die Gischt vom Meer hochgeschlagen hatte. Seine Haut war so dunkel, dass sein Gesicht beinahe unsichtbar war. Norris kannte seinen Namen nicht und wollte ihn auch nicht kennen. Er hatte den Mann bei mehreren Gelegenheiten mit der alten Frau gesehen, und es gab etwas an seiner Haltung, seiner Präsenz, das Norris' Eingeweide dazu brachte, sich zusammenzuziehen. Der Mann zündete eine Zigarette an, das Feuerzeug erleuchtete kurz seine Züge. Norris fand, er sah beinahe – belustigt aus.

„Sicher, Schätzchen", sagte der Mann. Er musterte Norris

schweigend, während er einen langen Zug von seiner Zigarette nahm und eine breite Rauchwolke in die Welt stieß. Minuten schienen verstrichen zu sein, bevor er sagte: „Nun, trödeln Sie nicht. Sie wollen doch Ihren Anschluss nicht verpassen." Ohne eine Antwort abzuwarten, schnippte der Mann seine Zigarette ins schwarze Wasser, wandte sich um und ging langsam davon.

Als der Mann um die Ecke verschwunden war, atmete Norris aus, drehte sich wieder zur Reling um und holte sein Telefon aus der Tasche. Er sah, dass er versehentlich aufgelegt hatte, als er es versteckt hatte. Nun musste er wieder ganz von vorn anfangen.

„Verdam..." Bevor Norris seinen Fluch beenden konnte, packte eine Hand von hinten seine Kehle, während eine andere ihm das Telefon entriss. Er rang nach Luft, aber der Angreifer drückte ihn gegen die Reling.

„Wen rufen wir denn an, Schätzchen?"

„Nur ... nur ein paar Freunde vom Festland. Niemand ..."

Der Mann hatte die Wahlwiederholung betätigt und den Lautsprecher eingeschaltet. *„SIS. An wen kann ich Sie weiterleiten?"*

„MI6, Dr. Norris? Wieso sollten Sie das tun?", zischte der Mann ihm ins Ohr.

„Es ... es ist zu gefährlich", bekannte Norris.

Er versuchte, den Mann davon zu überzeugen, dass er von dem Projekt sprach und was es für die Allgemeinheit bedeuten könnte, aber wenn er sich wirklich um irgendetwas davon geschert hätte, hätte er von Anfang an nie an diesem Projekt teilgenommen. Nein, was Dr. Norris wirklich Sorgen bereitete, war, was mit ihm geschehen würde, jetzt, wo seine Arbeit beendet war. Norris hatte bereits den Kontakt zur Hälfte seines Teams verloren, nachdem sie an Land gebracht worden und nie wieder zurückgekehrt waren. Er hatte Angst, dass er der

Nächste sein würde. Oder schlimmer, dass sie anfangen würden, ihm das anzutun, was sie mit Dr. Reese getan hatten, jemandem, der dämlich genug gewesen war, die alte Frau zu enttäuschen.

„Nun, Schätzchen, ich fürchte, daran hättest du denken sollen, bevor du all das schöne Geld genommen hast."

Die Messerklinge, die ihm durch den Hals gestoßen wurde, tat nur einen Augenblick lang weh, dann spürte Norris nichts mehr, obwohl er noch bei vollem Bewusstsein war. Plötzlich flog er. Die Gischt blendete seine Augen, die nicht mehr blinzeln konnten. Er schlug aufs Wasser wie ein Sack voll Erde, das Klatschen hallte über die Wellen. Panik brandete in ihm auf, aber nur kurz. Bald waren seine Gedanken so schwarz wie das Wasser. Und dann waren sie fort.

Tote Lichter

1

LONDON

Donnerstag
12:15 Uhr Ortszeit

Jonathan Hall war seit beinahe zwei Jahren nicht zu Hause gewesen. Es war nicht so, dass er in dieser Zeit keinen Ort zum Wohnen gehabt hatte. Ehrlich gesagt hatte Jonathan während der Zeit an einigen ausgesprochen opulenten Orten gelebt – in einem Penthouse in New York, auf einer Jacht in der Ägäis, vor Anker gegangen vor Mykonos; sogar in einem verlassenen Palast in Thailand. Aber nichts davon war sein Zuhause gewesen. Das letzte Zuhause, das er gehabt hatte, war ein winziges, heruntergekommenes Häuschen in Tallahassee, Florida gewesen. Aber es war nicht das Gebäude, das es zu einem Zuhause gemacht hatte. Es war die Gesellschaft gewesen.

Jetzt, während er in einem Café in London saß und die Menge beobachtete, die draußen in der mittäglichen Septembersonne vorbeispazierte, dachte Jonathan an seine Tochter Natalie. Nicht, dass seine Gedanken jemals weit von ihr entfernt waren. Er hatte sie seit fast einem Jahr nicht mehr persönlich getroffen. Und das Jahr davor hatte er sie nur ein paarmal flüchtig sehen können. Dies waren wichtige Jahre für sie, und er verpasste sie. Genauso, wie er bereits die ersten fünf Jahre ihres Lebens verpasst hatte. Damals hatte er nicht einmal gewusst, dass Natalie existierte, aber es störte ihn trotzdem noch immer.

Er wünschte, Natalies Mutter wäre noch am Leben. Das war es, was ein dreizehnjähriges Mädchen brauchte: eine Frau, die ihr all das erklären konnte, was sie fühlte, und die Erfahrungen, die sie machte, während sie ein Teenager wurde. Nicht einen Vater, der, wenn er überhaupt in der Nähe war, ihr Leben in Gefahr brachte. Ein Vater, der keine Ahnung hatte, was er da überhaupt tat. Ein Vater, der die letzten achtzehn Jahre ein Kunstdieb gewesen war.

Jonathan knetete seine Serviette, um die Anspannung zu lösen, als der Kellner vorbeikam. Er bestellte einen weiteren Chai-Tee. Der Kellner nickte und nahm die alte Tasse mit. Es war Jonathans zweite.

Er warf einen Blick auf die Uhr. Ihr Kontakt war über eine halbe Stunde zu spät. Aber er wollte noch nicht aufgeben; Fahd war scheu wie ein junges Reh, und höchstwahrscheinlich marschierte er gerade auf der Straße auf und ab und überlegte, was er tun sollte. Jonathan wusste, dass er am Ende aufkreuzen würde. Und da sprach keine Arroganz aus ihm, sondern Pragmatismus. Fahd brauchte das Geld, das Jonathans schwarze Lederjacke so schwer machte und dafür sorgte, dass sie in einem seltsam schiefen Winkel auf seiner Stuhllehne hing.

Jonathan hatte Fahd auf dieselbe Art gefunden, wie er dieser Tage all ihre Jobs fand: durch das Dark Web. Indem er einen speziellen Browser verwendete, der seine Identität verschleierte, konnte Jonathan Webseiten und Chatforen besuchen, die normalen Suchmaschinen unbekannt waren, ohne die Furcht im Nacken, aufgespürt zu werden. Er musste seine Kontakte noch immer gründlich überprüfen, bevor er sich wirklich mit ihnen traf – die Justizbehörden auf aller Welt wussten sehr wohl, dass das Dark Web existierte, und ihre Köder und Fallen dort wurden immer zahlreicher – aber nach all diesen Jahren war Jonathan wirklich geschickt darin geworden, zu erkennen, wer echt war und wer nicht.

Als der Kellner sein Getränk brachte, nutzte Jonathan die Gelegenheit, erneut einen Blick durch den Raum zu werfen. Er vermied direkten Augenkontakt – insbesondere mit dem riesigen Kerl, der am Fenster saß, über einen Teller mit Gebäck und einen gigantischen, absurd süßen Kaffee gebeugt. Sein langer Staubmantel hing über die Stuhllehne. Der Mann war Lew Katchbrow, Jonathans Partner und vermutlich der einzige Mensch auf der ganzen Welt, dem er vertraute. Jonathan nickte ein Dankeschön, als der Kellner wieder abzog, sicher, dass ihn die im Café verstreuten Gäste gar nicht beachteten.

Er nippte an seinem Tee, während seine Gedanken wieder zu Natalie drifteten. Sie hatte letzte Woche die Highschool begonnen, und er hasste es, dass er nicht hatte dort sein können. Aber es war zu ihrem eigenen Schutz. Seinetwegen war ihr Leben die letzten zwei Jahre zweimal in Gefahr geraten. Er würde nicht zulassen, dass das erneut geschah. Ganz egal, wie schwer es ihm fiel.

Das erste Jahr, das Natalie im Internat in British Columbia verbracht hatte, hatte Jonathan versucht, sich von ihr fernzuhalten, aber er hatte seinen Gefühlen nachgegeben und allmählich angefangen, sie alle paar Monate zu besuchen. Dann waren es alle paar Wochen geworden. Anfangs war sie wütend auf ihn gewesen, dass er sie fortgeschickt hatte, aber bald hatte sie sich damit abgefunden.

Dann war das Unvorstellbare geschehen. Sie hatten sie gefunden. Er hatte keine Beweise, aber er war sich sicher, dass es an seinen Besuchen gelegen hatte. Canton George, ein Industrieller, der eine Rechnung zu begleichen hatte, hatte seine Männer geschickt, um sie zu entführen und Jonathan und Lew zu finden, mit allen Mitteln, die ihnen zur Verfügung standen. Es war reines Glück gewesen, dass Lew ihn bei dem Besuch in der Schule begleitet hatte, als Canton George und seine Männer zuschlagen wollten. Einige atemlose Stunden später war George auf einem Auge blind, seine Männer waren tot und Natalie war erneut gezwungen, ihr Leben zurückzulassen. Bedauerlicherweise war es George ein weiteres Mal gelungen, zu entwischen.

Eine neue Identität und einige Monate später war Natalie an einem anderen Internat eingeschrieben. Diesmal in der Schweiz. Und das war das letzte Mal gewesen, dass Jonathan seine Tochter persönlich gesehen hatte. Selbst ihre verschlüsselten Skype-Telefonate hatten angefangen, ihn nervös zu machen. So schmerzvoll es auch war, er hatte aufgehört, ihre Anrufe anzunehmen, und bezahlte stattdessen den Schuldirektor, damit er Jonathan mithilfe diverser dunkler Kanäle – erneut im Dark Web – über die Aktivitäten seiner Tochter auf dem Laufenden halten konnte.

Das Glöckchen über der Eingangstür des Cafés bimmelte und riss Jonathan aus seinen Erinnerungen. Es war Fahd, sein Kontakt, ein Wachmann im örtlichen Museum. Jonathan wartete, bis eine kleine Gruppe Gäste gegangen war, bevor er Fahd heranwinkte. Der schmächtige, schwarzhaarige Mann mit karamellfarbener Haut nickte und bewegte sich auf den Tisch zu, wobei er den Raum verstohlen absuchte. In genau diesem Moment vibrierte Jonathans Handy, das auf dem Tisch lag. Er schaute nach unten und sah Natalies Foto auf dem Bildschirm.

Er stieß einen wortlosen Fluch aus und wischte den Anruf weg, während Fahd sich setzte. Der Kellner kam herüber und fragte den Neuankömmling nach seiner Bestellung, aber Fahd, der sich mit einer Serviette immer wieder den Schweiß von den Augenbrauen wischte, versuchte nur, ihn zu verscheuchen. Jonathan schmunzelte, entschuldigte sich für seinen „Freund" und bestellte ihm einen Espresso. Als der Kellner gegangen war, kam ihm allerdings der Gedanke, dass noch mehr Anregung das Letzte war, was der Kerl brauchte.

„Sie sind spät", sagte Jonathan trocken.

„Fast wäre ich gar nicht gekommen", entgegnete Fahd mit britischem Akzent, der verriet, dass er trotz seines Postens im Museum auf eine sehr gute Schule gegangen war. Die Geschichte dahinter kannte Jonathan, jedoch nicht von Fahd selbst. Fahd war nach nur zwei Jahren der Uni verwiesen worden, da er in seinem Wohnheim illegale Pokerrunden veranstaltet hatte. Ein Posten als Wachmann im örtlichen Museum war das Beste, was er mit dieser Erfolgsgeschichte hatte ergattern können. Es war einer der Gründe, weshalb Jonathan sich überhaupt dazu entschieden hatte, Geschäfte mit ihm zu machen. Fahd wurde stärker von der Aussicht auf Geld motiviert als die meisten anderen Leute.

Es war ein kleiner Job, im Vergleich zu ihren anderen Missionen – eine gestohlene Sammlung seltener Bücher. Aber in letzter Zeit schien so etwas die Regel zu werden. Es war nicht so, dass es dort draußen keine besseren Möglichkeiten geben würde, aber Jonathan war wählerisch geworden. Er suchte Aufträge, die weniger Aufsehen erregten, was natürlich auch weniger Einnahmen bedeutete. Aber wenn es ihnen gelang, den oft rachsüchtigen Milliardären fernzubleiben, die sie üblicherweise heimsuchten, wäre es vielleicht irgendwann wieder sicherer, Kontakt zu Natalie aufzunehmen. Dennoch schwanden ihre Ressourcen allmählich dahin, und Lew begann, das Schema zu erkennen.

Manchmal fragte Jonathan sich, wie es wohl wäre, wenn sie die Kunststücke verkauften, die er und Lew stahlen, statt sie gegen einen Finderlohn dem ursprünglichen Besitzer oder dem Museum zurückzugeben. Auch wenn sie das, was sie taten, nie des Geldes wegen getan hatten.

Jonathan holte den Umschlag aus seiner Jackentasche und legte ihn auf den Tisch. Fahds Nervosität verschwand beim Anblick des Kuverts. Er griff danach und wollte das Geld nehmen, doch Jonathan ließ seine Hand weiterhin darauf ruhen.

„Der Name“, sagte Jonathan, als Fahd ihn irritiert anschaute.

„Oh, richtig“, entgegnete Fahd, leckte sich über die Lippen und schien abzuwägen, ob er antworten oder das Geld sausen lassen sollte. „Jacobson. Peter Jacobson.“ Jonathan zögerte einen kurzen Moment, nahm seine Hand dann aber weg. Fahd riss den Umschlag vom Tisch und hielt ihn darunter im Schoß verborgen, während er hineinblickte.

„Die Adresse?“, fragte Jonathan.

Fahd nannte ihm die Adresse und kicherte förmlich, als er den Umschlag in die Tasche schob. Der Name und die Adresse waren neue Informationen für Jonathan, aber er hatte sich schon einmal kurz mit Fahd getroffen und wusste, dass Peter Jacobson ebenfalls Wachmann in dem Museum war. Einer mit noch weniger Skrupel als Fahd.

„Es war nett, Geschä…“

„Setzen Sie sich“, sagte Jonathan in einem Ton, der Fahds sich bereits hebenden Hintern zurück auf den unbequemen Holzstuhl plumpsen ließ. „Wieso hat Jacobson Ihnen erzählt, dass er die Bücher hat? Sie sind offensichtlich keine Freunde.“

„Ich weiß es wirklich nicht. Er hat eigentlich gar keine Freunde, die ich je gesehen hätte. Er ist, nun …“ Fahd schien nach den richtigen Worten zu suchen.

„Er ist was?“

„Nun, er ist seltsam. Spricht mit sich selbst. Trägt manchmal nur seine halbe Uniform. Er kann Ihnen in der Pause direkt gegenübersitzen, Sie anstarren und nie auch nur ein Wort sagen.“

Das gefiel Jonathan gar nicht. Es machte sein endgültiges Ziel unvorhersehbar. Und das bedeutete, gefährlich. Er entnahm Fahds Beschreibung noch eine unterschwellige Botschaft.

„Also hat er es Ihnen gar nicht erzählt. Sie haben ihn nur belauscht, als er mit sich selbst gesprochen hat“, folgerte Jonathan.

Fahd sah aus wie ein Kind, das im Supermarkt beim Bonbonklauen erwischt worden war.

„Entspannen Sie sich“, sagte Jonathan. „Sie können das Geld behalten. Vorausgesetzt, Ihr Tipp zahlt sich aus. Tut er das nicht, werden Sie derjenige sein, den Ihre Kollegen als seltsam bezeichnen werden.“ Es war eine vage Drohung. Jonathan hatte die Erfahrung gemacht, dass diese am besten wirkten.

„Kann ich …?“, fragte Fahd und nickte in Richtung Tür.

„Ja, verschwinden Sie“, sagte Jonathan. Er dachte daran, Fahd aufzuhalten und für den Espresso bezahlen zu lassen, nur so zum Spaß, ließ ihn dann aber gehen. Er kannte Typen wie Fahd aus Erfahrung: Je weniger man mit ihnen zu tun hatte, desto besser.

Jonathan beobachtete, wie Fahd aus dem Café stolperte. In der Sekunde, in der er aus der Tür war, schnappte Jonathan sich sein Handy. Seine Anspannung wich, als er sah, dass Natalie eine Nachricht auf seiner Mailbox hinterlassen hatte. Er war gerade dabei, sie abzuhören, als Lew sich auf den Stuhl fallen ließ, den Fahd gerade verlassen hatte.

„Hat Mr. Ultranervös was Feines dagelassen?“, fragte Lew, der noch immer auf seinem Kuchen rumkaute.

„Wieso wiegst du eigentlich keine zehn Zentner?“, fragte Jonathan, während er zusah, wie Lew den Rest seines „Snacks“ einatmete. Jonathan hatte mit Lew häufiger gemeinsam gegessen als mit irgendeinem anderen Menschen auf dem Planeten, selbst öfter als mit Natalie, und die Masse an Essen, die Lew in sich reinschaufelte, war skurril. Besonders, wenn man bedachte, dass Lew zwar einen Meter achtzig groß war und über hundert Kilo wog, aber nur zehn

Prozent Körperfett besaß. Jonathan war neidisch. Er hatte einen schlankeren Körpertyp als Lew, aber die letzten paar Jahre hatte er sich wirklich anstrengen müssen, um in Form zu bleiben. Und er konnte sich nicht erinnern, wann er sich das letzte Mal etwas gegönnt hatte, das auch nur an einen Kuchen erinnerte.

„Gefunnde Enähhung", presste Lew an einem Mund voll Teig vorbei. „Also, was gibt's?"

„Talie hat angerufen", antwortete Jonathan.

„Yes! Ich wusste es. Hab's dir gesagt, hab ich nicht? Was sagt der Zwerg?"

„Weiß ich nicht. Sie hat gerade angerufen, als Fahd hier aufkreuzte."

„Nein, sag's mir nicht ... Du hast ihren Anruf weggedrückt? Für den Widerling? Das ist wirklich kaputt, Mann", sagte Lew kopfschüttelnd.

„Wir haben den Namen und die Adresse", erklärte Jonathan und ignorierte Lews Spitzen. Nach all den Jahren war er darin ziemlich gut geworden. „Wir legen morgen los. Sieh zu, dass du heute Nacht ausreichend Schlaf bekommst."

„Ja, Mama." Lew kippte seinen Kaffee runter. „Ich kann immer noch nicht glauben, dass du den Anruf der Kleinen nicht angenommen hast." Er stand auf. Der Stuhl gab ein erleichtertes Knarzen von sich. „Ich hol dich morgen früh ab. Ruf dein Kind an."

„Lust auf Gesellschaft?", fragte Jonathan, stand auf, und warf ein paar britische Pfund auf den Tisch. Lew zog die Stirn kraus und sah ihn an. Jonathan wusste, wieso; sie hatten es sich zur Gewohnheit gemacht, nicht gemeinsam in der Öffentlichkeit aufzutreten. Nur für den Fall.

„Äh, klar. Irgendwas Bestimmtes, das dir vorschwebt?", fragte Lew und setzte seine Ray-Ban auf.

„Nur spazieren", sagte Jonathan.

Sie traten hinaus in den Nachmittag und wandten sich nach Osten in Richtung der St. Paul's Cathedral. Beinahe eine Stunde sprachen sie kein Wort. Sie standen sich so nahe wie Brüder, und ihr Schweigen war niemals unangenehm. Manchmal war es einfach nur gut, mit jemandem zusammen zu sein, der einem so viel bedeutete. Nachdem sie sich jeder ein Eis gekauft hatten, standen sie schließlich am Flussufer, lehnten am Geländer und beobachteten den vorbeiziehenden Schiffsverkehr.

Nach einer Weile drehte Lew sich um, lehnte sich mit dem Rücken ans Geländer und beobachtete die Passanten. Touristen und Geschäftsmänner schlenderten in der Septembersonne vorbei. Aber Jonathan wusste, dass Lew nicht die Leute beobachtete. Er versicherte sich, dass keine Gefahr drohte.

„Erzählst du mir noch, was dich beschäftigt?", fragte Lew, ohne die Augen von der Menge zu nehmen.

„Uns geht das Geld aus", erklärte Jonathan. Die kleineren Jobs hatten ihren Tribut gefordert. Das Geld für Fahd hatte Jonathan ernsthaft zweifeln lassen, ob er diesen Monat seine Miete würde aufbringen können.

„Ich weiß", entgegnete Lew.

„Du weißt?"

„Klar. Aber so bist du nun mal."

„So bin ich nun mal?"

„Von Zeit zu Zeit wirst du völlig hysterisch, dass du zu viel Aufmerksamkeit erregen könntest, und suchst uns nur kleinere Jobs. Aber du kommst drüber hinweg; und dann schwimmen wir wieder im Geld und alles ist wieder normal. Ich muss zugeben, diesmal hält es schon länger an als üblich, aber du beruhigst dich schon wieder. Das tust du immer."

„Du scheinst dir ja furchtbar sicher zu sein", sagte Jonathan und versuchte zu verdauen, was er gerade gehört hatte. Er hatte nicht geahnt, dass er so durchschaubar war, oder dass er dies Verhalten schon oft genug an den Tag gelegt hatte, dass es ein Muster ergab.

„Nicht wahr?", meinte Lew und schaute Jonathan über seine Ray-Ban hinweg an. Den Blick konnte Jonathan ertragen, es war das beschissene Grinsen, das ihm unter die Haut ging. „Muss wirklich nervtötend sein."

„Warte mal", sagte Jonathan. „Wieso bist du so entspannt dabei?"

„Ich bin nicht entspannt."

„Du wirkst entspannt."

„Ich wüsste nicht, wieso ich entspannt wirken sollte."

„Vielleicht, weil du entspannt bist."

„Hmm, vielleicht."

„Nun?"

„Nach deinem letzten Schwung Niedriglohnjobs dachte ich mir, es wäre an der Zeit, ein bisschen Extrakohle in die Notfalltasche in meinem Schrank zu stecken."

„Ein bisschen? Wie viel bisschen?"

„Etwa fünfzig Riesen."

„Himmel."

„Du kannst dir was leihen, wenn du willst."

„Kann ich?"

„Klar. Alles was du tun musst, ist fragen."

Jonathan seufzte und sammelte sich. „Könnte ich mir ein bisschen Geld leihen?"

„Was mir gehört, gehört auch dir, *amigo*. Aber du weißt, es gibt einen Weg, auf dem wir sicherstellen könnten, dass so etwas nicht wieder passiert."

„Aha. Und welcher wäre das?", fragte Jonathan, auch wenn er ziemlich sicher war, dass er wusste, was jetzt kam. Lew nahm seine Brille ab und sah Jonathan direkt in die Augen.

„Lass uns wieder Der Monarch sein."

Jonathan wusste, dass Lew nie Schwierigkeiten damit gehabt hatte, Der Monarch zu sein. Es gefiel ihm sogar. Vor allem die dicken Geldschecks. Sie hatten mit dem ganzen Kram angefangen, weil sie die Schnauze voll gehabt hatten vom System – Lew von der Army und Jonathan vom Geheimdienst. Beide hatten das Gefühl gehabt, mehr Schaden anzurichten, als Gutes zu tun. Doch dann hatte ein zufälliges Aufeinandertreffen in Bogotá, Kolumbien, sie beide auf einen Pfad geführt, etwas verändern zu können. Allerdings gab es einen großen Unterschied, ob man ein paar seltene Bücher zurückgab, die von einem verrückten Wachmann gestohlen worden waren, oder einen verlorenen Rembrandt, von dem die Welt geglaubt hatte, dass er zerstört sei. Als Der Monarch hatten sie Kultur und Geschichte bewahrt, aber sie hatten einen hohen Preis dafür bezahlt.

„Was ist mit Natalie?", fragte Jonathan. Sie war nicht nur Jonathans Tochter, sie war quasi Lews Nichte.

„Uns wird schon was einfallen", sagte Lew und klang ein wenig wie ein Kind, das seinen Vater überreden will, ihn zum Fußballspiel mitzunehmen.

„‚Was einfallen'", wiederholte Jonathan trocken. „Himmel, du hast dir mehr Gedanken darum gemacht, welche Kuchen du da vorhin in dem Café bestellst! Natalie ist nichts, zu dem einem *etwas einfällt*. Sie ist alles, was zählt."

„Und das weiß ich nicht?", entgegnete Lew, der anfing, sich zu verteidigen. „Ich bin ja nur der dumme Muskelberg."

„Das hab ich nicht gesagt", gab Jonathan zurück. Und nach einer Minute: „Aber es gibt Zeiten …"

„Fick dich", sagte Lew und stieß sich vom Geländer ab. „Wenn ich dermaßen hirnamputiert bin, dann besorg dir dein beschissenes Geld selbst." Er setzte sich die Brille auf, wirbelte herum und stapfte davon. Sein Mantel wehte hinter ihm her.

„Lew, jetzt sei doch nicht so. Du weißt, wie ich das meine“, rief Jonathan, aber Lew ging weiter. „Lew! Kommst du morgen?“

Lew wirbelte herum und ging rückwärts weiter. „Klar! Vielleicht brauchst du mich ja, um was Schweres zu heben. Ladys and Gentlemen, Jonathan, das Superhirn. Applaus, Applaus“, rief Lew den Leuten um ihn herum zu und wedelte mit den Armen wie ein Zirkusdirektor. Dann drehte er sich wieder um und verschwand in der Menge.

Manchmal kann ich so ein Arschloch sein.

Jonathan dachte keine Sekunde, dass Lews Anteil an ihrer Unternehmung nur sein Körper war, aber es war einer der Knöpfe, die er drücken konnte, damit Lew diesen Der-Monarch-Unsinn fallen ließ. Rückblickend wusste Jonathan, dass er froh sein konnte, dass Lew ihn nicht niedergeschlagen hatte. Er würde sich entschuldigen müssen, aber wenn Lew so drauf war, musste er ihn einfach eine Weile alleine lassen. Die einzige Person, die durch seine Stimmungen durchdringen konnte, war Emily, seine Manchmal-Ja-, Manchmal-Nein-Freundin.

Aber soweit Jonathan wusste, waren sie schon seit einer langen Weile ein Nein-Paar. Ironischerweise aus denselben Gründen, aus denen Jonathan sich von Natalie fernhielt. Nicht, dass Lew das je zugegeben hätte. Jonathan wünschte sich wirklich, dass die beiden die Sache irgendwie hinbekommen könnten, aber er wusste, dass Lew eine ziemliche Handvoll sein konnte, wenn man ihn ständig um sich hatte.

Sie war ohne ihn vermutlich besser dran.

2

NORTH LONDON

15:00 Uhr Ortszeit

Emilys Kopf flog von dem Schlag des maskierten Mannes nach hinten. Blut und Speichel flogen durch ihr Wohnzimmer. Weiße Blitze explodierten in ihrem Schädel, und ihre Ohren klingelten, während sie entfernt spürte, wie ein Paar Hände sie wieder in den Stuhl zurückstießen. Sie hustete und spuckte noch mehr Blut aus, während das Weiß langsam verschwand und die zwei Männer, die sie gefangen hielten, vor ihren Augen wieder scharf wurden. Einer von ihnen schlug sie, während der andere ein wenig im Hintergrund stand und eine Waffe in der Hand hielt, auch wenn sie ihre Arme mit Klebeband an die Armlehnen des Stuhls gefesselt hatten.

„Wo sind sie?", forderte eine elektronische Stimme mit südafrikanischem Akzent. Sie kam aus einem iPad, das auf dem Kaffeetisch neben ihr lag. Ein Mann mit tiefschwarzer Haut und einer Augenklappe blickte sie vom Display her an: Canton George. Sie hatte ihn vorher schon getroffen, doch damals war *er* derjenige gewesen, der für Informationen zusammengeschlagen worden war. Das Szenario hatte damit geendet, dass George in seinen eigenen Tresorraum eingeschlossen worden war und sein unrechtmäßiges Herrenhaus sehr explosiv über einen halben Hektar verstreut worden war.

Seit damals jagte er Jonathan und Lew unerbittlich.

Sie wollte schreien und weinen – sich der Furcht und dem Schmerz ergeben –, doch das war genau das, was George wollte. Und um ehrlich zu sein, nachdem er sie so lange gesucht hatte, war sie ein bisschen beleidigt, dass er nur telefonisch teilnahm, auch wenn sie ziemlich sicher war, dass sie wusste, wieso er nicht persönlich erschien. George hatte Natalie vor einem Jahr in ihrem Internat in British Columbia gefunden und versucht, es persönlich mit Jonathan und Lew aufzunehmen. Das hatte nicht sonderlich gut funktioniert, wie seine Augenklappe und die darunter herausschauende Narbe bestätigten.

„Sie stehen direkt draußen vor deinem Haus, Georgie. Ich würde anfangen zu rennen, wenn ich du wäre“, antwortete sie. Sie wusste, dass sie für diese Lüge bezahlen würde, aber der angsterfüllte Blick auf Georges Gesicht, selbst wenn er nur eine Sekunde dauerte, war es wert. Sein verbliebenes Auge weitete sich, und er verschwand vom Bildschirm, offensichtlich, um sich zu vergewissern, dass sie log. Als er zurückkehrte, mit einem völlig anderen Gesichtsausdruck, lachte Emily so herzhaft, wie sie es seit einer langen Zeit nicht getan hatte. Ihr Gesicht fühlte sich immer noch an, als stünde es in Flammen, und die Zähne auf einer Seite schienen locker zu sein, als sie mit der Zunge dagegen kam, aber ihr kleiner Triumph ließ sie für eine Weile die Gefahr unter ihrem Sofa vergessen.

„Noch mal!“, brüllte George, und sein Zorn ließ Speichel gegen den Bildschirm spritzen.

Emilys Gelächter wurde abrupt beendet, als ein kräftiger rechter Haken von einem der maskierten Männer sie traf. Diesmal verlor sie wirklich einen Zahn. Und sie war sich ziemlich sicher, dass ihre Nase brach. Sie spie den Zahn aus und versuchte, ein tapferes Gesicht zu machen und noch ein wenig zu lachen, aber es klang eher wie ein Wimmern.

Sie zwang sich, nicht unter ihr Sofa zu schauen. Ihr Handy lag dort unten, schwach glimmend seine Existenz verratend, aber für Emily fühlte es sich an wie ein Suchscheinwerfer. Sie hatte gerade mit Natalie telefoniert, als die maskierten Männer durch ihre Tür gebrochen waren. Die Tür hatte sie in den Rücken getroffen und das Handy war davongeflogen, jedoch glücklicherweise unter ihrem Sofa gelandet. Es war verschlüsselt, aber sie hatte keine Zeit gehabt, den Bildschirm zu sperren. Alles, was die Männer tun mussten, war, ihre Anrufliste durchzugehen, und sie hätten Natalie innerhalb von Minuten aufgespürt. Sie betete nur, dass die Verbindung getrennt worden war. Wenn Natalie noch in der Leitung hing und diesem Albtraum zuhörte – sie schüttelte die Vorstellung ab. Es war zu schrecklich, und sie musste sich darauf konzentrieren, lebendig aus dieser Sache rauszukommen, damit sie Jonathan und Lew warnen konnte.

„Miss Burrows, seien Sie vernünftig", sagte George, diesmal etwas ruhiger, während er versuchte, Mitgefühl zu heucheln.

Seit über einem Jahr hatte kein Mensch sie mehr so genannt. Es war ihr Pseudonym gewesen, damals, als sie Autorin gewesen war, auch wenn sie nur ein einziges Buch geschrieben hatte. Es drehte sich um den Monarchen, Jonathans und Lews fallen gelassenem Alter Ego.

„Wenn ich vernünftig wäre, hätte ich eine Kugel in deinem psychotischen Hirn versenkt, als ich die Chance dazu hatte", erwiderte Emily. Damit machte sie George wieder wütend.

„Noch mal!", schrie er wieder. Der maskierte Mann holte aus und schlug sie ein weiteres Mal, diesmal mit der geschlossenen Faust. Er traf sie so hart, dass ihr zierlicher Körper aus dem Stuhl geworfen wurde und das Klebeband um eine ihrer Hände riss. Sie lag auf dem Boden, der Stuhl auf ihr, an den sie noch immer mit einem Arm gefesselt war, und rang hustend um Atem. Sie fühlte etwas in ihrem Mund und spie es aus. Ein weiterer Zahn landete auf dem Teppich Seite an Seite mit dem ersten – direkt neben ihrem Handy.

„Heb sie hoch, du Idiot", bellte George von seinem Bildschirm.

Der Mann ging in die Hocke, um sie aufzuheben, doch er zögerte. Er griff an ihr vorbei und unter die Couch.

Nein!

Emily kam auf die Knie, schwang ihren freien Arm und schlug ihm das Telefon aus der Hand. Dann packte sie die Armlehne des Stuhls mit ihrer noch immer gefesselten Hand und blickte ihrem Angreifer in die Augen. Er brauchte nur eine Sekunde, um zu erkennen, was sie vorhatte.

„Nicht …"

Sie schwang den Stuhl mit all ihrer Kraft. Die Hartholzbeine krachten ihm ins Gesicht und gegen die schützend gehobenen Arme. Als er aufheulte und bevor der andere Kerl reagieren konnte, rammte sie ihm eines ihrer langen Beine in den Bauch. Mit einem *Uff!* fiel der maskierte Schläger rückwärts gegen ihr Bücherregal und jaulte auf. Sie versuchte, das Telefon mit ihrem Fuß zu zertrümmern, aber der Partner des verwundeten Maskenträgers richtete seine Waffe auf sie. Sie packte seinen Arm und nutzte ihr Gewicht und das Schwungmoment, um ihn mit ihr gemeinsam zu Boden zu reißen, wobei sie ihm ihr Knie in die Kehle hämmerte. Bevor sie irgendetwas anderes tun konnte, packte der erste Kerl sie von hinten und warf sie und den Stuhl durch die Luft und gegen dasselbe Bücherregal, gegen das er gerade noch geprallt war. Entsetzliche Schmerzen loderten in ihrer Seite auf, als sie wie ein Haufen Lumpen zu Boden sackte und der Stuhl in kleine Teile zersplitterte. Sie musste um jeden Atemzug kämpfen, der sie mit stechenden Schmerzen peinigte. Lew hatte ihr beigebracht, wie man sich selbst verteidigte, doch am Ende war sie einfach zu schwach.

Der Mann, der sie geworfen hatte, nahm das Telefon hoch, während sein Partner reglos dort lag, wo sie ihn gelassen hatte. Sie wollte aufspringen und wegrennen, aber die Schmerzen waren einfach zu stark. Sie konnte spüren, wie ihr Bewusstsein immer mehr eintrübte. Doch bei all dem war das Schlimmste, was sie verspürte, die Trauer.

Emily wäre bereits vor zwei Jahren beinahe schuld an Jonathans und Lews Untergang gewesen, aber sie hatte alles wiedergutgemacht, und am Ende hatte sie den beiden nicht nur geholfen, sie hatte auch eine glühende Liebesbeziehung mit Lew begonnen. Aber es war alles vergeblich gewesen. Sie war wieder genau dort, wo sie angefangen hatte, verantwortlich für den bevorstehenden Tod der beiden. Alles nur, weil sie ihr wichtig waren.

Sie bedauerte Natalie, die nun ganz alleine sein würde. Sie verstand, wieso Jonathan den Kontakt zu ihr abgebrochen hatte, aber das bedeutete nicht, dass sie mit seinen Taten einverstanden war. Trotz ihres Versprechens an ihn hatte sie Natalie regelmäßig angerufen, hatte sie auf dem Laufenden gehalten über ihren Vater und Onkel Lew. Nicht, dass Emilys Gründe irgendeine Bedeutung hatten, wenn George Natalie in die Finger bekam.

„Ich hab sie, Sir!“, rief der Maskierte aus. „Die Telefonnummer seiner Tochter.“

„Bitte! Sie ist nur ein …“ Emilys Flehen wurde von einem Tritt in ihre Seite beendet.

„Bringt mir das Mädchen.“

„Was ist mit Burrows?“, fragte der Handlanger und warf einen Blick auf seinen Partner. „Ich glaube, sie hat Neill getötet.“

George zögerte nicht einmal. „Töte sie." Der Bildschirm wurde schwarz. George war fort, ebenso wie Emilys Hoffnung, Natalie zu retten.

Und das war's. Es war vorbei. Für die Sünde, die sie vor Jahren begangen hatte, würde sie nun büßen.

Der Mann zog eine Pistole hervor und drehte sich zu Emily um.

Wenigstens bin ich die Erste, dachte sie. Zuzuschauen, wie alles wieder vernichtet wurde, war etwas, das sie nicht ertragen hätte.

Emily schloss die Augen und wappnete sich für den Schuss. Ein Krachen ertönte, und sie zuckte zusammen, bevor ihr klar wurde, dass es kein Schuss gewesen war. Sie öffnete die Augen und sah, dass ihr Vorderfenster zerborsten war und die Scherben in ihrer Wohnung verstreut waren; zwei Seile hingen auf ihren Fensterbrettern, zurückgelassen von den beiden neuen maskierten Männern, die vor ihr standen. Diese Männer sahen anders aus – professioneller. Sie trugen Körperpanzer, und jeder hielt eine automatische Waffe in der Hand, aus deren Visieren rote Laserstrahlen durch die Luft schnitten. Sie zielten sofort auf den anderen Maskierten und den am Boden, und jagten äußerst effizient einen abgehackten Kugelhagel in ihre Köpfe.

„Sauber!", rief einer der Männer, nachdem er die ganze Wohnung überprüft hatte.

„Alles sauber, Sir", sagte der andere, obwohl er kein Funkgerät im Ohr trug.

Ihre Vordertür öffnete sich, und ein gut angezogener Mann mit unglaublich glänzenden Schuhen kam zu der Stelle herüber, an der Emily hockte. Er ging neben ihr in die Knie.

„Hören Sie mich, Miss Denham? Geht es Ihnen gut?", fragte der Mann. Er nutzte ihren echten Namen.

Bevor sie antworten konnte, packte die Dunkelheit sie und

zerrte sie hinab in die Bewusstlosigkeit. Das Wissen, dass Jonathan und Lew – vor allem Lew – sicher waren, erlaubte ihr, loszulassen.

Ein letztes Mal stellte sie sich Lews Gesicht vor, bevor alles verschwand.

3

HOUSTON, TEXAS

12:02 Uhr Ortszeit

Der Hubschrauber schwebte von Osten her rein. Per Broden stand neben seinem Mietwagen, gekleidet in einen hellbraunen Trenchcoat aus Wollstoff und eine braune, perfekt geknotete Fliege. Er hielt seinen Aktenkoffer in einer schwarz behandschuhten Hand, die andere Hand hing, ohne Handschuh, an seiner Seite, während er wartete.

Seine Reise hatte vor sechsunddreißig Stunden begonnen, an einem Ort, an dem seine Kleidung mehr Sinn ergab. Stockholm, in Schweden, sein Zuhause, seit er ein Junge gewesen war, war beinahe achttausendzweihundert Kilometer von dem Punkt entfernt, an dem Per gerade stand. Auch mit vierundfünfzig nannte er den Ort noch immer sein Zuhause, auch wenn er schon mehrfach um die Welt gereist war.

Der Hubschrauber war nur noch fünfzehn Meter über dem Boden, als er seinen Bogen über dem struppigen Gras beendete, das so weit reichte, wie das Auge sah. Er bockte kurz, sank dann auf den Wüstenboden und blies Pers dünnes, blondes Haar aus dem perfekten Seitenscheitel über seine dünne Rundglasbrille. Staub folgte dem Wind und hagelte auf Per ein. Er blieb reglos stehen.

Als die Maschine schließlich zur Ruhe kam, griff Per mit seiner freien Hand nach oben und schob seine Haare wieder in Position zurück.

Ein Mann in Jeans, blau kariertem Hemd und schwarzem Cowboyhut stieg aus dem Helikopter. Er hielt den Hut mit der Hand fest und lief leicht vornübergebeugt auf Per zu, um den Rotorblättern nicht zu nahe zu kommen.

„Sind Sie Broden?“, fragte er mit deutlichem texanischem Akzent.

Per nahm eine Visitenkarte aus der Innentasche seiner Weste und reichte sie dem Mann: *Per Broden, Internationale Ermittlungen.*

Der Mann las die Karte, zuckte mit den Achseln und gab sie Per zurück, der sie wieder einsteckte.

„Ich bin Green. Hank Green“, sagte der Mann und wischte sich mit dem Unterarm Schweiß von der Stirn. „Jesus, in dem Aufzug muss Ihnen heißer sein als ’nem Kater mit vier Eiern. Ich arbeite für Mr. Harcourt. Er erwartet Sie oben im Haupthaus.“ Hank musterte Pers Aktenkoffer. „Was dagegen, wenn ich mal reinschaue?“

„Ja, habe ich“, antwortete Per, die ersten Worte, die seit gut zwei Tagen seinen Mund verließen.

Hank zuckte vor der Ablehnung unwillkürlich zurück. „Schau mal, *amigo*. Entweder lässt du mich in den Koffer gucken und dich abtasten, oder das Treffen ist zu Ende, bevor es angefangen hat.“

„Ich verstehe“, sagte Per.

„Gut. Wenn Sie nun bitte …“

„Guten Tag“, sagte Per, während er sich umdrehte und die Autotür öffnete.

„Whoa, Moment mal“, stieß Hank aus und packte Pers Arm. Per stieg einfach weiter ein, als würde ihn nichts aufhalten. Hank sah überrascht aus, dass Per nicht so schwach war, wie er schien. Es war ein Blick, an den Per gewöhnt war.

„Sagen Sie Mr. Harcourt, ich hoffe, dass er sein Rätsel lösen kann. Jetzt treten Sie bitte zurück“, bat Per.

„In Ordnung, in Ordnung", sagte Hank. „Ich werde nicht reinschauen. Können Sie ihn wenigstens im Wagen lassen?"

„Ja, das wäre akzeptabel", antwortete Per. Er legte den Aktenkoffer auf den Beifahrersitz und begleitete Hank.

„Soll ich überhaupt versuchen, Sie abzutasten?", fragte Hank mit einem schiefen Grinsen.

„Es wäre nicht besonders klug", entgegnete Per tonlos.

„Hm. Sie sind ein Kauz, oder?"

„Das wäre eine zutreffende Einschätzung, ja."

Sie stiegen in den Hubschrauber, schnallten sich an und waren wenige Augenblicke später in der Luft. Per saß kerzengerade in seinem Sitz, weder schaute er aus dem Fenster, noch wich er dem Anblick aus. Es interessierte ihn schlicht nicht. Was ihn interessierte, war, weshalb sein neuer Auftraggeber nicht gekommen war, um Per persönlich zu treffen.

„Mr. Harcourt verlässt in letzter Zeit nur noch selten das Haus", erklärte Hank, der Pers Frage offenbar vorausahnte. „Er nimmt diese Angriffe sehr persönlich. Aber das können Sie ihm auch nicht verübeln."

Per nickte leicht und wartete auf weitere Informationen.

„Um ehrlich zu sein: Er denkt, dass jemand versucht, ihn umzubringen. Meint, die Nachrichten, die hinterlassen werden, sollen ihn rauslocken."

Per hob eine Augenbraue und drehte sich zu Hank um. Deshalb war er also hier.

„Und was denken Sie, Mr. Green?", fragte er.

„Ich?", sagte Hank verblüfft. „Zur Hölle, fürs Denken werd ich nich' bezahlt!" Er klopfte Per auf die Schulter, während er ein lautes, abgehacktes Lachen ausstieß.

Per glaubte ihm.

Dreißig Minuten später erschien ein großes Ranchhaus am Horizont, umgeben von einer Scheune und Gattern, auf denen sich Pferde tummelten. Sie landeten im Vorgarten, während die

Arbeiter versuchten, die verschreckten Tiere unter Kontrolle zu behalten. Per folgte Hank nach draußen und zur Vordertür.

Hank wollte gerade die Tür öffnen, hielt jedoch inne und wandte sich an Per, Sorge im Blick.

„Sie müssen ihm helfen, Broden. Es hat mich alle Kraft gekostet, ihn dazu zu bringen, sich mit irgendwem zu treffen. Er ist wirklich hinüber. Ich mag für ihn arbeiten, aber er ist der beste Freund, den ich je hatte, und es bringt mich um, dass ich nichts für ihn tun kann."

Per wartete, dann wurde ihm bewusst, dass sie nicht durch die Tür treten würden, bevor er nicht verbal geantwortet hatte.

„Ich werde tun, was ich kann, Mr. Green", sagte er. Es war die Wahrheit. Per war faktisch gar nicht in der Lage, weniger zu tun. Aber um ehrlich zu sein, die plötzlichen Phobien eines reichen Texaners hätten ihn nicht weniger kümmern können. Er war nur aus einem Grund hier, nur aus einem einzigen – dem Rätsel.

Als er noch ein Kind gewesen war, in Stockholm, war Pers Bruder Peter von einem Serienmörder entführt worden. Der Mörder hatte Pers Familie wochenlang mit Rätseln und unlösbaren Hinweisen gequält. Am Ende war sein Bruder ermordet worden. Zu jener Zeit hatte Per geglaubt, dass er Peter hätte retten können, wenn er bloß ein bisschen klüger gewesen wäre, ein bisschen besser darin, Rätsel zu lösen. Unbeirrt von den Versicherungen seiner Eltern, der Polizei und unzähligen Therapeuten, die er über die Jahre besucht hatte, gab er sich noch immer selbst die Schuld an Peters Tod.

Seit damals hatte er sein Leben damit zugebracht, Rätsel zu lösen; zunächst für die Polizei und nun als Ermittler auf dem freien Markt. Per würde nie wieder zulassen, dass er sich so fühlte. Er würde lieber sterben, als zu scheitern.

Jedes Mal, wenn Per einen Fall löste, kam es ihm vor, als würde er Abbitte leisten an seinen ermordeten Bruder. Ein Tropfen auf den heißen Stein, der niemals erkalten würde.

Per folgte Hank ins Haus und fühlte sich plötzlich, als wäre er nur wenige Kilometer von zu Hause entfernt. Unabhängig von dem Äußeren des großen Hauses war das Innere in klassisch europäischem Design gehalten, etwas, das man so gar nicht in einem texanischen Ranchhaus erwarten würde. Der Raum war gigantisch, wenigstens fünfzehn Meter hoch, mit einer Grundfläche, die eher an eine Aula als an ein Wohnzimmer erinnerte. Der Boden war mit cremefarbenem Marmor bedeckt, mit braunen, diamantförmigen Einlagen dort, wo die Platten aufeinandertrafen. Die Möbel waren grün und golden und scharlachrot. Treppen führten die Wände auf beiden Seiten des Raums nach oben, und jeder Gang dort oben war mit riesigen Wandgemälden geschmückt. An der gegenüberliegenden Seite befand sich ein Kamin mit weiteren Möbeln, die davor drapiert waren. In der Ecke stand ein Flügel, nur wenige Schritte vom Esstisch entfernt, der mit einer dunkelroten Tischdecke versehen war und von vierzehn Stühlen umrundet wurde. In der Mitte des Raums stand eine große Pflanze auf einem Springbrunnen, der ruhig dahinplätscherte.

Sie gingen zu dem Brunnen und Hank bat Per, zu warten. Er ging eine der Treppen hinauf und war beinahe eine halbe Stunde lang verschwunden, seine Abwesenheit wurde von herüberhallenden Schreien begleitet. Schließlich kehrte er zurück und bat Per, ihm nach oben zu folgen. Am Ende eines langen Korridors betraten sie ein Büro, das größer war als Pers ganzes Haus.

Das Büro war ebenso extravagant dekoriert wie der Rest des Hauses, aber ein nebeliger Schimmer schien das Funkeln zu verdecken. Auf dem Ledersofa an der Wand lagen zerknautschte Kissen und eine Decke, und es gab mehr als nur ein paar leere Bierflaschen auf dem Boden daneben. Anhand des Geruchs ging Per davon aus, dass Harcourt in letzter Zeit nicht rausgegangen war.

Am Ende des Raums, zusammengesunken hinter einem breiten Schreibtisch, auf dem sich Essensschalen und aufgeschlagene Bücher stapelten, saß James Harcourt in einen grün karierten Bademantel gekleidet. Per sah einen funkelnd silbernen .44er Magnum Revolver auf dem Tisch vor ihm liegen, zusammen mit einer beinahe leeren Flasche Jack Daniel's und etlichen halb geleerten Tablettendosen.

Harcourt war ein großer Mann mit einem wilden, ungekämmten Bart. Selbst im Sitzen erkannte Per, dass er größer war als er selbst, aber da er selber gerade mal einen Meter fünfundsiebzig groß war, bedeutete das nicht viel.

„Mr. Broden, dies ist James Harcourt", erklärte Hank, bevor er sich in den Hintergrund zurückzog. Per trat vor den Schreibtisch und wartete, dass sein Gastgeber zu sprechen begann. Oder wenigstens ein Zeichen von sich gab, dass er ihn wahrgenommen hatte. Fünf Minuten später erfüllte sich sein Wunsch.

„Jesus! Wo komm'n Sie denn her?", lallte Harcourt, packte seine Pistole und stieß seinen übergroßen braunen Lederbürosessel nach hinten. Das Einzige, was Per dazu brachte, an seinem Fleck zu bleiben, war die Tatsache, dass Harcourt trotz seiner Theatralik die Waffe bislang auf nichts anderes gerichtet hatte als auf den Boden.

„Das ist der schwedische Detektiv", erklärte Hank und schwebte wieder ins Geschehen. „Du hast ihn kommen lassen, Jim. Erinnerst du dich?" Hank warf Per einen entschuldigenden Blick zu.

Mit so etwas hatte Per nicht gerechnet. Als die erste Kryonik-Anlage in die Luft gesprengt worden war und das erste Mal die rätselhaften Wörter „Tote Lichter" auf den Asphalt davor gesprüht worden waren, hatte Per darüber im Internet gelesen. Er hatte Harcourt augenblicklich kontaktiert und angeboten, der Sache nachzugehen. Nach einigen weiteren Bombenanschlägen und noch weiteren E-Mails hatte Harcourt schließlich nachgegeben und Per zu einem Treffen eingeladen. Aber der Mann, mit dem Per online kommuniziert hatte, war umsichtig und wortgewandt gewesen. Nicht diese zügellose, kurz vorm Zusammenbruch stehende Gestalt vor ihm.

Harcourt sah Hank an und dann zurück zu Per. Ein langer Moment verstrich, während die Augen des großen Mannes darum kämpften, ihn klar zu sehen.

„Richtig. Richtig", sagte Harcourt und schien erst jetzt zu bemerken, dass er eine Waffe in der Hand hielt. „Jesus, sorry ... Broden war der Name, ja?" Per nickte, während Harcourt die Waffe wieder auf den Tisch legte und weitere Pillen mit seinem Whisky hinunterspülte. „Setzen Sie sich, setzen Sie sich."

Per dankte ihm. Harcourt schüttelte den Kopf und grunzte, offensichtlich versuchte er, seinen Kopf freizukriegen.

„Die Bilder, Jim. Zeig ihm die Bilder", bat Hank, bevor er sich auf einem der Plätze an der Wand niederließ und seinen Hut auf den Schoß legte.

„Ah. Richtig, die Bilder."

Harcourt nahm einen Stapel Fotos im Format 20 x 30 von seinem Schreibtisch. Er schaute sie durch, bevor er seine Aufmerksamkeit wieder Per widmete.

„Es hat vor einigen Wochen angefangen", erklärte Harcourt und reichte Per eines der Bilder. Per nahm es entgegen. Es war ein Foto von etwas, das einmal ein Gebäude gewesen war, von dem nun die eine Hälfte fehlte, während die andere völlig verkohlt war. Auf dem verbleibenden Mauerwerk vor dem Gebäude standen die Wörter „Tote Lichter". Es war aus einem anderen Winkel aufgenommen, doch dies war das Bild, das Per im Internet entdeckt hatte und das sein Interesse ganz zu Anfang auf das Geheimnis gelenkt hatte.

„Was sehe ich mir da an?“, fragte Per, gewillt, jedes Spiel mitzuspielen, das Harcourt sich wünschte. Bis zu einem gewissen Punkt.

„Wie viel wissen Sie über mich, Broden?“

„Nicht viel“, log Per. Wenn er nicht alles wüsste, was es über Harcourt zu wissen gab, wäre er niemals in das Flugzeug hierher gestiegen.

Harcourt hatte sein Geld auf die Art gemacht, wie die meisten Millionäre in Texas – mit Öl. Aber er hatte das Geschäft um das schwarze Gold schon vor Jahren hinter sich gelassen. Seitdem war er nur noch an einer einzigen Sache interessiert: an der Verlängerung des Lebens. In jederlei Hinsicht.

Für dieses Ziel hatte er die Crystasis Foundation erschaffen. Die Gerüchte in den Chatforen zum Thema Lebensverlängerung, die Per vor seiner Reise hierher besucht hatte, besagten, dass er in Wahrheit nur daran interessiert war, Wege zu finden, um sein eigenes Leben zu verlängern. Per war der Ansicht, dass es nur Sinn ergab, wenn ein cleverer Geschäftsmann nicht an sich selbst herumexperimentierte, sondern lieber einen Weg suchte, an anderen herumzuexperimentieren, bis er gefunden hatte, wonach er suchte. Und Per war der Ansicht, dass der Zustrom von Kapital derjenigen Leute, die bereit waren, Hunderttausende Dollar zu bezahlen, um selbst eine Chance auf erneutes Leben zu erhalten, auch nicht schadete. Doch die Einrichtungen, in denen Harcourt gefrorene Leichen aufbewahrte, in der Hoffnung, dass diese eines Tages aufgetaut und von dem Leiden geheilt werden konnten, das sie umgebracht hatte, war nur ein Teil seines Langlebigkeit-Imperiums.

„Sehen Sie sich um, Broden. Es scheint, als hätte ich alles, was ein Mann sich nur wünscht, oder?“

„Einige Männer."

„Ich hatte Glück. Ich habe genug Geld für etliche Leben. Das Problem ist natürlich, dass ich eben *nicht* etliche Leben habe. Wie jeder andere auch, habe ich nur ein einziges. Das kann ich nicht ändern. Aber ich kann das eine Leben, das ich habe, besonders lang machen. Wirklich lang." Er nahm einen langen Zug aus der Flasche und wischte sich den Mund mit dem Unterarm ab.

Per sah ihn nur an.

„Das dort auf dem Bild war einmal eine meiner Lebensverlängerungseinrichtungen. Ich hatte mal sieben davon, auf der ganzen Welt. Hier, in Südafrika, Europa … hatte sogar eine in Russland. Die meisten sind nur reine Lager, aber ich habe auch ein Forschungslabor, oben in Toronto."

„Sie *hatten* einmal sieben?"

Harcourt warf drei weitere Fotos vor Per auf den Schreibtisch. „In den letzten Wochen gab es Bombenanschläge auf drei meiner Einrichtungen. Keine Warnung, keine Erklärung. Nur diese gottverdammte Nachricht auf dem Boden vor der Asche.

Ich habe die Wachmannschaften in meinen restlichen Einrichtungen verstärkt, aber ich will nicht nur, dass es sicher ist. Wenn ein Coyote deine Herde anfällt, baust du keinen höheren Zaun; du erledigst den Köter."

Per schaute sich die Fotos noch einen Augenblick an, dann legte er sie in einem ordentlichen Stapel wieder auf den Schreibtisch. Er lehnte sich zurück und zupfte sich ein paar Haare von seinem Anzug.

„Die einzigen Spuren, die wir haben, sind dieser Mann und dieses Bild einer Überwachungskamera." Harcourt reichte Per die beiden letzten Fotos.

Per sah sich das erste davon an. Es zeigte einen dünnen, bärtigen Mann in einem Laborkittel. Das Wort „Crystasis" war über einer Brusttasche eingestickt. Darunter erkannte er ein Namensschild: „Dr. Reese.“ Er legte das Bild zu den anderen.

„Bis vor sechs Monaten hat Dr. Chris Reese in meinem Labor in Toronto an Spezialprojekten gearbeitet“, erklärte Harcourt.

„Was geschah vor sechs Monaten?“

„Er hat sich einfach in Luft aufgelöst. Puff. Er hat nicht gekündigt oder, soweit meine Nachforschungen ergaben, eine Stelle irgendwo anders angenommen. Er hat sein Konto geleert und sein Haus verlassen. Seitdem wurden keine Hypothekenraten oder andere Rechnungen mehr bezahlt. Ein paar Monate später begannen die Angriffe.“

Per widmete seine Aufmerksamkeit dem letzten Bild. Es war dunkel, die einzige Lichtquelle waren die Flammen des brennenden Gebäudes im Hintergrund. Er kniff die Augen zusammen und konnte gerade so eine Gestalt auf einem Motorrad erkennen. Die Form des hautengen Leders und die Haare, die hinten aus dem Helm herausragten, verrieten ihm, dass die Fahrerin weiblich war und vermutlich jung.

„Das wurde von der Sicherheitskamera einer Lagerhalle etwas weiter die Straße hoch aufgenommen, nahe der ersten Einrichtung, die angegriffen wurde, und nur Minuten nachdem der Alarm bei der Feuerwehr einging. Wir haben das Bild vergrößert, so gut es ging, ohne die Details zu verlieren. Ich fürchte, das ist das Beste, was wir tun konnten.“

Per legte das Bild auf den Stapel, sah auf und Harcourt an. Er musterte den Mann einige lange Augenblicke. Harcourt schien sich unwohl unter Pers Blicken zu fühlen. Wären kein Alkohol und keine Pillen beteiligt, hätte Per dieses Unwohlsein noch tiefer ergründet.

„Wieso ich?“, fragte Per schließlich.

„Ich habe gehört, was Sie letztes Jahr in Spanien getan haben“, antwortete Harcourt und warf einen Blick auf Pers mit einem Handschuh bedeckte Hand. „Sie sind auf jeden Fall der richtige Mann für den Job."

Per wusste, wieso der Mann in seiner Vergangenheit herumgeschnüffelt hatte, aber es gefiel ihm nicht. Dort gab es zu viel zu finden.

„Wie ich in unserer Korrespondenz bereits mitgeteilt habe, beträgt mein Gehalt hunderttausend Dollar plus Spesen. Eingezahlt auf dieses Konto." Per hielt eine Visitenkarte hoch, auf der seine Kontodaten standen. Harcourt betrachtete sie nur. Hank stand auf und nahm sie entgegen, bevor er sich wieder aufs Sofa setzte.

„Ich brauche vollen Zugang", erklärte Per.

„Den kriegen Sie", sagte Harcourt. Er griff in eine Schublade und holte eine Codekarte hervor. Er warf sie Per zu. „Damit kommen Sie in jede meiner Einrichtungen. Und das hier sollte Ihre Kosten decken." Harcourt warf eine weitere Karte auf den Schreibtisch. Diesmal eine Kreditkarte. Sie war schwarz. „Kein Limit. Und Sie können Sie an jedem Geldautomaten für so viel Bargeld verwenden, wie Sie brauchen. Das Passwort lautet L-I-F-E. Also 5433." Harcourt nahm einen weiteren Schluck.

„Sie sind sehr vertrauensselig, Mr. Harcourt", sagte Per. Die unterschwellige Frage war deutlich: *Woher wissen Sie, dass ich Sie nicht einfach komplett ausnehme?*

„Wie ich Ihnen sagte, Broden, die eine Sache, die ich habe, ist Geld. Und mein Gespür für Pferde. Sie spielen mit sehr verdeckten Karten, aber ich erkenne jemanden, wenn ich ihm trauen kann."

Per sah ihn einfach nur an und fragte sich, was der Trinker wohl sagen würde, wenn er wüsste, dass Per keinerlei Absicht hatte, irgendjemanden für ihn umzubringen – außer, er kam ihm in die Quere, natürlich. Per würde das Tote-Lichter-Mysterium lösen – was es bedeutete und was der Bombenleger zu erreichen versuchte –, und dann würde er sich an sein nächstes Rätsel wagen. Die Antworten waren alles, was Per etwas bedeutete. Alles, was ihm je etwas bedeuten würde. Er würde sein Leben für diese Antworten geben – seines und jedes andere.

Per stand auf, steckte die Karten ein und nahm die Fotos an sich.

„Ich werde Ihr Rätsel lösen, Mr. Harcourt“, sagte er.

„Sie verstehen mich falsch, Broden. Mir ist völlig egal, was das bedeutet. Ich will, dass Sie den Coyoten finden und ihn abknallen.“

Das hatte Per erwartet.

„Natürlich. Es könnte … Kollateralschäden geben“, sagte Per. Das Letzte, was er wollte, war, dass sein neuer Auftraggeber ihn an die Behörden verriet, weil ihm seine Methoden nicht gefielen.

„Tun Sie, was Sie tun müssen, Broden. Die Kosten sind mir egal. Es ist Notwehr. Und in Texas kann das blutig enden.“

Nicht nur in Texas, dachte Per.

Hank Green bat Per, draußen zu warten, während er die letzten Dinge mit Harcourt besprach. Per folgte dem Wunsch wortlos und verließ das opulente Büro. Nachdem er die Tür geschlossen hatte, drehte Hank sich zu seinem Boss um.

„Du hast ihm nicht erzählt, dass Reese unser Mann war“, sagte Hank und ging zum Schreibtisch.

„Bauchgefühl“, entgegnete Harcourt. „Reese zu verfolgen, wird ihn zu der alten Frau führen, aber es darf nicht zu leicht sein. Broden ist nicht einfach nur gerissen, er ist unglaublich scharfsinnig, das hört man immer wieder. Er muss es sich erarbeiten.“ Das Lallen war völlig aus seiner Stimme verschwunden. Harcourt saß nun auch aufrechter. Hank wusste, dass Harcourt vorgehabt hatte, so zu tun, als wäre er hilflos, sodass Broden nicht vollständig erfahren würde, mit wem er es hier zu tun hatte. Hank wusste aber auch, dass Harcourt sich selbst täuschte. Er mochte nicht ganz so verwirrt sein, wie er getan hatte, aber er war weit davon entfernt, die Kontrolle zu haben. Er hatte sein Büro seit Wochen nicht verlassen, und wenn Per die Bierflaschen am Sofa etwas näher in Augenschein genommen hätte, hätte er gesehen, dass sie voller Pisse waren.

„Aber was, wenn er es nicht herausfindet? Was, wenn Reese als Hinweis nicht deutlich genug war?"

„Dann ist er nicht der Richtige für den Job", sagte Harcourt.

„Was glaubst du, wird er tun, wenn er herausfindet, dass Reese nicht verschwunden ist, sondern dass du ihn losgeschickt hast, um für Tenabe zu arbeiten?"

„Nichts Gutes, da bin ich mir sicher. Täusch dich nicht, Hank. Sein Verhalten führt einen in die Irre. Das ist kein Mann, den man verscheißern sollte."

„Wenn du ihm nicht traust, heuer ihn nicht an. Wir finden jemand anderen", sagte Hank, der auf einer Ecke des Schreibtischs saß.

„Oh, er ist auf jeden Fall der richtige Mann für den Job", erklärte Harcourt. „Aber er ist ein Kontrollfreak. Wenn er wüsste, dass wir ihm die ganze Zeit über die Schulter schauen, würde er den Fall niemals annehmen."

„Warum er?", wollte Hank wissen.

„Du hast gehört, dass ich Spanien erwähnt habe?"

Hank nickte.

„Letztes Jahr hatte die staatliche Bahngesellschaft RENFE ein Diebstahlproblem. Auf nahezu jeder Fahrt sind Juwelen verschwunden, obwohl sie in einem Hochgeschwindigkeitszug eingeschlossen waren, der beinahe zweihundert Meilen pro Stunde fuhr. Die Gesellschaft hat Tausende ausgegeben, um zivile Sicherheitsleute in die Züge zu setzen. Um Kameras zu installieren. Was auch immer. Nichts", sagte Harcourt, während er vom Schreibtisch aufstand und zum Sofa schlurfte.

„Dann haben sie Broden angerufen?"

„Broden hat sie angerufen. Er ist wochenlang in ihren Zügen gefahren. Selbst als sein Auftraggeber ihm sagte, dass er aufgeben sollte, und ihm kein Geld mehr gab, hat er weiterhin Tickets von seinem eigenen Honorar gekauft und ist wieder und wieder mit dem Zug gefahren. Der Kerl ist ein Terrier."

„Hat er es gelöst?", fragte Hank.

„Die Gesellschaft ist ziemlich verschlossen, was wirklich geschehen ist, aber ja, die Diebstähle hörten auf. Das meiste, was ich weiß, habe ich durch Gerüchte und zusammengeschusterte Polizeiberichte erfahren." Harcourt schien das Interesse an dem zu verlieren, was er sagte, und starrte auf den Whisky in seiner Hand.

„Und?", hakte Hank nach.

„Häh? Ah, richtig. Die am weitesten verbreitete Theorie besagt, dass Broden schließlich herausfand, dass es sich um einen Insiderjob handelte. Ein paar Jungs aus der Sicherheitsmannschaft, die Hilfe von ein paar örtlichen Gangsterbanden hatten. Aber das war nicht genug für ihn, er wollte das ganze Rätsel lösen, und eine Handvoll Geldträger mit versiegelten Lippen wollten ihm nicht dabei helfen. Aber an dieser Stelle kommen die wirklichen Mutmaßungen ins Spiel. Sie fanden einen der Sicherheitsleute gut verschnürt in einem Gepäckabteil. So gut wie jeder Knochen in seinem Leib war gebrochen."

„Jesus. Broden?"

„Broden. Scheint, als habe er ihn bearbeitet, bis er geredet hat. Vielleicht noch ein bisschen länger. Die beteiligten Mitarbeiter haben die Juwelen eingesammelt, während die Passagiere auf den Reisen geschlafen haben, dann haben sie sie in einen speziellen Koffer getan, der aussah wie ein ganz normaler Schrankkoffer. Etwa so groß wie mein Schreibtisch. Ein paar Polster und Streben im Inneren, damit die Beute nicht zerstört wird."

„Zerstört?"

„Immer wenn der Zug durch die Sierra-Morena-Bergkette fuhr, musste er abbremsen, wegen der Kurven auf der Strecke. Irgendwo dort haben die den beladenen Koffer durch den Boden im letzten Waggon geworfen. Nachdem der Zug fort war und der Koffer nicht länger herumpurzelte, haben ihre Komplizen ihn abgeholt."

„Wow. Also, was hat Broden getan?", fragte Hank.

„Er ist in den Koffer gestiegen."

„Er ... heilige Scheiße. Wie schnell war der Zug?"

„Irgendwas um die hundertfünfundzwanzig Meilen die Stunde."

Hank stieß einen Pfiff aus und schüttelte den Kopf. „Und er hat ohne Verletzung überlebt?"

„Nicht ganz. Der Kerl ist zäh, aber immer noch aus Fleisch und Blut – zumindest war er es damals. Er war ziemlich hinüber, und sein Arm war so zertrümmert, dass er später im Krankenhaus amputiert werden musste. Aber das wirklich erstaunliche Gerücht ist, dass er trotzdem noch aus seiner Kiste gestiegen ist und die drei bewaffneten Kerle erledigt hat, die auf ihre Beute gewartet haben."

„Jesus", sagte Hank. Dann wurde ihm bewusst, was Harcourt wirklich gesagt hatte. „Was meinst du mit ‚damals'?"

Harcourt lachte, bevor er weitersprach. „Ich kann nicht glauben, dass es dir nicht aufgefallen ist. Deshalb brauchen wir seine Hilfe. Falls er es bis auf Tenabes Schiff schafft, wird er den Arm brauchen, um am Leben zu bleiben, ganz zu schweigen davon, um diese Tatsu-Schlampe zu töten."

„Warte. Er wurde amputiert? Aber er hat beide ..." Dann erinnerte sich Hank, dass Broden an einer Hand einen Handschuh trug. „Dieser Hurensohn. Ich habe nicht einmal bemerkt, dass sie falsch war."

„Ist sie auch nicht. Robotertechnik. Sehr fortgeschritten und funktioniert genau wie ein richtiger Arm – falls ein richtiger Arm aus Titanium wäre und die Kraft einer Müllpresse hätte. So drücken das die Gerüchte zumindest aus."

Harcourt lächelte und zwinkerte mit einem Auge, was Hank nur noch mehr beunruhigte. Er dachte daran, was wohl geschehen wäre, wenn er versuchte hätte, Broden vorhin am Auto zu einer Durchsuchung zu zwingen.

„Trotzdem, wie Broden schon sagt, es ist eine Menge Vertrauen."

„Ich bin kein Idiot, Hank. Auch wenn ich so rede. Er wird nicht so viel Freiheit haben, wie es scheint."

„Wie das?"

Harcourt nahm ein Smartphone aus seiner Tasche. Das Display zeigte eine örtliche Karte an, auf der ein einzelner Punkt blinkte. Und der Punkt lag genau dort, wo ihre Vordertür wäre.

„Ich habe ihm diese Karte nicht nur gegeben, damit er durch Türen kommt", erklärte Harcourt, bevor er Hank das Telefon überreichte. „Aber das ist noch nicht einmal mein Ass im Ärmel."

„Was denn dann?"

„Du. Du wirst ihn begleiten."

4

LONDON
20:00 Uhr Ortszeit

Jonathan betrat seine schmale, U-förmige Küche und begann, sich eine Tasse Tee zu machen. Während er darauf wartete, dass das Wasser kochte, dachte er an Emily. Oder besser gesagt, der Tee erinnerte ihn an sie. Es war ein grüner Tee, gemischt mit Bergamotte, den sie ihm vor einer Weile gezeigt hatte, und es war schnell sein Lieblingstee geworden. Jetzt musste er jedes Mal an sie denken, wenn er sich eine Tasse davon aufbrühte; wie sie sich kennengelernt hatten und wie es Emily und Lew offensichtlich nicht gelang, ihre Beziehung konstant am Laufen zu halten. Das schien eine der Konsequenzen ihres Lebensstils zu sein, dass Beziehungen immer seltener wurden.

Als der Kessel zu pfeifen begann, erwischte Jonathan sich dabei, wie er zum ersten Mal seit Wochen an Sophia dachte. Jonathan hatte sie zur selben Zeit kennengelernt, in der Lew Emily getroffen hatte. Sie hatten sich sehr gut verstanden, aber bevor sie mehr als nur Freunde hatten werden können, waren sie jeder seinem eigenen Pfad gefolgt, und es war nie etwas Ernstes draus geworden. Aber er dachte oft an sie. Als er noch Geld gehabt hatte, hatte er sogar darüber nachgedacht, einen Flug nach Sri Lanka zu nehmen, wo Sophia ein Forschungsteam an der Universität leitete. Aber da sprach nur seine Einsamkeit aus ihm.

Jonathan nahm seinen Tee mit ins Wohnzimmer und schob

Das Fünfte Element in den DVD-Player. Er lehnte sich mit seinem Tee in seinem Fernsehsessel zurück und schaute den Film zum bestimmt hundertsten Mal, im Versuch, seine rasenden Gedanken mit den Bildern und Geräuschen von Bruce Willis' Sprüchen zu bändigen, erwischte sich jedoch dabei, wie er sich stattdessen auf die Kostüme von Milla Jovovich konzentrierte. Bevor er den Gedanken weiterverfolgen konnte, den Film auszuschalten, übermannte ihn der Schlaf und rang sein Bewusstsein zu Boden.

Als er die Augen wieder öffnete, kroch bereits der Abspann den Bildschirm hoch und sein Handy klingelte. Er schaltete den Film aus und griff nach seinem Telefon, in der Hoffnung, dass es Lew wäre, damit er sich entschuldigen könnte. Er wusste, wenn er versuchte, Lew zu erreichen, würde der einfach nicht rangehen. Nicht im Augenblick zumindest.

Es war schon wieder Natalie. Er dachte daran, was Lew in dem Café gesagt hatte, lehnte ihren Anruf aber trotzdem ab. Jonathan begann, an seiner Entscheidung zu zweifeln, sich von Natalie fernzuhalten, aber noch war er nicht so weit, das Handtuch zu werfen. Dann entschied er, dass er einfach mal eine Weile von der Bildfläche verschwinden musste. Er schaltete sein Handy stumm und warf es in die Glasschale neben der Tür, in der er seine Schlüssel aufbewahrte.

Er zog seine Trainingsklamotten an und verbrachte eine Stunde damit, in seinem heimischen Trainingszimmer in der zweiten Etage des Apartments mehr Frust als Fett abzubauen. Die Kraftanstrengung und Eile, sich von Einheit zu Einheit zu schwingen, ohne mehr als dreißig Sekunden Pause dazwischen zu lassen, war genau das, was er jetzt brauchte. Sein Verstand hatte gar nicht die Möglichkeit, herumzuwandern, während er sich von Squats zu Liegestützen zu Barrenstützen hangelte. Erst als er in den Ausdauerteil seines Trainings kam, ließ ihm das Laufband wieder die Möglichkeit, die Gedanken schweifen zu lassen. Er versuchte, sich auf den morgigen Auftrag zu konzentrieren, doch seine Erinnerung spülte immer wieder alte Jobs hoch, die sie die Jahre über durchgezogen hatten. Besonders die, bei denen sie einen verlorenen Schatz von den Toten hatten auferstehen lassen und ihn seinem rechtmäßigen Besitzer zurückgebracht hatten. Und obwohl es üblicherweise Lew war, der ungehobelt genug war, den Scheck zu erwähnen, erwischte Jonathan sich nun ebenfalls dabei, wie er an die Belohnung dachte.

Während er duschte, dachte er über Lews verrückte Idee nach: „*Lass uns wieder Der Monarch sein.*"

Jonathan lächelte, während er sich die letzten Shampooreste aus den Haaren spülte und Wasser aus den Augen wischte. Er lachte leise, schüttelte den Kopf und drehte sich um, damit das Wasser ihm auf die Schulterblätter prasseln konnte.

Während die Wasserstrahlen rhythmisch trommelten, glitt Jonathans Erinnerung weit davon und holte seine Lieblingsaugenblicke nach oben, von all den Aufträgen, die er und Lew durchgezogen hatten. Als er schließlich wieder mit einem Ruck in der Gegenwart landete, kribbelte seine Schulter von der ausgedehnten Massage. Er drehte das Wasser ab und rubbelte sich mit seinem Handtuch in dem winzigen Badezimmer trocken.

„Er ist völlig durchgeknallt", sagte Jonathan. Irgendjemand musste es laut aussprechen.

5

JUROJIN MARU

1100 Kilometer östlich von Tokio
07:00 Uhr Ortszeit

Umi Tenabe, Vorstandsvorsitzende der Tenabe-Gruppe, trank ihren Frühstückstee, während der Schiffssteward der *Jurojin Maru* danebenstand und darauf wartete, dass seine Bemühungen bewertet wurden. Umi fand, dass er müde aussah, wusste aber, dass er erst seit einer Stunde wach war. Umi war, wie üblich, um 04:00 Uhr aufgestanden, hatte sich um den Papierkrieg gekümmert und internationale Telefonate geführt. Sie leitete ihre multinationale Firmengruppe – oder *Zaibatsu* – nun schon seit Monaten von ihrer Superjacht aus. Obwohl das umständlich war, war es zu Beginn eine juristische Notwendigkeit gewesen. Jetzt war es nur noch eine Sentimentalität – hier hatte sie die letzten Augenblicke mit ihrem Ehemann verbracht, als er gestorben war.

Bevor sie vor über siebzig Jahren die Firma ihres Vaters geerbt hatte, hatte Umi geglaubt, den Weg zu gehen, den die meisten Frauen ihrer Generation genommen hatten – zu heiraten und in der Identität ihres Mannes zu verschwinden. Aber der plötzliche Tod ihres Vaters hatte all das verändert. Im Alter von zweiunddreißig Jahren war sie – in jeder bedeutenden Hinsicht – ein Mann geworden. Es war 1945 gewesen, eine schwierige Zeit in Japan. Ihr Vater war damals ein wichtiger und sehr reicher Mann gewesen. Doch nachdem er ein Morgenmeeting in einem Bürogebäude in Nagasaki anberaumt hatte, hatte das Leben ihres Vaters ein Ende gefunden, in demselben grellen Lichtblitz, der Umis Weg für immer verändert hatte.

Sie nahm einen weiteren Schluck ihres Tees und beobachtete aus dem Augenwinkel, wie der Steward sich wand. Auch jetzt noch, im Alter von einhundertzwei Jahren, genoss Umi es, die Männer in ihrem Leben zu quälen. Es hatte immer nur einen Mann gegeben, bei dem sie nicht so empfunden hatte. Aber Mikawa, ihr Ehemann für nur ein Dutzend Jahre, war vor sechs Monaten ermordet worden. Auch wenn sein Tod Mikawa von dem Krebs befreit hatte, der seinen Körper verwüstet hatte, brachte Umi es nicht über sich, die Tat zu erdulden. Jeder Augenblick ihres Lebens seit jenem Tag galt nur einem einzigen, einsamen Ziel: Rache.

Sie war gerade im Begriff, den Steward für eine „bessere" Tasse Tee in die Küche zurückzuschicken, überlegte es sich jedoch anders, als ihr Computerbildschirm ihr anzeigte, dass ein Anruf auf sie wartete. Vor allem, als sie sah, von wem er kam.

„*Ike*", befahl Umi dem Steward schroff zu verschwinden. Dann fügte sie hinzu, dass er zum Mittagessen lieber einen besseren Tee mitbrachte, oder er wäre seinen Job los. Als die Tür sich hinter ihm geschlossen hatte, nahm sie den Videoanruf entgegen.

„Tatsu, es ist schön, dich zu sehen", sagte Umi, ein wenig überrascht, dass sie es ernst meinte. „Wo bist du gerade?" Umi beugte sich dem Bild ihrer Urenkelin auf dem Bildschirm entgegen. Sie war ein verblüffend schönes japanisches Mädchen, ganz in schwarzes Leder gekleidet, während ihr rotes Haar ihr über die Schultern fiel.

„Hallo, *Obasan*", antwortete Tatsu Koga und klang ebenso zufrieden. „Ich bin am Flughafen JFK, in New York, und warte auf den Anschlussflug."

„Wie geht es voran? Ich habe seit Texas nicht von dir gehört."

„Es läuft gut. Ich habe zwei weitere Kryonik-Labore ausgeschaltet."

„Ausgezeichnet. Und du hast ganz bestimmt den Namen an den Tatorten zurückgelassen?"

„Ja, in Sprühfarbe, wie du es wolltest."

„Gut. Ich wusste, ich kann dir vertrauen. Deshalb habe ich dich für diese Aufgabe ausgewählt. Als deine Mutter dich an diesem furchtbaren Ort zurückgelassen hat, wusste ich, dass sie einen Fehler begeht. Du brauchtest nur … ein wenig Führung", erklärte Umi. „Du hast mir schon hundertfach bewiesen, dass ich richtiglag, Tatsu. Ich bin so schrecklich stolz auf dich." Es war die Wahrheit, aber Umi war sich sehr wohl bewusst, dass sie ihr Lob als Werkzeug nutzte.

Aber ist nicht am Ende alles ein Werkzeug?

Streng genommen war Tatsu gar nicht von ihrem Blut, aber Umi behandelte sie, als wäre sie es. Nachdem Tatsu zwei Schläger in Osakas Kamagasaki-Bezirk totgeprügelt hatte – Japans größtem Slum –, weil die beiden ihren Bruder angegangen waren, hatten Tatsus Eltern die Chance genutzt, das Mädchen in die Psychiatrie einzuweisen. Nach allem, was Umi von ihnen und ihrer Situation wusste, galt das wohl eher dem Ziel, dass sie ein Maul weniger zu stopfen hatten, als dass sie Tatsu vor dem Gefängnis bewahren wollten.

Dort hatte Umi sie vor einigen Jahren gefunden, während sie die Einrichtung besichtigt hatte, um zu überlegen, ob sie die dortige Forschungsstation mitfinanzieren sollte. Am Ende hatte sie ihnen nicht das Geld gegeben, das sie gewollt hatten, aber sie hatte einen etwas kleineren Beitrag gezahlt, im Austausch für die Freiheit eines jungen Mädchens, das ihre Aufmerksamkeit erregt hatte. Zu jener Zeit hatte sie noch nicht gewusst, wofür sie das Mädchen verwenden wollte, aber Umi sammelte immer nützliche Dinge, für den Fall, dass sie sie einmal bräuchte.

Damals hatte Tatsu viel Talent besessen, war aber noch ein ungeschliffener Rohdiamant gewesen. Über die Jahre hatte Umi sie ausbilden lassen. Sie hatte als Erstes Judo und Karate gelernt und war später zu höheren Disziplinen aufgestiegen, die Messer und Schwerter beinhalteten. Als Tatsu achtzehn geworden war, hatte Umi begonnen, sie in die Welt hinauszuschicken.

Doch Tatsu hatte die Überzeugung gefehlt. Auch wenn sie die Fähigkeiten besaß, hatte ihr das Herz einer Attentäterin gefehlt, was der eigentliche Grund dafür gewesen war, dass Umi sie aus der Einrichtung geholt und ihre Fähigkeiten ausgebildet hatte. Aber wenn es eine Sache gab, in der Umi gut war, dann war das, die Motivation eines Menschen herauszufinden und sie zu ihrem eigenen Vorteil zu nutzen. Umi hatte Tatsus Motivation gefunden, als ihr wieder einfiel, weshalb Tatsu in den Slums getötet hatte. Schlägertypen, die andere schikanierten. Solche Typen konnte Tatsu nicht ausstehen. Sobald Umi das verstanden hatte, war es ein Leichtes, Tatsu dazu zu bringen, Umis Wünsche zu erfüllen – sie musste für das Kind nur die richtige Geschichte zusammenstellen. Erneut etwas, das Umi ausgezeichnet beherrschte.

„Ich bin so froh", sagte Tatsu. „Ich bin auf dem Weg nach Hause. Ich sollte morgen Nachmittag dort sein." Umi konnte das Bedürfnis des Mädchens nach Bestätigung beinahe durch den Bildschirm spüren.

„Ausgezeichnet. Wir brauchen Zeit, uns vorzubereiten."

„Ja, *Obasan.*" Tatsu war voller Stolz. Umi hatte ihr gegeben, was sie wollte, aber es würde einen Preis haben.

„Aber …" Umi tat, als wäre sie unentschlossen. „Nein, vergiss es. Du hast genug getan, Kind."

„Was ist? Bitte, sag es mir."

„Bist du dir sicher?"

„Bin ich!", rief Tatsu und sah sich abrupt um, als ihr bewusst wurde, wie laut sie geworden war. „Ich meine, ja, bin ich."

„Nun, fein", sagte Umi und unterdrückte ein Lächeln. „Es scheint ein neues Problem zu geben. Aber diesmal eines, wie du es nie zuvor zu lösen hattest. Er hat … Erfahrung." Sie hatte gerade erst die Berichte von den Wanzen erhalten, die sie in Harcourts Ranchhaus platziert hatte, damals, als Reese begonnen hatte, für sie zu arbeiten. Sie musste sich vorbereiten.

Per Broden war kein pummeliger Manager, der sich an der Portokasse seiner Firma bediente, oder ein Politiker, der Umi davon abhielt, zu kriegen, was sie wollte. Sie wusste, was sie da verlangte, aber sie hatte keine Wahl. Sie hatte keinen Zweifel, dass Tatsu alles mitbrachte, was es für den Job brauchte, aber so talentiert sie auch war, sie hatte es nie zuvor mit einem derart starken Gegner zu tun gehabt. Und es gab eine hohe Wahrscheinlichkeit, dass sie nicht siegreich sein würde.

Aber das Mindeste, was sie tun konnte, war, ihn lange genug aufzuhalten.

Umi gab Tatsu ihre neuen Anweisungen und beendete den Anruf. Sofort erhielt sie einen weiteren, diesmal von nicht ganz so weit weg.

„Bitte, seien Sie vernünftig!", flehte ein bärtiger, zerzauster Man in einem schmutzigen Laborkittel auf der anderen Seite des Bildschirms. Er war in einer Art Labor, auch wenn all die Plätze hinter ihm leer waren. Er schien ganz und gar allein zu sein. Dennoch warf er immer wieder einen Blick über die Schulter, während er sprach. „Es sind schon Wochen. Sie müssen mich gehen lassen!"

„Ich muss nichts dergleichen tun, Dr. Reese", erklärte Umi in perfektem Englisch. Auch wenn sie zehn Sprachen beinahe perfekt beherrschte, war die darüber hinausgehende Anzahl an Sprachen, durch die sie sich irgendwie durchkämpfen konnte, selbst ihr ein Geheimnis. Reese war gebürtiger Kanadier und sprach Englisch und eine abgenutzte Form von Französisch. Er war auf so viele Arten eine Enttäuschung, dachte Umi.

„Bitte, nur … lassen Sie mich einfach hier raus", stammelte Reese. Seine Stimme verriet, dass er jede Hoffnung fahren gelassen hatte. „Lassen Sie mich nur für einen Augenblick an die Oberfläche. Lassen Sie mich ein wenig echte Luft atmen!"

„Wenn Sie keine Luft hätten, wären Sie bereits vor langer Zeit gestorben." Und das wollte Umi wirklich nicht. Noch nicht, jedenfalls.

„Sie wissen, was ich meine", winselte Reese, legte das Gesicht in seine Hände und rieb sich die Augen, bis sie röter waren als normal.

„Wir hatten eine Abmachung, Dr. Reese. Sie haben Ihren Teil des Vertrags nicht eingehalten. Weshalb sollte ich mich dann an meinen halten? Nein, Sie bleiben, wo sie sind. Wenn Sie mich jetzt bitte …"

Plötzlich packte Reese die Kamera und kam mit seinem Gesicht ganz dicht heran.

„Es … es beobachtet mich ständig", zischte er und sah sich verstohlen um. „Wenn ich versuche zu schlafen, schickt es Dinge, die … die mich *berühren* sollen! Bitte …" Reese verstummte, als würde ihm klar werden, dass es keinen Sinn hatte, fortzufahren. Umi sah einer Träne dabei zu, wie sie langsam Reeses bärtige Wange hinablief. Es war ihr Befehl gewesen, dass man Reese vom Schlafen abhalten sollte. Und obwohl er die Strafe verdient hatte, fand sie die Resultate faszinierend.

Sie griff nach einer Taste und beendete das Gespräch, das nicht länger ihr Interesse fesseln konnte. Sie nahm einen

Schluck ihres Tees und dachte darüber nach, welchen Anruf sie als Nächstes tätigen sollte. Sie schloss einen Moment die Augen, während sie schluckte.

Das war wirklich die beste Tasse Tee, die sie jemals gehabt hatte.

Tatsu Koga – jetzt in eine locker sitzende Pyjamahose gekleidet, mit Converse Sneakern und einem Kapuzenpullover, auf dessen Vorderseite „WHAT THE FUKushima" geschrieben stand – saß gegen einen Pfeiler gelehnt und nutzte ihre Reisetasche als Kopfkissen. Die weißen Kopfhörer, die sich unter ihrer Kapuze hervorschlängelten, führten in ihr Smartphone, aber das war alles nur Theater. Die Spiele und Musik ihres Handys waren ausgeschaltet. Sie hatte schon vor langer Zeit herausgefunden, dass das nicht nur die beste Art war, in Frieden gelassen zu werden, sondern auch die beste Methode, die Welt um sie herum zu beobachten und zu belauschen. Es machte sie unsichtbar und abweisend, was das Beste für jeden war, den es betraf.

Ihr Flug war vor drei Stunden am Flughafen JFK gelandet. Das war so geplant gewesen. Aber jetzt, als ihr Anschlussflug auf die Startbahn gezogen wurde, um in Richtung Tokyo International Airport abzuheben, saß sie noch immer im Wartesaal für Passagiere.

Sie tat, als wäre sie nur ein weiterer reisender Student, der auf einen lange verspäteten Flug wartete, doch in Wahrheit hatte sie bisher noch gar keinen Flug gebucht. Umis Anweisungen waren gewesen, dass sie die Dateien studieren sollte, die sie Tatsu auf ihr Handy geschickt hatte, und auf ihren Anruf warten, bei dem sie Tatsu ihr neues Ziel mitteilen würde. Tatsu wusste nicht, wo sie als Nächstes hinfliegen würde, und es konnte auch noch eine Weile dauern, aber sie wusste, was sie zu tun hatte, sobald Umi herausfand, an welchem Ort sich Per Broden lange genug aufhielt, damit Tatsu mit ihm in Kontakt treten konnte. Sie wäre wirklich gern wieder an Umis Seite gewesen bei dem großen Ereignis, und sie könnte es unter Umständen noch schaffen, doch für den Augenblick musste das warten.

Umi hatte Tatsu gerettet, als sie jung und verloren gewesen war, und sie würde alles für die Matriarchin tun. Und das hatte sie bewiesen, wieder und wieder.

Tatsu holte erneut Per Brodens Bild auf ihr Telefondisplay und musterte es, prägte sich jedes Detail ein.

Nach dem Äußeren schien er ein sonderbarer kleiner Mann zu sein, aber seine Akte erzählte eine andere Geschichte. Den Berichten zufolge war er intelligent, scharfsinnig, hartnäckig und, seit Neuestem, gefährlich. Er hatte den Großteil seines Lebens bei der Strafverfolgung in Stockholm verbracht; erst für die Polizei, dann für den schwedischen Inlandsgeheimdienst. Seine Spezialität waren Rätsel und Mysterien, und er hatte eine unglaublich hohe Erfolgsquote, beinahe so hoch wie sein IQ. Allerdings war klar erkennbar, dass mit zunehmenden Jahren auch die Gewalt, die mit seinen Fällen in Verbindung stand, zunahm. Vor fünf Jahren schließlich war er in den Ruhestand gegangen und arbeitete nun als eine Art internationaler Privatdetektiv, der sich noch immer die rätselhaftesten und mysteriösesten Fälle herauspickte, die er finden konnte. Und offensichtlich hatte Tatsus jüngste Arbeit sein Interesse geweckt. Sie lächelte leicht, als sie sich vorstellte, wie der kleine Mann herauszufinden versuchte, was „Tote Lichter“ bedeutete.

Tatsu schloss die Augen, rollte sich auf die Seite und versuchte, ihren Geist zu beruhigen. Doch wie es schon die letzten Wochen der Fall war: Sobald sie ihre Augen schloss, sah sie das Gesicht des Mannes, den sie mit den Bomben in Houston getötet hatte. Sie verspürte nicht direkt Reue, aber sie fragte sich immer wieder, weshalb sie die Explosion nicht verzögert hatte. Die Bomben, die das Gebäude in die Luft gejagt hatten, liefen mit einer Zeituhr, und sie hatte die Abbruch-App auf ihrem Telefon. Alles, was sie hätte tun müssen, wäre ein Tippen auf ihr Display gewesen, und die Zeitschaltuhren hätten gestoppt.

Sobald der Mann fertig gewesen wäre, mit was auch immer er so spät in der Nacht in seinem Aufzug dort hatte tun wollen, hätte sie die Uhren wieder laufen lassen können, und ihre Mission beenden. Doch das hatte sie nicht. Es war ihr in jenem Augenblick nicht einmal in den Sinn gekommen.

Sie wusste natürlich, dass es eine Menge guter Gründe gab, die Uhren nicht zu stoppen. Wenn der Mann die Bomben bemerkt hätte und daran herumgefummelt oder sie gemeldet hätte, wäre die Mission in Gefahr gewesen. Und bei allem, was sie wusste, hätte der Mann sogar dort sein können, um sie aufzuhalten. Aber der letzte Teil war weit hergeholt und zweifelhaft.

Er war natürlich nicht die erste Person, die Tatsu getötet hatte, nicht einmal die erste, die sie für Umi ermordet hatte, aber der Mann war der erste Mensch, der ihr Opfer geworden war, weil er einfach zur falschen Zeit am falschen Ort gewesen war. Ihr war bewusst, dass er möglicherweise nicht der Einzige war. Sie hatte die anderen Einrichtungen, die sie in den letzten Wochen in die Luft gesprengt hatte, nicht komplett durchsucht, aber ihr war immer versichert worden, dass die Gelände verlassen waren. Zumindest von lebenden Personen. Aber es gab einen Unterschied, ob man es tatsächlich wusste, wenn man einem Menschen in die Augen geschaut hatte – wenn auch nur durch ein Fernglas – und zusah, wie sein Leben endete.

Tatsus Gedanken wurden von nahen Stimmen abgelenkt. Auch wenn sie selbst nur so tat, als warte sie auf einen verspäteten Flug, verteilten sich große Gruppen von Menschen auf die Bänke und Tische im Flughafen, die wirklich warteten. Auf einer Bank ihr gegenüber saßen ein paar Teenagermädchen, mit Rucksäcken auf dem Schoß, und schauten in die geschäftige Abflughalle hinab, die etliche Meter unter ihnen lag. Ihr Auftreten zeigte deutlich, dass Verreisen etwas Neues für sie war. Hinter ihnen standen drei junge Männer, alle Anfang zwanzig, und lachten miteinander. Dann und wann trat einer von ihnen vor und belästigte die Mädchen eine Weile, bevor er zurückging und sich bestätigendes Nicken und Schulterklopfen von seinen Kumpels abholte. Und jedes Mal, wenn sie das taten, wurden sie unverschämter.

Noch immer drängten sich jede Menge Leute vorbei, doch entweder bemerkten sie die Szene nicht, oder sie taten so, als würden sie sie nicht bemerken. Wenn das so weiterging, wusste Tatsu, wohin es führen würde. Für eine kurze Zeit in ihrem Leben war sie wie diese Mädchen gewesen; bevor sie gelernt hatte, zurückzuschubsen. Naiv oder nicht, die weit aufgerissenen, furchterfüllten Augen der Mädchen verrieten ihr, dass auch sie wussten, worauf das hinauslief. Sie dachte daran, ihre Augen wieder zu schließen, aber sie konnte dieses schikanierende Verhalten nicht aus dem Kopf kriegen.

Schließlich seufzte sie, nahm ihre schweigenden Ohrstöpsel raus und stopfte das Handy in ihre Reisetasche. Sie stand leichtfüßig auf und ging mit den hängenden Schultern, die das Markenzeichen ihrer Generation waren, um ein paar Bänke herum, sodass sie sich den Männern von hinten näherte. Dabei verlangsamte sie ihren Schritt, damit sie genau in dem Augenblick bei den Männern eintreffen konnte, wenn einer von ihnen den nächsten Vorstoß in den persönlichen Raum der Mädchen wagte. Sie würde versehentlich in ihn stolpern und ihn über das Geländer stoßen, sodass er unten auf den Marmorboden schlug. Dann würde sie wieder in der Menge versinken, die sich sammeln würde, um den furchtbaren Unfall zu begaffen.

Doch bevor sie die Männer erreichten, rief jemand von unten in der Flughafenhalle deren Namen. Die Typen sagten noch irgendetwas zu den Mädchen, bevor sie sich umdrehten und davoneilten, um sich mit ihren wartenden Freunden zu treffen. Offensichtlich hatte das Boarding für ihren Flug endlich begonnen. Ohne aus dem Tritt zu kommen, umrundete Tatsu die Säule, ging an den Mädchen vorbei und kehrte zu ihrer Tasche zurück. Sie holte ihr Handy heraus, setzte sich und war, nur Augenblicke, nachdem sie sich die Ohrstöpsel wieder eingesetzt hatte, wieder „eingeschlafen".

Sie träumte von dem kleinen Mann, der zwischen ihr und ihrer Familie stand. Für den Augenblick zumindest.

6

LONDON

23:35 Uhr Ortszeit

Lew saß im Pub *The Stag's Horn*, nur eine Straße von seiner Wohnung entfernt, ein Ort, an den er so oft ging, dass er nicht einmal mehr eine Bestellung aussprechen musste. Er setzte sich einfach, und Pints erschienen auf seinem Tisch. Das war die Art von Magie, die Lew mochte. Er war schon länger hier, als er sollte, angesichts des Jobs, der ihm vom nächsten Morgen her böse Blicke zuwarf. Aber „sollte" war ein Wort, das nur selten in Lews Vokabular aufflammte.

Er war noch immer sauer über den Streit mit Jonathan, wenn auch nicht auf Jonathan. Er war sauer auf sich selbst. Die Tatsache, dass Jonathan mit ihm in aller Öffentlichkeit hatte spazieren gehen wollen, bedeutete, dass sein Partner sich ein wenig verloren fühlte, und er hatte versucht, das auszunutzen.

Lew drehte sein Handy auf dem Tisch vor sich mit einer Hand herum und hielt sich mit der anderen an seinem Guinness fest, als würde er umkippen, wenn er es nicht tat. Er versuchte zu entscheiden, wen er anrufen sollte – Jonathan oder Emily.

Er wusste, er konnte am Morgen einfach bei Jonny auftauchen, und sie würden so tun, als wäre nichts geschehen. Was vermutlich genau das war, was er machen würde. Aber er wusste, die elegantere Methode wäre, wenn er ihn anriefe und sich entschuldigte, oder wenigstens bestätigte, dass er auch kommen würde. Nicht, dass Jonny ihn für diese Mission brauchte. Oder irgendeinen der anderen Jobs in letzter Zeit. Was ziemlich genau der Punkt war, um den es hier ging. Lew vermisste die Anspannung und die Herausforderung – und die Gehaltschecks –, die es mit sich brachte, Der Monarch zu sein. Aber noch schlimmer war, dass die Art von Aufträgen, die sie in letzter Zeit ausgeführt hatten, Lew das Gefühl gaben … überflüssig zu sein.

Auf der anderen Seite wusste er, dass er Emily nicht anrufen sollte. Er versuchte, sich von ihr fernzuhalten, damit sie sicher war, aber es fiel ihm schwer, diese Absicht auch einzuhalten.

„Tu es nicht, Lew“, sagte er zu sich selbst.

Er hatte Emilys Kontakteintrag nun schon eine Weile auf seinem Display stehen. Immer wieder glitt sein Daumen zu dem Anrufen-Icon hinüber, doch dann stritt er mit sich selbst und legte das Handy wieder auf den etwas ramponierten Tisch und drehte es noch ein bisschen herum. Mit jedem Versuch wurde der Streit mit sich selbst ein wenig harscher, und seit mittlerweile zwei Bieren war die Diskussion aus seinem Kopf herausgewandert und äußerte sich als ein tatsächlich ausgesprochener Disput. Er wusste, dass er immer wieder verstohlene Blicke von den wenigen Gästen erntete, die um diese Zeit noch anwesend waren, aber er wusste auch, dass ihn niemand ansprechen würde. Lew hatte den größten Teil seines Lebens damit zugebracht, auf die eine oder andere Art zu kämpfen, dabei war die Ironie an der Sache, dass seine Größe und seine Körpersprache dafür sorgten, dass er es üblicherweise gar nicht zu tun brauchte.

Er war nicht der Ansicht, dass er Emily nur anrief, um Sex zu haben. Zumindest hoffte er das. Aber er hatte Emily seit Monaten nicht gesehen, und in letzter Zeit bekam er sie nur schwer wieder aus dem Kopf. Jonathan wusste das nicht, aber die Romanze zwischen Lew und Emily war niemals wirklich geendet. Sie waren kein Paar mehr, aber sie hatten noch immer eine Verbindung, anders als alles, das jeder von ihnen je im Leben erlebt hatte.

Lew kippte den Rest seines dunklen Bieres runter und winkte nach einem neuen. Während er wartete, nahm er das Telefon wieder auf. Wie schon all die Male zuvor schwebte sein Daumen über dem Anrufen-Symbol, doch bevor er den Daumen dieses Mal wegnehmen konnte, begann sein Handy zu vibrieren und zu klingeln. Überrascht ließ er das Telefon wieder auf den Tisch fallen. Er lächelte und griff danach, überzeugt davon, dass Emily genauso fühlte wie er und ihn tatsächlich anrief. Das geschah ihnen häufig, dass sie zur selben Zeit dieselbe Idee hatten. Doch als Lew das Telefon umdrehte, sah er ein Gesicht, das er seit einem Jahr nicht mehr gesehen hatte. Er rückte auf den Annehmen-Button.

„Seepferdchen?"

„Onkel Lew!", kreischte Natalies Stimme. Er wusste, dass sie es war, aber nach nur einem Jahr klang sie bereits völlig anders. Er vermisste es, „Onki Lew" zu sein, selbst wenn sie nicht wirklich seine Nichte war.

„Was zur Hölle tust du …"

„O mein Gott, ich habe gewählt und gewählt. Ich muss so wenigstens tausend Nummern angerufen haben. Ich dachte nicht, dass ich dich finde!" Natalies Worte klebten aneinander, als wäre Raum etwas, das sic sich nicht leisten könne.

„Du hast was?", fragte Lew, der versuchte, sich dazu zu zwingen, nüchtern zu werden. Wenn auch nicht so dringend, dass er dem Barkeeper kein Dankeschön zugenickt hätte, als der ihm sein neues Guinness brachte. „Ähm, wie genau *bist* du an diese Nummer gekommen?" Sosehr Lew Natalie auch seine Nummer hatte geben wollen, er wusste exakt, wie Jonathan reagieren würde, falls er es jemals täte.

„Emily hat sie mir vor Monaten gegeben, aber meine Kunstsachen sind über dem Notizheft ausgelaufen, in dem ich sie aufgeschrieben hatte. Ich hatte nur die erste Hälfte davon."

Lew hatte Emily bei mehreren Gelegenheiten vorgeworfen, dass sie mit Natalie telefonieren würde, aber sie hatte es immer abgestritten. Recht zu haben gab ihm keine Befriedigung. Er lächelte allerdings bei der Vorstellung, wie Natalie systematisch alle möglichen Nummern durchgewählt hatte, bis sie ihn gefunden hatte. In dieser Hinsicht ähnelte sie ihrem Dad sehr.

„Wieso hast du nicht einfach Emily angerufen und dir die Nummer noch mal geben lassen?", fragte Lew, während sich ein böses Gefühl in seine Eingeweide schlich.

„Das ist das Problem, Onkel Lew. Es ist Emily. Sie ... Ich glaube, sie ist verletzt. Schwer."

Der Schock raste schneller durch Lews Körper als jedes Guinness. Er kämpfte gegen den Druck in seiner Brust an und rang nach Atem. Die Knöchel, mit denen er sein Glas hielt, wurden weiß, und er zwang sich, es abzustellen, bevor er es zerdrückte.

Natalie erzählte ihm, was sie vor einigen Stunden durch das Telefon gehört hatte. Als das Handy aus Emilys Hand geflogen und unter ihrem Sofa gelandet war, war die Verbindung bestehen geblieben und Natalie hatte jedes Wort gehört, jeden Schlag und jeden Schuss.

„Ich wusste, er war es. Es tut mir leid, ich habe eine Milliarde Mal versucht, Dad zu erreichen, aber er geht nicht ran. Ich bin so wütend auf ihn! Du musst sie finden, Onkel Lew. Du musst einfach."

„Du wusstest, *er* war es? Du wusstest, wer war es?" Lew kämpfte noch immer mit Natalies detaillierter Beschreibung dessen, was sie gehört hatte, und er musste den Namen einfach hören, auch wenn er sicher war, dass er es bereits wusste."

„Der böse Mann, der euch beiden wehtun will. George. Canton George."

Als Jonathan und Lew beschlossen hatten, sich in London niederzulassen, hatten sie bewusst zwei Wohnungen gewählt, die nicht nur nahe beieinanderlagen, sondern auch bei Emily in der Nähe. Es war eine Sicherheitsvorkehrung, solange Canton George noch dort draußen war und nach ihnen suchte. Außerdem wohnten sie in der Nähe sämtlicher Londoner Museen und Galerien und weniger als achthundert Kilometer von Natalies Internat entfernt. Das war alles schön und gut, aber Lew war nur wichtig gewesen, dass er stets nur eine zehnminütige Taxifahrt von der einzigen Frau entfernt blieb, die er je lieben würde.

Lew stieg ein paar Blocks vor Emilys Wohnung aus dem Taxi, am Tufnell Park. Die kühle Nachtluft half ihm, auszunüchtern, während er zu ihrer Wohnung rannte. Auch wenn es eher ein Torkeln war, da er gleichzeitig rannte und wieder und wieder Emilys Nummer wählte.

Das kann nicht sein. Es kann einfach nicht. Sie ist zu clever, als dass der Scheißkerl sie findet …

Lew bog um eine Ecke, und Emilys Wohnung kam in Sicht – oder was davon übrig war. Manchmal spazierte Lew hier vorbei, nur um zu sehen, wie sie an einem der Fenster vorbeiging – Fenster, die jetzt nur noch Bretter waren, dekoriert mit gelbem Polizeiabsperrband. Er begann zu keuchen und hatte Schwierigkeiten, seine Beine auf das Gebäude zuzubewegen. Sein Blick wurde unscharf, und er musste die Feuchtigkeit wegblinzeln, um zu sehen, was er nicht sehen wollte. Dann begann es in ihm aufzusteigen, erst sachte, doch dann immer stärker.

„… Nein, nein, nein, Nein, Nein, NEIN, NEIN!" Und dann rannte er, seine kräftigen Beine schlugen so krachend auf den Boden, dass man es bis zurück ins The Stag's Horn hörte. Wind ließ seinen langen Staubmantel hinter ihm flattern, als er förmlich durch den leichten Nieselregen und die Nacht flog.

Er zog den Schlüssel heraus, den Emily ihm gegeben hatte, und raste die Treppen hinauf. Er fegte durch den Flur und machte sich gar nicht erst die Mühe mit dem Schlüssel, als er sah, dass auch die Tür mit Sperrholz und Absperrband abgedeckt war.

Lew hob ein Bein und hämmerte seinen Stiefel in das Sperrholz. Das dünne Material zersplitterte unter seiner Kraft, und er war in der Wohnung. Der Geruch von Kordit und Blut hing noch immer schwer in der Luft.

„Emily! EMILY!", rief Lew, während er jeden Raum durchsuchte, aber er war allein. Zurück im Wohnzimmer schaltete er das Licht ein, und seine Anspannung verdoppelte sich. Überall war Blut – an den Wänden, dem Boden, selbst auf dem zusammengefallenen Bücherregal. Lew ging hinüber – zu dem Regal, das er extra für sie gebaut hatte – und entdeckte ein Büschel Haare auf der Holzmaserung. Mit einer zittrigen Hand nahm er es an sich und drehte es zwischen seinem Daumen und Zeigefinger. Es war von Emily. Er würde ihr Haar überall erkennen. Das letzte Mal, als er es gesehen hatte, hatte es ihr ins Gesicht gehangen, während sie auf ihm gesessen hatte, lächelnd, und ihm erzählend, dass sie es hasste, wie sehr sie ihn liebte.

Und das brach den Bann.

Lew heulte auf und begann, um sich zu schlagen. Zunächst zerschlug er die Reste des Bücherregals, dann das Sperrholz vor den Fenstern. Er donnerte seine fleischige Faust wieder und wieder in das Brett, bis ihm Blut von den Knöcheln spritzte und sich mit Emilys Blut am Boden vermischte. Erschöpft sackte er zu Boden, sein Atem ging in schweren Stößen. Als er sich ein wenig beruhigt hatte, gelang es ihm, sein Telefon herauszuholen und zu wählen. Er kämpfte darum, nicht die Kontrolle zu verlieren.

„Hallo?", meldete sich Jonathans verschlafene Stimme. „Wie spät ist …"

„J-Jonny. Sie ist weg, Mann. Es war George. Der Hurensohn hat sie erwischt. Ich …“ Lew rang darum, den Verstand zu behalten, und drückte sich Daumen und Zeigefinger seiner freien Hand gegen die Augen, zwang sich, die Tränen wegzuhalten, damit er sehen konnte. „Ich glaube, sie ist tot.“

Jonathan konnte den Großteil der Geschichte aus Lew herausholen, während er versuchte, ihn zu beruhigen. Lew wusste, dass sein Zustand teilweise durch den Alkohol kam, aber das war kein Trost.

„Natalie?“, fragte Jonathan, als Lew ihm von dem Anruf erzählte. „Was zur Hölle hat sie …“ Und dann hörte Jonathan abrupt auf zu reden.

„Jonny?“, fragte Lew. Er stand auf und schüttelte den Kopf, um ihn frei zu kriegen.

„Wo bist du, Lew? Bitte sag mir, dass du nicht in Emilys Wohnung bist.“

„Äh, nun, ich könnte dir das sagen, aber …“

„Himmel, Lew, verschwinde da!“

„Relax“, sagte Lew. „Auf keinen Fall würden die Bullen …“

Ding.

Jetzt, wo die Tür zerstört war, erkannte Lew das Geräusch des Fahrstuhls auf der Stelle. Und dann wurde ihm klar, worauf Jonathan hinauswollte. Wenn Canton Georges Männer Emily hier gefunden hatten, standen die Chancen gut, dass Lew und Jonathan irgendwo in der Nähe waren. Und wenn sie die Wohnung im Auge behielten, brauchten sie nur …

Lew hörte, wie sich Schritte der Wohnung näherten. Mehrere Personen. Schwere Schritte, keine Stimmen. Und dann war Lew hoch und in Bewegung. Er sagte Jonathan, dass er ihn in seiner Wohnung treffen sollte, und legte auf. Lew wusste, dass er nicht in der Verfassung war, es mit irgendjemandem aufzunehmen, jedenfalls nicht, ohne selbst zu Schaden zu kommen. Und falls Emily noch lebte, musste er in bester Verfassung sein, um sie zu finden. Da ein Kampf also nicht infrage kam, wählte er die Flucht.

Lew packte die Ecke einer Sperrholzplatte vor dem Fenster und riss. Die Nägel quietschten, lösten sich aber. Wind und Regen wischten über Lews Gesicht. Es war zu hoch, um nach unten zu springen, aber das Vordach vor dem Eingang lag nur zwei Etagen unter ihm und sah ziemlich stabil aus. Lew wappnete sich, atmete ein paarmal tief durch, und schlüpfte aus dem Fenster. Er hangelte sich so weit es ging nach unten und ließ los. Im Fall drehte er sich, damit er sehen konnte, wo er landete, und erkannte, dass er das Vordach verfehlen würde. Er erinnerte sich an das Fallschirmsprungtraining, das er als Soldat bekommen hatte, und sobald er den Boden berührte, rollte er sich ab.

Die Luft wurde ihm aus den Lungen gepresst, doch davon abgesehen war er unverletzt. Nachdem er sich gesammelt hatte, lief er zur Seite des Gebäudes und rannte dann in die entgegengesetzte Richtung als die, in der seine Wohnung lag. Später, sobald er sicher war, dass ihm niemand folgte, würde er einen Bogen schlagen und zurücklaufen, nach Hause.

Aber etwas sagte ihm, dass es nicht mehr sehr lange sein Zuhause bleiben würde.

7

LAS VEGAS, NEVADA

20:17 Uhr Ortszeit

Gerade zehn Minuten vom berühmten Strip entfernt, an dem die Touristen herumtorkelten, die Spieler Strategien entwickelten und junge Männer und Frauen Dinge taten, die am besten in Vegas blieben, saßen Per und Hank in ihrem Mietwagen und beobachteten ein unscheinbares Gebäude, umgeben von drei Meter hohem Maschendrahtzaun mit NATO-Draht an der Spitze. Der Zaun war vorher schon dort gewesen, aber der Klingendraht war neu, eine Sicherheitsmaßnahme, die hinzugefügt worden war, nachdem die Bombenangriffe begonnen hatten.

Trotz der Menschenmassen am Strip war die Straße ruhig und schien praktisch verlassen. Das Gebäude, das sie beobachteten, war nicht das einzige hier ohne jeden Hinweis darauf, was sich darin verbarg. Das ganze Gebiet wirkte wie ein typisches Industrieviertel, doch während die anderen Gebäude Massagestudios, VIP-Clubs und Sex-Shows beherbergten, fand sich in diesem Gebäude nichts als kalte Leichen.

Es war die letzte intakte Kryonik-Einrichtung, die Harcourt in den USA noch besaß. Was Per wissen wollte, war das Warum. Wieso war ausgerechnet diese Einrichtung verschont worden? War daran irgendetwas wichtig, oder gab es einen anderen Grund dafür, dass sie nicht wie die anderen in die Luft gesprengt worden war? Vielleicht ein Zeitplan, den Per erst noch entdecken musste? War die Bombenlegerin auf dem Weg hierher gewesen, und ihr war etwas zugestoßen? War das Muster von etwas so Banalem wie einem Autounfall gestört worden? Per mochte nach außen hin ruhig und entspannt wirken, doch in seinem Inneren tobte es wie ein stürmischer Ozean.

„Schon mal in Vegas gewesen?“, fragte Hank vom Fahrersitz.

„Nein“, antwortete Per knapp, ohne den Blick je von seinem Ziel abzuwenden. Es war das fünfte Mal in den letzten drei Stunden, dass Hank versuchte, Per in irgendeine Form von Gespräch zu verwickeln. Und jedes Mal hatte Per nur eine kurze, einsilbige Antwort gegeben. Er bereute es, Hank nicht im Hotel gelassen zu haben oder ihn endgültig loszuwerden und allein weiterzumachen.

„Himmel, ich erinnere mich an das erste Mal, als ich hier war“, erzählte Hank und stürzte sich in ein weiteres seiner einseitigen Gespräche. Auch wenn der Großteil von Pers Aufmerksamkeit auf dem Gebäude vor ihm lag, war ein Teil von ihm von Hanks Unfähigkeit fasziniert, Stille zu ertragen. Aber er wusste, dass das eine grundlegende Charaktereigenschaft bei Amerikanern war. Schweigen ließ sie nachdenken, und wenn schon nichts anderes, dann war Amerika ein Land der Ablenkung. An einem anderen Tag wäre das etwas gewesen, das Per mit Freude untersucht und seziert hätte. Doch nicht jetzt. Er legte langsam seine behandschuhte Hand auf Hanks Unterarm und drückte zu, nur mit ein paar Prozent dessen, wozu sein künstlicher Arm imstande war.

„Es ist sehr wichtig, dass Sie eine Weile still sind, Mr. Green. Können Sie das für mich tun?“, fragte Per, ohne die Augen von dem Gebäude abzuwenden.

„J…ja. Ja, Sir“, brachte Hank hervor. Per ließ ihn los und legte seine Hand wieder in seinen Schoß. Nur am Rande bekam er mit, wie Hank keuchte und sich den Unterarm rieb.

„Gut.“

Nachdem eine weitere Stunde – in Stille – vergangen war, hatte Per alles zusammen, was er aus dieser Entfernung zur fraglichen Einrichtung vor ihm herausfinden konnte. Hier würde er keine Antworten finden, aber das hatte er gewusst, bevor sie hergekommen waren. Er war hier, um seinen Fragenkatalog zu erweitern, um den Platz zu gestalten, an dem er seine Antworten aufbewahren würde.

„Erzählen Sie mir, was Sie über Dr. Reese wissen", sagte Per ganz plötzlich in die Stille hinein, ohne sich an Hanks erschrockenem Zusammenzucken zu erfreuen. Er wusste, dass der Wissenschaftler vor vier Monaten verschwunden war, und was sonst noch in seiner Akte stand, aber Per wollte mehr.

„Äh, Reese? Hab ich nur ein paarmal getroffen. Hat in unserer Forschungseinrichtung in Kanada gearbeitet, direkt außerhalb von Toronto. Ganz netter Kerl, schätze ich. Irre clever. Ich meine, genial clever. Hab nicht mal mehr Bahnhof verstanden, wenn der losgelegt hat, über seine Arbeit zu reden. War fünf Jahre bei uns, bevor er … verschwunden ist."

„Ja, das steht alles in der Akte, Mr. Green. Erzählen Sie mir, was nicht dort steht."

„Nicht? Okay, schauen wir mal. Er mochte schnelle Autos. Hatte keins, mochte sie einfach nur. Er fing immer wieder an, mit dem neuesten BMW oder Aston Martin. Sein Schreibtisch war auch immer von den ganzen Automagazinen bedeckt."

„Ich verstehe", sagte Per. „Weiter."

„Er war 'ne Weile verheiratet. Hat aber nicht funktioniert. Wurde vor einigen Jahren geschieden. Sie hat ihn wohl komplett ausgenommen."

„Noch etwas?"

„Hören Sie", sagte Hank und drehte sich auf seinem Sitz, um Per anzuschauen. Per folgte der stillen Aufforderung, nahm seinen Blick von dem Gebäude und sah zum ersten Mal Hank an. „Ich weiß, was Jim – Mr. Harcourt – gesagt hat, aber ich glaube nicht, dass dieser Reese uns weiterbringt. Wir haben eine Weile in diese Richtung gesucht, als er verschwunden ist, aber da scheint nichts Zwielichtiges geschehen zu sein. Ich würde mich an etwas anderes dranhängen, wenn ich was zu sagen hätte."

„Danke für Ihren Ratschlag", erwiderte Per und drehte sich wieder zum Gebäude.

Hank begann, noch etwas zu sagen, schien es sich dann jedoch anders zu überlegen, und drehte sich stattdessen einfach selbst wieder nach vorn.

„Bringen Sie mich zum Flughafen, Mr. Green", sagte Per plötzlich.

„Wir gehen nicht rein?"

Per antwortete ihm, indem er sich zurücklehnte und die Augen schloss.

„Wohin fliegen wir jetzt?", fragte Hank nach einigen Minuten Autofahrt.

„Toronto."

JUROJIN MARU
13:52 Uhr Ortszeit

Weniger als fünfzehn Minuten nachdem Hank einen Flug vom McCarran International Airport gebucht hatte, schickte Umis Internet-Spürhund – ein Computerprogramm, das fortwährend nach Informationen überall im Netz suchte – einen Report an ihren Bürocomputer. Noch einmal zehn Minuten später rief sie Tatsu an und gab ihr die Details.

„Toronto?", fragte Tatsu auf dem Computerbildschirm.

„Gibt es ein Problem?"

„Nein, *Obasan*, nein, natürlich nicht. Es ist nur … vergiss es."

Sie wusste, dass Tatsu müde war – und zu Recht. Sie hatte die letzten Wochen hart gearbeitet. Doch wenn sie sich nicht um alles kümmerten – jeden letzten losen Faden, vor allem jetzt – dann wäre alles umsonst gewesen. Sie war überzeugt, dass Tatsu das wusste. Andererseits war sie jung und wild und sehr weit weg.

„In etwas weniger als einer Stunde geht ein Flug. Ich sollte los", sagte Tatsu.

„Ausgezeichnet, Kleine. Ruf mich an, wenn du landest, und ich gebe dir weitere Instruktionen. Und sorge dich nicht; wenn alles gut geht, wirst du rechtzeitig hier sein", sagte Umi. Sie wollte gerade die Verbindung trennen, fügte dann aber noch hinzu: „Es wäre nicht dasselbe ohne dich."

Tatsu lächelte und schien durch das unechte Kompliment wie neu belebt zu sein. Auch wenn Umi nicht hundertprozentig sicher war, dass es unecht war. Ihre Gefühle für Tatsu begannen, ihre Sicht zu trüben. Nicht ausreichend, um ihre Sache zu gefährden, aber genug, um lästig zu werden. Sie drückte auf das Verbindung-trennen-Icon und lehnte sich auf ihrem Stuhl zurück. Sie war sich sicher, dass man es ihr nicht ansah, aber Tatsu war nicht die Einzige, die von den letzten Wochen ermüdet war. Und die Krankheit, die Umis Körper verwüstete, trotz ihrer Medikamente, half auch nicht. Umi verbarg sie ebenfalls vor jedem. Sie hatte es sogar vor Mikawa geheim gehalten, als seine Krankheiten über ihn triumphiert hatten.

„Sie wirkt unsicher", sagte die Frau, die knapp außerhalb des Sichtfelds der Webcam stand. Sie sprach mit einem leichten britischen Akzent. Sie hieß Maggie Reynolds und war eine ehemalige MI6-Agentin mit schillernder Vergangenheit. Jetzt war sie Umis Sicherheitschefin und hatte den Posten erst kürzlich übernommen. Umi wusste, ihre Loyalität reichte nur so weit wie das Geld, das man ihr gab, aber ihrer Erfahrung nach waren die einfachen Motivationen im Leben häufig die besten. Umis Geld hatte die britische Spionin mit sehr wenig Mühe weggelockt. Doch nach über zwanzig Jahren im Geheimdienst – zehn davon in einem russischen Gulag – hatte es auch nicht viel Überzeugung gebraucht.

„Überlassen Sie mir die Sorgen um Tatsu, Ms. Reynolds, und Sie kümmern sich um Ihre. Wurden alle überprüft, wie ich es angeordnet habe?“ Umi hatte Maggie erzählt, dass Tatsu im Ausland unterwegs war, um sich einer Aufgabe zu widmen, die mit dem anstehenden Ereignis in Verbindung stand, sie hatte jedoch keine Details preisgegeben und hatte auch keinerlei Absichten, das jetzt zu tun.

Umi ließ noch immer alle wirklich wichtigen Sicherheitsfragen durch den Chef ihrer Wachmannschaft laufen, Mr. Morgan, und sie hatte ihm befohlen, Reynolds im Dunkeln zu lassen. Umi hatte an Reynolds nur aufgrund ihrer MI6-Referenzen Interesse – Referenzen, die helfen würden, bestimmte Gäste davon zu überzeugen, dass es sicher und sinnvoll war, der Konferenz beizuwohnen. Die „Sicherheitsüberprüfung“ war eine weitere Täuschung, nur dazu gedacht, dass Reynolds Gesicht und Ausweis den richtigen Leuten vors Gesicht gehalten wurden.

„Etwa achtzig Prozent bisher. Der Rest sollte …“

„Ms. Reynolds, Sie haben mir versichert, dass Sie das erledigen können. Von dem Geld, das ich Ihnen zahle, hätte ich etliche jüngere Agents anheuern können.“

Die Spitze war nicht notwendig, aber Umi fühlte sich besser dadurch. Sie hatte erwartet, dass die missmutige Agentin viel leichter zu manipulieren gewesen wäre. Aber Umi vermutete, dass das ihr eigener Fehler war, immerhin waren ihre Erfahrungen mit anderen MI6-Agenten auf ihrer Gehaltsliste gar nicht so anders.

„Ich erledige es. Möglicherweise wären wir bereits fertig,

wenn das Sicherheitspersonal, das Sie mir aufgebürdet haben, nicht den Großteil seiner Zeit woanders verbringen und Sie nicht ständig die Gästeliste ändern würden", sagte Maggie. Ihre Stimme war neutral und sachlich, aber Umi hörte die Botschaft. Ihre neue Sicherheitschefin war nicht wie der Rest ihrer Mannschaft. Sie schlug die Augen nicht nieder, wenn Umi vorbeiging, und stolperte auch nicht über ihre Füße im Bemühen, Umi zufriedenzustellen.

„Ich werde Ihre Beschränkungen im Kopf behalten, Ms. Reynolds", sagte Umi. Ihr gefiel die Wirkung, die diese Worte hatten. Reynolds erwiderte nichts, doch das Schwelen in ihrem Blick war gut sichtbar.

„Ich gehe besser zurück an die Arbeit, wenn sonst nichts ist", sagte Reynolds nach einem langen Schweigen. „Oh, ich vergaß beinahe, Captain Tanaka möchte Sie auf der Brücke sehen. Irgendetwas wegen des Verteidigungssystems."

„Danke schön, wenn ich die Zeit finde, werde ich …"

„Und ich wollte Sie wegen Crystasis fragen", sagte Maggie und blieb in der Tür stehen, während sie auf ihrem Tablet herumtippte.

Umis Kopfhaut begann zu kribbeln, als Harcourts Firma erwähnt wurde. *Sie kann es nicht wissen.*

„Was ist damit?", fragte Umi, sorgsam darauf bedacht, sich äußerlich nichts anmerken zu lassen. Nach ein paar weiteren Handgriffen auf ihrem Tablet sah Maggie auf.

„Der Großteil der Gästeliste ist sehr spezifisch – Wissenschaftler, Risiko-Investoren et cetera. Aber Crystasis scheint eine Art Blankoeinladung für die Konferenz zu haben. Jeder, vom Laborassistenten bis zum Verwaltungsangestellten. War das ein Fehler?" Umi suchte in Maggies Miene nach einem verborgenen Interesse, konnte aber nichts finden.

„Jim – Mr. Harcourt, Crystasis' Vorstandsvorsitzender – ist ein alter Freund. Er hat mir seine Ressourcen während der letzten Jahre für einige Spezialprojekte zur Verfügung gestellt. Als Gefallen habe ich die Einladung auf all seine Angestellten erweitert. Eine Art Betriebsausflug. Nun, wenn Sie sonst nichts mehr haben, könnten Sie sich vielleicht weniger Gedanken um meine Arbeit machen und sich wieder um die Ihre kümmern."

Es war alles eine spontan erfundene Lüge. Umi hatte sich alle Mühe gegeben, ihren Namen genau aus diesem Grund nicht mit der Konferenz in Verbindung zu bringen. Falls Harcourt auch nur für eine Sekunde vermutet hätte, dass sie beteiligt war, hätte er keinem einzigen Mitglied seiner Firma erlaubt, sich der *Jurojin Maru* auch nur zu nähern.

Maggie sah aus, als wolle sie etwas erwidern, aber Umi begann, sich mit den Unterlagen auf dem Schreibtisch vor ihr zu beschäftigen. Nach ein paar Augenblicken ging Maggie. Als die Tür sich schloss, ließ Umi ihren Stift fallen und atmete ein paarmal tief durch. In dem Augenblick, in dem Ms. Reynolds ihre Rolle erfüllt hatte, würde sie gehen müssen.

In mehr als nur einer Art und Weise.

Maggie konnte sich nicht erinnern, wann sie das letzte Mal jemanden getroffen hatte, der sie so kontrollieren konnte wie Umi Tenabe. Aber das war wohl verständlich, sie war tausend Jahre alt, also hatte sie jede Menge Übung, dachte sie. Der Witz konnte ihre Stimmung kaum heben. Und es war nicht das erste Mal, dass sie sich so fühlte. Es gab nur eine Sache, die ihr erlauben würde, die Anspannung abzuschütteln, damit sie ihre Arbeit machen konnte. Nun, zwei Sachen, um genau zu sein, aber eine davon war unmöglich auf der *Jurojin Maru*, Tenabes Gigant von einem Schiff.

Sie schaute auf die Uhr und sah, dass ihr gerade noch genügend Zeit blieb, bevor sie mit der nächsten Interviewrunde für die Sicherheitsüberprüfungen beginnen musste. Sie eilte zurück in ihre Kabine und zog ihre Laufklamotten über, schnappte sich eine Flasche Wasser und ging zu den unteren Decks. Sie waren der am wenigsten bevölkerte Teil des Schiffs, hatte sie herausgefunden, und perfekt für ein paar Runden Stressabbau. Tenabe hatte die drittgrößte Jacht auf der Welt. Das bedeutete, ein kurzer Zweikilometerlauf war in acht Runden erledigt. Sie steckte ihre Ohrstöpsel ein, wischte auf ihrem Smartphone zu ihrer Musik und begann eine zufällige Auswahl von schnellen Jazz-Songs. Die treibenden snare drums und das sanfte Legatospiel des Pianos bewegten praktisch ihre Beine für sie.

Mit jeder Runde ließ der Drang, Umi zu packen und sie durch ein Bullauge zu stoßen, weiter von ihr ab. Es gab nicht genügend Runden in einem Tag, um das Verlangen völlig abzubauen, aber Maggie war daran gewöhnt, ihre Gefühle nicht sichtbar werden zu lassen. Diese Fähigkeit hatte sie am Leben erhalten, unter Umständen, in denen andere krepiert wären. Buchstäblich.

Mit diesem Gedanken fluteten Erinnerungen an ihre Zeit in dem russischen Gefängnis in ihren Verstand zurück, wie sie es üblicherweise immer taten, wenn sie ihnen auch nur einen Spaltbreit Raum bot. Sie schüttelte den Kopf und lief schneller, versuchte, die Bilder und Erinnerungen zu vertreiben. Es wäre ihr beinahe gelungen, als sie um eine Ecke kam und plötzlich drei Männern gegenüberstand, die kraftverstärkende Exoskelett-Anzüge trugen und eine schwere Kiste herumschleppten, mit der sie den Gang versperrten.

„Whoa!“, rief Maggie, als sie schlitternd zum Stehen kam, rückwärts fiel und ihr Handy aus der Tasche am Ärmel rutschte und gegen die Wand prallte. Die beruhigende Musik – und Stimmung – war mit einem Mal verschwunden. Aber das Laufen hatte seine Wirkung getan, und sie lachte über ihren mit knapper Not verhinderten Zusammenstoß. „Sorry, Jungs.“

Die Männer starrten sie an, noch immer die Kiste zwischen sich, die wenigstens eine Tonne wiegen musste, wenn es drei Männer in diesen Anzügen brauchte, um sie zu heben. Sie erinnerte sich an das erste Mal, dass sie die Anzüge gesehen hatte. Ein gut aussehender junger Mann namens Nagura, den sie dann und wann auf dem Schiff sah, hatte ihr erklärt, dass die Anzüge quasi tragbare Roboter waren, die Ausdauer und Kraft ihrer Träger erhöhten.

Maggie sah sich um und entdeckte ihr Telefon an der Wand. Sie beugte sich runter, um es aufzuheben, und während sie dort unten war, schaute sie zurück zu den nun auf dem Kopf stehenden Männern. Deren Gesichtsausdrücke hatten sich plötzlich sehr verändert, als sie ihr auf das trainierte Hinterteil schauten und den Container abstellten.

Ah, Mist.

Sie richtete sich auf und sah das Trio an, während sie sich gegenseitig Kommentare auf Japanisch zuwarfen und lachten, in einem Tonfall, der in jeder Sprache verständlich war. Maggie erkannte, dass sie versuchten, den Mut aufzubringen, und sich ihr mit kleinen Schritten näherten.

„Immer langsam, Jungs“, sagte Maggie, selbst als ihr klar wurde, dass die Jungs womöglich keinerlei Ahnung hatten, was sie sagte. Sie hatte in den letzten Monaten ein paar Brocken Japanisch aufgeschnappt, aber nicht annähernd genug, um zu sagen: *Hey, vergewaltigt nicht die hübsche, blonde Lady.* Und nachdem sie ihre Kraft während ihres Laufs verpulvert hatte, war sie nicht sicher, dass sie es mit allen drei Kerlen auf einmal aufnehmen konnte – schon gar nicht mit diesen verdammten Anzügen. Zumindest nicht, ohne sich selbst zu verletzen.

Sie versuchte, den Weg zurückzugehen, den sie gekommen war, aber einer von ihnen versperrte ihr die Flucht. Aus Reflex gab sie ihm einen schnellen Schlag auf die Nase und stieß ihn weg, alte Gewohnheiten aus ihrer Zeit im russischen Gulag, die die Kontrolle übernahmen. Doch seine Statur war völlig unbeweglich, und sie drückte sich selbst nur näher an die anderen beiden Männer hinter ihr heran. Der Mann griff nach seiner getroffenen Nase und schien zu knurren. Er versuchte, Maggie mit einem Schlag zu erwischen, aber sie wich mühelos aus und schlug ihm zwei weitere Male auf die Nase, härter diesmal. Ein wenig Blut lief ihm aus einem Nasenloch.

Das ist schlecht, dachte sie, drehte sich um und versuchte, alle drei im Auge zu behalten. Doch bevor sie sich wappnen konnte, packten die anderen beiden sie an den Armen. Sie strampelte, um sich zu befreien, aber es war unmöglich, solange sie diese Anzüge trugen. Es war, als versuche man, eine Bärenfalle aufzubiegen.

„Tut das nicht!", rief Maggie, während sich leichte Panik in ihrer Brust breitmachte.

„Gibt es ein Problem, Ms. Reynolds?"

Maggie sah an den Männern vorbei und entdeckte Umis kleine Statur, die im Gang stand. Sie verzog das Gesicht angesichts der Ironie, dass die Worte der alten Frau selbst auf Englisch einen Effekt auf die Männer hatten. Die beiden ließen sie augenblicklich los und gingen hinter die Kiste. Maggie machte sich mehr Sorgen um den dritten Kerl vor ihr. Mit seiner blutigen Nase schien er weit weniger leicht zu entmutigen zu sein, und sah aus, als überlege er, was er tun solle.

Umi bellte etwas auf Japanisch, und nach einem weiteren langen Blick auf Maggie ging der Mann schließlich an ihr vorbei und gesellte sich wieder zu seinen Kameraden.

„Und ich schlage vor, Sie gehen nun ebenfalls wieder an die Arbeit, Ms. Reynolds, wenn Ihre Spielstunde vorbei sein sollte."

„Ja, Mama“, sagte Maggie, verbeugte knapp die Schultern und ging an Umi vorbei. Die Anrede war ihr einfach rausgerutscht, aber die Scham verbot ihr, es zu erklären, bevor sie ging.

Erst später, nachdem sie geduscht, sich umgezogen und wieder vor ihren Computer mit den Sicherheitsüberprüfungen gesetzt hatte, erlaubte ihr Stolz ihr, vernünftig darüber nachzudenken, was unter Deck geschehen war. Sie fragte sich, was sich in der riesigen Kiste befunden hatte. Das Areal war praktisch außerhalb aller wichtigen Orte an Bord, und Ausrüstung wurde in einem ganz anderen Deck am anderen Ende des Schiffs gelagert. Aber noch wichtiger war: Was hatte Umi dort unten zu suchen gehabt?

Das Gesicht des nächsten Wissenschaftlers erschien auf Maggies Computer, um sich ihrem Sicherheits-Interview zu stellen, also schob sie die Fragen zur Seite. Aber nicht, bevor sie beschloss, später noch einmal nach dort unten zu gehen. Diesmal allerdings würde sie ihre Ohrstöpsel in der Kabine lassen und stattdessen ihre Waffe mitnehmen.

8

LONDON

Freitag

08:00 Uhr Ortszeit

Nachdem er zwei Stunden damit zugebracht hatte, Lew so weit zu beruhigen, dass er nicht mehr mit einer Handvoll Granaten in Emilys Wohnung zurückrennen wollte, hatte Jonathan sich schließlich auf Lews Sofa ausgestreckt und noch weitere zwei Stunden an die Decke gestarrt, bevor er die Hoffnung auf Schlaf endgültig aufgab. Lew hatte ihm versichert, dass Natalie nicht in Gefahr geschwebt hatte, als sie ihn angerufen hatte, sondern sich lediglich Sorgen um Emily gemacht hatte. Jonathan wollte gerne glauben, dass das der Grund dafür war, dass er nicht versucht hatte, Natalie anzurufen, die Überzeugung, dass es keinen Grund gab, sie aufzuwecken, aber er wusste, dass ein viel größerer Grund darin lag, dass er sie so lange nicht gesehen oder gesprochen hatte. Es war egal, er würde sie an diesem Morgen anrufen müssen, um herauszufinden, was eigentlich los war.

Nachdem er ein paar Telefonate erledigt hatte, verließ er die Wohnung und ließ Lew schnarchend und unter der Wirkung seiner Biere, der Anspannung und einer Handvoll Schlaftabletten zurück. Als er mit zwei großen Bechern Kaffee zurückkehrte, war Lew hoch und wartete auf ihn. Die meisten Menschen wären noch wenigstens einen weiteren halben Tag besinnungslos gewesen.

„Wie geht's dem Kopf?“, fragte Jonathan.

„Erzähl ich dir, sobald die Sanis mich wiederbelebt haben", antwortete Lew und rieb sich die Schläfen. Jonathan reichte ihm einen Kaffee, bevor er einen langen Schluck von seinem eigenen nahm. „Wo bist du gewesen?"

„Hab die hier besorgt", sagte Jonathan und zog ein paar zusammengetackerte Seiten aus seiner Jackentasche. „Erste Beweisaufnahmen."

„Aus Emilys Wohnung?", fragte Lew. Seine trüben Augen wurden nahezu schlagartig wieder klar.

„Jepp."

Jonathan hatte ein paar Gefallen aus seinem alten Leben als Geheimdienstagent eingefordert, um eine Kopie des frühen Spurenberichts aus Emilys Loft zu erhalten. Eine Menge Leute schuldeten ihm etwas, gerade in England, wo sein Geheimdienst damals viele gemeinsame Missionen unterstützt hatte. Seine Kontakte hatten ihm den Bericht in weniger als einer Stunde besorgt. Was selbst ihn überrascht hatte.

„Wie lautet das Urteil?", fragte Lew.

„Es gab eine Menge Blut am Tatort", erklärte Jonathan und wünschte sich, er hätte mit etwas anderem angefangen, als er sah, wie Lew zusammensackte. „Die gute Nachricht ist, dass es zwar ein wenig Blut dort gab, das zu einer Frau gehörte, dass das jedoch nur winzige Mengen waren. Das meiste Blut stammte von Männern. Es war genug für mehrere Leichen."

„Leichen? Sie hat sie getötet?", fragte Lew. Hoffnung stand ihm in die weit geöffneten Augen geschrieben.

„Keine Ahnung. Und es war ausreichend *Blut* für mehrere Leichen, aber es wurden keinerlei Leichen am Tatort gefunden. Und auch wenn die Wohnung mit Einschusslöchern übersät war, wurden die meisten Hülsen und Kugeln entfernt. Aber sie hatten es wohl eilig und haben ein paar übersehen. Sieht aus wie Schüsse aus einer P90. Ausgehend vom Schusswinkel waren es wenigstens zwei Schützen."

„In was zur Hölle hat sie sich da reingeritten?", sagte Lew. „Warte, die gute Nachricht? Was ist die schlechte?"

„Nun, wie von den Leichen fehlte auch von Emily jede Spur, als die Polizisten eintrafen. Ich vermute, wer auch immer die Angreifer ausgeschaltet und aufgeräumt hat, muss sie mitgenommen haben, als sie den Usain Bolt gemacht haben."

„Scheiße. Was sonst noch?"

„Sie haben ein Handy und ein Tablet gefunden. Beide sind schon im Computerlabor zur Analyse. Ich kann nur raten, dass das Telefon Emilys war. Hatte sie ein Tablet?"

„Keine Ahnung", sagte Lew. „Ich schätze, wir rufen jetzt besser an."

Jonathan wusste, dass er von Natalie sprach. „Yeah, darüber habe ich mir Gedanken gemacht. Ich bin mir nicht sicher, dass wir das tun sollten. Ich meine …"

Lew stapfte zu Jonathan herüber, griff in seine Tasche und zog sein Handy hervor. Er nahm Jonathans Hand und klatschte das Telefon hinein.

„Ruf sie an, oder ich sorge dafür, dass du so aussiehst, wie ich mich fühle", drohte er. Jonathan dachte darüber nach, etwas Cleveres zu erwidern, aber dann gab er nach und wählte die Nummer des Handys seiner Tochter. Im Augenblick machte er sich weniger Sorgen darum, sie in Gefahr zu bringen, als sich ihrer Wut auszusetzen darüber, dass er nicht schon früher angerufen hatte. Als es zu klingeln begann, schaltete er den Lautsprecher ein und legte das Handy zwischen sich und Lew auf den Tisch.

Es klickte, als sie abnahm. Jonathan holte tief Luft und wollte gerade „Hi, Baby" sagen, als sie ihm augenblicklich einen Einlauf verpasste. Die erste Minute fluchte sie schlimmer als Lew an einem schlechten Tag, doch selbst als sie sich zu beruhigen begann, spürte er ihren Zorn durch die Leitung kriechen.

„Wenn es nicht für Emily und Lew wäre, weiß ich nicht, ob ich je wieder mit dir reden würde, Dad. Ich mein's ernst. Ich meine, ernsthaft? Ein ganzes Jahr? Bin ich dir inzwischen völlig egal?" Der letzte Satz wurde davon unterstrichen, dass ihre Stimme brach. Es schmerzte, aber es war auch die beste Sache, die Jonathan je gehört hatte. Sie war eher verletzt als wütend. Er begann, über die Möglichkeiten nachzudenken, wie er die Sache zwischen ihnen wieder kitten könnte, erinnerte sich aber dann, dass das bis später warten musste. Im Augenblick hatten sie andere Prioritäten.

„Es tut mir leid, Natalie. Das tut es wirklich, aber wir …"

„Nenn mich nicht so", warf sie plötzlich dazwischen.

„Nennen? Wie? Natalie? Ähm, das ist dein Name, Süße."

„Nicht mehr. Alle hier nennen mich jetzt Nina. Das ist mein Name."

Jonathan warf Lew einen Blick zu und wiederholte stumm: *Nina?* Lew zuckte mit den Achseln und nickte.

„In Ordnung, Nina, versuche einfach, dich an alles zu erinnern, was du gehört …"

„Brauch ich nicht. Als ihr Handy zu Boden fiel und ich die Männer schreien gehört habe, habe ich angefangen, den Anruf aufzunehmen. Warte 'ne Sekunde, ich spiel's dir vor."

Trotz des ganzen Nonsens mit ihrem Namen, um den sich Jonathan später kümmern würde, empfand er Stolz angesichts des Einfallsreichtums seiner Tochter. Einen Augenblick später drangen gedämpfte Stimmen aus dem Telefon. Seine Haut begann zu kribbeln, als er Canton Georges Stimme erkannte, die zu wissen verlangte, wo er und Lew steckten. Dann begannen die Überredungsbemühungen, und Jonathan sah, wie Lew bei jedem Klatschen zusammenzuckte, das aus dem Lautsprecher hallte.

Dann, mit einem hölzernen Krachen, war der Kampf vorbei. Emily flehte um Natalies Sicherheit, und eine männliche

Stimme sagte, dass er glaube, dass Emily jemanden namens Neill getötet habe. Lew klatschte tatsächlich in die Hände, als er das hörte. Aber seine Stimmung fiel wieder ab, als George dem Mann befahl, Emily zu töten. Die wenigen Sekunden der folgenden Stille schienen ewig zu dauern. Sie wurde schließlich von einem gewaltigen Krachen durchbrochen. Und Schüssen. Auch ohne den Polizeibericht hätte Jonathan den unverwechselbaren Klang von schnellen P90-Schüssen erkannt. Erneut streckte sich Schweigen dahin, während Jonathan und Lew den Atem anhielten und warteten. Jemand rief „Sauber!“, und dann erklang eine seltsame Männerstimme.

„Hören Sie mich, Miss Denham? Geht es Ihnen gut?“

„Ja! Sie lebt!“, rief Lew und sprang auf die Füße.

„Lew!“, schimpfte Jonathan, der versuchte, jedes Wort zu hören.

„Sorry“, erwiderte er, während er sich mit einem breiten Grinsen auf dem Gesicht wieder hinsetzte.

„Sie ist ohnmächtig.“

„Wie ist ihr Zustand?“

„Die haben sie ziemlich bearbeitet. Ein paar Zähne fehlen, und ein paar Rippen sind definitiv gebrochen, aber ich denke, sie erholt sich.“

Lew schien nur noch mit Mühe atmen zu können, als er die Prognose hörte.

„Flick sie zusammen, dann treffe ich dich an der Galerie. Ich habe die Polizei eine Weile aufgehalten, aber nicht sehr lange. Also beeil dich.“

„Ja, Sir.“

„Galerie?“, fragten Jonathan und Lew wie aus einem Munde.

Nach einigem Rascheln wurde es still im Zimmer. Dann sprach der Mann wieder, doch diesmal war er, anders als zuvor, laut und klar zu verstehen.

„Wenn Sie das alles hier mit angehört haben, wissen Sie, dass wir Ms. Denham gerettet haben. Wir haben sie, aber sie ist keine Gefangene. Wir sorgen dafür, dass sie die Pflege erhält, die sie benötigt. Sie müssen nur kommen und sie holen."

Ein Prickeln begann von Jonathans Steißbein langsam nach oben zu kriechen, bis in seinen Nacken, wo es direkt in seinen Schädel kroch. Die Erkenntnis bahnte sich ihren Weg in seinen Verstand.

„Klar, als würden wir einfach da reinmarschieren", sagte Lew.

„Lew."

„Was? Wieso zur Hölle sollten wir diesem Kerl trauen?"

„Lew!"

„Was?"

Jonathan holte tief Luft und beugte sich dann näher zum Telefon hinab.

„Wo wollen Sie uns treffen?" Jonathan betete darum, dass er falschlag. Hoffte gegen alle Hoffnung, dass „Nina" sich am anderen Ende melden und ihn wieder zusammenstauchen würde.

„Was tust du …"

„Die Sandstrom Gallery. Ich schicke Ihnen die Adresse. Ich freue mich darauf, Sie zu treffen, Mr. Hall. Sie ebenfalls, Mr. Katchbrow. Oh, und kommen Sie unbewaffnet."

Ein Klicken und die Verbindung erstarb.

Genau wie Jonathans Hoffnung.

„Ich wusste, wir hätten den Kerl umbringen sollen, statt ihn in seinem Tresor einzuschließen", sagte Lew.

In seinem Kopf wirbelte alles, aufgrund all der Offenbarungen der letzten paar Minuten. Ganz zu schweigen von dem hämmernden Kater. Was er jedoch wusste, war, dass Emily noch am Leben war. Oder zumindest war sie das nach dem

Angriff in ihrer Wohnung gewesen. Egal, es war auf jeden Fall hundertmal besser als jedes Szenario, das ihm durch den Kopf gejagt war, seit er am Vorabend das Blut auf ihrem Fußboden gesehen hatte. Sie hatten versucht, Natalie erneut anzurufen, nachdem die Stimme aufgelegt hatte, aber der Anruf wurde nicht durchgestellt.

„Da hast du recht", sagte Jonathan. Er ging zum Fenster und hob die Sitzfläche von der Bank, in der Lew seine Waffenvorräte lagerte. Er nahm eine Beretta 9mm heraus, drückte auf den Auswurfknopf und untersuchte das Magazin.

„Ähm, was tust du da?", fragte Lew, auch wenn er es wusste.

„Dasselbe, was du auch tun solltest. Ich mache mich fertig." Jonathan schlug das Magazin wieder in den Griff der Pistole, nahm ein Schulterhalfter aus dem Sitz am Fenster und zog ihn über.

„Er meinte, keine Waffen", sagte Lew. Er musste einen Weg finden, Jonathan zu bremsen, oder er würde die ganze Sache ruinieren, inklusive Lews Chance, Emily in einem Stück zurückzuerhalten. Ganz zu schweigen von Natalie, die er liebte wie seine eigene Nichte. Lew wusste, dass er nicht besonders gut in diesen Dingen war. Das war üblicherweise Jonathans Stärke, aber jetzt gerade gab Jonathan eine ziemlich gute Lew-Imitation zum Besten.

„Ich glaube, ich habe dir gestern zu viele Pillen gegeben", entgegnete Jonathan und starrte Lew ungläubig an. „Selbst wenn du dem Typen abkaufst, was er erzählt, wir haben keine Ahnung, was mit Natalie geschehen ist. Ich habe letztes Mal gezögert und sie beinahe umgebracht." Jonathan rammte die Waffe in sein Halfter und nahm eine weitere Beretta heraus, die er Lew hinhielt. „Ich werde denselben Fehler nicht zweimal machen."

„Nein, aber dafür machst du dieses Mal ganz viele neue."

„Lew, denk doch mal nach. Wie konnte der Kerl so schnell in die Schweiz kommen und Natalie finden? Himmel, wie haben sie Emily gefunden, genau im richtigen Augenblick, um sie vor Georges Männern zu retten? Und wenn sie wissen, wo wir sind, und sie Emily haben, wieso bringen sie sie dann nicht einfach hierher?“

„Na ja, weil … weil …“ Ja, wieso zur Hölle eigentlich?

„Es ist ein Trick“, erklärte Jonathan. „Himmel, er arbeitet möglicherweise für George! Ich bin mir nicht über alle Details im Klaren, aber ich weiß, dass wir dort ernst machen müssen, oder wir kommen da nicht wieder raus.“

Lew hasste es, es zuzugeben, aber Jonathans Erklärung klang einleuchtend. Und in Fallen zu laufen schien in letzter Zeit ihre Spezialität zu sein. Nachdem er ein paar Minuten daran herumgedacht hatte, seufzte Lew und griff nach der Waffe. „Du weißt, das waren P90, die wir in der Aufnahme gehört haben. Wieso glaubst du, dass diese Erbsenpistolen hier irgendwie nützlich gegen Maschinenpistolen sind?“

„Weil wir dieses Mal Han Solo sein werden“, entgegnete Jonathan.

Lew glotzte ihn nur unwissend an.

„Han Solo. Du weißt? *Star Wars?*“

„Wie ich je zum besten Freund eines Nerds geworden bin, entzieht sich mir.“

„Was auch immer. Der Punkt ist, wir schießen zuerst.“

„Na, den Witz verstehe sogar ich.“

9

TORONTO
04:30 Uhr Ortszeit

Hank war nie persönlich in der Forschungseinrichtung in Toronto gewesen und war ehrlich beeindruckt von dem Gebäude, in das er Per führte. Das Hauptlabor der Crystasis Foundation lag auf dem Gelände eines ehemaligen Stahlwerks in den Außenbezirken von Toronto. Die Schmelzöfen und Stahlrinnen waren durch topmoderne Laboratorien ersetzt worden. An den Seiten der gewaltigen, fußballfeldgroßen Haupthalle entlang führten noch immer auf mehreren Etagen schmale Laufstege, die jetzt in gleißendem Weiß gefärbt und unzählige Male gewaschen worden waren, um Verschmutzungen zu verhindern. Entlang sämtlicher Stege liefen Glaswände vom Boden bis zur Decke, hinter denen gut sichtbare Büros und kleinere Labore angelegt worden waren. Die Mitte des Raums war immer noch weit offen, und zwischen dem Fußboden und der spitz zulaufenden Decke lagen gut dreißig Meter freier Raum. Dort, wo einst die Schmelzöfen monatelang heiß geglüht und geschmolzenes Metall hoch in die Luft geschleudert hatten, standen nun Kunstwerke und Plastiken – moderne Kunst und Skulpturen, die Investoren beeindrucken sollten.

Das Laboratorium war ein Paradebeispiel für Überfluss und erzählte viel über den Mann, der es erschaffen hatte. Ein Mann, der sich, ironischerweise, nicht überwinden konnte, sein Zuhause zu verlassen, um seine Monstrositäten zu besuchen. Er musste sich mit Bildern und Webcam-Aufnahmen begnügen, die ihm die tägliche Routine seiner Arbeiter zeigten. Die, ohne es zu ahnen, alle nur für einen Zweck schufteten – das Leben des Milliardärs zu verlängern. Endlos, wenn möglich. Seltsamerweise war es nicht einmal um vier Uhr morgens eine besondere Schwierigkeit gewesen, jemanden zu finden, der Per durch die Einrichtung führte. Auch wenn das teilweise an dem firmenweiten Memo von Harcourt lag, das jeden Mitarbeiter informierte, dass er, wenn er mit seinem neu eingestellten Ermittler sprach, mit *Harcourt* sprach.

Hank ließ Per allein auf die Tour gehen und schlich sich in eines der oberen Büros, um ungestört sein Handy zu benutzen.

„Ich glaube, wir haben einen Fehler gemacht", sagte Hank ins Telefon, den Rücken zur Tür. Per war einige Etagen unter ihm, doch selbst auf diese Entfernung konnte Hank nicht anders, als leise zu sprechen.

„Wovon sprichst du?", fragte Harcourt. „Ihr seid kaum anderthalb Tage weg. Gib ihm 'ne Chance."

„Hör zu, ich sage dir, er ist nicht normal. Nicht im Kopf", sagte Hank und warf einen Blick über die Schulter. „Oder irgendwo anders, wenn wir schon dabei sind."

„Jesus, geht's um den Arm? Reiß dich zusammen. Es ist ... nun, sehen wir es, wie es ist, es ist seltsam. Aber es ist nur eine Prothese. Davon abgesehen ist er nur ..."

„Nich' der Arm!", unterbrach ihn Hank, lauter, als er gewollt hatte. Er nahm sich eine Sekunde, um sich wieder in den Griff zu kriegen. „Es ist nicht der Arm. Sein Arm ist vermutlich das einzig Normale an ihm. Es ist die Art, wie er redet. Oder schlimmer, die Art, wie er's nicht tut. Und die Art, wie er Zeug anguckt. Und Menschen. Wenn er mich anguckt, fühle ich mich wie ... wie als würde er mich auseinandernehmen und herauszufinden versuchen, wofür meine Einzelteile da sind."

„Hör mal“, begann Harcourt, aber Hank wusste, wenn er ihn reden ließ, würde er Hank von dem abbringen, was er wollte. Das tat er immer.

„Nein, ich will das nicht länger tun. Such dir wen anderes. Du hast hier ’n paar Hundert Leute arbeiten. Soll einer von denen das tun. Oder noch besser, setz seinen Arsch einfach auf die Straße. Ich kann dir jeden Tag ein Dutzend Detektive finden, die halb so viel kosten wie der Typ.“

„Warte mal ’ne Sekunde“, sagte Harcourt. Seine Stimme klang verwirrt. „Ein paar Hundert Leute? Jesus, du hast ihn nach Toronto gebracht?“

„Ähm, yeah. Du hast mir gesagt, ich soll ihn hinbringen, wo immer er …“

„Aber doch nicht dorthin! Jesus, Hank, verstehst du’s nicht? Da hat Reese gearbeitet. Falls irgendwer dort weiß, dass Reese nicht einfach nur verschwunden ist …“

„Oh, shit“, sagte Hank. Daran hatte er nicht einmal gedacht.

„Hör zu, und hör gut zu, Green. Du schaffst seinen Hintern dort raus, und ich meine *jetzt*. Verstehst du mich?“

„Ähm, ja. Ja, Sir. Aber wegen der Sache, dass ich ihn begleite …“

„Schaff ihn da einfach raus und spiel noch ein paar Stunden den Babysitter. Ich will nicht, dass Broden unbeobachtet herumrennt. Und um Himmels willen, erzähl ihm nicht, was du tust. Er macht nicht den Eindruck eines Typen, der gut damit umgehen kann, wenn Leute Entscheidungen über ihn treffen.“

„Ach, kein Scheiß?“, sagte Hank. „Danke, Jim. Und sorry wegen dem hier.“ Hank legte auf, holte tief Luft und verließ das Büro.

Wie konnte ich so dumm sein? Nun, bring ihn einfach hier raus, und du bist in ein paar Stunden durch. Keine große Sache.

Ein paar Stunden mehr werden mich nicht umbringen.

Abgelenkt von dem Fehler, den er begangen hatte, marschierte Hank aus dem Büro heraus, als jemand seinen Arm packte und hinter seinem Rücken verdrehte. Der Schmerz wurde augenblicklich von Furcht ersetzt, als er kaltes Metall an seiner Halsschlagader spürte.

„Bring mich zu Per Broden. Sofort!", zischte eine Frau mit asiatischem Akzent in sein Ohr. Hank konnte ihr Spiegelbild im Glas sehen. Die Frau war nur durchschnittlich groß, aber unglaublich stark – wenn auch nicht annähernd so kräftig wie Pers Roboterarm. Er konnte ihr Gesicht nicht sehen, da sie einen schwarzen Kapuzenpullover trug; was er jedoch sehen konnte, war das Funkeln des Messers an seiner Kehle.

„Herzchen, ich glaube nicht, dass das so eine großartige … AH!" Hank jaulte auf, als das Messer in seine Haut schnitt. Er spürte warmes Blut auf sein Schlüsselbein tropfen.

„Jesus, okay, okay. Er ist unten, unterste Etage. Aber auf diese Art werden wir nie bis dorthin kommen." Hank sah, wie sich die Spiegelung der Kapuze nach unten neigte, als die Frau nachschaute, wo sie hinmussten. Es gab nur eine Handvoll Menschen zwischen hier und dort, die meisten davon in Laborkitteln, aber das offene Konzept des Labors bedeutete, dass Hank und die Frau die ganze Zeit über gut sichtbar wären.

Die Frau sagte etwas in einer Sprache, die Hank nicht verstand. Dann: „Fein. Sorgen wir dafür, dass er zu uns kommt." Sie drehte Hank um und stieß ihn zurück ins Büro, aus dem er gerade gekommen war.

„Wir machen's genauso, wie du willst. Du bist der Boss."

Als Hank in den Raum trat, stieß er ihren Arm von seinem Hals weg und wirbelte herum, um ihr die Tür ins Gesicht zu schlagen, aber sie war schnell. Wie ein Blitz. Bevor er die Tür auch nur einen Zentimeter bewegt hatte, hatte sie das Messer in seinem Bauch versenkt. Er griff nach der Wunde, als der

Schmerz durch seine Bauchmuskeln riss, und fiel auf den Büroteppich. Seine Angreiferin hielt das Messer weiter fest, als er fiel, und noch mehr Schmerz überkam ihn, als die Klinge wieder aus seinem Körper glitt. Dann wurde er über den Boden geschleift, hinter den Schreibtisch, jeder Stoß fühlte sich an, als würden ihm die Eingeweide aus dem Leib gekratzt. Weit entfernt wurde ihm klar, dass sie ihn versteckte.

Aus Furcht vor noch mehr Schmerzen konnte er sich nicht überwinden, den Kopf zu heben oder um Hilfe zu schreien. Vorsichtig hob er die Hand, damit er das Blut an seinen Fingern sehen konnte, und schnappte nach Luft. Es war dunkel, beinahe schwarz. Nach einem ganzen Leben als Rodeoreiter kannte Hank sich mit Stichwunden aus. Jeder Reiter wusste, dass, wenn man aufgespießt wurde und das Blut schwarz war, die Leber getroffen war. Ein Todesurteil.

Er legte den Arm vorsichtig wieder zurück und schaute zu den weißen Deckenfliesen über ihm hinauf, während sein Leben langsam in den Teppich sickerte. Er hörte, wie die Tür geschlossen wurde, dann kniete die Frau neben ihm. Er verzog das Gesicht, als sie den Ärmel seines Hemds abriss und auf die Wunde presste.

„Drück hier. Fest“, sagte sie.

Er sah den Sinn darin nicht und blieb einfach liegen, während eine betäubende Schwere Besitz von ihm ergriff. Es verringerte die Schmerzen, aber er wusste, dass er in einen Schock fiel. Sie nahm seine Hand und presste sie gegen den improvisierten Verband, als er nicht antwortete. Sie lehnte sich auf ihre Fersen zurück und sah ihn an. „Wieso haben Sie das getan? Ich hätte Sie nicht verletzt.“

„Mein … mein Hals ist da anderer Ansicht, Herzchen.“

„Das ist ein Kratzer. Nichts. Sie hätten …“ Sie verstummte, als Hank anfing zu lachen und schließlich zu husten. „Worüber lachen Sie?“

„Ich dachte, *er* würde mich umbringen. Ich hatte gerade alles dafür vorbereitet, von ihm wegzukommen. Wenn ich einfach bei ihm geblieben wäre, wäre ich vermutlich hundert Jahre alt geworden."

„Niemand wird je wieder hundert Jahre alt werden", sagte sie mit einem Blick, der sich in der Ferne verlor.

„Was?"

„Vergessen Sie es", erwiderte sie, stand auf und zog ihren Kapuzenpullover aus. Sie formte ein Kissen daraus und schob das Knäuel behutsam unter Hanks Kopf. Sie war jung, Asiatin, und hatte flammend rotes Haar.

„Jesus, du bist noch ein Kind."

„Ich bin seit einer Million Jahren kein Kind mehr. Wie heißen Sie?"

„Hank."

„Ich bin Tatsu." Er wusste, sie dachte, dass er sterben würde. Er spürte, wie sie seine Taschen abtastete, bis sie sein Handy fand. Sie nahm es, stand auf und verließ sein Blickfeld. Als sie zurückkehrte, trug sie einen Laborkittel, den sie in dem Büro gefunden haben musste. „Hören Sie zu, drücken Sie einfach fest auf die Wunde. Ich … Ich glaube nicht, dass ich etwas Wichtiges getroffen habe. Jemand wird Sie finden und … Sie kommen wieder in Ordnung."

„Du bist eine furchtbare Lügnerin, Kleine", sagte Hank, bevor ein neuer Hustenanfall ihn heimsuchte. Der Raum begann sich zu drehen.

„Es … es tut mir leid", sagte Tatsu. Sie verließ wieder sein Blickfeld, und eine Sekunde später hörte er, wie die Tür geöffnet wurde und sich wieder schloss.

Hank versuchte, wieder an die Decke zu schauen, doch er konnte die einzelnen Fliesen nicht mehr fokussieren. Dann wurde ihm bewusst, dass er in einem Gebäude sterben würde, das sich der Aufgabe gewidmet hatte, das Leben zu verlängern, und er konnte nicht anders, als erneut laut zu lachen. Es war das Letzte, was er jemals tat.

Per war sich nicht sicher, ob Dr. Reeses Verschwinden mit den Sprengstoffanschlägen in Zusammenhang stand, aber seiner Erfahrung nach waren solche Zusammenhänge selten reiner Zufall. Und je schwerer es ihm fiel, aus irgendjemandem eine Antwort herauszubekommen, desto überzeugter wurde er. Natürlich war das, was ihn wirklich beschäftigte, die rätselhafte Nachricht, die an jedem Tatort zurückgelassen worden war. Wenn er herausfinden könnte, was „Tote Lichter" bedeutete, wäre es ihm völlig egal, ob die Anschläge weitergingen. Er hatte bereits beschlossen, seinen Babysitter hierzulassen, wenn sie fertig waren, wo auch immer Green gerade steckte.

Der Techniker kehrte schließlich in das Büro zurück, in dem Per wartete. Das Gesicht des Mannes erzählte Per alles, was er wissen musste.

„Es tut mir leid, Mr. Broden, sie ist ebenfalls nicht mehr da", erklärte der Techniker. „Wie ich bereits sagte, die leitenden Wissenschaftler und ihre Assistenten sind bereits unterwegs zu der Konferenz, die ich erwähnt habe." Wie es schien, gab es dieses Wochenende eine Art Langlebigkeitskonferenz auf einer Jacht vor Japan. Das gesamte Labor war eingeladen, was der Grund dafür war, dass die Leute zu dieser unmenschlichen Zeit noch immer arbeiteten. Wenn sie ihre Aufgaben erledigt hatten, konnten sie alle gemeinsam losfliegen.

Unglücklicherweise hatte Per erfahren, dass aufgrund der Konferenz niemand mehr auf dem Gelände war, der mit Dr. Reese gearbeitet hatte. Dennoch weigerte sich Per zu glauben, dass *jeder* Wissenschaftler fort war. Insbesondere, wenn sich auf den Gängen Personen in Laborkitteln förmlich über den Haufen rannten. Auch wenn der Techniker vor ihm – Darrell Irgendwas – ihm bereits erklärt hatte, dass es sich dabei nur um Techniker und Ingenieure handelte.

„Und es gibt nichts, das Sie oder einer der anderen Techniker mir über Dr. Reeses Arbeit erzählen kann? Wenigstens dazu müssen Sie doch in der Lage sein, oder?“

„So funktioniert das hier nun einmal nicht. Jeder hilft jedem, aber es gibt keine wirkliche Möglichkeit, um …“ Darrell verstummte, als etwas draußen auf dem Gang seine Aufmerksamkeit erregte. „Eine Minute bitte.“ Darrell steckte den Kopf durch die Tür und rief: „Mark! Mark!“ Er winkte jemandem, rüberzukommen.

Per stand auf. Ein junger, blonder Mann kam zu ihnen. Darrell legte ihm den Arm um die Schultern und zog ihn ins Büro.

„Was gibt's?“

„Das hier ist Mr. Broden. Er erledigt etwas für Mr. Harcourt, und ich hatte gehofft, dass du uns helfen könntest, da alle anderen bereits zur Konferenz unterwegs sind“, sagte Darrell. Per fiel auf, dass sich Marks Haltung zu verändern schien, als Mr. Harcourts Name erwähnt wurde. Nur ein bisschen, und den meisten Menschen wäre es vermutlich gar nicht aufgefallen, doch Per bemerkte es.

„Ich versuche festzustellen, woran Dr. Reese gearbeitet hat, bevor er verschwand“, erklärte Per. Die Veränderung in Marks Auftreten wäre diesmal selbst einem Blinden aufgefallen.

„Verschwunden? Oh, ich meine, nein. Ich weiß nicht, woran er gearbeitet hat“, sagte Mark schnell. Per legte den Kopf schief und starrte den Mann an.

„Wenn Dr. Reese nicht verschwunden ist, wo ist er dann? Ich nehme an, dass Sie und Dr. Reese mehr als nur Arbeitskollegen waren und dass Darrell Sie deswegen hier hereingeholt hat. Jetzt, wo das gesagt ist, und ich habe mit Sicherheit recht:

Sie wirken nicht besonders besorgt, dass Ihr Freund spurlos verschwunden ist. Um ehrlich zu sein – Mark, richtig? – sollten Sie es sein, der mir jetzt ein paar Fragen stellt."

„Äh, was?", sagte Mark nach einem Augenblick.

Per musterte ihn nur. Die Atmosphäre im Raum schien dichter und langsamer zu werden. Per bemerkte alles mit einer ungeheuren Detailgenauigkeit – der Adamsapfel des Mannes, der auf und ab hüpfte, während er schluckte, sein angestrengtes Atmen, der Schweiß, der mit einem Mal seine Schläfe hinablief. Und dann, nur eine Mikrosekunde zu spät, erkannte Per es.

Er wird wegrennen.

Mark stieß Darrell gegen ihn und warf sich durch die Tür aus dem Büro. Per duckte sich unter Darrells wild wedelnden Armen hinweg und ließ ihn gegen den Schreibtisch krachen, bevor er zu Boden fiel. Per hechtete durch die Tür und sah den Gang entlang, vorbei an etlichen Leuten in Laborkitteln. Es kostete ihn eine Sekunde, seine Beute auszumachen. Mark war bereits auf halbem Wege zur Treppe. Per wusste, dass er sich niemals rechtzeitig durch diese Menschentraube drängen könnte, um ihn einzuholen.

Der Gang hatte ein Geländer, dessen Handlauf über sieben Zentimeter breit war, mehr als genug Platz für einen menschlichen Fuß. Per sprang auf das Geländer und begann, ohne auch nur zum Betonboden sechs Meter unter ihm hinabzuschauen, hinter Mark herzurennen. Die Leute drehten sich um, als Pers Schritte auf dem Metallgeländer durchs Labor hallten, und warfen sich rückwärts an die Glaswände der Büros, während er vorbeirannte.

Mark hatte die Treppe erreicht und gut zwei Stufen nach unten geschafft, als Per sich um die Kurve im Geländer herummanövrierte und sich lang gestreckt in die Luft warf. Mark sah genau in dem Augenblick auf, als Per gegen ihn flog. Die beiden Männer rollten die Treppen hinab und kamen an deren Fuß zum Liegen. Per konnte den anderen schnell überwältigen, wusste aber, dass ihm nur Augenblicke blieben, bevor die anderen bei ihnen wären. Er legte seine Roboterhand um Marks Kehle und drückte nur ganz sachte zu, bis Mark nach Luft schnappte.

„Wo ist Dr. Reese? Sie haben zwanzig Sekunden, mir zu antworten, oder ich zerquetsche Ihre Luftröhre und durchsuche Ihr Zuhause. Die Entscheidung liegt bei Ihnen." Per lockerte den Griff um den Hals des Mannes, damit er sprechen konnte.

„Ich … Ich weiß nicht, wo er ist", sagte Mark, nachdem er fertig war zu husten.

„Wie Sie möchten", sagte Per und drückte erneut zu.

„Moment, Moment! Ich weiß nicht, wo er ist, aber ich kenne jemanden, der es tut!"

10

Tatsu konnte nicht glauben, dass sie ihre Chance verpasst hatte. Per war auf dem Geländer direkt an ihr vorbeigerannt. Alles, was sie hätte tun müssen, war, ihn runterzustoßen, und ihr Job wäre erledigt gewesen. Sie hätte zurück zur *Jurojin Maru* gekonnt und noch jede Menge Zeit gehabt, bevor die Konferenz losging und Umi ihren Angriff begann. Doch der Anblick hatte sie ebenso überrascht wie alle anderen, und sie hatte einfach nur geglotzt. Sie wusste, ihr Zögern hatte damit zu tun, dass sie Hank erstochen hatte, der mittlerweile zweifellos tot war. Doch dieses Wissen half ihr nicht. Und schlimmer noch, während die anderen zu dem Büro zurückgingen, hörte sie, wie sie Dr. Reese erwähnten.

Das war schlecht.

Tatsu hatte Dr. Reese vor einigen Monaten kennengelernt, auf Umis Schiff. Sie war dabei gewesen, als er, soweit man das sagen konnte, Mikawa getötet hatte, Umis Ehemann. Sie wusste besser als jeder andere, weshalb er jetzt auf dem Meeresgrund gefangen gehalten wurde. Doch wenn Per über Dr. Reese Bescheid wusste, wusste er eventuell auch von Nagura. Sie musste herausfinden, was sie sonst noch wussten. Es gab eine gute Chance, dass sie ihre Sicherheit dafür opfern müsste, doch wenn es Umi schützte und ihr Zeit gab, ihren Plan zu beenden, war Tatsu mehr als bereit dazu.

Der Crystasis Sicherheitsdienst war nun überall im Gebäude. Wenn sie ihren Zug jetzt machte, würde es zweifelsohne damit enden, dass noch mehr Unschuldige starben – oder sie selbst. Doch wie sollte sie die Crystasis-Leute hier herauskriegen? Während sie darüber nachgrübelte, schaute sie nach oben, doch bevor ihr Blick das riesige Oberlicht erreichte, blieb er an dem obersten Laufsteg hängen. Sie erkannte das Büro, in dem sie vor wenigen Minuten gewesen war – das Büro, in dem sie gerade jemanden getötet hatte.

„Sie sind sicher, dass Sie nicht wollen, dass ich die Polizei rufe?“, fragte der Sicherheitsbeamte Per, der vor ihm stand.

„Ich bin mir ganz sicher, Mr. Hastings“, antwortete Per. Das Letzte, was er gerade wollte, war, dass die Polizei eingeschaltet wurde. „Ich brauche lediglich eine Unterhaltung mit unserem Freund hier. Und ein wenig Privatsphäre.“

„Whoa, lassen Sie mich nicht allein mit diesem Freak“, rief Mark. Er saß auf einem der Stühle im selben Raum, in dem Per ihn zuerst getroffen hatte, doch diesmal waren seine Hände mit einem Kabelbinder hinter dem Rücken zusammengebunden.

„Stopf dir ’nen Korken rein, Freundchen“, bellte Hastings. Als Per sich vorgestellt hatte, hatte Hastings deutlich gemacht, dass er Harcourts Memo erhalten hatte. Er würde nichts tun, bevor Per nicht seine Einwilligung dazu gab. Aber es gab Grenzen.

„Hastings“, ertönte eine Stimme aus dem Funkgerät, das an Hastings Kragen geklemmt war.

„Höre“, erwiderte Hastings, nachdem er den Sprechknopf am Mikrofon gedrückt hatte.

„Du kommst hier besser mal rauf. Dr. Canards Büro.“

„Wieso das?“

„Hier liegt ’ne Leiche. Erstochen. Überall Blut, Mann.“ Und nach einer kurzen Pause: „Jemand namens Hank Green.“

Per, wie es seine Natur war, behielt seine Reaktion auf die Neuigkeit ganz für sich. Aber er war zerrissen. Die Chance, dass ein zorniger Angestellter Hank erstochen hatte, war gering. Wahrscheinlicher war, dass jemand wusste, dass sie in der Tote-Lichter-Angelegenheit herumstocherten. Per wäre liebend gern hochgelaufen, um zu sehen, ob es nicht noch eine Möglichkeit gab, den Angreifer zu finden, aber er musste sich zunächst um Mark kümmern. Und das wäre deutlich einfacher ohne Publikum.

„Da liegt 'ne wa… Ich bin sofort da", sagte Hastings. „Was zur Hölle geht hier heute Nacht vor sich? Ist es okay, wenn ich gehe, Mr. Broden?"

„Ich komme zurecht, Mr. Hastings", sagte Per, und Hastings ging. Per drehte sich langsam um und sah Mark an, dessen Augen weit aufgerissen und verwirrt waren.

„Was werden Sie tun?", fragte er, als Per sich zwischen ihn und die Tür stellte, um jede weitere Verfolgungsjagd zu verhindern.

„Ich werde gar nichts tun", antwortete Per. „Ganz im Gegenteil. Sie sind es, der etwas tun wird. Sie werden mir erzählen, wo Dr. Reese ist." Per setzte sich auf die Ecke eines Metalltisches und legte die Hände in den Schoß.

„Hören Sie", sagte Mark. Er schien sich ein wenig zu entspannen, jetzt, wo Per nicht mehr direkt über ihm schwebte. Das war das Ziel gewesen. „Ich hatte Angst. Sie wollten mich erwürgen. Ich hätte alles gesagt, damit Sie aufhören. Ich habe keine Ahnung, wo er ist."

Per hatte dafür keine Zeit. Es würde nicht lange dauern, bis sie herausfanden, dass Hank mit ihm zusammen angekommen war, und ihre Ermittlungen würden sich auf ihn konzentrieren. Das waren Fragen – und Zeitfresser –, die Per gerne umgehen wollte.

Er stand auf und nahm seinen Handschuh ab. Per hielt seine Roboterhand hoch und schloss sie. Auch wenn sie geformt war wie eine menschliche Hand, war sie doch unverkennbar künstlich. Die Handfläche und Finger waren aus einem dunklen, schwarzen Metall, und seine Fingerspitzen waren weiße, aus Gummi geformte Stumpen. Während er die Hand wieder öffnete, waren die Kohlenstoffnanoröhrchen deutlich zwischen den Knöcheln sichtbar.

Mark, dessen Adamsapfel auf und ab hüpfte – und der mit Sicherheit daran dachte, wie diese Hand vor wenigen Minuten noch um seinen Hals gelegen hatte – konnte nur mit Mühe atmen.

„Was soll die Scheiße, Mann?"

Per ballte eine Faust, und mit nur einem geringen Teil der Kraft, die in seinem Arm steckte, schlug er durch die Tischfläche des schweren Metalltisches.

„Der Name", sagte er, als würde er Mark bitten, ihm die Kartoffeln zu reichen.

„Nagura. Er heißt Nagura. Er hat ein Restaurant in Tokio. *Nagura's Emporium*. Das ist alles, was ich weiß, ich schwöre es."

Per hätte Mark gerne noch ein wenig länger bearbeitet, um sicherzugehen, dass er keine Informationen mehr zurückhielt, aber er strapazierte sein Glück, solange Hanks Leiche dort oben herumlag. Doch was sollte er mit Mark tun? Per gefiel die Vorstellung nicht, ihn zurückzulassen, damit er eventuell erzählte, welche Informationen er Per gegeben hatte. Das Letzte, was er brauchte, war jemand, der ihm bis nach Japan folgte.

Dann, als hätte jemand seine Gedanken gelesen, endete Marks Leben mit einem dumpfen Aufprall und einem Gurgeln. Der Griff eines Messers ragte ihm aus der Kehle. Mark öffnete und schloss den Mund, als wolle er etwas sagen, doch blutige Blasen waren alles, was er herausbrachte.

Per wirbelte herum und sah eine Gestalt in einem Laborkittel auf dem gegenüberliegenden Laufsteg. Sie hatte flammend rote Haare und war wenigstens dreißig Meter entfernt.

Dass sie Mark aus dieser Distanz mit solcher Präzision getroffen hatte, war aber nur ein Teil dessen, was Per beunruhigte. Sie schwang den Arm nach hinten, um erneut zu werfen, und Per hatte keinen Zweifel daran, wer ihr Ziel war. Ihr Arm flog mit unglaublicher Geschwindigkeit nach vorn, das Messer raste wie eine Rakete durch den Raum zwischen ihnen. Per konnte gerade noch seinen Roboterarm heben, um sich zu schützen. Das Messer, das ihn direkt im Herzen getroffen hätte, prallte klirrend von Pers Metallhand ab und änderte die Flugrichtung.

Er hatte die Waffe nur knapp ablenken können, doch das Messer schnitt ihm in die Stirn, direkt über dem Auge. Aus einem Reflex heraus drehte Per sich weg. Als er sich wieder umgedreht hatte, war die Angreiferin verschwunden.

Per berührte seine Stirn mit seinen menschlichen Fingern und betrachtete sie. Blut. Der Schnitt war nicht so tief, dass er genäht werden musste, doch die Narbe würde er eine lange Zeit tragen. Er zog den Handschuh wieder über seine Metallhand und dachte an das letzte Foto, das Harcourt ihm gegeben hatte. Eine junge Frau auf einem Motorrad, mit flammend roten Haaren.

Per zog Marks Leiche aus dem Blickfeld und schloss die Bürotür, als er ging. Dann stieg er zum höchsten Laufsteg empor, wo die Angestellten standen und verzweifelt versuchten, einen Blick auf den Tatort zu werfen. Hastings räumte gerade den Laufsteg und schickte alle fort. Per warf einen Blick durch die Glaswand, konnte aber nur Hanks Füße sehen, die hinter dem Schreibtisch hervorragten, und eine Blutlache, die darunter hervorsickerte. Ein weiterer Sicherheitsmann stand hinter dem Schreibtisch und machte sich Notizen.

„Ich habe ihn im Büro eingesperrt“, erklärte Per, als Hastings fragte, wo Mark sei. „Haben Sie die örtliche Polizei verständigt?“

„Yeah, aber wir sind hier ziemlich weit draußen. Wird 'ne Weile dauern, bis sie auftauchen", antwortete Hastings.

„Ich habe ein wenig Erfahrung mit diesen Dingen", sagte Per. „Soll ich es mir mal anschauen?"

„Oh, sicher. Mr. Harcourt wird vermutlich so viele Berichte wie möglich über diese Sache haben wollen. Es ist offensichtlich, dass er Ihnen vertraut." Hastings ging aus dem Weg, und Per betrat das Büro.

„Campbell", stellte der andere Sicherheitsmann sich vor und streckte die Hand aus. Per schüttelte sie.

„Broden."

„Ja, Hastings hat mir von Ihnen erzählt."

„Man kann ihn von den Laufstegen kaum sehen; woher wussten Sie, dass er hier ist?"

„Jemand hat angerufen und uns gesagt, dass er hier ist", sagte Campbell.

„Jemand?"

„Eine Frau. Hat keinen Namen genannt."

Per nickte, als ihm klar wurde, dass der Anruf vermutlich dazu gedient hatte, Hastings unten aus dem Büro zu locken.

Per ging ein wenig umher und untersuchte die Leiche. Eine einzelne Stichwunde in den Bauch, und die Farbe des Blutes verriet, dass Hanks Leber getroffen worden war. Der Tod war schnell eingetreten. Wenigstens hatte er keine Zeit mehr gehabt, irgendwelchen Zeugen irgendetwas zu erzählen, dachte Per. Ihm fiel auf, dass jemand Hanks Ärmel abgerissen und auf die Wunde gelegt hatte. Seltsam.

„Darf ich?", fragte Per, kniete sich hin und hielt die behandschuhte Hand hoch, um deutlich zu machen, dass er den Tatort nicht verunreinigen würde. Campbell zuckte mit den Schultern und schrieb weiter in seinem Notizblock.

Per überprüfte Hanks Taschen und nahm, als er sicher war,

dass niemand hinsah, die Autoschlüssel heraus. Dabei fiel ihm auch auf, dass das Handy fehlte. Dann sah er auf das improvisierte Kissen und Hanks Kopf.

„War das bereits dort, als Sie ihn gefunden haben?", fragte Per und zeigte darauf.

„Ja."

Mit der behandschuhten Hand zog Per behutsam das Kissen hervor und ließ Hanks Kopf sanft auf den Boden sinken. Seine autoritäre Ausstrahlung hielt die Miet-Polizisten davon ab, sich darüber zu beschweren, dass er den Ort eines Verbrechens veränderte. Falls sie überhaupt wussten, wie man sich über so etwas beschwerte. Er entrollte den Stoff und sah, dass es ein schwarzer Kapuzenpullover war. Er drehte den Rücken zu den beiden Sicherheitsleuten, stand auf und hängte den Pullover über einen Stuhl an der Wand. Er durchsuchte die Taschen, und als er in einer davon ein Stück Papier fand, zog er es heimlich heraus und schob es in seine eigene Tasche.

Ein paar Minuten später bat Per um Verzeihung, dass er nicht von größerem Nutzen sei, und entschuldigte sich, um Mr. Harcourt anzurufen. Hastings und Campbell baten ihn beide darum, sicherzugehen, dass er ihre Gewissenhaftigkeit gegenüber ihrem Boss erwähnte. Per versprach, das zu tun. Dann ging er sehr ruhig und langsam die Treppe hinunter in die Lobby und verließ das Gebäude.

Als er im Auto saß, noch immer einige Stunden vom Tagesanbruch entfernt, schaltete Per die Innenbeleuchtung ein und entfaltete das Stück Papier, das er aus dem Pullover gezogen hatte. Eine Motelquittung.

Per hatte mehr als ausreichend Mordtatorte gesehen, und dieser war ungewöhnlich. Der Mörder – offensichtlich die Frau, die auch Mark ausgeschaltet und Per einen Schnitt auf der Stirn verpasst hatte – hatte versucht, Hanks Blutung zu stoppen, hatte aber nicht gewollt, dass er um Hilfe rief. Dann hatte sie ihm ihren Kapuzenpullover unter den Kopf geschoben, damit er es bequemer hatte.

Sie war die seltsamste Killerin, der er seit langer Zeit über den Weg gelaufen war.

Per betrachtete die Quittung in seiner Hand. Er tätigte einen Anruf und buchte einen Flug nach Tokio, doch zunächst musste er noch einen Zwischenstopp einlegen – im Lakefront Motel. Es gab nur einen einzigen Flug in den nächsten paar Stunden, doch er konnte sich die Chance nicht entgehen lassen, die Tote-Lichter-Bombenlegerin persönlich zu befragen. Auch wenn er bezweifelte, dass sie der Drahtzieher hinter dem war, was auch immer sich unter all dem hier verbarg. Er warf einen Blick auf die Uhr und startete den Motor.

Er würde sich beeilen müssen.

11

LONDON

11:00 Uhr Ortszeit

Als Jonathan und Lew vor der Adresse parkten, die die Stimme am Telefon ihnen genannt hatte, dachte Jonathan, dass sie irgendwie am falschen Ort gelandet sein mussten. Er überprüfte die Notiz, die er während des Anrufs gemacht hatte, und vergewisserte sich, dass sie genau dort waren, wo sie sein sollten. Ihm sackte der Magen in die Knie, als wäre er im freien Fall.

„Was für 'ne Scheiße ist das?", fragte Lew vom Beifahrersitz.

Ja, sie standen vor einer Galerie, aber die hatte etwa die Größe einer New Yorker Weinbar. Es sah nicht so aus, als könnten hier mehr als eine Handvoll Gemälde hängen, und ganz sicher war das nicht das Hauptquartier des Superhirns, das sich letzte Nacht in ihr Telefonat gehackt und Emily vor George gerettet hatte. Die Fenster waren mit einer Art Folie beklebt, sodass nichts hinter der Fassade zu sehen war. Das war beunruhigend, schlimmer war aber der Häuserblock, vor dem sie standen. „Heruntergekommen" begann nicht einmal, ihn zu beschreiben. Welche Geschäfte auch immer hier einmal gewesen waren, sie waren längst fort; es gab nichts als vernagelte Türen und Fenster. Und die „Galerie" natürlich.

„Der hat uns übers Ohr gehauen", sagte Lew und sprach aus, was Jonathan dachte. Er bezweifelte sehr, dass sie hier irgendwelche Antworten finden würden.

Jonathan versuchte noch einmal, Natalie zu erreichen. Keine Chance. Die Verbindung tat, als existiere ihr Telefon gar nicht. Ob es ihm gefiel oder nicht, der einzig mögliche Ort für Antworten war dort drinnen.

„Na, komm“, sagte Jonathan und öffnete seine Tür.

„Whoa, warte mal“, sagte Lew. „Du willst da einfach reinspazieren? Was ist aus der Sache geworden, dass wir Juan Solo sind?“

„Han“, korrigierte Jonathan ihn, ohne den Blick von dem schmutzigen Fenster zu nehmen, in das das einfache Wort „Galerie“ eingeätzt war.

„Wie auch immer. Da drin ist nichts, Jonny. Wenn wir nicht reingelegt wurden, wurden wir in eine Falle gelockt. Emily und Natalie sind nicht hier.“ Jonathan spürte, wie Lew ihm eine Hand auf die Schulter legte. Er drehte sich um und schaute seinen Partner an, der ziemlich vernünftige Sachen sagte. „Jonny, das hier ist wieder genau wie in New York. Die kleinen Härchen in meinem Nacken schreien mich förmlich an, dass wir hier verschwinden sollen. Sofort.“

„Was ist mit Emily?“, fragte Jonathan. Er wusste, dass er versuchte, Lew zu manipulieren. „Das hier ist die einzige Spur, die wir haben. Wenn wir jetzt gehen, haben wir gar nichts.“

Die beiden Männer schauten sich lange an. Sie wussten beide, was der andere zu verlieren hatte. Schließlich stieß Lew die Luft aus und holte seine Waffe hervor. Er zog den Schlitten zurück, um eine Kugel in die Kammer zu laden. „Scheiß drauf. Los geht’s.“

„Halt die etwas versteckt“, sagte Jonathan. „Denk an die Bedingungen.“

„Verstanden“, antwortet Lew und steckte die Waffe in die Tasche seines langen Staubmantels. Er stieg aus, ging ums Auto herum und wartete auf dem Bürgersteig. Jonathan gesellte sich zu ihm. Sie nahmen sich einen Augenblick, den Häuserblock noch einmal genau in Augenschein zu nehmen. Nichts. Keine Menschen, nicht die geringste Regung. Die einzigen Autos hier waren Wracks, die schon vor langer Zeit verlassen worden waren. Es war, als hätte der Rest von London vergessen, dass diese Straße überhaupt existierte.

Ding-ding.

Das Glöckchen über der Tür erklang, als sie eintraten. Das Innere der Galerie tat wenig, um die Sorgen der beiden zu zerstreuen. Eine einzelne Stuhlreihe stand vor einer schmutzigen Wand. Einige dahingeschmierte Gemälde hingen hier und da herum, aber Jonathan war sich sicher, dass Natalie besser malen konnte als das. Und zwar im Schlaf. Die meisten der Bilder hingen außerdem schief.

Und das war sie, die Galerie. Es gab keine weitere Tür, keinen Ein- oder Ausgang außer jenem, durch den sie gerade gekommen waren. Es ergab nicht den geringsten Sinn.

„Rechte Ecke", sagte Lew leise und behielt die Hand in seiner Tasche, doch Jonathan hatte die Sicherheitskamera bereits beim Eintreten bemerkt. An ihr leuchtete kein Lämpchen, und bei dem Winkel, in dem sie hing, vermutete Jonathan, dass sie nicht einmal angeschlossen war, aber man konnte nie wissen. Dafür bemerkte er den Lautsprecher an der Wand vor ihnen erst, als er knackend zum Leben erwachte.

„Gentlemen. Bitte setzen Sie sich."

„Als ob", erwiderte Lew. Jonathan spürte, dass die ganze Situation Lew extrem nervös machte, und er wusste, dass es reines Glück wäre, wenn ihnen noch ein paar Minuten blieben, bevor er seine Waffe zog.

„Wo ist meine Tochter? Wo ist Emily?", verlangte Jonathan zu erfahren. Er war sich nicht sicher, ob er den Lautsprecher oder die Kamera dabei angucken sollte. Falls es überhaupt ein Mikrofon gab.

„Ihre Tochter?“ Die Stimme klang ernsthaft irritiert. „Ich würde vermuten, dass sie genau …“ Die Stimme wurde von mehreren gedämpften Stimmen ersetzt, als würde der andere mit jemandem sprechen. „Oh, es tut mir leid. Das war ein Kommunikationsfehler, fürchte ich. Die Handyblockade auf ihrem Telefon sollte jetzt aufgehoben sein. Aber wir haben wirklich keine Zeit.“

Jonathan ignorierte ihn und wählte schnell. Der Anruf ging durch, es klingelte einmal, und eine fieberhafte Natalie nahm ab. „Daddy?“

„Kleine, bist du in Ordnung?“

„Mir geht's gut, was ist mit dir passiert? Die Leitung war gestern plötzlich weg, ich hab die ganze Nacht versucht, euch anzurufen. Geht es Onkel Lew gut?“ Jonathan wusste, dass dies weder die Zeit noch der Ort dafür war, aber er musste etwas loswerden. Bei all den Schwingungen, die ihre aktuelle Situation in ihm auslöste, wollte er nicht riskieren, dass etwas geschah, bevor er Natalie nicht sagen konnte, was er schon vor langer Zeit hätte sagen sollen.

„Ihm geht's gut, Kleine. Hör zu, Ich … ich hab Mist gebaut. Ich habe nur versucht, dich zu schützen, aber ich hätte dich niemals so ausschließen sollen.“ Aus der Leitung kam Schweigen, und Jonathan fragte sich, ob sie beide erneut geblockt worden waren. Doch dann verrieten ihm ein Quieken und ein Schniefen, was los war. Sie weinte.

„Ich … Ich verstehe. Ich hab einfach angefangen zu glauben, dass du mich nicht bei dir haben willst. Als wäre ich …“

„Nein, Kleine, niemals. Das darfst du niemals denken.“ Jonathan sah zu Lew hinauf, der lächelte. „Wir müssen miteinander reden. Über eine Menge. Aber ich muss mich hier noch um ein paar Dinge kümmern. Um Emily. Ich muss los, aber ich ruf dich an, sobald ich kann.“

„In Ordnung“, sagte Natalie. Sie klang enttäuscht, aber er wusste, dass sie es verstand.

Nachdem er aufgelegt hatte, fühlte er sich, als wäre ihm eine Tonne von den Schultern genommen worden. Er wusste aber, dass Lew sich nur geringfügig besser fühlen würde, jetzt, wo klar war, dass Natalie sicher war.

„Nun, wie ich gerade sagte, bitte setzen Sie sich, Gentlemen. Wir haben viel zu tun und nicht viel Zeit."

„Zeit wofür? Wo verdammt ist Emily!", schrie Lew. Seine Lunte stand kurz davor, abzubrennen, und wenn das geschah, könnte nicht mal mehr Jonathan ihn aufhalten, so viel hatte er in der Vergangenheit gelernt.

Erneut hörte man gedämpfte Stimmen aus dem Lautsprecher.

„Lew! Lew, mir geht's gut", sagte Emilys Stimme. „Ich bin hier bei ihnen. Ich bin in Ordnung. Nun, weitestgehend zumindest. Sie haben mich verarztet. Sie haben mir das Leben gerettet, wirklich. Sie sind richtige Helden."

„Sie?", fragten Jonathan und Lew gleichzeitig.

„Setzen Sie sich einfach, und wir können beginnen", sagte wieder die bekannte Stimme. Jonathan konnte der Angespanntheit im Ton der Stimme entnehmen, wie beunruhigt ihr Besitzer aufgrund all der Unterbrechungen allmählich wurde.

Lew ging ein paar Schritte auf den Lautsprecher zu. „Hör mal, Kumpel, ich pflanz meinen Hintern nirgendwo hin. Lass uns einfach …"

„Grundgütiger! Fein, wie Sie wollen. Mann, ich liebe es", ätzte die Stimme voller Wut und Ironie. Der Lautsprecher klickte, als hätte man ihn ausgeschaltet.

„Ich liebe es? Wer ist der Typ, Ronald McDonal…"

Metallläden krachten vor den Fenstern und der Tür herunter. Ein rotes Licht flammte auf, sodass der ganze Raum aussah wie das Innere eines U-Boots. Dann ertönte ein Brummen, und der Boden begann zu beben. Jonathan und Lew streckten die Arme aus, um die Balance nicht zu verlieren.

„Ah, Kacke“, sagte Lew, kurz bevor ihnen die Mägen in die Knie rutschten und die Wände der Galerie sehr, sehr hoch wurden. Jonathan packte Lews Schulter, um mehr Halt zu finden, wohl wissend, dass es einiges brauchen würde, um den großen Kerl umzuhauen.

„Ein Fahrstuhl“, sagte Jonathan.

„Glaubst du?“, presste Lew hervor. Der Lärm wurde lauter und lauter, und der Boden fiel immer schneller und schneller.

Jonathan sah zu den Stühlen hinüber, die fest und sicher an ihrem Platz blieben. Ganz offensichtlich waren sie an den Boden geschraubt, und jetzt gerade wünschte Jonathan sich sehr, auf einem davon zu sitzen.

„Mach dich bereit!“, rief Jonathan.

„Für was?“

„Wenn bei dieser Geschwindigkeit die Bremsen einsetzen, werden wir …“

Als wenn sie ihn gehört hätten, packten die Bremsen zu, und beide Männer wurden zu Boden geschleudert. Gott sei Dank war der Lärm verstummt. Unglücklicherweise war Lew auf Jonathan gefallen.

„Himmel, wie viel wiegst du?“, fragte Jonathan keuchend und ächzend, während er darauf wartete, dass die Schmerzen in seinem Magen abklangen.

„So viel, wie ein echter Kerl wiegen sollte, du Fliegengewicht“, erwiderte Lew und rappelte sich wieder auf die Füße. Er half Jonathan hoch.

Die Wand unter dem Lautsprecher klickte und fuhr hoch. Grelles Licht flutete in die Galerie. Jonathan und Lew kniffen die Augen zusammen und blinzelten in die plötzliche Helligkeit. Als sie ein wenig schwächer wurde, trat ein Mann ein, flankiert von vier bewaffneten Typen. Das rote Licht wechselte wieder in weißes zurück und beleuchtete sein lächelndes Gesicht. Er war relativ klein und hatte karamellfarbene Haut –

und Jonathan hatte ihm erst vor einem Tag in dem Café an der Themse gegenübergesessen.

„Fahd?“

Als die Lichter angingen, sah man, dass Lew, während er auf dem Boden herumgekrabbelt war, die Pistole aus der Tasche gefallen war und nun vor ihnen auf dem Boden lag.

„WAFFE!“ Jemand erschien wie aus dem Nichts hinter Fahd, packte ihn und zerrte ihn eilig davon.

In die vier Wachmänner kam Leben. Sie richteten ihre P90 auf Jonathan und Lew. Die roten Lichter ihrer Ziellaser tanzten den beiden über die Brust. Jonathan und Lew hoben die Hände.

„Ups“, sagte Lew.

„Sind Sie sicher, Sir?“, fragte der Wachmann Fahd eine halbe Stunde später, als Fahd ihm befahl, Lew und Jonathan die Handschellen abzunehmen.

Man hatte sie in aller Eile in eine Art Verhörzimmer geschleift, irgendwo tief in den labyrinthartigen Gängen Dutzende Stockwerke unter den Straßen Londons. Jonathan vermutete, dass es sich hier um eine Art Bunker handelte, der während des Krieges gebaut worden war, doch das war schon alles, was er von ihrer aktuellen Situation erahnen konnte.

„Ja, es war nur ein Missverständnis.“

„Witzig, ich dachte, so was nennt sich Entführung“, sagte Lew und hielt seine Handgelenke hoch, damit der Wachmann ihn befreien konnte. Jonathan wusste, dass Lew immer etwas ungehalten wurde, wenn man ihm Handschellen anlegte. Und er selbst war ebenfalls nicht bester Laune, trotz des Wissens, dass Natalie sicher war. Die Wache befreite sie und ging.

„Nun, vielleicht kann es das wiedergutmachen“, sagte Fahd, während Emily in den Raum humpelte.

„Himmel“, stieß Jonathan aus. Sie war völlig zerbeult. Ihre Augen waren blau, ihr Arm hing in einer Schlinge, und als sie lächelte, sah er, dass ihr einige Zähne fehlten.

„Baby“, sagte Lew, und ihm brach die Stimme, als er sah, in welchem Zustand sie war.

„Ich bin in Ordnung, Lew. Wirklich. Ich sollte vermutlich tot sein. Wenn Fahd nicht gewesen wäre.“

„Es tut mir nur leid, dass wir nicht früher dort sein konnten. In ein paar Wochen sollte sie aber wieder in Ordnung sein. Ich bringe sie morgen zu unserem Zahnarzt.“

Jonathan sah, dass Lew nicht einmal die Hälfte davon gehört hatte. Er war langsam aufgestanden und hielt Emily sanft im Arm. Es war die zärtlichste Geste, die Jonathan jemals bei ihm gesehen hatte.

„Tut mir leid, dass ich gerade nicht der schönste Anblick bin“, meinte Emily zu Lew.

„Verarschst du mich? Du bist das Schönste, was ich je in meinem Leben gesehen habe“, erwiderte er, während er sie sanft küsste.

„Ja, nun, wenn Sie sich setzen würden, dann können wir beginnen.“

„Wer seid ihr Typen?“, fragte Jonathan.

„Ich fürchte, die Spickzettel-Version muss für den Augenblick genügen; wir haben nicht viel Zeit.“

„Zeit für was?“, fragte Lew und setzte sich, nachdem er Emily auf ihren Stuhl geholfen hatte.

„Bitte erst die Vorstellungsrunde, Mr. Katchbrow.“

„Lew“, sagte Lew.

„Vielen Dank. Lew“, sagte Fahd. „Auf gewisse Art sind wir verwandte Seelen. Mein Name ist Fahd Qureshi. Wie Sie sicherlich bereits erraten haben, bin ich kein Wachmann im Museum. Ich treffe neue Mitglieder gerne undercover, wie bei Ihnen, bevor ich sie einweise. So erhalte ich ein besseres

Bild als durch alle Überprüfungen, die man über jemanden anstellen kann. Manchmal zumindest."

„Mitglieder wovon?", fragte Jonathan.

„Die Kuratoren", sagte Fahd ehrfurchtsvoll. Er schien eine Reaktion auf die Enthüllung zu erwarten, die jedoch nicht kam.

„Sollte ich wissen, was das bedeutet?", fragte Jonathan.

„Nein, eigentlich nicht", entgegnete Fahd. „Wir haben große Anstrengungen auf uns genommen, um sicherzustellen, dass die Öffentlichkeit nicht weiß, dass wir existieren. Auch wenn die Öffentlichkeit der Grund dafür ist, dass wir existieren."

„Wer hat sich den Namen ausgedacht? Du?", fragte Lew.

Fahd lächelte. „Nein, weit davon entfernt. Ich war kein Gründer, ganz und gar nicht. Ehrlich gesagt, vor zehn Jahren war ich nur ein Dieb in Riad. Meine damaligen Kameraden und ich sind ins Nationalmuseum eingebrochen. Die Erfolge hatten uns mit Anmaßung und Überheblichkeit erfüllt. Es war ein Desaster. Die meisten von uns wurden getötet. Doch als ich in Gewahrsam saß und auf die Polizei wartete, erschien jemand ganz anderes und brachte mich fort."

„Jemand wie Sie, heute", vermutete Jonathan.

„Exakt. Sie fragten mich, ob ich interessiert sei, meine Fähigkeiten auf eine ganz und gar andere Art einzusetzen. Nun, ich wusste, dass meine Optionen darin bestanden, Ja zu sagen oder mit meinen abgeschlagenen Händen in einem Sack zu enden, also folgte ich diesem Fremden, fest entschlossen, bei der ersten Gelegenheit zu fliehen. Er wies mich ein, führte mich in eine Welt – eine globale Subkultur –, von der ich nicht einmal geahnt hatte, dass sie auch nur existierte. Es dauerte nicht lange, bis der Wunsch, meine Hände zu behalten, der geringste Grund dafür war, dass ich blieb."

„Faszinierend“, sagte Lew trocken. „Aber wo genau sind wir ‚verwandte Seelen‘? Wir haben in unserem ganzen Leben noch kein Museum ausgeraubt.“

„Nein, das ist richtig“, sagte Fahd. „Ich bezog mich eher auf den Grund, wieso ich überhaupt erst ein Dieb wurde. Auf der anderen Seite habe ich damals noch nicht richtig verstanden, worum es Ihnen beiden ging. Die Kuratoren haben mir jedoch geholfen, es zu verstehen.“

„Und worum ging es uns?“, fragte Lew. Jonathan wünschte, dass Lew die Klappe halten würde. Soweit sie wussten, könnte er die ganze Zeit über Dinge bestätigen, die Fahd womöglich noch gar nicht wusste. Doch genau wie Fahds Entscheidung vor so vielen Jahren, hatten auch sie keine wirkliche Wahl. Entweder saßen sie hier und lauschten Fahds Geschichte, oder sie stellten sich den automatischen Waffen draußen im Gang.

„Es steht alles in ihren Büchern“, erklärte Fahd und deutete mit einem Nicken auf Emily. Jonathan schloss die Augen und seufzte. Sie waren geliefert. Jonathan und Lew hatten Emily aufgrund des Buches kennengelernt, das sie geschrieben hatte, *Die Herrschaft des Monarchen*, welches die Fakten dokumentierte, die man über den Monarch hatte, und das ein wenig theoretisierte, wer sich hinter dem Namen wohl verbarg. Nachdem sie sich erst einmal kennengelernt hatten – und Emily dabei geholfen hatte, Natalie aus den Händen ihrer Entführer zu befreien –, schrieb Emily ein weiteres Buch, das darauf abzielte, den Monarchen zu schützen, statt Jonathan und Lew zu enttarnen. Zu jener Zeit schien das funktioniert zu haben, aber Jonathan wusste, dass immer die Möglichkeit bestand, dass jemand den Trick durchschaute.

„Sie haben keine Museen ausgeraubt, Lew“, sagte Fahd und stand auf. Er nahm eine Fernbedienung und richtete sie auf den Bildschirm an der Wand. „Aber sie haben *für* Museen gearbeitet. Sie und Jonathan, sie beide. Als Der Monarch.“ Fahd drückte einen Knopf, und der Bildschirm sprang an. Er zeigte ein einziges Bild – zwei symmetrische Schnörkel, je einer auf jeder Seite eines abgeflachten, aufrecht stehenden Ovals, was in seiner Gesamtheit bewusst gewollt wie ein Insekt aussah.

Wie ein Schmetterling.

Obwohl er gespürt hatte, dass es kommen würde, jagte das Bild Jonathan einen elektrischen Schlag durch sein Nervensystem. Seine Beine zuckten leicht. Sie wussten noch immer nicht, wie viel genau Die Kuratoren wussten, doch seine Hoffnungen, wenigstens ein paar Geheimnisse zu behalten, schmolzen rapide dahin.

„Aber ich greife vor“, sagte Fahd. „Den Kuratoren war – und ist – es wichtiger, Kunst zu schützen. Viel wichtiger. Sie schützen ganze Kulturen, Wissenschaften, Sprachen – die Liste ist nahezu endlos.“

„Na, seid ihr nicht alle ganz besondere ...“, begann Lew.

„Halt den Mund, Lew“, stieß Jonathan aus, ohne ihn anzuschauen, und wandte sich dann an Fahd: „Wieso wir?“

„Wie ich sagte, Sie haben mich inspiriert, auch wenn ich es zunächst nicht verstanden habe. Aber ich war nicht der Einzige. Die Kuratoren wussten bereits sehr genau über Sie Bescheid, lange bevor ich einer von ihnen wurde. Wie es scheint, wurde im Laufe der Jahre immer wieder diskutiert, ob man Sie wegen einer Mitgliedschaft kontaktieren, oder Sie eliminieren sollte.“

Jonathan und Lew wechselten einen Blick.

„Ist es bei den Kuratoren üblich, Leute zu eliminieren?“, fragte Jonathan.

„Natürlich nicht“, sagte Fahd. „Ich hätte es möglicherweise nicht erwähnen sollen.“ Jonathan bezweifelte, dass auch nur ein Wort von dem, was Fahd erzählte, versehentlich gesprochen wurde.

„Aber du hast es erwähnt“, entgegnete Lew.

„Bitte, messen Sie dem nicht zu viel Bedeutung bei", bat Fahd. „Die Kuratoren haben einen Rat, der alles entscheidet. Der Vorschlag wurde einige Male eingebracht, kam aber nie auch nur in die Nähe der notwendigen Stimmenmehrheit, der es bedurft hätte, um beschlossen und ausgeführt zu werden. Bleiben wir also beim Thema."

Jonathan wechselte einen weiteren Blick mit Lew und beschloss, es vorerst ruhen zu lassen. Lew machte den Eindruck, dass er zustimmte. Jonathan spürte, wie Emily ihn anstarrte, hatte aber im Augenblick nicht die Kapazitäten, sich auch noch mit ihr zu beschäftigen.

„Fahren Sie fort", sagte er.

Fahd drückte einen weiteren Knopf, und Zeitungsausschnitte erschienen auf dem Bildschirm, wo sie einander abwechselten:

Monets Charing-Cross-Gemälde auf mysteriöse Art wiederauferstanden.

Britisches Museum findet Raphael in altem Lagerraum.

Degas' Töchter tauchen unter geheimen Umständen wieder auf.

Und so weiter. Alles Berichte über verschiedene Vorkommnisse, mit denen Der Monarch im Laufe der Jahre in Verbindung gebracht worden war.

„Und gerade als wir uns einstimmig darauf geeinigt hatten, Sie anzusprechen, sind Sie verschwunden", erzählte Fahd weiter. Er benutzte erneut die Fernbedienung, und der Bildschirm zeigte eine verkohlte, noch immer qualmende Insel. Jonathan, Emily und Lew beugten sich alle drei vor. Das letzte Mal, als sie Tartaruga Island gesehen hatten, waren sie so schnell sie konnten mit einem gestohlenen Hubschrauber davon weggeflogen.

„Scheiße", stieß Lew leise aus.

„Vor zwei Jahren sind Sie wieder auf unserem Radar aufgetaucht, und erneut war es eine schwierige Debatte, was wir mit Ihnen anfangen sollten."

„Ich nehme an, dass Sie zu der Entscheidung gekommen sind, dass Sie uns am Leben lassen, immerhin atmen wir noch", sagte Jonathan.

„Es wird noch besser", sagte Emily, die aufgrund ihrer fehlenden Zähne ein wenig nuschelte. „Darf ich es ihnen erzählen?", fragte sie Fahd. Er wirkte aufrichtig enttäuscht, nickte aber.

„Sie wollen, dass ihr wieder Der Monarch werdet!"

Nachdem Fahd gesagt hatte, dass er sie alleine lassen würde, um die Angelegenheit zu besprechen, und Jonathan die Tür hinter ihm geschlossen hatte, wirbelte er so schnell herum, dass er beinahe umfiel.

„Bist du verrückt?", fragte er Emily und versuchte, den Schwindel loszuwerden, der ihn bei der Vorstellung kurz überkam.

„Sag mir, dass du einen Witz gemacht hast", pflichtete Lew ihm bei, auch wenn Jonathan vom Vortag wusste, dass Lew denselben Adrenalinschub verspürte, bei der Vorstellung, wieder Der Monarch zu sein.

Emily sah aus, als hätte ihr gerade jemand gebeichtet, dass der Weihnachtsmann nicht echt sei. „Das verstehe ich nicht. Ihr beide arbeitet doch längst wieder. Wo ist der …"

„Wir haben das Symbol seit zwei Jahren nicht benutzt", erklärte Jonathan. „Und wenn sie wollen, dass wir wieder … *er* werden, dann weißt du, dass es das ist, was sie verlangen werden."

„Ich verstehe es immer noch nicht. Wo ist der Unterschied, ob ihr das Symbol nutzt oder nicht?"

„Guck mal in den Spiegel, Baby", antwortete Lew.

„Und denk daran, was ich mit Natalie durchgemacht habe.

Das Symbol bringt die Leute zum Ausrasten, und es bringt jeden in Gefahr, den wir lieben. Was denkst du, wird George tun, wenn er erfährt, dass das Symbol wieder irgendwo aufgetaucht ist?"

„Warte mal, du liebst mich?", wollte Emily von Jonathan wissen. Lew lachte.

„Was? Nein, ich meine … nun, ja, aber nicht so, wie…" Emily ging zu Jonathan und schlang ihren unverletzten Arm um ihn. Lew blieb sitzen und grinste, als würden seine Wangen versuchen, ihm in die Augenhöhlen zu kriechen. „Würdest du bitte was dazu beisteuern?", wandte Jonathan sich an ihn.

„Oh, das tu ich liebend gerne, großer Junge. Wie wär's mit 'nem Kuss?"

„Wenn du noch einen Schritt machst, erwürge ich dich mit deinem albernen Mantel."

Emily trat von ihrem Überfall zurück und sah Jonathan in die Augen, während sie ihm die Hand auf die Wange legte.

„Jonathan, ich liebe dich auch. Und wir alle lieben Natalie. Weißt du denn nicht, dass ich niemals etwas tun würde, das irgendeinen von euch in Gefahr bringt? Aber wenn ihr weitermachen wollt, werdet ihr Hilfe brauchen. Und Schutz. Fahd und Die Kuratoren können das liefern. Sie können die Aufträge finden und, was noch wichtiger ist, sie können sie *bezahlen*."

„Ich hasse es, das zuzugeben, aber was sie sagt, klingt vernünftig, Jonny", meinte Lew. Jonathan wusste, dass das genau das war, worauf Lew schon seit langer Zeit wartete.

Konnten Die Kuratoren Natalie wirklich beschützen? War das die Antwort, nach der sie die ganze Zeit über gesucht hatten? Auch wenn er das Monarch-Symbol nicht leiden konnte, vor allem, weil jeder immer nur einen Schmetterling darin sah und nicht das, was es eigentlich bedeutete, vermisste er die Bedeutung, die ihre Arbeit einst gehabt hatte – für die Kultur, die Geschichte und für ihn. Und vielleicht war es an der Zeit, nicht immer alles wieder und wieder zu überdenken und stattdessen seinem Bauchgefühl zu gehorchen. Er musste sich doch bloß anschauen, was sein Versuch, alles mit dem Kopf zu lösen, seiner Beziehung zu Natalie angetan hatte. Er erlaubte sich, darüber nachzudenken, wieder Der Monarch zu werden – es sich wirklich vorzustellen – und das Flattern in seinem Magen sagte ihm, was zu tun war.

„Ich kann nicht glauben, dass ich das sage, aber ich bin dabei", sagte Jonathan. Emily sprang auf und stieß einen begeisterten Schrei aus. Lew schüttelte den Kopf, lächelte aber. „Unter zwei Bedingungen: Zuerst kümmern wir uns um George, und wir bringen Natalie in Sicherheit, bevor wir irgendetwas anderes tun."

„Dabei könnte ich behilflich sein", sagte Fahd vom Türbogen aus. Jonathan hatte ihn nicht zurückkommen hören. Fahd langte in den Gang draußen und zerrte jemanden in den Raum. Hände und Füße der Person waren mit Ketten gefesselt, und sie trug einen Sack über dem Kopf.

„Unmöglich", stieß Lew aus und stand auf.

„Mein Geschenk an Sie", sagte Fahd, als er dem Mann den Sack vom Kopf zog und einen blinzelnden Canton George enthüllte.

Als er Jonathan und Lew sah, schien es, als versuche Georges gesundes Auge aus seinem Gesicht zu flüchten. Beide, Jonathan und Lew, stürzten sich auf den Grund für jedes einzelne Unglück, das sie während der letzten zwei Jahre befallen hatte, doch Fahd hielt seine Hand hoch, als wolle er den Verkehr aufhalten. Jonathan wäre nicht stehen geblieben, doch die Wache hinter Fahd lud seine P90 durch. Das Geräusch ließ ihn und Lew auf der Stelle erstarren.

„Ich versteh das nicht", sagte Lew. „Du bringst ihn her, und wir dürfen nicht – Heilige Scheiße, guck dir Emily an!"

Aber Jonathan verstand, wieso. Er stellte sich vor Lew und versuchte, seine Aufmerksamkeit zu gewinnen. „Lew. Lew!“

„Was?“, sagte Lew schließlich, als er aufhörte, an Jonathan vorbeikommen zu wollen.

„Sie liefern ihn den Behörden aus. Sie werden ihn wegsperren. Ganz legal.“

„Das stimmt“, sagte Fahd.

„Verarscht ihr mich? Der Kerl ist ein Milliardär, der andere Leute anheuert, seine Drecksarbeit zu erledigen. Der wird eine Hundertschaft Anwälte anschleppen und einfach da rausspazieren. So wie immer.“

„Der Clown hat recht“, sagte George. „Lasst mich jetzt frei, oder ich verklage euch so dermaßen, dass noch eure Enkelkinder für eure Unverschämtheit bezahlen werden.“

„Nicht dieses Mal“, sagte Fahd. „Wir hatten Sie alle bereits seit Wochen unter Beobachtung. Woher dachten Sie, wussten wir, dass Emily Hilfe brauchte? Wir haben den Angriff auf sie auf Video. Inklusive Georges Befehl, sie zu töten. Das ist wasserdicht.“

„Idioten, ich werde euch alle vernichten“, brachte George heraus, doch seine Körpersprache verriet seine wahren Gefühle. Er war zu Tode erschrocken.

Jonathan hatte sich bereits über das Timing von Emilys Rettung gewundert. Er war nicht sonderlich begeistert davon, überwacht worden zu sein, doch es schien Lew zu beruhigen. Emily stellte sich neben Jonathan, zwischen Lew und George, und legte ihm eine Hand auf die Schulter.

„Bringen Sie ihn hier raus“, sagte Jonathan. Zwei Wachen kamen rein, und jeder davon nahm einen von Georges Armen.

„Lasst mich los, *cuiters*!“ Jonathan wusste nicht, was das südafrikanische Wort bedeutete, aber er wusste, dass es nichts Höfliches war. „Es ist noch nicht vorbei! Ich kriege meine Rache! Ich werde eure Familien töten, und ihr werdet zusehen, *bliksem*!“

Sie brachten George weg, während er weiterhin leere Drohungen ausspie.

„Erzähl das dem Kuschelbär im Duschraum, Georgie“, rief Lew ihm hinterher.

„Und meine Tochter?“, fragte Jonathan, während Georges Schreie weiterhin durch den Gang hallten.

„Sie wird bereits länger beschützt, als wir Sie alle unter Überwachung haben. Wir haben sie als Erstes gefunden. Ihr Erdkundelehrer hat sich vor einigen Wochen krank gemeldet und wurde durch jemanden ersetzt, der ein wenig – nützlicher ist.“

„Einer von Ihren Männern, nehme ich an“, sagte Jonathan. „Aber nur ein Mann?“ Auch wenn jetzt, wo George auf Eis lag, keine unmittelbare Gefahr mehr bestand. Hoffte er.

„Dies ist nicht unsere einzige Einrichtung. Es gibt Dutzende ähnlicher Basen auf der ganzen Welt. Eine davon ist weniger als zehn Minuten von der Schule Ihrer Tochter entfernt. Sie ist jetzt sicherer als je zuvor in ihrem Leben, vertrauen Sie mir.“

Vertrauen. Das war etwas, was Jonathan nicht besonders großzügig verteilte, schon gar nicht in den letzten Jahren. Aber da war etwas an Fahd. Nicht direkt Autorität, aber etwas Entwaffnendes. Es gab noch immer eine Menge Dinge, die Jonathan gerne wissen wollte, aber zu seiner eigenen Überraschung hatte er tatsächlich das Gefühl, dass er Fahd trauen konnte. Vielleicht.

„Okay, was genau bieten Sie uns an?“, fragte er.

„Und was wollen Sie dafür?“, ergänzte Lew. Fahd nickte und deutete auf die Stühle, die um den Tisch standen. Alle setzten sich wieder.

„Zuerst einmal, wir sind kein Diebesring. Unsere Mitglieder rekrutieren sich aus vielen verschiedenen Fachgebieten – Wissenschaftler, Analysten, Gesetzeshüter – aber wir haben alle dasselbe Ziel. Bewahrung.“

„Wie viele Mitglieder gibt es?“, wollte Jonathan wissen.

„Ich befürchte, das ist vertraulich. Und es ändert sich ständig. Aber ich kann Ihnen sagen, dass es nur sehr wenige ständige Mitglieder gibt. Die meisten sind freie Mitarbeiter. Das ist es auch, was wir von Ihnen wollen. Von Zeit zu Zeit wird eine Situation entstehen, bei der wir denken werden, dass Ihre einzigartigen Fähigkeiten gebraucht werden. Zwischen diesen Zeiten können Sie tun, was immer Ihnen beliebt. Wenn Sie aber zustimmen, für uns wieder Der Monarch zu werden, dann erwarten wir, dass Sie nur dann Der Monarch sind, wenn Sie für uns arbeiten.

Und wenn wir Kontakt mit Ihnen aufnehmen wegen einer … Situation, in die Sie gerade verwickelt sind, von der wir denken, dass sie von jemand anderem besser erledigt werden würde oder die ganz einfach abgeblasen wird, dann erwarten wir, dass Sie sich unserem Wunsch beugen.“

„Sie verlangen nicht viel, oder?“, meinte Jonathan.

„Du hast uns immer noch nicht erzählt, was für uns dabei rausspringt“, sagte Lew.

„Alle Profite werden siebzig zu dreißig aufgeteilt. Siebzig für uns.“

„Siebzig?“, fragte Lew.

„Wie Sie sich vorstellen können, gibt es ein paar Fixkosten auf unserer Seite. Sie haben außerdem Zugriff auf all unsere Ressourcen – Informationen, sichere Häuser. Sogar Ausrüstung. Und natürlich, egal ob Sie gerade einen Auftrag für uns erledigen oder nicht, sorgen wir rund um die Uhr für Schutz für Sie und Ihre engste Familie. Ich fürchte, das ist das, was bei uns dem Begriff Sonderleistungen am nächsten kommt“, witzelte Fahd. Niemand lachte.

Es war ein unglaubliches Angebot. Jonathan versuchte zu bewerten, was Fahd gesagt hatte. Ob sie das Angebot annahmen oder nicht, er hatte den Eindruck, dass ihre Leben nie wieder dieselben sein würden, nachdem sie diesen Raum verlassen hatten.

Wenn sie jedoch zustimmten, würden sie im Grunde die gesamte Arbeit, die sie über die Jahre geleistet hatten, aushändigen und den Kuratoren anvertrauen. Das war ziemlich viel verlangt, doch im Gegenzug boten sie auch viel an.

Jonathan war bereit, das Angebot zu akzeptieren, aber er wollte sichergehen, dass Lew weiterhin an Bord wäre. Keiner von ihnen fragte, was geschehen würde, wenn sie Nein sagten. Etwas, von dem Jonathan ziemlich sicher war, dass es Lew ebenso im Kopf herumspukte wie ihm. Doch wenn jemand gerade noch offenbart hatte, dass er mit anderen darüber diskutiert hatte, ob er einen umbringen sollte oder nicht, dann gab es bestimmte Fragen, die man gar nicht allzu genau beantwortet haben wollte.

„Was ist mit Emily?", fragte Lew. „Sie ist keine engste Familie, und sie ist kein Teil des Monarchen. Wie passt sie in die Sache?" Jonathan sah, wie Emily unter dem Tisch nach Lews Hand griff.

„Wir haben mit ihr darüber gesprochen. Sie hat einige Jahre in der Verwaltung von Interpol gearbeitet, vornehmlich hat sie die Webseite dort gepflegt. Sobald sie wieder bei Kräften ist, würden wir sie gerne in Computersicherheit ausbilden und wieder zu Interpol schicken."

„Computersicherheit. Sie meinen, sie wollen sie zur Hackerin für die Kuratoren machen, damit sie Interpol bespitzeln kann", sagte Jonathan.

„Es ist eine tolle Gelegenheit für mich", sagte Emily.

„Was ist mit deiner Schreiberei?", fragte Lew.

„Die einzige Sache, über die ich jemals geschrieben habe, ist Der Monarch. Irgendwie scheint das keine große Zukunft zu haben", antwortete Emily.

Jonathan schaute sie an. Nachdem sie ihm ein beschwichtigendes Lächeln geschenkt hatte, blickte er zu Lew. Er schien nicht ganz so sicher zu sein, doch nach einem kurzen Moment seufzte er und nickte.

„Okay, wir sind an Bord. Also, was hat es jetzt damit auf sich, dass wir nicht viel Zeit haben?“, verlangte Jonathan zu wissen.

„Wir haben Ihren ersten Auftrag bereits vorbereitet, aber es gibt da eine Zeitkomponente. Wir müssen abreisen. Ich veranlasse, dass man Sie nach Hause bringt, damit Sie packen können. Ich erkläre Ihnen alles im Flugzeug.“

„Flugzeug? Wie, Sie meinen jetzt gleich?“

„Wir heben in zwei Stunden ab.“

12

JUROJIN MARU

20:00 Uhr Ortszeit

Die Ausstattung der Brücke auf der *Jurojin Maru* war eine Mischung aus Science-Fiction- und Wild-West-Klischees, wodurch eine Hälfte davon aussah, als gehöre sie auf das Raumschiff *Enterprise*, und die andere, als entstamme sie einer Episode von *Bonanza*. Umi, die in ihrem Herzen einen besonderen Platz für beide Genres hatte, hatte sie genauso gestaltet, auch wenn sie es niemals zugeben würde.

Der Kapitän saß in einem der beiden teuren Stühle, die aus einem Friseurladen hätten stammen können und fest am Hartholzboden verankert waren. Captain Tanaka trug ein perfekt gebügeltes, weißes, kurzärmeliges Hemd, weiße Shorts mit schwarzem Gürtel und wirkte gelangweilt. Was verständlich war; das Schiff hatte sich seit Monaten nicht bewegt, und wenn es nach Umi ginge, würde es sich auch nie wieder von seiner aktuellen Position wegbewegen.

„Captain“, sagte Umi und stützte sich an dem leeren Stuhl ab. Der Ausflug in die unteren Ebenen und wieder nach oben gestern Abend, ganz zu schweigen von dem Stress der letzten Monate, hatten ihren Tribut gefordert, ganz egal, ob sie ihre Medikamente nahm oder nicht. Abgesehen von ihrer Krankheit war sie fitter und zäher als die meisten Achtzigjährigen, aber es war nun einmal Tatsache, dass sie hundertzwei Jahre alt war, und an manchen Tagen war das auch genauso alt, wie sie sich fühlte.

„Ma'am", sagte Tanaka und sprang aus seinem Stuhl, als er Umi sah. Er kam herüber, um sie am Arm zu stützen. Sie ließ ihn gewähren.

„Sie wollten mich sehen?", sagte Umi, während Tanaka sie zur toffeefarbenen Lederbank führte, auf der Seite der Brücke, auf der auch die Whiskybar stand.

„Ich hätte auch unter Deck kommen können, Sie hätten nicht heraufzukommen brauchen", meinte Tanaka, als sie sich setzten.

„Nun bin ich hier. Wieso erzählen Sie mir also nicht, weshalb." Sie sagte das freundlich. Oder zumindest freundlich für ihre Verhältnisse.

„Eine Wetterfront kommt auf uns zu. Nur ein tropisches Tiefdruckgebiet im Augenblick, und es kommt nicht direkt auf uns zu, aber solche Wetterverhältnisse können unvorhersehbar sein."

Umi hatte die letzten Jahre auf der *Jurojin Maru* gelebt und brauchte keine Erklärung für einen Wetterbericht.

„Normalerweise würde ich eine Lageänderung empfehlen. Besonders, wo unsere Gäste bald eintreffen. Wenn der Sturm die Richtung wechselt, und selbst wenn er nicht stärker wird, könnten die Hubschrauber Schwierigkeiten bekommen, unsere Gäste vom Festland abzuholen."

„Ich weiß Ihre Sorge zu schätzen, Captain. Aber wir fahren erst mal nirgendwohin. Halten Sie mich bitte auf dem Laufenden, was den Sturm betrifft", sagte Umi und stand auf.

„Jawohl, Ma'am."

In diesem Augenblick stürzte Maggie Reynolds auf die Brücke. Umi und Tanaka drehten sich zu ihr um. Sie war völlig außer Atem.

„Da sind Sie ja, Mrs. Tenabe", keuchte Maggie. Sie musterte den Kapitän für eine Sekunde, offensichtlich unsicher, ob sie in seiner Gegenwart offen sprechen sollte oder nicht. „Wir ... wir haben da ein Problem."

Maggie hielt Umi die Tür auf, als sie wieder nach unten gingen. Das Problem war ein aufgebrachter Anruf von Tatsu. Sie hatte versucht, Umi zu erreichen, doch als sie sie nicht an den Apparat bekommen hatte, hatte sie stattdessen Maggie angerufen. Was auch immer Umi ihr in Toronto zu tun gegeben hatte, es war komplett in die Hose gegangen, und als Maggie mit ihr gesprochen hatte, schien es ihr, als ob Tatsu kurz vor einer Panikattacke stand. Maggie hatte Umi noch niemals so besorgt erlebt wie jetzt.

Wer hätte es geahnt, dachte Maggie. Sie mag das Mädchen wirklich.

„Ist sie in Ordnung?", fragte Umi.

„Sie ist ziemlich durch den Wind, scheint aber sonst okay zu sein. Sie wollte mir nicht viel erzählen. Wollte nur, dass ich gehe und Sie hole." Maggie dachte darüber nach, bei Umi ein wenig nachzubohren, was genau Tatsu in Toronto eigentlich tat, entschied sich aber dann dagegen. Ihre Mission – sowohl die für den MI6 als auch ihre Tarnung als Leiterin der Sicherheit an Bord – betraf die Aktivitäten auf dem Schiff. Neugierige Fragen über irgendetwas, das außerhalb des Schiffs stattfand, würden nur Aufmerksamkeit auf Bereiche lenken, in denen Maggie sie nicht wollte. Und sie hatte allmählich das Gefühl, dass ihr Vorrat an unschuldigen Fragen aufgebraucht war.

Sie erreichten die Kreuzung zwischen Umis Büro und Maggies Kabine. Umi blieb stehen. Maggie wusste bereits, was sie zu sagen hatte: „Ich kümmere mich wieder um die Sicherheitsüberprüfungen. Irgendetwas sagt mir, dass Tatsu nur ungern mit Ihnen sprechen wird, wenn ich dabei bin."

Umi nickte, doch bevor sie zustimmen konnte, bog Maggie ab und ging in Richtung ihrer Kabine.

Maggie wollte, dass Umi sich an die Vorstellung gewöhnte, dass sie ihre Rolle in diesem kleinen Theaterstück kannte.

Wenn sie ihr bei jeder Gelegenheit Widerstand leistete, würde sie das niemals erreichen. Sie dachte wieder an die Szene unten in den Eingeweiden des Schiffes, als sie ihr Quartier betrat. Der vertraute Geruch eines Rasierwassers aus den Siebzigern und Zigarettenrauch fielen über sie her, als sie die Tür schloss.

O Gott, nein.

„Wurde verflixte Zeit, dass Sie auftauchen“, sagte eine Männerstimme aus einer dunklen Ecke. Maggie starrte nur, als der große Mann aus den Schatten trat. Rauch umwehte ihn, als hätte er sich darin gekleidet. Sein makelloser Anzug sah aus, als käme er gerade aus einem Geschäft in der Savile Row in London – während der Thatcher-Ära. Sein kurz geschnittenes, lockiges Haar wurde von unzähligen grauen Strähnen durchzogen, und er schien sogar noch mehr Krähenfüße in seiner pergamentenen Haut um die Augen zu haben als beim letzten Mal, als sie sich gesehen hatten. Wenn das überhaupt möglich war.

„Alex? Was tun Sie hier?“, fragte Maggie. Auch wenn sie es wusste. Nicht direkt, aber sie wusste, was seine Anwesenheit bedeutete. Er war einer von der alten Schule. Der ganz alten Schule. Nur noch ein paar wenige von ihnen waren in den Büros des MI6 zu finden, wie eine Gruppe ausrangierter James Bonds, die ihr Ziel aus den Augen verloren hatten und sich einfach weigerten, sich zur Ruhe zu setzen. Das Innenministerium schickte sie für harmlose „Aufseher“-Missionen raus, zusammen mit Agenten, die selbst am Ende ihrer Laufbahn standen. Missionen, bei denen man ein Risiko von null Prozent berechnet hatte. Es hielt die alten Knacker beschäftigt und lieferte Anschauungsunterricht für Agenten, die nicht wahrhaben wollten, dass ihre eigene Zeit vorbei war: „Lasst nicht zu, dass ihr auch so endet!“ Wenn Alex Corsair also hier war …

„Hauptsächlich, mir die verflixten Eier abschwitzen,

Schätzchen", antwortete Alex und drückte seinen Zigarettenstummel auf einer Untertasse aus, die von Maggies Frühstück übrig war. Er trat vor und platzierte einen zu langen Kuss auf ihrer Wange. Sie wich vor dem rauchigen Duftwasser zurück.

Es war nicht ihre erste Begegnung mit dem berühmten Alex Corsair. Zu seiner Zeit war er der echte James Bond gewesen. In jeder Hinsicht. Und offensichtlich hatte er immer noch einige Fähigkeiten, wenn es ihm gelungen war, an Bord zu kommen, ohne dass es jemand bemerkt hatte. Doch abgesehen vom Spionagehandwerk versuchte er seit zehn Jahren, sie in die Laken zu bekommen. Er schien ihr Desinteresse als Herausforderung zu verstehen.

Er hätte ihr leidgetan, wenn sie im Augenblick nicht so beschäftigt damit gewesen wäre, sich selbst leidzutun. Wenn das Innenministerium ihn hergeschickt hatte, konnte das nur eines bedeuten – man war der Meinung, dass ihre Zeit abgelaufen war. Seit sie vor zwölf Jahren aus der Gefangenschaft entlassen worden war, war sie damit beschäftigt gewesen, etwas zu beweisen – ihrem Büro und dem Teil ihres Verstandes, der sie immer wieder anschrie, dass sie ihren Zenit längst überschritten hätte. Sie hatte das hier nicht einmal kommen sehen.

Als Umi ihr Büro erreichte, setzte sie sich an den Schreibtisch und drückte eine Taste auf ihrer Tastatur. Tatsus Bild erschien auf dem Display. Sie sah furchtbar aus. Sie war nass geschwitzt und schien immer wieder einen Blick durch das Fenster neben sich zu werfen. Die Einrichtung im Hintergrund verriet Umi, dass Tatsu in einem sehr einfachen Hotel saß. Doch aus irgendeinem Grund trug sie einen Laborkittel.

„Was ist geschehen?", fragte Umi, ernsthaft besorgt.

Tatsu erzählte ihr von den Ereignissen in der Crystasis Forschungseinrichtung. Mit jedem Kapitel der Erzählung verdüsterte sich Umis Stimmung. Am Ende der Geschichte war sie durch und durch finster. Umi wusste, dass sie Tatsu gefordert hatte. Überfordert. Und das war das Ergebnis. Ihr Werkzeug, das sie all die Jahre gehegt und gepflegt hatte, war abgenutzt. Jedes Gefühl, das sie dem Mädchen gegenüber haben mochte, war zweitrangig. Umi war eine Expertin darin, ihre Gefühle zur Seite zu schieben. Jetzt lag die Schwierigkeit darin, den Schaden zu begrenzen. Vor allem durfte Tatsu nicht den örtlichen Polizeibehörden in die Hände fallen. Der Zeitplan durfte nicht gestört werden. Noch einen weiteren Tag, dann wäre es egal. Aber im Augenblick befanden sie sich an einem bedeutenden Punkt. Und in der heutigen Zeit dauerte es nur Sekunden, bevor eine einzige E-Mail oder ein Telefonanruf alles zum Scheitern bringen konnte.

In einer anderen Zeit, dachte Umi. Es war noch gar nicht so lange her, da hätte es Wochen gedauert, bevor eine Nachricht sich um den Globus verbreiten konnte. In jenen Tagen hätte es keinen Grund zur Sorge gegeben. In einer anderen Zeit. Dann kam Umi eine Idee. Eine schreckliche Idee. Eine Idee, die all ihre Probleme lösen könnte.

Umis Gedanken wurden von einem Geräusch unterbrochen, das sie nie zuvor von Tatsu gehört hatte. Das Mädchen weinte, mit hängendem Kopf, sodass ihr flammend rotes Haar ihr Gesicht verbarg. Sie konnte sehen, dass Tatsu selbst in dieser unhaltbaren Situation besorgt war, dass sie Umi enttäuschen könnte, und sei es nur, indem sie die Schwäche von Gefühlen zur Schau stellte. Es war, als verwandele sie sich zurück in das kleine Mädchen, das Umi vor so vielen Jahren das erste Mal getroffen hatte.

„*O... Obasan*", brachte Tatsu hervor. „Da war ein Mann. Ein freundlicher, einfacher Mann. Ich ... Ich habe ihn umgebracht. Und habe ihn einfach zurückgelassen. Als ... als wäre er total unwichtig."

„Schhh, meine Kleine, schh!", sagte Umi, als würde sie dem

Mädchen tröstend den Kopf streicheln. „Es dient alles einem höheren Wohl. Du weißt besser als irgendjemand sonst, was wir zu erreichen versuchen. Was wir erreichen müssen. Du hast gesehen, was geschehen ist."

Tatsus Schluchzen verebbte, und sie nickte, hielt den Kopf aber gesenkt. Und dann setzte Umi ihre Idee um, bevor sie Zeit hatte, zu viel darüber nachzudenken.

„Manchmal wünschte ich, die alten Bräuche hätten noch Gültigkeit", sagte sie und klang bewusst, als spreche sie eher zu sich selbst als zu Tatsu. Sie wartete auf eine Reaktion und wurde schnell belohnt.

„Alte Bräuche?", fragte Tatsu leise, während sie sich Tränen aus den Augen wischte.

„Ja, sie hatten so viel mehr … Sinn. Ich spüre deinen Schmerz, meine Kleine. Schmerz, den nichts auf dieser Welt dir nehmen kann. Die Toten sind tot und werden es für alle Zeit bleiben. Schmerz lebt weiter in der heutigen Welt. Doch in der Vergangenheit, wenn ein Samurai seinen Kodex verletzt hatte …" Umi tat, als würde sie von ihren Gefühlen überwältigt, und verstummte. In Wirklichkeit jedoch ließ sie ihre Andeutung in Tatsu gären.

Umi wusste, dass Tatsu, bei all dem Training, das sie genossen und gemeistert hatte, exakt wissen würde, worauf sie anspielte. Neben den Fertigkeiten, die man ihr mit ihrem Körper und Waffen beigebracht hatte, hatte man Tatsu auch einen Kodex und dessen Regeln gelehrt. Und die Regel, die hier zur Anwendung kam, war der rituelle Selbstmord, bekannt als …

„*Seppuku*", sagte Tatsu leise. Umi widerstand dem Drang, ihren Erfolg mit einem Lächeln zu besiegeln.

„Ja", sagte sie. „In einer anderen Zeit, natürlich. Kein sinnloser Schmerz. Nur Ehre."

„Ehre", wiederholte Tatsu. Sie klang geschlagen.

„Wünsch mir Glück, meine Kleine“, sagte Umi nach einem langen Schweigen. „Ich weiß, du wirst hier sein … im Geiste.“

„*Sayonara*“, sagte Tatsu, und Umi unterbrach die Verbindung.

Mit zittriger Hand nahm sie ein Taschentuch und tupfte sich damit ein feuchtes Auge ab, überrascht von ihrer Reaktion, jetzt, wo sie wusste, dass sie ihr Ziel erreicht hatte. Der Plan war nun in Sicherheit. Tatsu war eine Heldin. Und bald würde sie eine Märtyrerin sein.

TORONTO

07:45 Uhr Ortszeit

Tatsu legte den Telefonhörer weg und schloss fest die Augen. Sie versuchte, innere Ruhe aus der äußeren zu ziehen, doch alles, was sie sah, waren die Gesichter derjenigen, die sie verletzt hatte. Sie öffnete die Augen, holte tief Luft und leerte ihre Taschen auf dem Tisch aus. Sie besaß nicht viel: ein kleines Messer, ein paar Dollar in Scheinen und Münzen, ihr Handy und das Telefon, das sie Hank abgenommen hatte. Und ihre Brieftasche. Sie durchsuchte das Portemonnaie und zog das einzige Foto heraus, das sie von ihrem Bruder besaß. Er war schon seit langer Zeit tot, doch für sie war es, als wäre es gestern gewesen.

Tatsu wischte sich die Tränen aus den Augen. Dann zog die den Laborkittel und ihr Hemd aus, nahm das Messer und legte es auf ihre nackte Haut, zwischen ihre Brüste. Sie schloss die Augen wieder, dieses Mal, um sich selbst zu beruhigen.

Ehre. Das ist es, was Umi will, und ich schulde ihr so viel.

Doch bevor sie zustoßen konnte, hörte sie ein piependes Geräusch. Sie öffnete die Augen und bemerkte ein rotes Blinken auf Hanks Telefon. Sie vermutete, dass es irgendeine Art von programmiertem Alarm war, und wollte es gerade ignorieren, doch die Geschwindigkeit des Blinkens schien schneller zu werden. Sie nahm das Handy auf und aktivierte das Display. Sie sah eine Karte mit einem einzelnen, sich bewegenden Punkt. Mit Daumen und Zeigefinger zoomte sie in die Karte hinein. Dabei erschienen einzelne Ortsnamen, inklusive dem des Lakeview Motels.

Sie beobachtete, wie der rote Punkt sich schneller und schneller bewegt – direkt auf ihr Zimmer zu.

Der rote Punkt wurde schneller.

Das Piepen erklang schneller.

Die glichen sich an. Schneller und schneller.

Und dann … stoppten sie. Der Punkt verschmolz mit dem Hotel auf der Karte, und das Piepen verstummte. Tatsu sah zur Tür hinüber. Ohrenbetäubende Stille war alles, was sie hörte. Nichts regte sich, mit Ausnahme des Staubs, der wie in Zeitlupe durch die frühen Sonnenstrahlen tanzte, die an den Vorhängen vorbei in ihr Zimmer fielen. Tatsu hielt den Atem an, das einzige Geräusch das Rauschen des Blutes in ihren Ohren.

Dann, ganz zaghaft, verließ sie ihren Stuhl und griff nach den Vorhängen.

Das Geräusch splitternden Holzes zerschmetterte die Ruhe im Zimmer. Tatsu versuchte zu verstehen, was sie sah. Eine schwarz behandschuhte Hand ragte durch die Tür in ihr Zimmer.

Das ist unmöglich, dachte Tatsu, als die Faust sich in einem unnatürlichen Winkel verdrehte, die Türkette packte, und mit einem Ruck von der Tür riss. Dann erinnerte sie sich an die Akte, die sie über Per gelesen hatte, und daran, dass sie vorher, in dem Crystasis Forschungslabor, ein silbernes Funkeln auf der anderen Seite des Laufstegs gesehen hatte.

Bevor die Tür aufschwingen konnte, sammelte Tatsu ihre

Habseligkeiten zusammen, stopfte sie in ihre Taschen zurück und schnappte sich das Messer, mit dem sie gerade noch ihr Leben hatte beenden wollen. Sie versteckte sich nicht, sondern stellte sich genau dorthin, wo er sie sehen würde. Als die Tür aufflog und Per einen Schritt ins Zimmer tat, zögerte er für einen kurzen Augenblick.

Wenigstens ein Teil von ihm ist also menschlich, dachte Tatsu, als sie sein Zögern ausnutzte und ihr Messer in Pers Bein versenkte. Eine Sekunde später – und ohne zu schreien, wie sie bemerkte – schlug Per zu und schleuderte Tatsu durch die Luft. Sie flog aufs Bett und rollte hinunter, raus aus seinem Sichtfeld. Auf dem Boden liegend verzog sie das Gesicht und griff nach ihrer Schulter. Sie sog die Luft durch zusammengebissene Zähne ein. Sie hatte nur einen Teil des Schlags an der Schulter abbekommen und sich aufs Bett geworfen, damit sie versteckt wäre, dennoch pochte ihre Schulter, als wäre sie von einem Truck angefahren worden.

Lass nicht zu, dass das Ding dich noch mal trifft.

„Komm raus", befahl Pers Stimme. Er war clever, das musste sie ihm lassen. Wäre er dumm genug gewesen, über die Bettkante zu schauen, hätten ihre angriffsbereiten Daumen ihm die Augen ausgestochen.

„Ich denke, ich bleibe genau hier, danke schön", erwiderte Tatsu. „Aber fühlen Sie sich eingeladen, sich selbst hinauszubegleiten."

„Hör auf, so töricht zu sein, und komm da raus. Und bedecke dich." Die letzten Worte wurden von dem Laborkittel begleitet, den Per über das Bett warf. Er landete neben ihr.

„Sorry, ich dachte, Sie mögen Mädchen", sagte Tatsu. Sie musste tun, was sie konnte, um ihn davon abzuhalten, zu glauben, dass das hier seine Show war.

Der Klang seiner Stimme verriet ihr, dass er immer noch in der Tür stehen musste und ihr den Fluchtweg blockierte.

Dann hörte sie Schritte, die sich entfernten. Nach draußen. *Geht er etwa?* Einen Augenblick später hörte sie, wie ein Kofferraum zugeschlagen wurde und die Schritte sich wieder näherten. Sie hasste es, so in der Falle zu sitzen, doch was konnte sie schon ausrichten, in einem so engen Raum, mit so einem Arm, der auf sie wartete?

„Dies ist deine letzte Warnung. Komm raus und erzähl mir mehr über Tote Lichter. Ich habe keine Zeit für das hier."

Er hat keine Zeit? Wieso nicht? Ist sein Plan von Terminen abhängig? Oder vielleicht ist es gar nicht sein Termin, den er einhalten muss?

„Heute gehen noch jede Menge Flüge von hier. Sie machen sich all diese Mühen, um den Tote-Lichter-Bombenleger zu finden, und dann verschwinden Sie einfach? Wieso die Eile?", rief Tatsu und wagte einen Schuss ins Blaue, dass er die Termine einer kommerziellen Fluglinie einhalten musste. Wenn sie recht hatte, hatte sie eine besonders üble Ahnung, wo genau dieser Flug hinging.

„Ich habe kein Interesse daran, den Tote-Lichter-Bombenleger zu *finden*. Ich will nur alles über Tote Lichter *erfahren*. Wenn du es mir nicht erzählst, muss ich annehmen, dass es daran liegt, dass du es nicht weißt. Und dann werde ich mit jemandem sprechen, der es weiß. Das ist meine einzige Eile. Und jetzt komm raus!"

Jemandem, der es weiß? Bevor Tatsu darüber noch länger nachgrübeln konnte, klatschte ein dicker Schwall einer Flüssigkeit über sie.

„Hey!", rief Tatsu, die sofort den stechenden Geruch erkannte. Benzin regnete von der Tür her auf sie herab. *Das hat er aus dem Auto geholt. O Gott, er wird mich verbrennen!*

„Letzte Chance." Seine Stimme war weder lauter noch erregt oder von irgendeiner Emotion durchzogen. Es war gespenstisch. Dann hörte sie, wie eine Magnesiumfackel entzündet wurde, ein Zischen, und ein blendendes Licht, das an Pers Position in der Tür erstrahlte und die Schatten an der Wand verlängerte und zum Tanzen brachte.

Tatsu schnappte sich den Laborkittel und wischte damit so viel von dem Benzin von ihrem Körper, wie sie konnte, dann tauchte sie ihn in noch mehr von dem Zeug, das sich in den Teppich um sie herum gesogen hatte. Sie zählte bis drei, bevor sie aufsprang und den Kittel auf Per und die leuchtende Fackel zuwarf. Der Laborkittel entzündete sich mit einem *Wummpff!*, als er gegen Per prallte. Während er mit dem brennenden Kittel kämpfte, sprang Tatsu über das Bett und hechtete durch die Vorhänge, krachte durchs Fenster und landete auf dem Parkplatz. Sie rollte sich ab und war innerhalb von Sekunden wieder auf ihren Füßen. Per kam aus dem brennenden Motelzimmer, dessen Boden und Bett nun in hellen Flammen standen. Tatsu stellte sich breitbeinig hin und hob die Fäuste. Die Einladung an ihn war deutlich.

Per sah Tatsu dort stehen, wie sie auf ihn wartete. Er war ein echter Augenschmaus. Das bisschen Haar, das ihm geblieben war, war an einer Seite völlig verkohlt, seine Brille war verbogen, und sein Bein blutete dort, wo noch immer das Messer steckte.

„Wenn du clever wärst, wärst du geflohen, solange du die Chance dazu hattest", sagte Per und kam auf sie zu.

„Und wenn Sie clever wären, würden Sie jemanden suchen, der sich die Stichwunde dort anschaut, anstatt den ganzen Weg nach Tokio zu fliegen. Sie werden dort keine Antworten finden, das ist Ihnen klar, oder?", entgegnete Tatsu und stachelte ihn noch mehr an, während sie sich umkreisten.

„Ich glaube, ich werde schauen, was Nagura dazu zu sagen hat, bevor ich entscheide, ob Tokio eine Zeitverschwendung ist. Und wenn ihm nicht nach Reden ist, werde ich unter Umständen schauen, wie viele Stichwunden *er* ertragen kann."

„Nein!“, schrie Tatsu und hörte auf, ihn zu umkreisen. Ihr stockte der Atem, und Strom schien ihr durch die Arme und Beine zu laufen bei dem Gedanken, dass Nagura etwas zustoßen könnte.

Pers Mundwinkel hob sich zu etwas, das ein gehässiges Grinsen hätte sein können, und augenblicklich wurde Tatsu ihr Fehler bewusst. Die ganze Zeit über, die sie gedacht hatte, dass sie ihn austrickste, um ihm Informationen zu entlocken, hatte er in Wirklichkeit sie ausgetrickst. Wut – auf sich selbst und auf ihn – mischte sich mit der Furcht, die sich bereits um Naguras Gesundheit in ihr aufbaute. Sie rang um ihre Selbstkontrolle, in dem Wissen, dass ihr Körper und Geist rein und fokussiert sein mussten, wenn sie ihn besiegen wollte. Sie musste agieren, nicht reagieren.

Wenn ich dicht genug herankomme, um das Messer zu greifen, kann ich das hier in Windeseile beenden.

Sie stürmte auf Per los, bevor er bereit war – oder er dachte, dass sie bereit wäre. Ohne jede Schwierigkeit drehte er sich und wehrte ihren Angriff ab. Er schwang seinen gefährlichen Arm, doch sie duckte sich mühelos nach unten, fegte ihm die Beine unter dem Körper weg und schickte ihn auf den Asphalt. Als er aufschlug, schwang er seinen Arm wieder nach ihr. Sie musste nach hinten springen und mit einem Flickflack ausweichen. Dann entdeckte sie das Loch im Boden, das sein Arm verursacht hatte. Alles was er brauchte, war ein sauberer Treffer mit dem Ding, und sie wäre tot.

Andere Gäste begannen, sich vor ihren Motelzimmern zu versammeln, und jemand brüllte: „Ich habe die Cops gerufen!“

Tatsu war noch immer bereit, die Sache hier und jetzt zu klären, aber ohne ein weiteres Wort stieg Per in seinen Wagen und fuhr davon. Er ließ Tatsu einfach zurück, halb nackt auf dem Parkplatz, vor einem lichterloh brennenden Motelzimmer. Sirenen heulten in der Ferne auf. Tatsu musterte die Menge, die sie anstarrte, einige von ihnen benutzten ihre Smartphones, um ein Foto von ihr zu machen. Sie schnappte sich die Vorhänge ihres Zimmers, die auf dem Boden lagen, schüttelte die Glasscherben heraus und hüllte sich dann darin ein, um sich zu bedecken. Ohne noch einmal zurückzuschauen rannte sie vom Parkplatz.

Einige Blocks entfernt, eine Strecke, auf der sie Gott sei Dank niemandem begegnete, stand ihr Motorrad. Sie schloss das kleine Gepäckfach im Sitz auf und nahm ihre Regenjacke heraus, während sie ihren Gardinenumhang fortwarf. Jetzt, wo sie ihr treues Ross zwischen den Schenkeln hatte, fühlte sie sich besser. Sie holte ihr Handy heraus und überprüfte, welche Flüge nach Tokio gingen. Den Tag über starteten ein halbes Dutzend davon, der nächste hatte allerdings einen anderthalbstündigen Zwischenstopp in Frankreich. Der Flug danach ging nonstop und würde Tokio eine gute Stunde vor dem ersten erreichen. Hoffentlich hatte Per sich in seiner Eile, nach Tokio zu kommen, für den ersten Flug entschieden. So oder so, sie würde vorsichtig sein müssen.

13

LONDON

13:00 Uhr Ortszeit

Jonathan trat vom Fenster seiner Wohnung zurück, wo er durch die durchsichtigen Vorhänge Fahds Männer beobachtet hatte, die ihn hergebracht hatten und nun auf ihn und die Tasche zu seinen Füßen warteten. Packen war jedoch nicht das Erste gewesen, was er getan hatte, nachdem er heimgekommen war. Diese Ehre war den Mikrofonen und Minikameras zuteilgeworden, die strategisch günstig in seiner Wohnung platziert worden waren. Es hatte ihn nicht viel Zeit gekostet, die Dinger zu finden, aber er war mehr als nur ein bisschen darüber verwundert, dass sie ihm nicht schon früher aufgefallen waren. Was hatte er sonst noch übersehen?

Es hatte eine Zeit gegeben, da hätte er mühelos bemerkt, wenn ein Krümel in seiner Wohnung anders gelegen hätte, nachdem er wiedergekommen war. Wurde er faul? Oder noch schlimmer, alt? Seit jenen Tagen hatte er zwar viel durchgemacht, aber er hatte gedacht, noch immer topfit in seinem Job zu sein. Auch wenn sein Job inzwischen eher daraus bestand, gestohlene Kunstwerke zu stehlen, als im Geheimen Regierungsbefehle entgegenzunehmen. Es gab Aspekte seines alten Lebens, die er vermisste, aber der Verfolgungswahn war keiner davon. Nicht, dass er diese kleine Eigenheit jemals abgelegt hätte, solange er Der Monarch gewesen war.

Der Monarch. Auch wenn er Aufregung bei der Vorstellung verspürte, wieder das zu tun, wozu er sich berufen fühlte – er und Lew –, schrie ein Teil von ihm, dass er völlig verrückt war. Dass er sich zur Hintertür rausschleichen und mit dem Taxi an irgendeinen Ort fliehen sollte, der nicht hier war. Lew konnte auf sich selbst aufpassen. Lew konnte sogar Der Monarch ohne ihn sein, oder? Aber Jonathan wusste aus Erfahrung, dass das nicht stimmte. Das letzte Mal, als er aus diesem Leben ausgestiegen war und Lew sich selbst überlassen hatte, war der Holzkopf in einem Gefängnis gelandet.

Aber das waren alles nur Tagträumereien. Jonathan konnte Lew ebenso wenig zurücklassen wie seine eigene Haut. Und schlussendlich gab es nur eines, das er fühlte, wenn er an diese ganze Sache dachte. Etwas, das er seit Jahren nicht empfunden hatte: Begeisterung.

Jonathan winkte dem Fahrer zu und ging die Treppen hinunter. Er stieg ein, und sie fuhren ein Stück, um Lew abzuholen. Weniger als eine Stunde später waren sie beide in Heathrow und saßen an Bord des Privatjets der Kuratoren.

Die Boeing 747-8, ein interkontinentaler vierstrahliger Jumbojet, war in seiner Standardausführung in der Lage, sechshundert Personen zu transportieren. Heute waren nur acht an Bord, inklusive Pilot und Copilot. Bei höchster Fluggeschwindigkeit würden sie ihr Ziel in knapp über acht Stunden erreichen. Einige Wachmänner, die Waffen ordentlich verstaut, saßen vorne im Flugzeug. Fahd war oben im Cockpit und sprach mit den Piloten. Jonathan und Lew saßen am Heck des Flugzeugs. Emily war aufgrund ihres Zustands in London geblieben.

Lew beendete gerade sein zweites Mittagessen, während Jonathan an einem grünen Tee nippte, nachdem er seine Mahlzeit kaum angerührt hatte. Alles geschah so schnell, dass Lew keine Ahnung hatte, was sie erwartete, aber er hatte beschlossen, dass, was es auch werden würde, vermutlich keine Zeit bliebe, an einem Drive-in-Schalter Halt zu machen. Vorausgesetzt, es gab überhaupt Drive-ins dort, wo sie hinflogen.

„Also, was meinst du?“, fragte Jonathan und stellte seine Teetasse ab.

„Noch etwas gefroren in der Mitte, aber gar nicht übel“, antwortete Lew.

Jonathan sah ihn nur an, und Lew erkannte, dass ihm nicht der Sinn nach Albernheiten stand. Nicht, dass es ihm selbst anders gegangen wäre, aber so ging Lew nun einmal mit solchen Situationen um.

„Du denkst nicht, dass das alles ein wenig zu gelegen kommt? Ich meine, exakt das, was wir brauchen, exakt zur richtigen Zeit? Und wieso wir? Unsere Referenzen sind in letzter Zeit nicht unbedingt überragend gewesen. Wenn es nur ums Symbol geht – Den Monarch –, den sie wollen, wieso fangen sie nicht einfach selbst an, ihn zu nutzen?“

„Das haben wir erwogen“, sagte Fahd hinter ihnen. Lew mochte Fahd nicht übermäßig. Er war durchtrieben und hatte diese seltsame Art, sich an einen heranzuschleichen, ohne bemerkt zu werden. Lew bevorzugte Freund und Feind auf dieselbe Art: direkt vor ihm und immer in Sichtweite. Fahd setzte sich ihnen gegenüber.

„Also, wieso habt ihr nicht?“, fragte Lew.

„Modus Operandi“, antwortete Fahd. „Es sind nicht bloß Sie, und es ist nicht nur er. Sie sind es beide zusammen. Sie haben eine Art, zusammenzuarbeiten, die niemandem ähnelt, den wir je zuvor beobachtet haben. Es wäre ein Leichtes, überall ein Symbol zu hinterlassen. Aber Ihren Stil und Ihre Methoden zu vervielfältigen, das ist etwas ganz anderes.“

„Wir haben einen Stil?“, fragte Lew, nur halb im Scherz.

„Den niemand sonst hat“, bestätigte Fahd. Lew konnte Jonathan am Gesicht ablesen, dass er Fahd die Geschichte auch nicht abkaufte. „Aber genug der Komplimente. Ich möchte, dass Sie beide ein wenig Schlaf kriegen, bevor wir landen, lassen Sie uns also durchgehen, was wir wissen."

Fahd legte ein Tablet vor ihnen auf den Tisch und aktivierte das Display mit einem Wischen. Das Bild einer riesigen Jacht erschien.

„Dies ist die *Jurojin Maru*, eine der größten Jachten auf der Welt. Sie ist über hundertachtzig Meter lang, hat eine Besatzung von über fünfzig Mann – die meisten davon sind ehemalige britische SAS-Soldaten – und kann normalerweise bis zu neunzig Gäste beherbergen."

Lew beugte sich vor und stieß einen Pfiff aus. Er war mehr als beeindruckt von der schwimmenden Stadt. Er konnte zwei Hubschrauberlandeplattformen erkennen, zwei Swimmingpools, einen Tennisplatz und etliche Decks, auf denen sich etwas tummelte, das wie Liegestühle aussah. Das Schiff musste wenigstens sechs Stockwerke hoch sein, abzüglich allem, was unter Wasser lag.

„Normalerweise beherbergen?", fragte Jonathan.

„Ja, dazu komme ich noch. Die *Jurojin Maru* hat zwei Mini-U-Boote und einen Moonpool auf einem Überdruckdeck am Boden des Schiffs, sowie etliche Hochgeschwindigkeitsrettungsboote. Sie hat außerdem hochmoderne Verteidigungsanlagen, um ihre Gäste vor Piraten und Terroristen zu schützen."

„Verteidigungsanlagen?", wiederholte Lew. Dieser Happen schmeckte ihm ganz und gar nicht.

„Raketen- und U-Boot-Abwehrsysteme, Paparazzi-Laser-Abwehr, Panzerung, kugelsicheres Glas und eine Waffenkammer, in der alles lagert, von Maschinenpistolen bis zu Raketenwerfern", erklärte Fahd.

„Heilige Scheiße", stieß Lew aus.

„Wem gehört sie?", wollte Jonathan wissen. Fahd wischte ein neues Bild auf den Bildschirm. Eine kleine asiatische Frau erschien, die nach Lews Meinung aussah, als wäre sie wenigstens hundertfünfzig Jahre alt.

„Umi Tenabe, Vorsitzende der Tenabe-Gruppe, einem der reichsten multinationalen Konzerne Japans. Die stecken überall drin: Hochbau, Maschinenbau, Pharmazeutika, Elektrotechnik – suchen Sie sich was aus. Abgesehen davon, dass sie die Firma ihres Vaters übernahm, nachdem dieser starb – ein kleines Wunder in der japanischen Gesellschaft, insbesondere zu jener Zeit –, war sie außerdem eine außergewöhnliche Phi lanthropin. Vor allem die Wissenschaften hat sie gefördert – und die letzten zehn Jahre beinahe ausschließlich die Langlebigkeitsforschung und Lebensverlängerung."

„Ich kann sehen, wieso", meinte Lew. Sollte er jemals so alt werden, würde er eine Kugel schlucken und nicht versuchen herauszufinden, wie er noch mehr Falten ansetzen konnte.

„War?", fragte Jonathan.

„Ja. Wie ich sagte, zehn Jahre lang war sie die Hauptgeldgeberin für den gesamten Wissenschaftszweig, doch vor sechs Monaten verstarb ihr Mann, Mikawa, und sie verschwand fast vollständig von der Bildfläche – zusammen mit ihrem Geld. Vor wenigen Monaten tauchte Umi plötzlich wieder auf, um hierzu einzuladen." Fahd wischte erneut über das Display. Zu sehen war jetzt die Ankündigung einer Langlebigkeits- und Lebensverlängerungskonferenz.

„Dieses Wochenende", bemerkte Lew, als er auf das Datum schaute.

„Ja", bestätigte Fahd. „Meine Kontakte teilten mir mit, dass die Gäste bereits eintreffen."

„Das ist alles sehr interessant, Fahd", sagte Jonathan, „aber wieso kümmert uns das?"

„Deswegen." Eine weitere Handbewegung brachte Jonathan und Lew dazu, sich vorzubeugen.

Auf dem Bildschirm erschien die unverkennbare Arbeit

von Pablo Picasso. Durch die Zusammenarbeit mit Jonathan hatte Lew in den letzten Jahren eine Menge über Kunst gelernt und erkannte sogar einige Stilrichtungen und Künstler, aber alles, was darüber hinausging, war Jonathans Expertise.

„*Le pigeon aux petits pois*", sagte Jonathan. Eine Sekunde später wandte er sich an Lew: „*Taube mit grünen Erbsen.* Es ist …"

„… ein Picasso", sagte Lew und bekämpfte jeden Impuls, einen Witz über französische Restaurants zu machen.

„Das soll 2010 zerstört worden sein", erklärte Jonathan. „Der Dieb hat gestanden und es selbst zugegeben."

„Und wie wir beide wissen, lügen Diebe nie", erwiderte Fahd mit einem Zwinkern.

„Wie viel?", wollte Lew wissen.

„Um die dreißig Millionen", sagte Jonathan.

„Zweiunddreißig Millionen bei der letzten Begutachtung", korrigierte Fahd.

„Lass mich raten", sagte Lew. „Das Tauben-Dinner hängt irgendwo auf der schwimmenden Superfestung des Todes. Yeah, das wird 'n Kinderspiel. Vergiss es, Kumpel."

„Lew", sagte Jonathan in einem Ton, von dem Lew wusste, dass er bedeutete, er solle sich entspannen. Lew war nicht der Ansicht, dass er sich ungebührlich verhalten hatte, aber manchmal konnte er das nur schwer sagen. Es war ohnehin egal; die ganze Aktion klang nach einem Himmelfahrtskommando, und er würde ganz sicher nicht einfach nur dasitzen und entspannt Tee trinken.

„Warst du nicht dabei, als die ganze Geschichte mit den SAS-Soldaten, Raketen und Lasern erzählt wurde? Selbst wenn wir auf das Schiff kommen *könnten*, wären wir niemals in der Lage, das Bild zu kriegen. Und sollten wir es wie durch ein Wunder doch schaffen, verpassen die uns auf dem Rückweg ohnehin einen Einlauf mit ihrem Raketenwerfer."

„Irgendetwas sagt mir, dass wir kein Problem haben werden, an Bord zu kommen“, sagte Jonathan und schaute Fahd an. „Sie haben für uns Ausweise für die Konferenz, richtig?“

„Nun“, sagte Fahd und schaute zwischen Jonathan und Lew hin und her. „Ja und nein.“

„Wieso habe ich grade das Gefühl, dass ich für das niedrigste Gebot verscherbelt worden bin?“, meinte Lew.

„Wir konnten nur einen Ausweis kriegen. Jonathan, Sie ersetzen Dr. Chris Hudson, einen Gerontologen von der University of Southern California.“ Fahd hielt Jonathan seine Unterlagen hin.

„Und der echte Dr. Hudson?“, fragte Jonathan.

„Schlimmer Fall von Magen-Darm-Grippe, fürchte ich. Ein Jammer.“

„Ja, darauf wette ich“, sagte Jonathan. „Und die Tatsache, dass ich von Gerontologie so viel Ahnung habe wie von Quantenphysik, wird kein Problem werden?“

„Wir haben Ihnen ein paar Notizen zusammengestellt, sowohl über Hudson als auch über Gerontologie. Ryan, unser Techniker, wird Sie in Kürze mit ein wenig Ausrüstung ausstatten, darunter ein Smartphone. Darauf werden Sie alles finden, was Sie brauchen.“

„Klaro“, sagte Jonathan und warf einen Blick in seine Papiere.

„Ähm, Ent-scheiße-schuldigt bitte. Wie genau komme ich an Bord?“, beschwerte sich Lew, der sich wie der ungeliebte Stiefbruder fühlte. Dennoch würde er Jonathan auf keinen Fall alleine dort reingehen lassen.

„Sie kommen durch den Moonpool rein, Lew“, erklärte Fahd. „Sobald Sie an Bord sind, mischen Sie sich unter das Personal.“ Fahd reichte auch ihm ein paar Papiere.

„Ich werde wo – was? Äh, wo genau liegt diese schwimmende Festung im Hafen?“

„Sie ist … nicht direkt in einem Hafen. Sie liegt vor Iwo Jima."

„Wie weit davor?", fragte Lew.

„Etwa tausenddreihundert Kilometer östlich von Okinawa."

„Also mitten auf dem Ozean. Was zur Hölle treibt das Schiff da draußen?"

„Wir sind uns nicht ganz sicher. Möglicherweise eine Sicherheitsmaßnahme. Abgesehen von den Wissenschaftlern und Forschern beherbergt die Konferenz auch einige der berühmtesten Mäzene, die heutzutage die Langlebigkeitsforschung unterstützen. Sogar ein paar Regierungsbeamte. Wir vermuten, dass das der Grund für all die Extrawachen ist. Ohne sie würde die Hälfte der Gästeliste gar nicht erst kommen.

Aber das wird uns alles helfen. Während die ganzen Sicherheitsteams sich gegenseitig umrennen, können Sie beide das Gemälde finden und sich überlegen, wie Sie es am besten zurückholen."

„Ihr wisst nicht, wo es ist?", fragte Lew. Er hasste den Plan mit jeder Sekunde mehr.

„Nun, wir haben ein paar potenzielle Aufbewahrungsorte, aber wenn Sie einen exakten, eindeutigen Ort meinen …"

„Also nein."

„Äh, nein. Nicht exakt."

„Perfekt."

„Ah, hier ist er", sagte Fahd einige Minuten später. Jonathan schaute auf und sah einen stämmigen, bärtigen Mann näher kommen. Er war das jüngste Mitglied der Kuratoren, das Jonathan bisher gesehen hatte, und er trug einen Metallkoffer bei sich.

„Ist dies ein guter Zeitpunkt?", fragte der Mann.

„So gut wie jeder andere“, antwortete Fahd und stand auf. „Jonathan, Lew, dies ist Ryan, unser Techniker. Ich werde Sie nun allein lassen. Wenn Sie und Ryan fertig sind, versuchen Sie, ein wenig die Augen zu schließen.“ Fahd ging und Ryan setzte sich. Er legte den Metallkoffer auf seinen Schoß, lächelte schüchtern und öffnete ihn.

„Okay, zuerst einmal, ich brauche Ihre persönlichen Handys und alle Waffen, die Sie bei sich haben“, sagte Ryan. Jonathan und Lew warfen sich einen Blick zu und schauten dann wieder Ryan an. Sie machten keinerlei Anstalten, seiner Bitte zu folgen. „Sie kriegen Sie wieder, wenn die Mission erledigt ist. Sorgen Sie sich nicht darum.“

Sie starrten Ryan weiter an. Jonathan konnte sich an dieses Vorgehen aus seiner aktiven Zeit erinnern, wenn er sich für einen Auftrag vorbereitet hatte; aber das war lange her.

„Das ist eine Standardprozedur, Leute“, erklärte Ryan. „Wirklich, es ist keine große …“

„Hör mal, Junge“, sagte Lew und lehnte sich vor. „Es wird nicht passieren.“

„Wo liegt das Problem?“, fragte Fahd, als Ryan ihn wieder zurückwinkte. Ryan erklärte es. Die beiden schauten sich einen Augenblick an, dann machte Fahd eine nickende Bewegung in Richtung Bug des Flugzeugs. „Kann ich Sie eine Sekunde sprechen, Jonathan?“

Er wollte sich erst weigern, doch Jonathan spürte, wie sich die Situation verschärfte, also stand er auf und entfernte sich mit Fahd ein paar Sitzreihen.

„Sie müssen das verstehen“, begann Jonathan.

„Oh, ich verstehe“, sagte Fahd und klang beinahe wütend. „Sie nehmen unseren Schutz, unsere Informationen über Jobs, und, schlussendlich, unser Geld, aber Sie wollen nicht nach unseren Regeln spielen. Ich denke, ich verstehe voll und ganz.“

„So ist das nicht“, erwiderte Jonathan. Oder war es das doch? Fahd hatte den Nagel insgeheim auf den Kopf getroffen. Jonathan hatte gewusst, dass es einige Zugeständnisse brauchen würde, wenn sie sich bereit erklärten, für Die Kuratoren wieder Der Monarch zu sein. Doch schon beim ersten davon hatte er sich geradeheraus geweigert, mitzuspielen. Vielleicht war er doch nicht so bereit für diese Sache, wie er geglaubt hatte.

„Hören Sie, wir werden Sie für diese Mission mit allem ausstatten, was wir für notwendig erachten. Und glauben Sie mir, was auch immer Sie beide bei sich haben, es kann es nicht mal einen Millimeter mit dem aufnehmen, was wir Ihnen mitgeben. Aber wenn Sie fürchten, dass das alles nur ein Trick sei, um Sie zu entwaffnen, dann schauen Sie sich um.“

Jonathan sah, was Fahd meinte. Sämtliche Wachen – die ihm und Lew zahlenmäßig dreifach überlegen waren – trugen noch immer Maschinenpistolen über der Schulter.

„Wenn es mir nur darum ginge, Sie zu entwaffnen, wären Sie entwaffnet. Davon abgesehen habe ich Sie beide bereits in der Basis einmal entwaffnet. Benutzen Sie Ihren Kopf.“

„Sie haben recht, Sie haben recht“, sagte Jonathan und schüttelte den Kopf.

„Gut“, meinte Fahd. „Kriegen Sie Lew auch dazu, mitzuspielen?“

„Ja“, sagte Jonathan. Es war interessant, dass Fahd gewusst hatte, dass der Schlüssel zur Lösung des Problems darin gelegen hatte, ihn zu überzeugen. Und dass es seine Aufgabe wäre, Lew zu überzeugen, nicht Fahds. Sie hatten wirklich ihre Hausaufgaben gemacht.

„Also, bevor wir das Ganze noch mal durchmachen – es gibt da noch eine Sache, bei der Sie Lew werden überzeugen müssen“, sagte Fahd.

Nachdem Jonathan auf seinen Sitz zurückgekehrt war, beteuerte er gegenüber Lew, dass alles in Ordnung war und es sogar in ihrem Interesse lag, sich zu fügen. Es brauchte ein wenig Arbeit, aber das war noch der leichte Teil.

Jonathan nahm sein Fußgelenkhalfter ab und legte es mit der Walter PPK darin auf Ryans Metallkoffer. Dann holte er sein Klappmesser heraus und legte es neben seine Pistole.

„Das wären meine", sagte Jonathan. Er sah Lew an, der immer noch zögerte, aber schließlich in seine Tasche griff.

Zehn Minuten später waren der Koffer und der Sitz neben Ryan mit Waffen, Munition, Messern, Schlagringen, einem Teleskopschlagstock und zwei Lederknüppeln überhäuft, die Lew eingesteckt hatte, während er seine Tasche gepackt hatte.

„Wie zur Hölle kannst du damit aufrecht stehen?", fragte Jonathan. Lew grinste nur und zuckte mit den Schultern.

Ryan steckte so viel davon in den Koffer, wie er konnte.

„Okay, dies ist Ihres", sagte er und reichte Jonathan ein Smartphone. „Und dieses ist für Lew." Er übergab Lew ein ähnlich aussehendes Telefon.

„Kriegen wir auch Geheimringe aus dem Detektivclub?", fragte Lew. Ryan sah ihn irritiert an.

„Ignorieren Sie ihn", sagte Jonathan.

„Hey, das Ding ist kaputt. Kein Empfang", murrte Lew.

„Es sind keine echten Telefone. Nur Datenträger", erklärte Ryan.

„Und wie unterhalten wir uns dann?", wollte Lew wissen.

Jetzt wird's heikel.

Ryan holte etwas hervor, das aussah wie eine Strahlenpistole aus einem Fünfzigerjahre-Science-Fiction-Film. Lew zuckte zurück.

„Was zum Teufel ist das?", fragte er.

„Dies ist Ihr Ortungs-Schrägstrich-Kommunikationskapsel-Injektor. Eine winzige Kapsel, die direkt hinter Ihr Ohr kommt. Sie werden in der Lage sein, miteinander zu sprechen und mit uns, ohne dass es jemand mitbekommt. Außerdem hat es GPS, sodass wir Sie orten können. Darf ich?", fragte Ryan und beugte sich Jonathan entgegen.

„Gerne", antwortete Jonathan und versuchte, Lew zu zeigen, dass es nicht der Rede wert war. Sie hatten der Sache nun mal zugestimmt. Es würde nicht das erste Mal sein, dass Jonathan vor einem Auftrag einen Chip eingesetzt bekam, aber das waren in der Regel simple elektromagnetische Funktransponder unter der Haut am Arm gewesen. Offensichtlich hatte sich die Technik ein ganzes Stück weiterentwickelt.

„Seid ihr irre?", fragte Lew, aber Jonathan erkannte, dass seine eigene Reaktion die von Lew enorm abschwächte.

„Wir haben alle so eins", sagte Ryan, drehte den Kopf zur Seite und schob die Haut hinter seinem Ohr zusammen, bis ein kleines Objekt sichtbar wurde. „Das ist sozusagen Standard."

Jonathan zuckte mit den Achseln und drehte den Kopf zur Seite. Ryan drückte den Injektor gegen seine Haut und drückte ab. Es pikste für eine Sekunde, doch dann wurde alles taub.

„Halten Sie das einige Sekunden dagegen", sagte Ryan und reichte Jonathan eine Stückchen Mullkompresse.

Lew zögerte, beugte sich dann aber langsam vor, und Ryan implantierte ihm sein Gerät. Als er fertig war, holte er einen Laptop heraus und klappte ihn auf.

„Schauen wir mal, ob wir Sie finden. Ah, japp, da sind Sie." Ryan drehte den Bildschirm so, dass sie die blinkenden Punkte auf einer Karte sehen konnten. „Funktionieren einwandfrei."

„Und die Dinger laufen überall? Auf jede Distanz?", wollte Jonathan wissen.

„So ziemlich, abgesehen davon, dass das Signal schwächer

wird, wenn sie ein oder zwei Meter unter Wasser sind. Ab dort verlieren wir sie, also versuchen Sie, aus dem Wasser zu bleiben."

„Natürlich", sagte Lew. „Sind die Viecher immer eingeschaltet?"

„Das Ortungssystem, ja, aber die Sprachübertragung wird von einer Software kontrolliert. Ein bisschen wie bei einem Bluetooth-Gerät. Als Beispiel: Wenn Sie beide miteinander sprechen möchten, muss einer die Software benutzen oder Ihre Geräte miteinander verbinden. Ansonsten hören Sie nichts."

„Aber ihr Jungs könnt uns hören, wann immer ihr wollt?", fragte Jonathan.

„Nicht auf dieser Mission. Das Schiff wird von einem Störfeld umgeben. Funkgeräte funktionieren an Bord noch, aber es können keine Signale hinein- oder hinausgeschickt werden, außer über das schiffseigene Kommunikationssystem."

Nachdem Ryan gegangen war, lehnten sie sich in ihren Sitzen zurück und knipsten die Lämpchen über ihnen aus. Da Jonathan nicht einschlafen konnte, schaltete er sein Datengerät ein und begann, sich durch seine Tarnidentität zu lesen, sowie die Informationen über Gerontologie. Es gab eine Menge, was er sich einprägen musste, doch er ging nicht davon aus, dass es ein Problem werden würde. Es waren ohnehin alles nur oberflächliche Informationen. Sollte er von ein paar richtigen Wissenschaftlern in ein ernstes Fachgespräch verwickelt werden, steckte er in Schwierigkeiten.

Jonathan grübelte noch immer darüber nach, als eine Stunde später Lews Schnarchen verstummte. Er hustete und schaute Jonathan dann im Halbdunkel an.

„Kannst du nicht schlafen?", fragte Lew leise.

„Es ist alles ein bisschen viel, ein bisschen schnell."

„Du glaubst, die verarschen uns?", fragte Lew. Jonathan

schaute zu den Wachen hinüber, die größtenteils schliefen, und zu Fahd, der mit Ryan auf einen Computermonitor schaute und leise sprach.

„Deutet nichts darauf hin."

„Noch nicht", gab Lew zurück. Er drehte sich um und nutzte seinen Mantel als Decke. „Entspann dich, du darfst wieder Spion sein. Darin bist du gut."

Manchmal erwischten Lews Einblicke und seine Aufmerksamkeit Jonathan völlig unvorbereitet, selbst nach so vielen Jahren. Und er wusste, dass er die ganze Sache vermutlich gar nicht durchgezogen hätte, wenn Lew nicht dabei wäre, um auf ihn aufzupassen.

„Dir ist klar, dass sie uns nicht gesagt haben, wie viel wir kriegen, wenn ihre Infos Schrott sind und das Gemälde gar nicht an Bord ist?", meinte Lew. Er griff sich hinters Ohr und tippte mit dem Finger auf die Stelle, an der sein Implantat saß. „Hörst du das, Fahd? Lew will bezahlt werden." Er kicherte leise und begann in Sekundenschnelle, wieder zu schnarchen.

Jonathan lächelte und schüttelte den Kopf. Er war sich nicht sicher, was ihnen bevorstand, aber er wusste, dass sie sich der Sache gemeinsam stellen würden. Er legte das Datengerät weg und rollte sich auf die Seite, um selbst noch ein wenig Schlaf abzubekommen. Sie hatten einen langen Tag vor sich.

14

JUROJIN MARU

Samstag

03:00 Uhr Ortszeit

Maggie Reynolds zog sich in ihrer Kabine gerade ihre Sneakers an, als Alex das Licht einschaltete und sich auf dem improvisierten Bett aufsetzte, das sie ihm auf dem Sofa eingerichtet hatte. Ihr entging nicht, dass der Schürzenjäger nackt war, sah man von einem dünnen Laken ab.

„Ich bin mir ziemlich sicher, dass der Morgen mehr Licht als das braucht, Schätzchen", sagte Alex. „Wohin des Weges?"

„Ich gehe eine Runde laufen. Ich bin zu aufgekratzt. Muss nur ein wenig nervöse Energie abbauen. In einer knappen Stunde bin ich wieder da", sagte sie.

„Brauchst du Gesellschaft?", fragte er und begann, sich das Laken wegzuziehen.

„Nein! Ich meine, nein, nein, ist in Ordnung. Sie – Sie bleiben einfach hier", sagte sie und zog ihm das Laken wieder über. „Der Großteil der Gäste wird ab morgen eintreffen, und wenn Sie wirklich hier sind, um mir zu helfen, können wir uns einen Schlachtplan überlegen, wenn ich zurück bin."

„Laufen. Schlachtplan. Du bist erschöpft, Schätzchen. Und es gibt so viel bessere Wege, nervöse Energie abzubauen." Er lächelte, während er es sagte, und ihr wurde klar, dass er sich einen Spaß erlaubte. Er zwinkerte ihr zu, bevor er sich wieder auf die Seite legte und das Licht ausknipste.

Maggie öffnete die Tür, drehte sich um, um sicherzugehen, dass er nicht guckte, und zog dann ihre Waffe aus der Schublade neben der Tür. Sie steckte sie in ihre Shorts, bevor sie ging.

Ihre Runde konnte diesmal nicht wirklich Laufen genannt werden. Sie trottete mehr als alles andere, und versuchte, jedem aus dem Weg zu gehen, der schon um diese frühe Stunde die Decks entlangspazierte. Sie wollte nicht völlig ausgelaugt sein, wenn sie ihr Ziel erreichte. Nur für den Fall. Ihre Shorts waren eng, und die Waffe versuchte immer wieder, sich aus dem Griff des Gummizugs herauszuschaukeln, daher brauchte sie beinahe eine Stunde, um die untersten Decks zu erreichen, dort, wo die drei Männer in ihren seltsamen Exoskeletten ihre mysteriöse – und offensichtlich schwere – Fracht transportiert hatten.

Unterwegs dachte sie an den Tag, der vor ihr lag. Es ging ihr auf die Nerven, aber sie konnte nichts dagegen tun. Selbst wenn es nur ein Job zur Tarnung war, war sie schon immer Perfektionistin gewesen. Und schon in wenigen Stunden würden beinahe hundert Wissenschaftler, Förderer, Staatsoberhäupter und selbst königliche Familienmitglieder auf die *Jurojin Maru* einstürzen. Ihr Job als Umis Sicherheitschef war nur Tarnung, doch für jede Seele an Bord für Sicherheit zu sorgen war es nicht. Und jetzt, wo der Klotz am Bein des MI6 auf ihrer Couch schlief, wollte – nein, musste – sie fehlerlos arbeiten.

Sie ging mit lockerem Schritt zu der Tür, durch die die Männer die schwere Kiste getragen hatten, und schaute hinein. Es war ein riesiger Lagerraum, der nicht nur diese Kiste beherbergte, sondern Dutzende kleinerer Kisten, die überall gestapelt waren. Als sie sich dichter an die teilweise geöffnete Tür schob, hörte sie Stimmen in dem Raum. Sie sprachen Japanisch und, seltsamerweise, Englisch. Aber Stimmen oder nicht, sie musste in eine dieser Kisten schauen. Niemand war zu sehen, also schob sie sich in den Lagerraum und verbarg sich zwischen einigen der Kisten.

Die Stimmen schienen vom anderen Ende des Lagers zu kommen, aber das Echo in dem riesigen Metallraum machte es schwer, da sicher zu sein. Leise griff sie nach oben und versuchte, den Deckel von einer der Kisten zu heben, aber er rührte sich nicht. Sie vermutete, dass er zugenagelt sein musste, und sie hatte nichts, das sie aus ihrer gehockten Position zum Aufhebeln hätte verwenden können. Sie lugte über den Rand und entdeckte Schatten, die hinter einem Wald aus Kistenstapeln über die entfernt liegende Wand tanzten. Das einzige Licht im Raum stammte von der gedämpften Notbeleuchtung an den Wänden.

Langsam stand sie auf. Sie ließ die Schatten nicht aus den Augen, während sie an dem Deckel zog. Zunächst hielt er ihrem Angriff stand, doch dann gab er langsam nach, als sie begann, ihn von links nach rechts zu rütteln. Er war beinahe weit genug geöffnet, dass sie hineinschauen konnte, als einer der Nägel quietschend seinen Protest kundtat.

Verdammt!

Ohne Zeit, den Deckel wieder an seinen Platz zu drücken und mit sich nähernden Schritten, duckte sie sich wieder hinter die Kiste und holte ihre Waffe heraus. Sie hoffte, dass niemand den gekippten Deckel bemerken würde. Die Schritte stoppten nur wenige Meter entfernt. Maggie warf einen Blick durch den Spalt zwischen zwei Kisten hindurch und entdeckte keinen schwitzenden Arbeiter, sondern einen von Umis Wachmännern. Technisch gesehen einer von Maggies Männern, aber irgendwie glaubte sie, dass das für ihn keine Rolle spielen würde, wenn sie sich zu erkennen gab.

„Clive. Was ist los?“, rief eine andere Wache ihrem Kameraden zu.

„Nichts, schätze ich. Dachte, ich hätte was gehört."

„Entspann dich, Kumpel. Die einzigen Dinge hier unten sind wir und die Ratten."

„Ich schätze, du hast recht", antwortete Clive nach einer langen Pause. Maggie war dankbar für die schwache Beleuchtung – bis sie eine der Ratten entdeckte, die die Männer erwähnt hatten und die am Rand einer der Kisten neben ihr nagte. Sie unterdrückte ihr Verlangen, aufzuspringen und ihr Magazin in das Ungeziefer zu entladen.

„Komm zurück. Die anderen kommen jeden Moment aus dem Labor, und wir müssen noch ein gutes Dutzend Tanks vorbereiten."

„Verstanden", sagte Clive, bevor Maggie hörte, wie sich seine Schritte wieder von ihrer Position entfernten.

Labor?

Hier ging irgendwas Größeres vor als ein wenig Schmuggelei oder ein Ladungsdiebstahl. Etwas, das zu groß war, als dass eine Person allein es erledigen konnte. Sie würde später zurückkommen müssen. Mit Unterstützung. Sie schob ihre Waffe in den Gummizug ihrer Shorts zurück und schlüpfte zur Tür hinaus.

Jetzt, wo sie sich der Loyalität ihrer Wachmänner nicht mehr sicher sein konnte, blieb nur eine mögliche Person übrig. Sie verabscheute den Gedanken, dass sie irgendwem etwas schuldig sein könnte, vor allem dem Klotz, aber sie hatte keine Wahl. Und, ihre eigene Wünsche vernachlässigend, war sie sich ziemlich sicher, wie sie ihn zur Mitarbeit bewegen konnte.

Umi schob sich aus der Dunkelheit am Ende des Raums, nachdem sie Maggie um die Ecke hatte verschwinden sehen. Sie hatte richtig damit gelegen, ihr nicht zu trauen. Aber ein kleiner Teil von Umi war beeindruckt von der Hartnäckigkeit der Frau. Umi hatte keine Ahnung, was Maggie in dem Lagerraum gehört hatte, aber sie konnte es erahnen. Ihre Wachen waren allesamt Profis in dem, was sie taten, aber sie verlangte mehr von ihnen, als ihr selbst lieb war. Sie waren keine Spione, sie waren Waffen.

Der oberste Wachmann und Umis echter Sicherheitschef, Mr. Morgan, trat genau in diesem Augenblick auf den Gang hinaus und wirkte überrascht, seine Arbeitgeberin mitten in der Nacht in der Dunkelheit kauernd vorzufinden.

„Mrs. Tenabe. Kann ich Ihnen mit etwas behilflich sein?"

„Das kommt darauf an, Mr. Morgan. Sind wir für morgen vorbereitet?", fragte Umi und schlurfte zu dem Mann hinüber, der sie wie ein Turm überragte.

„Werden wir sein", erwiderte er und warf einen kurzen Blick über seine Schulter auf die Tür zum Lagerraum. „Aber ich wollte Sie ohnehin fragen. Es gibt nicht annähernd genügend Masken für meine Männer."

„Ist das ein Problem?", fragte Umi.

„Nun ..."

Umi erkannte, dass sich hier ein Problem entwickeln würde, wenn sie sich nicht augenblicklich darum kümmerte. „Von wie vielen Männern reden wir hier, Mr. Morgan?"

„Etwa drei Dutzend."

„Sagen Sie ihnen, sie sollen an Deck gehen und sich gegen den Wind stellen, bis es vorbei ist", sagte Umi. Sie hatte sich das in diesem Augenblick ausgedacht. Sie war nicht einmal sicher, ob das funktionieren würde, aber es war ihr auch herzlich egal.

„Jawohl, Ma'am."

„Also ist alles klar, Mr. Morgan?"

„Kristallklar, Ma'am."

„Gut", sagte Umi. „Dann schlage ich vor, Sie gehen wieder an die Arbeit."

„Jawohl, Ma'am." Morgan drehte sich um und wollte wieder in die Richtung verschwinden, aus der er gekommen war.

„Sagen Sie mir eins, Mr. Morgan", meinte Umi plötzlich.

„Ma'am?"

„Was halten Sie von unserem neuen Sicherheitschef?"

„Ms. Reynolds? Sie ist kompetent. Organisiert. Aber wie Sie wünschten, habe ich sie über unsere wahre Mission im Dunkeln gelassen. Hat sich daran etwas geändert?"

„Ganz und gar nicht. Ich war nur neugierig. Stellt sie viele Fragen?"

„Fragen? Nein, nicht mehr, als ich in ihrer Position stellen würde. Soweit ich das sagen kann, interessiert sie sich vor allem für die Sicherheit der Gäste. Wäre das alles?"

„Ja, danke", sagte Umi. Morgan nickte und ging in den Lagerraum zurück.

„Sie spürt es", sagte eine männliche Stimme mit einem britischen Akzent hinter Umi. Alex entzündete eine Zigarette und trat aus den Schatten. Er war Maggie gefolgt, als sie ihre Kabine verlassen hatte, und hatte Umi davon berichtet.

„Spüren, Mr. Corsair?"

„Dass wir ihr etwas verheimlichen. Sie müssen sehr vorsichtig bei ihr sein."

„In welcher Hinsicht?"

„Ihr Geld wird sie nicht überzeugen. Sie saß zehn Jahre in einem russischen Gulag, von ihrer Regierung zurückgelassen, um dort zu verfaulen, und als sie wieder rauskam, wollte sie nichts anderes, als ihren Chefs beweisen, dass sie noch immer loyal ist. Und noch immer wichtig."

„Also ist sie nicht wie Sie", sagte Umi. Alex nahm einen Zug von seiner Zigarette und lachte, ein tiefes Lachen aus dem Bauch heraus. Seine Reaktion überraschte sie.

„Sie sollten Ihre Spielchen für jemanden aufsparen, den sie interessieren, Schätzchen. Ich habe schon vor langer Zeit das

Verlangen verloren, wichtig zu sein. Den einzigen wunden Punkt, den man bei mir treffen kann, ist, wenn man mich nicht bezahlt. Und glauben Sie mir, das ist nichts, was Sie je erleben wollen."

Umi musterte Alex, unbesorgt von seiner verschleierten Drohung. Nach all den Täuschungen, Hinterzimmergeschäften und gebrochenen Abmachungen fand sie es tatsächlich ziemlich erfrischend, jemanden zu treffen, der so offen war.

„Sie sind sicher, dass sie heute Nacht nicht versehentlich über Bord fallen soll?", fragte Alex.

„Noch nicht. Wir brauchen sie morgen. Sobald alle an Bord sind, können Sie mit ihr anstellen, was immer Sie wollen." Ein dunkler Schatten glitt über Alex' Augen, den selbst Umi beunruhigend fand. Doch dann war er schon wieder verschwunden.

„Danke, aber ich werde längst fort sein, wenn Ihre kleine Party losgeht. In meinem Alter denke ich nicht, dass es eine gute Idee wäre, bei den Festivitäten zugegen zu sein." Alex lächelte und drückte seine Zigarette dann an einer der Stahlwände aus.

Umi lächelte zurück und fragte sich, was er tun würde, wenn sie ihm beichten würde, dass niemand von ihnen irgendwo hingehen würde. „Ja. Nun, meine Männer werden sie nicht ewig aufhalten, daher schlage ich vor, Sie kehren in ihre Kabine zurück, bevor sie es tut. Nur um sicher zu sein."

„Sicher? Schätzchen, wo bleibt denn da der Spaß?"

Eine halbe Stunde später öffnete Maggie behutsam die Tür zu ihrer Kabine und schlich auf Zehenspitzen hinein. Es fühlte sich an, als wäre sie schon stundenlang unterwegs, dank den Idioten oben an Deck. Sie hatte an Bord noch nie so viele Leute gesehen, die um diese Zeit bereits so beschäftigt waren. Eine Patrouille von Umis Wachen hatte sich ausgerechnet diese Nacht ausgesucht, um zwischen ihrer Kabine und dem Lagerraum auf und ab zu laufen. Es hatte ewig gedauert, bis sie sich an ihnen vorbeigeschlichen hatte.

Alex lag noch immer mit dem Rücken zur Tür und sägte ganze Bäume um, als sie eintrat. Sie legte ihre Waffe in die Schublade zurück und schlich ins Bad, um kurz zu duschen. Ihre Muskeln schmerzten, und die heißen Tropfen fühlten sich gut an. Sie war erschöpft, wusste aber, dass sie die nächsten paar Tage nicht viel Schlaf bekommen würde.

Sie schlang sich ein Handtuch um den Körper, bevor sie den Dampf vom Spiegel wischte. Selbst mit dem Handtuch konnte sie die Narben noch sehen – die mehr schmerzten als ihre Muskeln. Ein Schwarm vernarbter Zigarettenbrandwunden sprenkelte ihre Brüste. Alte Schnittwunden – sie wusste wirklich nicht mehr wie viele – schmückten ihre Schultern und ihren Nacken. Ihre Beine schmerzten von den Kugeln, die sie sich bei einem Fluchtversuch aus dem Gulag eingehandelt hatte. Ihr linkes Augenlid hing noch immer ein wenig herab von den wöchentlichen Prügeln der Wachen, auch wenn der Arzt ihr versicherte, dass das außer ihr niemand wahrnehmen würde.

Wird er überhaupt an jemandem Interesse haben, der so aussieht?

Sie schüttelte die vertraute Schwermut ab, schaltete das Licht aus und verließ das Badezimmer. Sie wappnete sich und tapste dann barfuß durch den Raum, um sich auf die Kante des Sofas zu setzen. Alex wachte augenblicklich auf.

„Was gibt es, Schätzchen?“, fragte er und rieb sich die braunen Augen mit dem Handrücken. Sie öffneten sich weit, als er sah, was sie trug.

„Wir haben ein Problem“, sagte Maggie. Sie erzählte ihm, was sie unten im Lagerraum mit angehört hatte, von der Erwähnung eines Labors und der Tanks.

„Was war in der Kiste?“, fragte Alex und setzte sich auf, was sein Interesse zu bekunden schien. Maggie hoffte, dass wenigstens ein Teil dieses Interesses ihrer Geschichte galt.

„Ich weiß es nicht. Ich konnte den Deckel nicht abnehmen, ohne gesehen zu werden.“

„Nun, können die Tanks nicht einfach nur Sauerstoff sein? Immerhin sind wir auf See.“

„Möglicherweise, aber die Art, wie sie darüber gesprochen haben …“

„Und habe ich nicht gelesen, dass ein großer Teil von Tenabes Unternehmen sich mit Pharmazeutika beschäftigt?“

„Ja, aber …“

„Schätzchen“, sagte Alex und legte eine Hand auf ihr nacktes Bein. „Ich glaube, dass du hier ein wenig voreilige Schlüsse ziehst. Ich meine, du bist dort runtergegangen, um etwas zu finden. Und du glaubst, das hast du, aber ausgehend von dem, was du erzählst, hast du nicht wirklich etwas gesehen, ausgenommen ein paar Männern, die die Nacht durcharbeiten. Kurz vor dem großen Ereignis, das hier morgen startet.“

Alles, was er sagte, ergab Sinn. Das war es nicht, was sie störte – es war, wie schnell er auf seine Erklärungen kam.

„Also wollen Sie mir nicht helfen“, meinte sie traurig. „In Ordnung.“ Sie wollte aufstehen, doch er hielt sie fest, wo sie war.

„Nun beruhige dich. Das habe ich nicht gesagt. Wir müssen nur vorsichtig sein. Umi Tenabe ist sehr mächtig. Wenn wir handeln – falsch handeln …“

„Ich weiß, ich weiß. Gott, ich hasse die Frau“, sagte Maggie.

Alex lachte. „Sie kann eine ziemliche Marke sein, so viel ist sicher.“

Maggie zwang sich, das Lächeln zu erwidern.

„So ist es besser, Süße. Also, was soll ich tun?“

„Als Erstes müssen Sie sich für mich beim Innenministerium melden. Die Dinge werden hier außer Kontrolle geraten, und ich werde keine Zeit dafür finden. Sagen Sie ihnen, dass ich dringend dazu rate, mehr Leute herzuschicken. So schnell wie möglich."

„Erledigt", sagte Alex.

„Außerdem: Während alle anderen mit der Gala morgen beschäftigt sind, brauche ich Sie, um in den Lagerraum runterzugehen und herauszufinden, was in diesen Kisten ist. Es gibt ein paar junge Wachen, denen ich genügend vertraue, um sie mit Ihnen loszuschicken."

„Gut. Ich werde jemanden brauchen, der die Augen offen hält", sagte Alex. Maggie fühlte sich besser, bis Alex seine Finger unter ihr Handtuch wandern ließ. Sie wusste, dass das der Preis war. Sie schob sie nicht weg.

„Siehst du, wir sind ein gutes Team", sagte Alex. Er griff mit seiner freien Hand nach oben und zog sie zu sich runter. Sie konnte spüren, wie hart und bereit er unter dem Laken war.

Es gab eine Menge Dinge, die ihr durch den Kopf gingen, während sie ihren Mund an seinem öffnete, doch ein Gedanke wollte einfach nicht fortgehen:

Wann hat er Umi getroffen?

15

ATLANTIS EXPLORER

08:13 Uhr Ortszeit

Das Forschungsschiff, das Jonathan und Lew von Nagoya aus mit dem Helikopter erreicht hatten, fuhr unter australischer Flagge, aber Jonathan bezweifelte, dass das Schiff jemals irgendwo Down Under gewesen war.

Die *Atlantis Explorer* war ein großes Schiff, wenigstens sechzig Meter lang, und leuchtend weiß gegen das dunkle Grünblau des Ozeans und der sich auftürmenden grauen Wolken am Horizont. Fahds Aussage zufolge war sie ein Wissenschaftsschiff, das allein von den Kuratoren finanziert wurde, doch heute war sie nur eine Zwischenstation. Bis vor ein paar Minuten waren sie mit Höchstgeschwindigkeit gefahren, um Lew und ihn so dicht wie möglich an die *Jurojin Maru* zu bringen, ohne entdeckt zu werden. Die Störsender funktionierten in beide Richtungen, also mussten sie nur darauf achten, nicht in Sichtweite zu geraten. Davon waren sie noch immer etliche Kilometer entfernt, aber sie konnten es nicht riskieren, noch näher ranzufahren.

Lew war irgendwo an Deck und bereitete sich auf sein Badevergnügen vor, das Jonathan allmählich Sorgen bereitete. Lew war stark – stärker als irgendjemand sonst, den Jonathan je gekannt hatte –, aber das war eine unmöglich lange Strecke durch brutales, raues Wasser. Lews Militärtraining und körperliche Eignungsprüfungen lagen lange zurück, und stark oder nicht: Lew war kein junger Kerl mehr. Es war nicht so, dass er selbst irgendwelche Sorgen gehabt zu haben schien, bevor sie Jonathan eilig unter Deck gebracht hatten, für seine letzten Vorbereitungen und seine Verkleidung. Das Einzige, was Lew gefragt hatte, war, ob er noch etwas essen konnte, bevor er ins Wasser ging.

Jonathan wiederum hatte ununterbrochen Fragen gestellt. Was, wie er feststellte, Fahd und seinen Leuten allmählich auf die Nerven ging. Es war ihm egal. Wenn auch nur eine einzige Antwort nicht durch seinen internen Bullshit-Detektor käme, würde er die Sache beenden, bevor irgendjemand auch nur nasse Zehen bekam.

Während etliche Leute ihn ankleideten, sein Gepäck vorbereiteten, mit ihm seine Legende durchgingen und ihm einen falschen Schnurrbart anklebten, damit er mehr Ähnlichkeit mit Dr. Chris Hudson bekam, fragte Jonathan erneut nach dem Schwimmausflug, der Lew bevorstand.

„Ich sagte es Ihnen schon, es ist weniger Schwimmen und mehr Fahren", erklärte Fahd und bezog sich auf den Tauchscooter, einen motorisierten Schlitten, der Lew durchs Wasser ziehen würde. „Seine Tauchuhr, beziehungsweise der Computer, ist auf die Position der *Jurojin Maru* eingestellt. Alles, was er tun muss, ist, sich festzuhalten, und in einer halben Stunde ist er dort. Zur Hölle, wenn der Shuttleverkehr mit dem Helikopter aufs Schiff wirklich so überfüllt ist, wie ich höre, wird er vor Ihnen an Bord sein."

„Würdest du dich entspannen, Mom? Ich schaff das schon", sagte Lews Stimme in Jonathans Kopf. Er hörte ihn durch das Implantat hinter seinem Ohr. Es war ein seltsames Gefühl, aber allmählich gewöhnte er sich daran. Er gewöhnte sich sogar daran, wie anders Lews Stimme klang, wenn sie aus dem Implantat kam, im Gegensatz zu ihrem Klang, wenn sie durch Luftschwingung übertragen wurde. Es war in etwa so, als ob man seine eigene Stimme auf Tonband hörte, nur andersrum.

„Fein, aber heul mich nicht voll, wenn du in Russland endest“, erwiderte Jonathan. Lew lachte, aber jeder im Raum schaute ihn nur an.

„Das ist gar nicht möglich, Sir“, begann ein junger Mann zu erklären, bevor Jonathan seine überflüssige Erklärung mit einer Geste unterbrach.

„Erzählen Sie mir noch mal, weshalb niemand erkennen wird, dass ich nicht Dr. Hudson bin“, verlangte er stattdessen.

„Wir haben ihn nicht zufällig ausgewählt, Jonathan. Wir haben die Teilnehmerliste überprüft. Niemand hat auch nur die entfernteste Verbindung zu ihm. Und falls jemand irgendwelche Bilder von ihm gesehen hat, wird unsere kleine Maskerade schon ausreichend sein“, erklärte Fahd und bezog sich damit nicht nur auf den falschen Schnurrbart, sondern auch auf die Kleidung und die Blondierung. „Davon abgesehen: Es ist eine Konferenz. Die werden allesamt einen im Tee haben, zehn Minuten nachdem sie den Fuß an Bord der *Jurojin Maru* gesetzt haben.“

„Aha“, sagte Jonathan. Die Argumentation gefiel ihm dieses Mal auch nicht besser als beim ersten Mal, dass er sie gehört hatte.

„Außerdem sind Sie nicht hier, um Kollegen zu treffen oder die Verlängerung von Chromosom-Telomeren zu erörtern.“ Jonathan erkannte die technischen Ausdrücke aus seinem Gerontologie-Leitfaden. Offensichtlich hatte Fahd sich ebenfalls mit der Thematik vertraut gemacht. Dadurch fühlte Jonathan sich tatsächlich ein bisschen besser.

„Richtig“, sagte Jonathan.

„Mischen Sie sich unters Volk, aber bei der ersten Möglichkeit – schleichen Sie sich davon und finden Sie den Picasso.“

Jonathan richtete seine Kleidung und betrachtete sich im Spiegel. Die Verwandlung war ein wenig schockierend. Er sah zehn Jahre jünger aus, was erstaunlich war, da er ohnehin schon deutlich jünger aussah, als er war. Das an sich wäre großartig, aber leider war er auch der Ansicht, dass er wie ein völliger Vollidiot aussah.

Er trug ein pinkfarbenes Hemd, das bis zum Bauch hinab offen stand, einen blauen Blazer und enge, braune Jeans, akzentuiert von einem schwarzen Gürtel mit goldener Schnalle und einem pinkfarbenen Einstecktuch in seiner Blazertasche. An den Füßen trug er schwarze Wildleder-Slipper, seine nackten Knöchel darüber sichtbar.

Sie hatten ihm eine Goldkette um den Hals gehängt, mit einem diamantüberzogenen Goldanhänger, ein paar Ringe aus Titan und Platin an die Finger der rechten Hand gesteckt und eine Uhr an seinen linken Arm, deren Anzeige so groß wie der Deckel eines Einmachglases war. Sein Haar war blonder, als er es erwartet hatte, und troff vor Pomade, sodass es in Jonathans Augen wie eine Frisur aus den Sechzigern aussah. Während er sich selbst betrachtete, setzte Fahd ihm eine Oliver-Peoples-Brille auf, Modell Sheldrake. Ein dicker schwarzer Rahmen umfasste blaugetönte Gläser ohne Stärke.

„Perfekt", meinte Fahd.

„Der Kerl ist Wissenschaftler?", fragte Jonathan ungläubig. Fahd zeigte ihm das Foto, an dem sie sich orientierten. Er musste zugeben, dass das Bild im Spiegel vor ihm wie eine perfekte Kopie der Person auf dem Foto aussah.

„Der Beste auf seinem Gebiet", erklärte Fahd. „Und er besitzt mehr Patente als IBM. Schöne neue Welt."

„Offensichtlich", sagte Jonathan. „Also, wie sieht der Rückzugsplan aus?" Er wartete schon die ganze Zeit darauf, dass man ihm das mitteilte, und begann allmählich, sich zu fragen, ob es überhaupt einen gab.

„Hier", sagte Fahd. Er nahm den Anhänger, der um Jonathans Hals hing, und zog das Ende ab. Er hielt es Jonathan hin. Es war ein USB-Stick.

„Wofür ist der?“

„Das ist Ihr Ticket da raus.“ Fahd steckte den Anhänger wieder zusammen. „Die Rettungsboote sind, wie die meisten Sachen auf Tenabes Schiff, elektronisch gesichert. Steigen Sie in eines davon und stecken Sie das hier ein. Es wird die Steuerung entsperren und das Boot ins Wasser rutschen lassen. Sie müssen nur weit genug vom Schiff wegkommen, um das Störfeld zu verlassen, und uns über Ihr Implantat kontaktieren. Wir sammeln Sie dann auf.“

„Verstanden.“

Als die anderen sein Gepäck zusammensuchten – eine absurde Anzahl schokoladenbrauner Ledertaschen – und durch die Tür gingen, blieb Jonathan wie angewurzelt stehen, und betrachtete sich im Spiegel.

„Was ist los?“

„Besteht die Hoffnung, dass Lew schon im Wasser ist, bevor ich nach oben gehe?“

Zwei Männer in dunkelblauen Overalls grunzten und zerrten, als sie erneut versuchten, Lews massigen Körper in einen schwarzen Taucheranzug zu zwängen. Einer von ihnen fluchte auf Griechisch, während der andere etwas in einer Sprache ausstieß, die Lew nicht erkannte. Er hatte bereits den Reißverschluss aus einem anderen Anzug gesprengt. Wenn dieser ebenfalls nicht mitspielte, wäre er in Schwierigkeiten. Er wollte nicht einmal daran denken, wie sich auch nur eine halbe Stunde ungeschützt in diesem kalten Wasser anfühlte.

Schließlich, mit vereinten Kräften, glitt der Anzug quietschend über seine massigen Schultern. Ein paar Sekunden Luftanhalten später befand er sich sicher in seiner zweiten Haut. Lew fühlte sich, als würden seine Muskeln tiefer in seinen Körper gepresst.

„Hab euch doch gesagt, er passt", sagte Lew, auch wenn er in Wirklichkeit so schnell wie möglich den Wasserteil hinter sich bringen und aus diesem Ding rauswollte. Er hatte seinen Rückzugsplan noch nicht erfahren, hoffte aber, dass er einen bequemen Hubschrauber beinhaltete.

Die Männer halfen ihm, die Sauerstofftanks über die Schultern zu ziehen, und zogen ihm die Haube seines Taucheranzugs über den Kopf. Während er erneut darin eingewiesen wurde, wie er den Tauchscooter zu verwenden hatte, kamen Jonathan, Fahd und ein paar weitere Männer in dunkelblauen Overalls am Heck des Schiffes an Deck. Lew verlor die Konzentration, als er Jonathan erblickte. Zuerst erkannte er ihn nicht einmal. Dann, trotz des Drucks, den der Anzug auf seinen Bauch ausübte, schallte sein dröhnendes Gelächter über das Schiff.

„W-was zur Hölle sollst du denn darstellen?", brachte Lew hervor, als er nicht mehr lachen musste.

„Halt den Rand", gab Jonathan zurück.

Gerade als Lew Jonathan noch ein wenig weiter aufziehen wollte, spürte er, wie der Reißverschluss an seinem Rücken der Länge nach aufriss. Er hätte geflucht, war aber zu glücklich darüber, wieder atmen zu können.

Wenige Minuten später hatte man den oberen Teil seines ruinierten Anzugs entfernt. Er stand an Deck mit Tauchanzug-Shorts, die dicht über seinen Knien endeten, von der Hüfte an aufwärts nackt, mit Ausnahme der klobigen Taucheruhr an seinem Handgelenk. Lew war sehr bewusst, dass Fahds Männer unablässig auf seine Narben glotzten. Oder zumindest hoffte er, dass es die Narben waren, auf die sie starrten.

Lew hatte mehr Angst davor, ausgeschlossen zu werden, als das kalte Wasser an seiner nackten Haut zu ertragen, also überzeugte er die Männer, sein Oberteil zu vergessen und ihm mit den Sauerstofftanks zu helfen. Jonathan gesellte sich zu ihm, als die Männer zögernd gehorchten. Lew überprüfte den Atemregler und nickte, als er sicher war, dass er funktionierte. Lew lehnte seine Ausrüstung gegen den Tauchscooter: Schwimmflossen, eine Neoprentasche, in der sich all seine trockenen Klamotten, sein Smartphone und die Waffe befanden, die er von den Kuratoren ausgehändigt bekommen hatte. Die Sicherheitsvorkehrungen an Bord der *Jurojin Maru* waren zu streng, als dass Jonathan eine Waffe hätte mitnehmen können, nicht einmal in seinem Gepäck.

Es dauerte nicht lange, und Lew spürte, wie sich Jonathans Blick in seinen Rücken bohrte.

„Was?", fragte er schließlich, ohne sich umzudrehen.

„Du weißt, was ich sagen werde."

„Männer, geben wir ihnen eine Minute", sagte Fahd. Er machte eine Geste, und die Jungs in den Overalls ließen alles stehen und liegen und verschwanden unter Deck. „Fünf Minuten", sagte Fahd zu Jonathan und Lew, bevor er selbst verschwand.

„Es ist gar nicht so weit", sagte Lew und tat, als würde er noch immer an seiner Ausrüstung herumfummeln. „Ich pack das."

„Ja, das sagst du immer", gab Jonathan zurück. Lew wollte ihn nicht anschauen. Teilweise wegen seines lächerlichen Aufzugs und teilweise, weil er, wenn er Jonathan in die Augen schaute, sich der Tatsache stellen müsste, dass sein Partner recht hatte.

„Also sind wir uns einig."

„Lew."

Lew fummelte weiter rum.

„Lew."

Lew ließ die Tasche schließlich fallen und drehte sich um. Er sah Jonathan in die Augen. Jonathan nahm seine blau getönte Brille ab.

„Du hast keine Chance. Ein Dickschädel schützt einen nicht vor Unterkühlung. Diese Partie wirst du auf der Bank verbringen müssen, Kumpel", sagte Jonathan. „Davon abgesehen, wird das ein Spaziergang. George kann uns nichts mehr anhaben, niemand ist in Gefahr. Es geht nur um das Gemälde. Und guck dir das an", sagte Jonathan und deutete mit ausgestreckten Armen auf das Schiff. „Und guck mich an. Diese Kuratoren oder wie immer sie sich schimpfen, mögen weiterhin einige Geheimnisse haben, aber es ist offensichtlich, dass sie ihre Hausaufgaben gemacht und alles vorbereitet haben. Mir wird nichts geschehen."

Lew hörte nicht auf zu widersprechen, bis zu dem Augenblick, an dem der Hubschrauber auf dem Brückendeck am Bug der *Atlantis Explorer* mit Jonathan und Fahd darin abhob. Er hörte nicht auf, zu widersprechen, aber er wusste, dass Jonathan recht hatte. Lew war sich sicher, dass er es schaffen könnte, besonders mit dem Tauchscooter, aber sobald er am Ziel war, würde er für eine ganze Weile zu nichts zu gebrauchen sein.

„Wenn es schiefgeht, sorge ich dafür, dass sie ein Bild von deinem aktuellen Outfit bei der Trauerfeier aufstellen", sagte Lew laut und sprach mit Jonathan über das Implantat, während sie davonflogen. Er wusste nicht einmal, ob Jonathan ihn auf diese Distanz überhaupt hören konnte. Am Anfang jedenfalls nicht.

„Ich liebe dich auch, mein Großer."

Lew lächelte, winkte dem Hubschrauber nach und drehte sich um. Das Lächeln fiel ihm aus dem Gesicht.

Zwei der größeren Crewmitglieder kamen auf ihn zu, und der Ausdruck auf ihren Gesichtern machte deutlich, dass sie ihm keinen Präsentkorb überbringen wollten. Er war nicht sicher, ob das hier eine Meuterei war oder etwas Größeres hinter der Aktion stand, aber für den Augenblick hatte er keine

Zeit, sich darum zu sorgen. Lew war halb nackt und trug noch immer die schweren Sauerstofftanks auf dem Rücken, hatte aber keine Sekunde Zeit, sie abzuschütteln. Er ging vorwärts, den Männern entgegen, und hob die Hände.

„Hey, Jungs, immer locker bleiben“, sagte er. Einer der Männer zog einen kleinen Knüppel aus seinem Gürtel. Locker war also offensichtlich keine Option.

„Wir haben Befehl, Sie einzuschließen, bis Fahd zurückkehrt“, erklärte der Knüppelschwinger. „Kommen Sie mit uns, oder es wird Ihnen wehtun.“

„Ganz wie ihr wollt“, sagte Lew. Der Mann ließ den Knüppel sinken, offensichtlich missverstehend, was Lew meinte. Als er nah genug war, schoss Lews Hand nach vorn und packte den Mann am Hals. Mit einer einzigen, fließenden Bewegung stieß Lew ihm den Schädel gegen den Nasenrücken. Blut spritzte über seinen Freund, und der Mann heulte auf, bevor er aufs Deck sackte. Lew nahm ihm den Knüppel ab.

„Nicht. Warte“, flehte der andere Mann mit weit aufgerissenen Augen.

„Der Zug ist abgefahren“, erwiderte Lew und schwang das Handgelenk in einer kurzen Bewegung. Das Geräusch, mit dem der Knüppel seitlich gegen den Schädel des Mannes knallte, erinnerte ihn an einen Nachmittag im Baseballstadion.

„Jonny! Jonny, kannst du mich hören?“, rief er, als der zweite Mann am Boden lag. Er schaute in die Richtung, in die der Helikopter geflogen war. Es gab keine Antwort. Welche Verbindung sie auch gehabt hatten, sie war weg.

Vier weitere Crewmitglieder kamen plötzlich aus den Türen zu den Mannschaftsquartieren zu beiden Seiten des Vorschiffs geströmt, und Lew hatte keine Zeit mehr, sich Sorgen um Jonathan zu machen. Er warf den Knüppel nach einem der Männer und rannte geradewegs zwischen den beiden Gruppen hindurch. Er sprang die Wand direkt vor ihm hoch, zog sich auf das Deck über sich und kletterte weiter, bis er das Dach des Ruderhauses erreicht hatte.

Es war natürlich nicht seine eigene Freiheit, um die er kämpfte. Jonathan hatte keinen Schimmer, wo er da hineinflog – *falls* überhaupt irgendetwas von dem, was Fahd ihnen erzählt hatte, die Wahrheit war. Alles, was er wusste, war, dass er irgendwie von diesem Schiff runterkommen und Jonathan helfen musste.

Er rannte in Richtung Heck, kämpfte sich durch die Funktürme und Antennen, bevor er am Ende des Ruderhauses wieder auf das Deck darunter sprang. Er hob einen Fuß, um weiterzulaufen, doch etwas packte die Tankflasche auf seinem Rücken und riss ihn zu Boden. Als er aufs Deck schlug, sah er das Mannschaftsmitglied, das gerade zur falschen Zeit hinten aus dem Ruderhaus gekommen war.

Lew rollte sich in seiner liegenden Position herum und trat dem Mann die Beine weg. Er schlug hart auf, und Lew war über ihm, bevor er reagieren konnte, und versetzte ihm einige Schläge gegen die Seite seines Schädels.

Lew stand auf und ging ein paar Schritte, blieb dann jedoch stehen. Gut ein Dutzend Männer kamen ihm vom Heck aus entgegen. Sie standen zwischen ihm und seinem Ziel – der Ausrüstung am Ende des Schiffs.

Führungsdrähte und Kommunikationskabel liefen vom Dach des Ruderhauses bis zur hydrographischen Winde direkt am Heck, wo die Crewleute ihn noch vor wenigen Minuten angezogen hatten.

„Verdammt! Ich brauch irgendeine Art von …“ Lew sah nach unten zu dem bewusstlosen Seemann hinter ihm. Er packte ihn, öffnete ihm den Gürtel und zog ihn mit einem Ruck aus den Gürtelschlaufen. Er klemmte sich den Gurt zwischen die Zähne und kletterte zurück aufs Ruderhaus, gerade als die Männer das Deck unter ihm erreichten. Einer von ihnen griff nach seinem Fuß, als Lew sich hochzog. Lew hielt sich an der Verankerung einer der Antennen fest, um nicht hinuntergezogen zu werden, und trat blind hinter sich. Beim dritten Stoß traf er etwas. Einer der Männer unter ihm grunzte, und Lew war wieder frei.

Oben auf dem Ruderhaus drehte Lew sich um und sah, dass nun zwei Dutzend Crewmänner auf ihn zukamen.

„Echt jetzt?", rief er ihnen zu.

Er kletterte an einer der Antennen ein Stück nach oben, warf den Gürtel über den Führungsdraht, und stieß sich ab. Er rutschte die gesamte Länge des Schiffs entlang, die Füße angezogen, sodass die Männer, über denen er hinwegflog, ihn nicht packen konnten. Er lächelte siegesgewiss, bis ihm klar wurde, dass sein Trip ein jähes Ende finden würde. Bei hoher Geschwindigkeit. Sein Instinkt riet ihm, loszulassen und sich beim Aufprall abzurollen, doch mit einem zwanzig Kilo Sauerstofftank auf dem Rücken wäre das im schlimmsten Falle ein Desaster und im besten ein beschädigter Tank. Ein Tank, den er brauchte.

An der Steuerbordseite lag eines der beiden Rettungsboote, gesichert mit festen Seilen und im Augenblick mit einer dicken Plane bedeckt. Er würde sich die Hände verbrennen wie Hölle, doch er hatte keine Wahl. Er schwang die Beine nach hinten und warf sie nach vorn. Als er die größte Schwungkraft erreicht hatte, ließ er los. Er erreichte den Punkt, wo das Seil nach unten zur Winde lief und dort verankert war, und hoffte nur, dass der Knoten saß.

Lew packte das Seil und packte fest zu. Das Tau verbrannte ihm die Handflächen, und er heulte auf, hielt aber fest, während sein Körper durch die Luft sauste. Schließlich ließ er los, krachte mit dem Gesicht voran auf die Plane des Rettungsboots und wäre beinahe davon abgeprallt, vom Schiff und ins Wasser geflogen. Er rappelte sich auf und sprang aufs Deck hinab. Er war in vollem Lauf, kaum, dass sein Fuß den Metallboden berührte.

Wenn ich nur die Flossen und den Scooter finde. Dann meldete sich eine andere Stimme in seinem Kopf und fragte, was wäre, wenn es gar kein anderes Boot hier draußen gäbe? Er schüttelte die Stimme ab und lief weiter.

Wenige Meter später war er wieder an dem Punkt, an dem sie versucht hatten, ihn in seinen Tauchanzug zu quetschen. Er hörte, wie hinter ihm die schweren Drucktüren des Schiffs aufgestoßen wurden und mehr Schritte, als er zu zählen bereit war. Er musste seinen Plan ändern. Es blieb nur Zeit, eine einzige Sache zu schnappen und weiterzulaufen. Er griff nach unten, packte die Schwimmflossen und die Maske, die auf dem Boden lagen, als er einen Schuss hörte und spürte, wie etwas über seinem Schädel hinwegpfiff. Dann warf er sich über die Reling des Schiffs.

Sobald er unter Wasser war – seine Handflächen freuten sich über das kühlende Nass –, schwamm er zum Schutz unter das Schiff. Lew schob sich das Atemstück in den Mund und nahm ein paar beruhigende Atemzüge, bevor er sich die Maske aufsetzte. Er stieß die Luft durch die Nase aus, um das Wasser aus der Brille zu drücken. Er blinzelte, als die Welt um ihn herum wieder in aller Schärfe zu erkennen war. Auf beiden Seiten des Schiffs sausten Blasenröhrchen wieder und wieder in die Tiefe. Kugeln. Sie schossen wild um sich, so wie er es erwartet hatte. Er schlüpfte in seine Tauchflossen und überprüfte den Tauchcomputer an seinem Handgelenk.

Er konnte nicht länger warten. Wenn die Besatzung wieder zu klarem Verstand kam und sich selbst eine Ausrüstung überwarf, wäre er erledigt. Er tauchte unter dem Schiff entlang und sank langsam tiefer, dann bog er ab und folgte der Richtung, die sein Tauchcomputer ihm vorgab. Die *Jurojin Maru* war das einzige andere Objekt im Wasser in einem Umkreis von fünfzig Kilometern. Aber selbst wenn es Alternativen gegeben hätte, wären sie unwichtig gewesen. Jonathan war – hoffentlich – auf diesem Schiff. Die Crewmitglieder, die versucht hatten, ihn zu fangen – und die Kugeln natürlich –, waren der einzige Grund, dass er ohne kompletten Taucheranzug im Wasser war. Die Strecke, die er vor sich hatte, war irrwitzig, aber da Jonathan möglicherweise in derselben Gefahr schwebte wie Lew, hatte er keine Wahl. Lew hatte keinen Schimmer, was hier vor sich ging, aber es gab eine Sache, die er wusste: Das alles hier hatte nichts das Geringste mit irgendeinem Gemälde zu tun.

Alle Mann an Bord

16

JUROJIN MARU

09:30 Uhr Ortszeit

Eine Stunde nach dem Abflug setzte Jonathans Hubschrauber an Bord der *Jurojin Maru* auf. Der Flug selbst hatte nur einige Minuten gedauert, aber Fahds Bericht vom dichten Hubschrauberverkehr hatte den Nagel auf den Kopf getroffen. Als sie in der Umgebung eingetroffen waren, waren sie Nummer sieben in der Warteschlange gewesen. Das Schiff war nicht das größte, das Jonathan je gesehen hatte, aber verdammt nah dran.

Der Horizont war dank des heranziehenden Sturms bereits deutlich dunkler als bei ihrem Abflug auf der *Atlantis Explorer*, wodurch der frühe Morgen aussah wie die Abenddämmerung. Bevor der Tag zu Ende war, würden sie noch ordentlich durchgeschüttelt werden.

Die Location war abgelegen, um das Mindeste zu sagen. Jonathan hielt das für einen seltsamen Ort für eine Weltkonferenz zum Thema Langlebigkeit. Und irgendwie bezweifelte er, dass das ein Zufall war.

Als die Rotoren ausdrehten, kamen Crewmitglieder tief runtergebeugt zum Helikopter gerannt. Sie zogen die Türen auf und nahmen ohne ein Wort Jonathans Gepäck an sich. Es warteten noch mehr Hubschrauber über ihnen darauf, auf einem der beiden Helipads landen zu können, und die Mannschaft war offensichtlich daran interessiert, dass Jonathans Hubschrauber so schnell wie möglich wieder in der Luft war.

Jonathan schaute an dem Mannschaftsmitglied vor ihm vorbei auf die geschäftige Atmosphäre an Deck. Sie standen auf dem vorderen Helipad, und Dutzende Leute rannten überall umher. Viele davon waren offensichtlich Mannschaftsmitglieder oder Sicherheitspersonal der *Jurojin Maru*, wobei man Letztere an den Waffen über ihren Schultern als solche erkannte. Andere jedoch waren offensichtlich Konferenzgäste, allesamt herausgeputzt und von mehr Gepäck umgeben, als die meisten Berühmtheiten mit sich führten. Sie warteten darauf, dass man sie zu ihren Kabinen brachte.

„Und als Alexander die Größe seines Reichs erblickte, weinte er, denn es gab nichts mehr, das er erobern konnte", sagte Fahd auf dem Pilotensitz.

„Entschuldigung?"

„Schon gut. Die Extravaganz und Verschwendung überrumpeln mich gelegentlich. Wie auch immer, wenn Sie aussteigen, sind Sie Chris Hudson, bis wir uns wiedersehen. Wie ich sagte, Sie werden das hinkriegen. Mischen Sie sich unter die Leute und spielen Sie die Rolle eine Weile. Und was immer Sie tun, verlieren Sie nicht Ihren Anhänger."

Fahd benahm sich seltsam, seit sie die *Atlantis Explorer* verlassen hatten. Nicht, dass Jonathan ihn gut genug gekannt hätte, um wirklich zu wissen, wie er sich normalerweise benahm, aber er wirkte einfach … seltsam. Natürlich konnte das aber auch daran liegen, dass Jonathan selbst sich seltsam fühlte, ohne Lew.

Eines der Besatzungsmitglieder schlug gegen die Seite des Hubschraubers.

„*Iku jikan*", sagte er zuerst. Dann: „Kein Zeit. Sie gehen." Bevor Jonathan oder Fahd antworten konnten, wich er vom Hubschrauber zurück und machte mit den Armen Bewegungen wie ein Zauberer, der versucht, seine Assistentin schweben zu lassen.

„Das ist mein Stichwort“, sagte Fahd. „Wir bleiben in Kontakt. Haben Sie Spaß, Dr. Hudson.“

„Klar“, gab Jonathan zurück, stieg aus dem Hubschrauber und aufs Deck. Der warme Wind, der in Böen von den Wolken am Horizont heranzog, brachte ihn ins Wanken, und er richtete sein Jackett, bevor er zu seinem Gepäck hinüberlief.

Jonathan beobachtete, wie der Rotor beschleunigte und der Hubschrauber sich in die Luft hob. Während er zusah, fühlte er eine Hand, die ihm zärtlich über den Rücken strich.

„Hi, ich bin Melinda. Sie sehen aus, als könnten Sie einen Drink vertragen“, rief eine Reibeisenstimme über den Rotorlärm hinweg.

Jonathan drehte sich um und starrte in gut fünfzehn Kilo Dekolleté. Auf ihrem Namensschild stand: „Melinda Lacie, Crystasis Foundation“. Sie war kaum größer als einen Meter fünfzig, roch nach Vanille, Haarspray und Margaritas und hatte offensichtlich eine Vorliebe für Spandex. Aus einem Reflex heraus nahm Jonathan einen der Drinks, die sie hielt.

„Danke.“

„Sie sind groß“, sagte sie gedehnt. Ihre Augen schienen Probleme zu haben, zu fokussieren. Jonathan schaute an ihr vorbei nach Hilfe, sah aber stattdessen eine Reihe ähnlicher Frauen. Sie alle hoben ihr Glas in seine Richtung, mit demselben betrunkenen Lächeln, das Melinda trug.

Au weia.

17

JUROJIN MARU

09:57 Uhr Ortszeit

Maggie hatte die letzten zwei Stunden Konferenzgäste begrüßt. Sie hatte das Helipad am Bug für die hochrangigen Gäste eingeteilt und begrüßte sie persönlich. Sie war so müde, dass es einem Wunder glich, dass sie noch nicht eingeschlafen und über die Reling gekippt war. Besonders bei dem Wind, der über das Deck fegte.

Der Himmel war grau, und der Wind ließ die Wolken aussehen wie den wogenden Rauch über einem Vulkan. Bisher hatte der Regen sie verschont, aber sie wusste, dass das nicht andauern würde. Captain Tanaka hatte gesagt, dass sie nur den Rand des Sturms abbekommen würden, hatte aber auch davor gewarnt, dass er jederzeit innerhalb von Minuten ihre Richtung einschlagen könnte. Maggie hatte eine Kiste mit Regenjacken und -schirmen bereitstehen, falls die Lage sich änderte. Doch der Anblick erinnerte sie nur an die riesige Kiste unten im Lagerraum des Schiffs.

Die ganze Nacht über – zunächst, als sie sich überzeugend an Alex Corsairs nackten, schwitzenden Körper geklammert hatte, und später, als sie versucht hatte, wirklich ein wenig Schlaf zu finden – war sie immer wieder in einen Halbschlaf geglitten, während sie sich fragte, was in dieser Kiste sein könnte. Oder in irgendeiner der anderen Kisten. Sie wurde absichtlich im Dunkeln darüber gelassen, und sie war sich sicher, dass es einen Grund dafür geben musste. Es musste mehr sein als nur der Umstand, dass sie neu auf dem Schiff war.

Ein Teil von ihr wollte natürlich einen Grund. Nicht nur dafür, dass man sie ausgrenzte, sondern auch für Dr. Eric Norris' abrupt beendeten Anruf, der etwas zu bedeuten gehabt haben musste. Sie hatten keinerlei Fakten oder Beweise, doch Maggies Bauchgefühl hatte sich gemeldet, als sie Norris auf der Anrufliste entdeckt hatte. Nachdem sie seinen Namen überprüft hatte, war sie sich sicher, dass hier irgendetwas anderes vorging als ein fröhliches Wochenende in der – aktuell nicht zu sehenden – Sonne und ein paar Gespräche über Gerontologie.

Sie wurde an den Rand gedrängt – nicht nur auf dem Schiff, sondern auch beim MI6. Ein vernünftiger Mensch hätte den Wink mit dem Zaunpfahl vermutlich verstanden und wäre weitergezogen, doch nach allem, was sie durchgemacht hatte, brachte sie es nicht über sich, aufzugeben. Das lag nicht in ihrer Natur. Sie würde immer kämpfen, gegen den Trend arbeiten, gegen die Strömung schwimmen. Und sie wusste, es würde einmal die Zeit kommen, in der sie der Klotz während der Mission eines anderen wäre. Aber nicht heute. Heute wusste sie, dass sie recht hatte. *Wusste* es, tief in ihren Eingeweiden. Und es würde einiges benötigen, sie von dieser Überzeugung abzubringen. Auf jeden Fall mehr als die Enttäuschung, die sie im Augenblick spürte.

„Leer?", fragte Maggie in ihr Funkgerät, nachdem sie Alex' Meldung beantwortet und seinem Bericht gelauscht hatte. „Das ist unmöglich!" Ein silberner AgustaWestland AW119Ke-„Koala"-Helikopter senkte sich langsam hinter ihr. Sie steckte einen Finger ins Ohr, um den Lärm auszublenden.

„Ich weiß nicht, was ich dir sagen soll, Schätzchen. Ich bin hier unten, der Deckel ist ab und sie ist leer", sagte Alex. Sie hatte ihre Kabine verlassen, solange Alex noch schlief. Sie wusste, was für einen Job sie hatte, und sie konnte es mit den Besten aufnehmen – in jeder Hinsicht –, aber sie hätte es nicht ertragen, den Tag damit zu beginnen, in Alex Corsairs selbstgefällige, gesättigte Fresse zu gucken.

Sie zermarterte sich das Hirn. Wie konnte sie leer sein. Sie hatte eine Tonne gewogen. Selbst unter Einsatz ihres ganzen Körpergewichts hatte sie sie nicht bewegen können. Maggie schaute über ihre Schulter, als die Rotorblätter des Hubschraubers langsamer wurden und Wachmänner zu den Türen der Maschine liefen.

„Sie müssen sie geleert haben. Was ist mit den anderen Kisten? Den kleineren?", fragte sie, verzweifelt auf der Suche nach irgendeiner Form von Bestätigung.

„Sie sind alle leer. Komm runter und schau es dir selbst an."

„Nein, nein", sagte Maggie. Dafür hatte sie im Augenblick keine Zeit. „Vergiss es. Hast du das Innenministerium angerufen? Bekommen wir Hilfe?"

„Ich fürchte, ich habe heute nichts als schlechte Neuigkeiten, Schätzchen. Sie wollen erst irgendeine Form von Beweis, bevor sie weitere Ressourcen freigeben. Sie haben tatsächlich versucht, mich wieder abzuziehen, aber den Zahn hab ich ihnen gezogen. Ich fürchte, alles, was ich dir für den Augenblick anbieten kann, ist ein einziger alter Agent."

„Das ist immerhin etwas. Danke, Alex. Ich weiß es zu schätzen", sagte Maggie und ging langsam zum Hubschrauber, während ein paar Diplomaten aus Italien aufs Deck stiegen.

„Ich wünschte, ich hätte mehr tun können. Was soll ich als Nächstes tun?"

„Die letzten paar Gäste treffen gerade ein. Ich finde dich, wenn ich hier oben fertig bin, dann überlegen wir uns unseren nächsten Schritt." Zuerst musste sie jemand anderen treffen.

Sie wusste nicht, was er wollte, aber Captain Tanaka hatte darum gebeten, dass sie ihn in einer der Passagierkabinen traf, sobald sie die Zeit fand. Die Konferenz hatte gerade erst begonnen, und schon gab es Probleme. Großartig.

„Dann bis später."

Maggie steckte ihr Funkgerät weg. Es ergab alles keinen Sinn. Nichts davon. Das Innenministerium hätte niemals versucht, ihn wieder abzuziehen. Wieso log er? Zu welchem Zweck?

Maggie nahm den Schiffsstewards neben dem Steg zum Helipad zwei Willkommenspakete ab, klebte sich ein Lächeln ins Gesicht und begrüßte die Diplomaten.

„Sie glaubt mir nicht", sagte Alex, der auf der riesigen Kiste saß, über die er gerade gelogen hatte. Er hatte allerdings die Wahrheit über die anderen Kisten gesagt. Sie waren inzwischen allesamt leer. „Die lange Leine, an der Sie sie bisher tanzen lassen, wird sich bald sehr straff spannen. Ich weiß, Sie machen sich keine Sorgen, aber ich bin mir nicht so sicher, dass Sie auf das vorbereitet sind, was geschehen wird."

„Es ist unwichtig, Mr. Corsair", erwiderte Umi. „In ein paar Stunden halte ich meine Begrüßungsrede, dann laufen die Dinge an. Sie könnte die naivste Person auf diesem Planeten sein oder die scharfsinnigste, doch danach wird es einfach egal sein."

Alex musterte die alte Frau. Sie hatte diese Art, irgendwie … nicht gebrechlich, aber harmlos zu wirken. Doch wenn man sie genauer betrachtete – sie lange und genau einschätzte –, dann blitzte hervor, was hinter der Fassade lag. Während man sie abzuschätzen versuchte, schätzte sie einen selbst ab. Wenn man nicht vorsichtig war, konnte es passieren, dass man in die Enge getrieben wurde.

„Also wollen Sie noch warten", sagte er schließlich.

„Lassen Sie das Gas sich um sie kümmern, zusammen mit allen anderen", sagte Umi. Dann drehte sie sich langsam zu ihm um. Zunächst schien es so, als könne sie sich nicht schneller bewegen, aber Alex wusste, dass es daran lag, dass alles, was sie tat, bedächtig und berechnend war. Bis hin zu der Art, wie sie den Kopf hielt, wenn sie einen ansah. Er wusste, dass die einzige Antwort darauf darin bestand, es auszuhalten, ihrem bohrenden Blick standzuhalten. Wegzuschauen wäre der schlimmste Fehler.

„Was gibt es noch?", fragte er.

„Sie waren sehr nützlich, Mr. Corsair. Ich habe es wirklich genossen, zu sehen, wie Ihr Verstand funktioniert, aber ich hätte gedacht, jemand, der so alt ist wie Sie, hätte inzwischen Geduld gelernt oder seine Kräfte sparsam einzusetzen." Sie versuchte ihn zu ködern.

„Ich schätze, ich lerne nicht allzu schnell", erwiderte Alex.

„Ich denke, wir wissen beide, dass das nicht stimmt", gab Umi zurück, bevor sie in Richtung Tür ging.

Auch wenn er es nicht zeigte, ermüdeten ihn ihre dauernden Tests und prüfenden Einschätzungen. Das Spiel konnte er auch spielen.

„Und die Kiste?", fragte er und sprang herunter. „Schicken wir sie nach unten oder lassen wir sie hier?"

Umi blieb abrupt stehen. Es war das erste Mal, dass Alex sie körperlich auf etwas reagieren sah. Für einen kurzen Augenblick benahm sie sich beinahe ihrem Alter entsprechend, gewann jedoch schnell ihre Fassung zurück. Sie drehte sich langsam um und schaute ihn an.

„Es kümmert mich nicht, wo die Kiste landet, Mr. Corsair." Umi schlurfte etwas dichter heran und hielt seinem Blick stand. „Aber wenn diese Kiste jemals wieder geöffnet wird …" Sie hob einen zitternden Finger, schien sich jedoch wieder zu fangen, und ließ den Gedanken unvollendet.

„Verstanden, Schätzchen."

Umi nahm sich einen Augenblick, um sich wieder aufzurichten, und ging weiter in Richtung Tür.

„Und die?", fragte Alex und deutete mit dem Kinn auf die beiden Junior-Wachmänner, die Maggie mit ihm gemeinsam hier heruntergeschickt hatte. Sie saßen auf dem Boden, mit dem Rücken an der Wand. Ihre Köpfe ruhten auf den Schultern des jeweils anderen. Mit ihrer identischen Statur und Figur und den passenden Uniformen sahen sie aus wie ein Paar Schaufensterpuppen-Zwillinge. Als wären sie nicht einmal echt. Bis hin zu der engen Gruppierung von drei blutigen Einschusslöchern in jeder Brust.

„Tun Sie, was Sie wollen", sagte Umi, ohne sich umzudrehen.

Alex lächelte. Er hasste es, das zuzugeben, aber er mochte die alte Krähe. Es wäre eine Schande, wenn er sie töten müsste, bevor das hier vorbei war.

14.000 METER
10:21 Uhr

Tatsu sackte so hart und schnell in ihren Sitz, dass ihr Kopf gegen den Sonnenschutz am Flugzeugfenster stieß. Sie sog die Luft durch die Zähne ein und rieb sich den Kopf, um den Schmerz zu vertreiben.

„Meine Güte, sind Sie in Ordnung?", fragte die Frau neben ihr auf Japanisch. Tatsus schnelle Bewegungen hatten die Frau so erschreckt, dass sie ihren Drink über das Magazin geschüttet hatte, das sie gerade las.

„Ich … Es geht mit gut", erwiderte Tatsu. „Ich habe beim Einschlafen gezuckt, sorry." Tatsu lächelte schwach. Sie entschuldigte sich übermäßig, während sie der Frau half, ihr Tablett zu säubern, und weiter versuchte, sich hinter dem Sitz zu verstecken. Schließlich widmete die Frau sich wieder ihrem durchgeweichten Magazin, und Tatsu sagte, sie wolle versuchen, etwas Schlaf zu kriegen, solange sie konnte.

Sie waren nur noch eine Stunde vom Tokyo International Airport entfernt, und das, wovon Tatsu sich eingeredet hatte, dass es gutes, karmisches Glück war, hatte sich als das genaue Gegenteil entpuppt. Sie hatte gehofft, Per Broden und sein furchterregender Arm hätten den früheren Flug genommen und würden eine Stunde Zwischenstopp in Paris verbringen. Als sie Per nicht im Boardingbereich in Toronto gesehen hatte oder irgendwo sonst, hatte sie das als Zeichen genommen, dass sie recht gehabt hatte. Aber sie hatte sich geirrt.

Vor wenigen Minuten hatte sie von dem weniger als großartigen Film aufgesehen, mit dem sie sich die Zeit vertrieben hatte, und hatte Per gesehen, der vor dem Waschraum anstand. Er hatte sich umgezogen, seit sie ihn außerhalb des Motels gesehen hatte, und sich den Kopf rasiert, um sein versengtes Haar zu verbergen, aber er war es. Eindeutig. Sie vermutete, dass er in einem der vorderen Abschnitte des Flugzeugs saß, sonst hätte sie ihn vorher bereits entdeckt. Sie war ziemlich sicher, dass er sie nicht bemerkt hatte, doch selbst wenn es ihr gelang, dass er sie für den Rest des Fluges nicht entdeckte, würde es schwierig sein, unentdeckt von Bord und durch den Flughafen zu kommen.

Tatsu lugte zwischen den Sitzen hindurch, konnte die Waschräume von hieraus jedoch nicht sehen. Sie lehnte sich zurück und fragte sich, weshalb sie Umi noch nicht direkt kontaktiert hatte, um sie zu warnen. Obwohl sie überzeugt davon war, dass sie den Grund kannte. Inzwischen glaubte Umi zweifellos, dass sie bereits tot wäre. Doch mehr als das, war es auch Umis Idee gewesen. Tatsu hatte sich bisher noch nicht richtig mit diesen Gefühlen auseinandergesetzt. Sie wollte Umi noch immer schützen – immerhin hatte sie

Tatsu so viel gegeben –, doch sie verstand einfach nicht, wieso Umi so bereit dazu gewesen war, sie sterben zu lassen. Nein, es war mehr als das gewesen. Warum sie ihr *befohlen* hatte zu sterben.

Natürlich wusste Tatsu, was alle hinter Umis Rücken tuschelten: Wie kalt sie war, wie herz- und gnadenlos. Aber sie war es nie zu Tatsu gewesen. Ganz im Gegenteil. Und nach all diesen Jahren wusste sie, dass das nicht einfach nur gespielt gewesen sein konnte. Das hätte eine unglaubliche Menge an Tücke und Täuschung auf Umis Seite verlangt, und eine unglaubliche Menge an Ahnungslosigkeit auf Tatsus Seite. Und sie war nicht annähernd so naiv.

Oder doch?

Himmel, bin ich so leicht zu manipulieren? Habe ich mein Leben lang einer alten Frau gedient, die mich gekauft *hat? Nein, nein, das kann nicht sein. Es kann einfach nicht.*

Tatsus Verlangen, Umi zu sehen, verzehnfachte sich. Sie musste die Antwort erfahren. Und sie wusste, dass ihr nicht viel Zeit blieb, bevor es niemanden mehr gab, der sie ihr geben könnte. Doch wenn sie sich erst um Per kümmern müsste, würde sie Umi vielleicht niemals erreichen oder die Antworten, die sie so dringend brauchte. *Es sei denn … es sei denn, ich schütze Nagura nicht, sondern benutze ihn.*

Ihr wurde klar, dass sie Nagura benutzen konnte, um Per aufzuhalten, sodass Tatsu noch einige letzte Minuten mit ihr blieben. Natürlich hätte das seinen Preis. Nagura war ein Genie, doch abgesehen von seinen Schöpfungen hatte er nicht einmal die Fähigkeit, mit einem Floh zu kämpfen. Tatsu dachte eine Weile darüber nach. Sein Wohlergehen mal außen vor gelassen, hatte Nagura in den vergangenen sechs Monaten eine unglaubliche Menge Zeit mit Umi und Tatsu verbracht. Und er hatte einen scharfen, einsichtigen Verstand. Wenn er nichts Manipulatives an Umis Verhalten Tatsu gegenüber bemerkt hatte, irgendetwas, das Tatsu selbst zu jener Zeit nicht aufgefallen war, standen die Chancen gut, dass es nichts zu bemerken gab. Wenn sie jedoch irgendetwas nicht bemerkt hatte, aufgrund ihrer fehlgeleiteten Ergebenheit zu Umi …

Eins nach dem anderen. Sie schrieb Nagura eine Nachricht und sagte ihm, er solle sie in der Werkstatt hinter seinem Restaurant treffen, kurz bevor die Mittagsshow losging. Und dass er die Hintertür für sie unverschlossen lassen sollte. Zehn Minuten später erhielt sie eine Antwort, dass er das gerne tun würde und sich darauf freute, sie zu sehen. Sie schob ihre persönlichen Gefühle zur Seite und konzentrierte sich auf das nächste Problem.

Ganz gleich, was Per bei Crystasis herausgefunden hatte, er konnte nichts von der Werkstatt wissen. Er würde zweifellos durch die Vordertür des Restaurants marschieren und sich zunächst mit der Lage vertraut machen.

Er wusste nicht, wie eng der Zeitplan war, nach dem sie arbeiteten, also hätte Tatsu jede Menge Zeit, sich Naguras Hilfe zu sichern.

Per aus dem Weg zu gehen würde nicht einfach sein, aber sie hatte eindeutig schon schwierigere Situationen gemeistert. Alles was sie im Augenblick tun musste, war, sicherzugehen, dass sie außer Sicht blieb, bis sie landeten. Sie drehte sich zum Fenster und bedeckte den Großteil ihres Gesichts. Während sie darauf wartete, dass die Stunde verstrich, erwischte sie sich dabei, wie sie Gespräche noch einmal durchging, die sie mit Umi geführt hatte. Sie hatte ein hervorragendes Gedächtnis und konnte sich beinahe Wort für Wort an sie erinnern. Mit jedem Gespräch wurde ihre Überzeugung, dass Umi nicht selbstsüchtig war, schwächer und schwächer.

Sie musste Umi erreichen, bevor das Gas freigesetzt wurde. Das war jetzt alles, was zählte.

18

JUROJIN MARU

10:45 Uhr Ortszeit

Inzwischen tummelten sich beinahe doppelt so viele Leute um das hintere Helipad, aber irgendwie wurde Jonathan noch immer von Melinda Lacie und ihren Freundinnen umzingelt.

„Ehrlich, Sie sollten morgen aufs Oberdeck kommen", erklärte Melinda und wechselte einen Blick mit ihren Freundinnen, während sie zu Jonathan sagte: „Wir werden sonnenbaden, bevor die Präsentation startet."

„Mhm", machte eine Rothaarige, die mit knapp einem Meter sechzig geradezu über Melinda hinausragte und nickend an dem Strohhalm ihrer Margarita herumlutschte. Dann streckte Melinda sich zu Jonathan hinauf, als wolle sie ihm ein Geheimnis verraten. Instinktiv beugte er sich zu ihr hinunter.

„Au naturel."

Jonathans Augen weiteten sich, und er zuckte zurück, während die Frauen kicherten. Dann spürte er einen Arm um seine Schultern.

O Gott, was nun?

„Guten Morgen, Ladys", sagte die Stimme, die zum Arm gehörte. Jonathan drehte sich um und entdeckte einen Mann in Uniform. Über der Brust hing ein Namensschild: „Captain Tanaka". Trotz seines japanischen Aussehens sprach er perfektes, akzentfreies Englisch. „Es stört Sie hoffentlich nicht, wenn ich Ihnen Dr. Hudson für einen Augenblick entführe, oder?" Tanaka wartete nicht auf eine Antwort, sondern führte

Jonathan von den Frauen weg und hinüber zu den Stufen am Ende des Decks.

„O mein Gott, ich danke Ihnen“, sagte Jonathan. „Woher wussten Sie …“

„Gehen Sie in Ihre Kabine“, sagte Tanaka, mit einem Mal todernst.

„Verzeihung?“, fragte Jonathan, unsicher, was er gerade gehört hatte. Der Kapitän schaute sich um, als wolle er sichergehen, dass niemand sie belauschte.

„Ich gehöre zu Fahd. Gehen Sie in Ihre Kabine und öffnen Sie Ihr Gepäck. Jetzt. Sofort.“ Um seinen Standpunkt klarzumachen, stieß der Kapitän Jonathan in Richtung der Stufen.

Jonathan schaute zu der Stelle hinüber, an der sein Gepäck gestanden hatte. Es war verschwunden. Er war so abgelenkt gewesen, dass er nicht einmal mitbekommen hatte, dass jemand es in seine Kabine gebracht hatte. Er zog seinen Schlüssel aus der Tasche, las die Kabinennummer und marschierte ohne ein weiteres Wort los.

Er hätte wissen sollen, dass die Kuratoren wenigstens einen Mann an Bord hatten. Auch wenn das die Frage heraufbeschwor, weshalb *er* hier war. Und wieso hatte Fahd in seiner Besprechung Tanaka nicht erwähnt? Jonathan war noch immer der Ansicht, dass etwas seltsam an den Kuratoren war. Er machte sich Sorgen, dass er sich zu früh auf irgendeine Sache eingelassen hatte. Das Drängen von Lew und Emily hatte ihn in die entsprechende Richtung getrieben, aber was ihn wirklich überzeugt hatte, war die Vorstellung, dass Natalie sicher war. Das und Fahds Festnahme von Canton George. Und das war das Problem: Wenn irgendjemand absolut sichergehen wollte, dass Jonathan seine Vorsicht fahren ließ, dann waren das exakt die Dinge, die sie tun konnten, um ihn zu überzeugen. Doch jetzt, wo er zum ersten Mal allein war und Zeit hatte, darüber nachzudenken, wirkte das alles – zu perfekt.

Er ging die Stufen hinauf auf der Suche nach seiner Kabine. Er brauchte lediglich zehn Minuten, um den großzügigen Raum auf dem oberen Deck zu finden. Er schloss auf und ging hinein, wobei er die Tür hinter sich verschloss.

Die Kabine war gewaltig. Die Wände waren mit karamellfarbener Eiche überzogen und wurden von einem weißen Teppich begleitet, der von einer Wand zur anderen reichte. Einige weiße Polstersessel und Sofas standen verstreut herum, aber der Mittelpunkt der Kabine war das massive Doppelbett im Zentrum, das auf einen riesigen Flachbildfernseher an der Wand hin ausgerichtet war. Über dem Bett an der Decke hing ein runder Spiegel. Jonathan versuchte, das zu ignorieren.

Sein Gepäck lag auf dem Bett. Er zog die Vorhänge zu und öffnete eine der Taschen. Darin fand er noch mehr Kleidung von der Sorte, wie er sie trug, inklusive Slipper, allesamt in einem Braunton. Er schloss die Tasche wieder und warf sie auf den Boden. Dann öffnete er eine kleinere Tasche und war irritiert, als er den Inhalt sah. In der Tasche lagen zwei Gasmasken und eine Notiz:

Drücken Sie den Einstellungen-Knopf an ihrem Datengerät.

Er nahm eine der Gasmasken in die Hand, untersuchte sie und legte sie auf die Tagesdecke des Betts. Seine Zweifel über die Ehrlichkeit der Kuratoren wuchs. Dann nahm er das Datengerät heraus, das Ryan ihm gegeben hatte, und drückte das Icon „Einstellungen". Eine Tonaufnahme wurde über sein Implantat abgespielt. Es war Fahd. Jonathan setzte sich aufs Bett und hörte zu.

„Hallo, Jonathan. Ich wünschte, ich hätte mehr Zeit, Ihnen alles zu erklären, aber wir kommen zu spät zu dieser Party. Wenn Sie das hier hören, haben Sie Captain Tanaka bereits getroffen. Natürlich nicht sein richtiger Name, aber wie Sie ohne Zweifel vermuten, einer von unseren Männern. Unglücklicherweise ist er nicht wirklich ein Außenagent. Er war schon vorher Kapitän auf Jachten und war der einzige Mann, den wir so kurzfristig einschleusen konnten, der die Computersysteme benutzen kann, mit denen man die Jacht steuert. Er hat uns vor einigen Wochen eine Probe des Gases zugespielt, was enorm wichtig war, aber selbst das war zu viel für ihn. Aber ich greife vor.“

Gas? Jonathan schaute auf die Masken hinab, während er lauschte.

„Zuerst einmal: Es gibt kein Gemälde. Die Kuratoren möchten wirklich mit dem Monarch zusammenarbeiten – also Ihnen und Lew – aber Ihr Leben nach Ihrer Existenz als Spion hat nichts damit zu tun, weshalb Sie heute hier sind.“

„Was zum Teufel?“, stieß Jonathan aus. Die Aufnahme fuhr fort.

„Wir haben ein Telefonat abgefangen, von einem Dr. Norris an den MI6, vor einigen Wochen, wodurch das alles hier in Gang gesetzt wurde. Der Anruf dauerte nicht lange und war nicht sehr detailliert, aber offensichtlich war Umi Tenabes Langlebigkeitskonferenz nicht so wohltätig, wie es den Anschein hatte. Leben sind offensichtlich in Gefahr. Der Anruf wurde unterbrochen, bevor irgendwelche weiteren Details enthüllt werden konnten, aber er machte uns ausreichend Sorgen, um unseren Mann dort einzuschleusen und herauszufinden, was wirklich vor sich ging, falls es etwas gab.

Wir haben eine Familientragödie für den ursprünglichen Kapitän der *Jurojin Maru* inszeniert, wodurch ein Posten frei wurde, der kurzfristig besetzt werden musste. Als der echte Tanaka kontaktiert wurde, um sich zum Dienst zu melden, haben wir ihn durch unseren Mann ersetzt.

Es dauerte nicht lange, bis Tanaka Norris’ Anruf bestätigen konnte, ungehindert der Tatsache, dass Norris offensichtlich noch in derselben Nacht verschwand, in der er den Anruf tätigte. Tenabe versuchte gar nicht, ihre Förderung der Gerontologieforschung wiederaufleben zu lassen. Eher umgekehrt. Sie wollte sämtliche Fortschritte ausradieren, die ihre zehnjährige Finanzierung und Förderung hervorgebracht hatten.

Aber man kann den Geist nicht einfach wieder zurück in die Flasche stopfen, nicht in der heutigen Welt und dem Internet. Wenn Grenzen nichts mehr bedeuten, wie hält man etwas darin gefangen? Umi Tenabes Lösung war elegant und furchteinflößend – man lädt all die globalen Mitspieler an eine abgelegene Örtlichkeit ein. Sie konnte das Wissen selbst nicht mehr ausradieren, aber sie konnte jeden ausradieren, der weiß, was man damit anstellt."

„O mein Gott", stieß Jonathan aus und versuchte noch immer, zu verarbeiten, dass Die Kuratoren die Möglichkeit hatten, Anrufe an den MI6 abzuhören. „Sie wird sie alle umbringen."

Die Aufnahme dauerte noch zehn Minuten und bestätigte Jonathans Furcht. Tenabes Plan bestand darin, alle Passagiere in ihre Kabinen zu locken, um ihre Willkommensrede hören zu können. Dann würden die Gasflaschen, die ihre Männer überall an Bord platziert hatten, ihren Inhalt ausstoßen und jeden töten. Anschließend würde das Schiff voller Leichen vom Autopiloten beinahe tausend Kilometer weiter nach Süden gefahren werden, wo man es zurückließ, damit die Behörden es fanden – nachdem etliche Videos „versehentlich" ins Internet gelangt waren, wo jeder sie sehen konnte. Videos, die den Behörden erklärten, wo man das Schiff fand, und von einem Experiment erzählten, das schiefgelaufen war. Natürlich gab es kein Experiment, es war alles eine Lüge, erfunden, um sicherzustellen, dass das Schiff voller Leichen als Warnung für alle diente, die versuchten, das Leben unnatürlich zu verlängern. Mit einem einzelnen Akt würde Umi den gesamten Forschungszweig verkrüppeln.

Umi hatte offensichtlich keinerlei Absicht, sich selbst zu opfern, sondern plante, sich davonzuschleichen, kurz bevor das Gas freigesetzt wurde.

„Mit Ihrem Hintergrund und ohne Zeit, einen anderen Agenten dort rauszuschaffen, wussten wir, dass Sie unsere einzige Wahl waren. Natürlich ist Lews Hintergrund ein komplett anderer, und er war ganz und gar nicht für diese Art Auftrag geeignet, was der Grund dafür ist, dass ich ihn auf der *Atlantis Explorer* habe festsetzen lassen, bis Sie zurück sind.

Tanaka wird Ihnen den Zeitplan und Ihre finalen Anweisungen geben. Viel Glück, Jonathan. Ich weiß, ich setze unser Vertrauen in den richtigen Mann."

Jonathan starrte das Datengerät nur an und wartete, dass noch weitere Informationen herauskämen. Doch das taten sie nicht.

„Das ist verrückt", flüsterte er. Er wollte die Aufnahme gerade ein zweites Mal starten, als er ein leises Klopfen an der Tür hörte.

Er legte das Datengerät weg und steckte die Maske wieder in die Tasche. Er öffnete die Tür. Es war Tanaka.

„Ich habe nur ein paar Minuten, bevor man mich vermisst", sagte er, betrat die Kabine und schloss die Tür hinter sich. „Haben Sie die Aufnahme gehört?", fragte er und nahm sein eigenes Datengerät heraus, das exakt so aussah wie Jonathans.

„Warum?", war alles, was er herausbrachte. „Wieso sollte sie so etwas tun?"

Tanaka tippte sich auf seinem Gerät durch etliche Bildschirme. Nach einem letzten Tippen hörte Jonathan ein Klicken aus seinem Implantat. „So, unsere Implantate sind nun verbunden", sagte Tanaka und legte sein Gerät wieder weg. „Ihr Ehemann", erklärte er dann, als Antwort auf Jonathans Frage.

„Mikawa“, meinte Jonathan und erinnerte sich an die Informationen, die er im Flugzeug gelesen hatte.

„Ja. Ich habe über die Kommunikationsanlage einige der Gespräche mit angehört, die sie mit Tatsu Koga geführt hat. Die beiden sind nicht wirklich verwandt, aber sie behandelt sie wie eine Enkeltochter. Oder Urenkelin, wenn man Umis Alter berücksichtigt. Umi will Rache. Eine letzte Tat.“

„Letzte? Will sie während des Angriffs Selbstmord begehen?“

„Nein, sie stirbt bereits. Sie wird von einem Arzt betreut. Irgendeine Form von Krebs. Wenn das Gas freigesetzt wird, nimmt sie ihr ganzes Hab und Gut, ihre engsten Vertrauten und flüchtet an irgendeinen Ort namens Ashita. Er muss in der Nähe sein, denn sie nehmen das U-Boot, um ihn zu erreichen.“

„Ashita?“, fragte Jonathan.

„Ja, alles was ich Ihnen sagen kann, ist, dass es das japanische Wort für *morgen* ist. Wie der Tag nach heute. Dieser Name ist alles, was wir haben.“

„Wieso hat Fahd nicht einfach die Truppen losgeschickt, um das hier alles zu beenden, bevor es begonnen werden konnte?“, fragte Jonathan, auch wenn er sicher war, dass er die Antwort bereits wusste.

„Das Verteidigungssystem. Es wären mindestens so viele Menschen gestorben wie bei dem Gasangriff. Und ausgehend von dem Profil, das wir über Umis Verhaltensmuster während der letzten Jahren angelegt haben, hätte sie das Boot eher mit Mann und Maus versenkt als sich ergeben. Ein chirurgischer Eingriff mit einem kleinen Team wurde als einzig gangbare Lösung erachtet.“

„Umis Profil? Wie lange beobachten Sie sie schon?“

„Nicht lange. Erst ein paar Wochen. Die Analyse beruht auf öffentlichen Informationen und Interviews mit ehemaligen

Mitarbeitern und Personen, mit denen sie Geschäfte gemacht hat. Zusammengeflickt ist noch milde ausgedrückt dafür, aber es ist alles, was zur Verfügung stand."

„Großartig. Aber was nützen *zwei* Gasmasken? Von wie vielen Passagieren reden wir hier? Am Helipad sah es nach Dutzenden aus."

„Umis Wachen nicht mitgezählt befinden sich siebenundneunzig Crewmitglieder und Gäste an Bord."

„Siebenundneunzig? Himmel. Wann lässt sie das Gas frei?"

„Halb zwei."

Jonathan schaute auf seine Uhr. Es war beinahe elf.

„Verarschen Sie mich? Sie hatten drei Wochen und schustern einen Plan zusammen, der weniger als drei Stunden vor dem Angriff startet? Das ist Irrsinn! Wieso haben Sie so lange gewartet?" Jonathan wusste, dass er sich beruhigen musste, aber jetzt gerade war es wichtiger, ein paar Antworten zu erhalten.

Tanaka klappte einen Verschluss an dem aufrecht stehenden Deckel von Jonathans Gepäck auf, und der Einsatz fiel herunter. Dahinter verbarg sich ein geheimes Fach mit zwei Injektionsgeräten und zwei Flaschen voller Kapseln mit einer gelben Flüssigkeit. Tanaka nahm eines der Geräte aus seiner Klettverschlusshalterung und drückte eine der Kapseln an die vorgesehene Stelle. Es zischte.

Er rollte seinen Ärmel hoch und spritzte sich die Flüssigkeit.

„Sie sind ziemlich vertrauensselig", meinte Jonathan, der sich langsam beruhigte. „Woher wissen Sie, dass das nicht nur Apfelsaft ist?"

„Weil das nicht meine erste Runde mit den Kuratoren ist. Ich habe beinahe zehn Jahre als Analyst für sie gearbeitet. Vertrauen Sie mir, wenn sie etwas sagen, ist es eine Tatsache. Jetzt Sie", sagte er, und hielt Jonathan das Gerät hin.

„Whoa, whoa, eine Sekunde mal“, sagte Jonathan. Das war zu viel, zu schnell. Er musste erst mal zu Atem kommen, bevor er irgendwelche Entscheidungen über irgendetwas traf. Insbesondere darüber, ob er sich etwas in den Körper spritzte. Zugegeben, er hatte nicht gezögert, als sie ihm das Implantat injiziert hatten. Wieso hatte er sich eigentlich so schnell dazu bereit erklärt? Und nicht nur das, er hatte auch Lew dazu gebracht, zuzustimmen. Hatte er dieses Leben wirklich so sehr vermisst?

Und was war mit Natalie? Würden sie sie beschützen, wenn er ausstieg, vorausgesetzt, er konnte überhaupt aussteigen? Ganz zu schweigen von den fast einhundert Menschen, deren Leben jetzt von ihm abhingen. Die Nachteile wogen einfach zu schwer. Es war so lange her, dass er jemand anderem als Lew vertraut hatte. Dann dachte er darüber nach, was Lew tun würde, wenn er in dieser Situation wäre, und er wusste, was er zu tun hatte. Er rollte seinen Ärmel auf und streckte den Arm aus.

„Tun Sie’s.“

Tanaka injizierte ihm die Flüssigkeit. Es tat nicht übermäßig weh. Tanaka packte das Gerät zurück in den Koffer. „Wieso brauchen wir die Masken, wenn wir das Gegenmittel haben?“

„Es ist das Beste, was sie in der kurzen Zeit herstellen konnten. Dank der Injektion macht einen das Gas nur noch ohnmächtig. Ohne die Masken würde jeder, der nicht geimpft ist, einfach umkippen. Auch wir.“

„Moment mal. Auf keinen Fall haben wir für jeden an Bord Masken. Wollen Sie mir sagen …“

„Sie haben zweieinhalb Stunden, um jeden an Bord zu impfen, oder sie sind alle tot“, erklärte Tanaka. „Während Sie sich nicht von den Wachen erwischen lassen und auch keine Panik auslösen, natürlich.“

„Natürlich", murmelte Jonathan. „Das ist verrückt. Das ist unmöglich für eine einzelne Person ..."

Ein Klopfen an der Tür unterbrach Jonathan. Tanaka lächelte. „Ich habe Ihnen ein wenig Hilfe besorgt."

„Ein wenig Hilfe? Wen?"

„Äh ... Ich denke, es ist das Beste, ich zeig es Ihnen einfach. Nur zu, machen Sie auf."

Jonathan schaute Tanaka an, und es klopfte erneut. Mit einem leichten Stirnrunzeln ging er zur Tür und öffnete sie. Er fühlte sich, als hätte man ihm in den Magen getreten. Für eine schreckliche Sekunde glaubte er, dass er auf das Mittel reagierte, dass er gespritzt bekommen hatte, doch einen Augenblick später wurde ihm klar, dass es nicht die Injektion war, auf die er reagierte.

Sie war älter und wirkte irgendwie weniger weich um die Ränder, aber das war zu erwarten gewesen. Er erkannte an der Art, wie sie den Mund öffnete und nach Luft schnappte, dass sie von einer ähnlichen Reaktion heimgesucht wurde.

„Himmel, Maggie?", stieß Jonathan schwer atmend aus.

Maggies Augen schienen feucht zu werden, doch dann warf sie sich in den Raum und in seine Arme. Sie küssten sich wild und leidenschaftlich. Jonathan drückte sie an sich, als wolle er sie zu einem Teil von sich machen. Sie schmeckte nach Kaffee und Kaugummi. Es war die gottverdammt beste Sache, die er je geschmeckt hatte.

Tanaka räusperte sich laut und brachte Jonathan wieder auf die Erde zurück. Irgendwoher fand er die Kraft, sich von ihr zu lösen und einen Schritt zurückzutreten, um sie erneut zu betrachten. Während er das tat, stürzten all die Gefühle wieder auf ihn ein, aus ihrer gemeinsamen Zeit auf jener Mission. Doch der Ausdruck in ihren Augen hatte sich verändert. Es waren mehr als zwanzig Jahre, fühlte sich jedoch an, als wären es zwanzig Minuten gewesen. Und er kannte diesen Ausdruck nur allzu gut.

„Hör zu, Maggie. Warte nur eine …“

Ihr linker Haken war so kräftig wie eh und je, und er schickte Jonathan augenblicklich auf den Teppich.

„Du verflixter Hurensohn!“, stieß Maggie aus.

„Hey, was zum Geier?“, rief Tanaka. „Fahd meinte, Sie beide kennen sich. Und der Kuss. Ich verstehe das nicht.“

Jonathan setzte sich auf und lehnte sich gegen das Bett. Er legte den Handrücken auf die Blutspur in seinem Mundwinkel. Und lächelte. Jetzt verstand er den anderen Grund, weshalb Fahd ihn für diesen Job ausgewählt hatte.

„Oh, wir kennen uns, keine Sorge“, sagte Maggie mit verschränkten Armen. „Also, wer zur Hölle ist Fahd?“

„Captain, darf ich bekannt machen? Meine falsche Ehefrau.“

19

RUSSLAND, 1994

„Lagebericht, Canary“, sagte Jonathan leise, ohne die Augen von seinem Nachtsicht-Feldstecher zu nehmen. Sein stimmenaktiviertes Kehlkopfmikrofon erkannte die Schwingungen seines Kehlkopfs und übertrug sie automatisch über die Fläche aus gefrorenem Gestrüpp und Erde bis zu der scheinbar unbewohnten Jagdhütte knappe vierhundertfünfzig Meter entfernt. Das war zu weit entfernt für seinen Geschmack, aber er konnte es nicht ändern. Die Baumreihe, in der er hockte, war die nächstgelegene verfügbare Deckung.

„Bin fast fertig, Peddler“, drang Maggies Antwort aus seinem Ohrstöpsel. „Rückzug in fünf.“

„Verstanden, Canary. Trödel nicht, Ivan ist unterwegs.“ In Wirklichkeit hatte Jonathan keine Ahnung, ob die russische Einheit zurückkehrte, aber er wollte, dass sie dort verschwand. Ein weiteres Anzeichen, dass die Sache viel zu weit gegangen war, dachte Jonathan.

„Verstanden.“

Er wusste, dass Maggie nicht verschwinden würde, bevor sie gefunden hatte, was sie suchten, nicht einmal, wenn die Soldaten durch ihre Tür marschierten. Es waren beinahe drei Monate, und das hier war die erste Gelegenheit, die sie nicht versaut hatten. Rein logisch betrachtet war ihm durchaus klar, dass es das Gefühl der Hilflosigkeit war, das er hasste. Wenn die Einheit, die normalerweise den Horchposten in der ehemaligen Jagdhütte besetzte, zurückkehrte, würde er niemals rechtzeitig die Strecke zwischen sich und Maggie zurücklegen können. Er versuchte sich einzureden, dass er nur ein nervöser Schwarzseher war, dass andere Sorgen sein Urteilsvermögen beeinträchtigten, aber er hatte ein schlechtes Gefühl, seit die Nacht angebrochen war. Bei jeder anderen Mission hätte er auf sein Bauchgefühl gehört und abgebrochen. Aber diesmal lagen die Dinge anders. Er konnte seinen Instinkten nicht so trauen wie sonst. Und das machte ihm eine Scheißangst.

Whitewash war eine gemeinsame Aktion der Briten und Amerikaner, um Nachrichtencodes aus einem Horchposten an der finnisch-russischen Grenze zu extrahieren. Codes, von denen die Russen bislang nicht einmal wussten, dass sie sie hatten, und ihre Mission sollte sicherstellen, dass das auch so blieb. Es gab nur wenige Sicherheitsvorkehrungen, dank der Tatsache, dass die russischen Streitkräfte sich auf den bevorstehenden Tschetschenien-Krieg vorbereiteten. Zwei Drei-Mann-Einheiten, die alle zwei Wochen die Schicht wechselten. In jedem anderen politischen Klima wären die Daten schon vor Monaten zur Analyse nach Moskau geschickt worden, aber Ivans interne Konflikte waren Englands und Amerikas Vorteil.

Doch da die Einheiten in der Hütte wohnten und nur selten rausgingen, bestand ihre einzige Zugriffschance während eines Schichtwechsels. Ein paarmal hatte das eine knappe Stunde bedeutet, wenn die aktuelle Einheit, aus welchem Grund auch immer, die Hütte frühzeitig verlassen hatte, bevor der Ersatz eingetroffen war. Und an diesem Punkt kamen Jonathan und Maggie ins Spiel.

In ihrer Tarnung als Frischvermählte hockten sie seit Monaten in ihrer Hütte auf der anderen Seite der Grenze und warteten auf eine Chance. Die Hütte hatte einen einzigen Fernseher mit fünfzig Zentimeter Bilddiagonale, aber ohne Empfang, ein Laserdiscgerät, aber keine Laserdiscs. Ab und zu hatten sie den Fernseher eingeschaltet, um den Schnee auf dem Bildschirm zu beobachten – eine Abwechslung zu dem Schnee vor ihren Fenstern. Dann, bei einem ihrer Aufenthalte in der nahen Stadt, hatte Jonathan eine einzige Laserdisc gefunden, die in einer Kiste mit gebrauchten Büchern zum Verkauf angeboten worden war – die komplette *Star Wars*-Kollektion. Auf der Disc waren alle drei Originalfilme und tonnenweise Interviews und Dokumentationen vorhanden gewesen. Jonathan war im Himmel gelandet. Maggie hasste es, aber sie guckten sich die Scheiben wieder und wieder an.

Zu diesem Zeitpunkt hatte es tatsächlich bereits zwei Gelegenheiten gegeben, ihre Mission zu beenden, aber sie hatten sie beide verpasst.

Bei der ersten Möglichkeit waren sie in der Stadt gewesen, um Vorräte zu besorgen. Um ihre Tarnung aufrechtzuerhalten gingen sie regelmäßig in die Stadt und benahmen sich äußerst „frischvermählt" in der Öffentlichkeit – sie hielten Händchen, lachten laut, küssten und fummelten in den kleinen Geschäften herum. Das war typisches Spionagehandwerk, und jeder von ihnen hatte es schon bei unzähligen Gelegenheiten auf anderen Missionen mit anderen Agenten gemacht. Doch nach zwei Monaten solcher Tarnmanöver wurde aus dem Spiel plötzlich Ernst. Sie brachen jede Regel, die es gab, aber sie schienen es einfach nicht verhindern zu können. Es war ihnen auch egal, und sie versuchten es nicht einmal.

Die zweite Möglichkeit ergab sich, während sie nackt und verschwitzt und ineinander verloren gewesen waren. Sie registrierten nicht einmal, dass sie eine Chance verpasst hatten, bis sie viel später erschöpft und ausgelaugt waren. Es dauerte Stunden, ihren Kontaktpersonen zu erklären – nein, vorzulügen –, was geschehen war, und dass die Mission noch immer auf Kurs war. Nachdem sie beide erfolgreich ihre Lüge verkauft hatten, fielen sie zur Feier des Tages übereinander her.

Es war eine stürmische Affäre, und, das war Jonathan klar, eine, die auf eine Katastrophe zusteuerte.

Als sich endlich die jetzige Gelegenheit ergab, war Maggie diejenige gewesen, die reingehen sollte, wie geplant. Er war dort, unter anderem, weil er Finnisch sprach. Maggie beherrschte Russisch perfekt. Von Anfang an war sie diejenige gewesen, die in die Höhle des Löwen sollte. Zu jener Zeit hatte er sich nichts dabei gedacht. Jetzt brachte es ihn beinahe um.

„Canary, hast du es, oder …" Jonathans Übertragung verstummte, als er das unverwechselbare Geräusch eines Lastwagens hörte, der über das Feld fuhr. *Scheiße.*

„Hör mir gut zu, Peddler", erklang Maggies Stimme in seinem Ohr. Und er wusste es. In dem Augenblick, in dem sie das erste Wort sprach, wusste er es. Ihre Stimme war anders – resigniert. Sie waren geliefert.

Jonathan sprang auf, schnappte sich sein Gewehr und rannte los. Er befahl jeder Zelle seines Körpers, sein Training zu ignorieren und seinen Arsch über dieses Feld zu hieven. Sein Atem stieß weiß dampfend aus, während der Neumond über ihm stand. Er stürzte hart ins knirschende Gras und den Schnee. Während er nach Luft rang, sprang er wieder auf, und rannte weiter, nicht einmal fünfzig Meter von dem Punkt entfernt, an dem er gestartet war.

„Canary. Ich. Bin unterwegs", brachte er hervor, während er rannte. „Finde eine Ecke. Zur Verteidigung. Einfach schießen. Ich schieße von hier. Ziehe ihr …"

„Peddler."

„… Feuer auf mich. Sollte. In der Lage sein …"

„Jonathan, nicht."

„… wenigstens einen. Von ihnen. rauslocken. Ins offene …"

„AGENT HALL, STOPP!"

Jonathan blieb augenblicklich stehen, keuchend, mit brennenden Lungen und schmerzenden Beinen. Er hatte nicht einmal die Hälfte der Strecke geschafft.

„Maggie", war alles, was er herausbrachte. Er wusste, dass sie recht hatte. Er versuchte zu blinzeln, um wieder klar gucken zu können, legte das Fernglas an und schaute zum grün gefärbten Horizont. Es war die Ersatztruppe. Zu fünft diesmal. Sie lachten und schubsten sich gegenseitig herum wie Jungs auf einem Spielplatz. Er erkannte eine Flasche, die herumgereicht wurde. Sie wussten noch nicht, dass sie dort drin war. Ihr blieben vielleicht noch zwei Minuten, bevor den Männern die Lust am Herumtollen vergehen und sie in die Hütte marschieren würden. Danach würde es, wenn sie Glück hatte, noch eine Minute dauern, bevor sie sie entdeckten. Dann würden sie die Hütte verlassen und anfangen, nach ihm zu suchen. Ihm blieb kaum genügend Zeit, in seine Deckung zurückzulaufen.

Er rührte sich nicht.

„Ich kannte das Risiko. Nicht deine Schuld, Baby", sagte Maggie. Für die meisten Menschen hätte ihre Stimme kräftig geklungen – auch für ihn noch vor wenigen Monaten. Doch jetzt kannte er die subtilen Untertöne. Sie hatte furchtbare Angst. Er auch. Um sie.

„Himmel, Mags", sagte er, und schlug sich frustriert gegen die Hüfte, während er unruhig hin und her lief. Mehr als die Hälfte von ihm wollte weiterrennen, aber er wusste, was sie tat. Sie ließ sich selbst schnappen, damit er entwischen konnte. Er konnte ihren möglicherweise letzten Akt nicht vergebens sein lassen.

„Uns bleibt immer noch Hoth", sagte sie. Jonathan konnte nicht anders, er lachte.

„Maggie, ich ..." Das Schlagen einer Tür donnerte in seinem Ohr und er wusste, dass sie in der Hütte waren.

„Geh!“

Er drehte sich um und rannte, rannte schnell. Es wäre ein Wunder, wenn er keine Kugel in den Rücken bekam. Doch was ihn traf, schmerzte ihn stärker. Sein Ohrstöpsel erwachte ein letztes Mal zum Leben.

„Ich liebe dich auch.“

20

JUROJIN MARU

11:15 Uhr Ortszeit

Während er so flach atmete, dass er kurz davor stand ohnmächtig zu werden, streckte Lew Katchbrow aus den finsteren Tiefen den Arm in Richtung des hell leuchtenden Rechtecks über sich aus. Es schimmerte wie eine Fata Morgana, und es hätte Lew nicht überrascht, wenn es sich als Produkt seiner wasserdurchtränkten Fantasie entpuppt hätte. Mit letzter Kraft, die noch in ihm steckte, trat er sich langsam nach oben und stieg dem Licht entgegen.

Nachdem sich herausgestellt hatte, dass die Sache auf Fahds Schiff ganz und gar nicht das gewesen war, wonach es ausgesehen hatte, hatte Lew befürchtet, dass die *Jurojin Maru* nicht einmal einen Moonpool haben würde, doch da war er. Oder zumindest hoffte er, dass er es war. Während er aufstieg, wuchs das Rechteck. Der Moonpool war etwa so groß wie ein Swimmingpool. Schimmernde Farben und Objekte wurden erkennbar, während er sich näherte; verschiedene Kräne und Winden schienen beliebte Ausrüstungsgegenstände zu sein.

Und dann, endlich, durchbrach seine vom Wasser aufgeweichte Hand die Oberfläche und spürte zum ersten Mal seit Stunden wieder Luft. Mit zitternden Gliedern gelang es ihm, sich hochzuziehen und über den Rand des Moonpools zu rollen. Er lag auf dem Gitter eines Laufstegs, der den Pool umrundete. Mit dem Gesicht nach unten liegend griff er hoch, zog sich das Atemstück aus dem Mund und die Maske vom

Kopf. Er lag eine Weile einfach nur keuchend da und begann erst, sich zu bewegen, als er heftige Schüttelkrämpfe bekam.

Sie hatten recht gehabt, dachte Lew. *Ein halber Taucheranzug war eine dämliche Idee.*

Er trat sich die Flossen von den Füßen und glitt mit den Schultern aus den Riemen des Sauerstofftanks, bevor er versuchte, aufzustehen. Er fiel sofort wieder hin. Damals, als er seine Ausbildung angefangen hatte, wäre er aufgesprungen und inzwischen bereits für den nächsten Tauchgang fertig gewesen. Aber es lagen einfach zu viele Jahre dazwischen, um an irgendetwas anderes zu denken als an einen warmen Ort und Jonathan, den er finden musste.

Er nutzte die Stahlwand des Schiffs, um sich in die Höhe zu ziehen, und hielt sich erst einmal eine Minute daran fest, bis der Raum aufhörte, sich zu drehen.

„Entschuldigung", sagte jemand hinter ihm und tippte ihm auf die Schulter.

Mist. Fünf Sekunden an Bord und schon geschnappt.

Lew drehte sich um und versuchte, sich eine Ausrede auszudenken, wieso er gerade aus dem Nichts an Bord eines Schiffes gestiegen war, aber seine Sorgen verpufften, als er einen gut gekleideten schwarzen Mann sah, der ein Rohr kräftig in Richtung seines Schädels schwang.

„Moment!"

Das Rohr krachte gegen die Seite von Lews Kopf, und er versank in Dunkelheit.

„Warte mal", sagte Jonathan, tippte mit dem Finger hinter sein Ohr und drehte sich von den anderen weg, als könne er dadurch besser hören. Es war verrückt, aber er hätte schwören können, dass er Lew für eine Sekunde gehört hatte.

Moment. Er hat Moment gesagt. War das seine Einbildung gewesen, oder nahm sein Bewusstsein Lews Persönlichkeit an, um seine Aufmerksamkeit zu erregen? Nachdem fast eine Minute ohne einen weiteren Ton verstrichen war, drehte Jonathan sich wieder zu Maggie und Tanaka um, die ihn anschauten, als hätte er gerade in fremden Zungen gesprochen.

„Alles in Ordnung bei dir?“, fragte Maggie.

„Ja, ja, sorry. Ich dachte, ich hätte jemanden im Gang gehört. Was sagtest du gerade?“, erwiderte Jonathan und versuchte abzulenken. Er fühlte sich nicht danach, zu erklären, wer Die Kuratoren waren oder dass er ein Kommunikationsgerät im Hals trug. Tanakas Miene verriet ihm, dass er das ebenfalls nicht empfehlenswert fand.

Sie hatten Tanaka eine sehr gekürzte Wiedergabe ihrer Mission in Russland gegeben. Keiner von ihnen wollte die Details noch einmal durchleben – auch nicht bloß in einer Nacherzählung. Jonathan hatte sich gefragt, wie gut Tanaka Maggie kannte, doch es stellte sich heraus, dass er das im Grunde gar nicht tat. Seit sie ihre Tarnung auf der *Jurojin Maru* eingenommen hatte, hatten sie nur flüchtigen Kontakt gehabt. Fahd war der einzige Grund, dass Tanaka irgendetwas über Maggies und Jonathans Geschichte als Spione wusste – Informationen, die er erhalten hatte, bevor er in das Kommunikationsstörfeld eingetreten war.

„Sie wurde also gefangen genommen?“, fragte Tanaka. Jonathan und Maggie schauten sich an.

„Bleiben wir lieber in der Gegenwart“, entgegnete Jonathan.

„Dieser Fahd ist eure Kontaktperson?“, sagte Maggie, die offensichtlich mit Jonathan einer Meinung war. Tanaka hatte Maggie erzählt, dass sie beide für die CIA arbeiteten. Sie schien es ihnen abzukaufen. Jonathan wollte sie nicht belügen, insbesondere nach all der Zeit, aber es war im Augenblick einfach vorteilhafter.

„Ja“, antwortete Jonathan. Er musste die Sache voranbringen. Er verstand jetzt, wieso Fahd ihn geschickt hatte. Sie brauchten Maggie auf ihrer Seite, und es blieb nicht genügend Zeit, sie zu überzeugen. Fahd verließ sich auf Jonathans gemeinsame Vergangenheit mit Maggie, um sie auf dem kürzest möglichen Weg auf ihre Seite zu ziehen. Ihre Hilfe war ein Segen, aber wenn er wirklich beinahe einhundert Passagiere impfen wollte, bevor das Gas freigesetzt wurde, blieb ihnen keine Zeit für langwierige Erklärungen. „Du bist wieder beim MI6?“

„Ja.“

„Okay. Ich nehme an, dass du aus demselben Grund hergeschickt wurdest wie Tanaka; Dr. Norris’ Anruf. Fahd hat mich aufgrund der Informationen hergeschickt, die Tanaka besorgt hat.“ Jonathan erzählte Maggie kurz und knapp, was Tanaka ihm gerade erst erklärt hatte. Dann öffnete er seinen Koffer und holte eine Maske und das Injektionsgerät heraus, das er ihr vors Gesicht hielt.

„Uns bleiben weniger als zwei Stunden, um jeder Person an Bord das Mittel zu injizieren, oder sie sind alle tot.“

„Du bist nicht überrascht?“, fragte Jonathan.

„Nein, nicht nach alldem, was ich an Bord miterlebt habe“, antwortete Maggie. Sie erzählte von dem Lagerraum unter Deck, wo sie all die Kisten gesehen und Wachmänner belauscht hatte, die über Tanks gesprochen hatten.

Jonathan trat vor und injizierte Maggie das Mittel, teilweise, weil er sie sicher wissen wollte, aber auch, weil er neugierig war, wie weit sie ihm vertraute.

„Danke“, sagte sie leise.

„Sie müssen vorsichtig sein“, sagte Tanaka. „Wenn Sie jemanden zweimal impfen, nehmen Sie Umi die Arbeit ab.“

„Was?“, fragte Jonathan und schüttelte den Kopf. „Hören

Sie, das wird nie funktionieren. Wir hätten Glück, wenn wir die Hälfte des Schiffes schaffen, ohne jemanden zweimal zu piksen. Wenn überhaupt."

„Also stirbt die Hälfte der Leute? Das ist inakzeptabel", sagte Maggie. Jonathan konnte hören, dass sie genauso darüber dachte wie er. Es war keine Alternative. Tanaka hingegen stand der Sache etwas offener gegenüber.

„Das ist immer noch eine gute Quote. Das halbe gerettete Schiff wären immer noch mehr als fünfzig Überlebende", erklärte er.

„Nein, es wären beinahe fünfzig Menschen, die gestorben sind", wandte Jonathan ein und warf das Injektionsgerät aufs Bett. „Da könnten Sie ebenso gut übers Schiff marschieren und fünfzig von ihnen in den Kopf schießen. Wir brauchen einen anderen Plan."

„Und schnell", sagte Maggie. Ihnen blieben inzwischen nur noch neunzig Minuten.

„Sie meinten, Umi lässt alle Passagiere um zwölf Uhr dreißig von den Wachen in ihre Kabinen bringen", sagte Jonathan zu Tanaka.

„Ja, das ist der Plan. Zuerst dachte ich, dass sie das befiehlt, weil es an Bord keinen Raum gibt, der alle Gäste für ihre Begrüßungsrede aufnehmen könnte, aber jetzt glaube ich, dass es mit dem Gas zu tun hat. Auf den offenen, größeren Decks würde es sich schnell verflüchtigen. Die Kanister sind vermutlich so platziert, dass sie einfach sämtliche Räume fluten. Deutlich effektiver."

„Stimmt, und sobald die Rede vorbei ist, lässt sie das Gas verströmen", sagte Jonathan. „Das lässt uns nicht genügend Zeit, wenn wir darauf warten, dass alle in ihren Räumen sind, bevor wir von Tür zu Tür gehen, um sie zu impfen. Wir müssen sie früher in ihre Kabinen schaffen. Dann haben wir vielleicht eine Chance, durchs Schiff zu kommen, ohne jemanden zu töten."

„Sie meinen, ohne einen Passagier zu töten“, entgegnete Tanaka. „Umis Wachen werden überall sein, um sicherzustellen, dass alle Gäste bleiben, wo sie sind. Bis sie feststellen, dass es nicht genug Masken gibt und Umi auch sie nicht von Bord lassen wird.“

„Wie viele Wachen haben eine Maske?“, fragte Jonathan.

„Soweit ich weiß, weniger als zehn.“

„Großartig, zählen wir noch einmal vierzig Leichen hinzu. Aber bevor sie erkennen, dass sie geliefert sind, werden sie das Impfen der anderen nur umso schwieriger machen.“

„Außer, sie sind woanders beschäftigt“, warf Maggie ein. Jonathan schaute sie an und erkannte das Blinken in ihren Augen.

„Du hast eine Idee?“, fragte er.

„Vielleicht. Aber erst die wichtigen Dinge“, sagte sie und wandte sich an Tanaka. „Sie wird nie auf mich hören, aber auf Sie vermutlich.“

„Hä? Nein, Augenblick. Ich sagte Ihnen doch, ich bin Analytiker, kein Außenagent. Der einzige Grund, weshalb ich hier bin, ist der, dass ich das Schiff steuern kann und in der Nähe war. Was Sie meinen, ist …“

Maggie legte Tanaka eine Hand auf die Schulter. „Heute sind wir alle Außenagenten. Außerdem, schauen Sie doch mal, welche Informationen Sie bereits ganz alleine zusammengetragen haben.“

„Das ist etwas anderes. Alle Sprechanlagen gehen durch das Kommunikationsnetz auf der Brücke. Alles, was ich getan habe, war, ein paar Knöpfe zu drücken und zuzuhören.“

Jonathan legte seine Hand auf Tanakas andere Schulter. „Ich hab Neuigkeiten für Sie, Kumpel, das nennt man ‚ein Spion sein‘.“

„Gottverdammt“, stieß Tanaka aus. Er sah sich in der Kabine um, als suche er nach einer Geheimtür, die ihn aus diesem

Albtraum herausführen würde. Als er keine fand, seufzte er. „Was soll ich tun?"

Jonathan rückte die Mütze des Kapitäns zurecht. „Sie sind der Kapitän. Seien Sie einfach der Kapitän."

Alex Corsair befehligte Umis Wachen nun schon seit Monaten herum, sowohl auf dem Schiff als auch, wenn er einige von ihnen mit hinunter nach Ashita nahm. Als er also dreien von ihnen befahl, ihn zu begleiten, gehorchten sie ohne ein Widerwort. Er führte sie in den Lagerraum hinunter, in den er wenige Minuten zuvor den schlaffen Körper des Eindringlings getragen hatte. Bewusstlos wog der riesige, halb nackte Mann mehr, als Alex für möglich gehalten hatte. Ohne einen der Exoskelettanzüge hätte er ihn niemals alleine tragen können. Was bedeutet hätte, dass er jemandem eine Erklärung hätte geben müssen, den er als entbehrlichen Handlanger betrachtete. Dankenswerterweise lag der Körper ordentlich verstaut in einer von Umis riesigen Kisten, dessen Deckel wieder säuberlich geschlossen war.

„Die dort", sagte Alex und deutete auf die Kiste. „Mrs. Tenabe möchte, dass sie sofort nach unten gebracht wird. Ihr werdet die Exoskelette brauchen."

Während sie sich ihre kraftverstärkenden Anzüge umlegten, zündete sich Alex eine Zigarette an und dachte darüber nach, was er in der Kiste gesehen hatte. Er hatte natürlich schon vorher hineingeschaut, aber es glich immer wieder einem Zauber, sie zu sehen. Kein Wunder, dass Umi sie fest verschlossen haben wollte, dachte er.

Auch wenn Alex großzügig bezahlt wurde, hatte er Umi in den letzten Monaten gut gedient. Seine Expertise in der Geheimdienstwelt war von unschätzbarem Wert gewesen, und anders als Tatsu benötigte er keine Erklärung, wenn Umi ihn gnadenlos oder tödlich brauchte. Doch jetzt, wo seine Nützlichkeit nicht länger gefragt war, konnte er bereits spüren, wie Umi weiterzog und ihn mehr und mehr außen vor ließ. Er begann allmählich zu sehen, wie Maggie sich fühlen musste, doch anders als sie würde er nicht nur herumsitzen und abwarten. Zuerst würde er ein wenig Spaß haben, dann würde er sich ums Geschäft kümmern. Auch wenn er nicht da sein würde, um es zu sehen, würde es sein Glanzstück werden, wenn der Grobian aus der Kiste sprang, vor den Augen aller dort unten, und ihre dunkelsten Geheimnisse enthüllte. Außer natürlich, der Idiot würde in der Kiste sterben. Er hatte ihn ziemlich fest mit dem Rohr geschlagen. Es war egal – wenn sie die Kiste dort unten sah, würde es dieselbe Wirkung haben.

Mithilfe der Anzüge kostete es die Wachen nur zehn Minuten, die Kiste auf das U-Boot im Raum mit dem Moonpool zu laden. Alex befahl ihnen, sie nach unten zu bringen und dann so schnell wie möglich wieder zurückzukehren. Er sah zu, als der riesige Kran und die Winde das U-Boot über das Wasser schwenkten und langsam ins Meer absenkten. Ein paar Minuten später war das U-Boot verschwunden.

„Trottel", sagte Alex und warf seine Zigarette in den Moonpool. Jetzt, wo sein kleiner Streich vorbereitet war, wandte er sich der Aufgabe zu, vom Schiff zu verschwinden, bevor die Hölle losbrach.

21

11:25 Uhr

Wenn die anderen Kabinen luxuriös waren, dann war Umis Suite palastartig. Die Schätze, mit denen die Wände der Zehn-Raum-Kabine geschmückt waren, waren für sich genommen bereits Millionen wert. Aber sie waren nur Dinge, sie sah sie nicht einmal mehr, wenn sie von Raum zu Raum ging. Und seit sie Mikawa verloren hatte, wirkte die Suite einfach nur unvorstellbar leer. Sie mochte es nicht einmal mehr, hier zu sein, und verbrachte stattdessen den Großteil ihrer Zeit in ihrem winzigen Büro etliche Decks weiter unten. Aber heute war das anders.

Umi kämpfte, doch mithilfe eines Stuhls kniete sie vor ihrem antiken Bambus-Bücherregal nieder. An der Wand über dem Bücherregal, dicht über ihrer Sichtlinie, wenn sie stand, war ihr Shinto-Schrein. Sie war überzeugt davon, dass die meisten Religionen Unsinn waren, aber Mikawa war anderer Ansicht gewesen. Sie hatten immer einen Schrein in jedem ihrer Zuhause überall auf der Welt gehabt, aber Umi hatte sie nur als Nippes betrachtet.

Über dem Schrein jedoch hatte sie ein Bild von Mikawa aufgestellt. In einer verzierten Schachtel am Fuße des Schreins war ein wenig von Mikawas Asche. Und auf einem blitzblanken weißen Teller waren ein paar Schokoladenstückchen, Mikawas Lieblingsessen. Ihre Augen wurden feucht und eine Träne entwich ihrer Kontrolle und lief ihre runzelige Wange hinab. Sie vermisste Mikawa so sehr.

„Nicht mehr lange, mein Liebster“, flüsterte sie. „Bald werden wir zusammen sein. Aber vorher gibt es noch viel zu tun.“

Umi kniete einige Minuten schweigend, ihre Knie schmerzten, aber sie ignorierte es. Sie dachte an glückliche Zeiten mit ihrer verlorenen Liebe. Einfache Dinge, wie ihre Angestellten, die ein wundervolles Dinner zusammenstellten, bevor sie sie fortschickte, damit sie beide allein wären.

Ihre Gedanken wurden unterbrochen, als jemand an die Tür klopfte. Sie versuchte, es zu ignorieren, doch das Klopfen wurde lauter und fester wiederholt. Schließlich begleitete eine Stimme die Störung.

„Mrs. Tenabe? Captain Tanaka. Ich muss Sie augenblicklich sprechen. Es ist wichtig.“

Umi kämpfte sich auf ihre Füße, wischte sich die Hosen sauber und ging zur Tür. Während sie ging, schwankte sie mit dem Schiff. Der Sturm wird stärker, dachte sie.

„Was gibt es, Captain? Was kann nicht warten?“

„Ich … ich wollte Sie nur informieren, dass ich den Wachen befohlen habe, die Passagiere bereits jetzt in ihre Kabinen zu bringen“, informierte Tanaka sie.

„*Sie* haben befohlen? Seit wann befehlen Sie irgendetwas, Mr. Tanaka?“

„Ja, ich weiß. Das war ein wenig anmaßend von mir. Aber da man sie ohnehin bald dorthin gebracht hätte, hielt ich es für vernünftig“, erklärte Tanaka, während er leicht im Gang schwankte. „Wie Sie sehen, gibt es aufgrund des Sturms ein Sicherheitsproblem.“

„Fein. Klären Sie das einfach mit Mr. Morgan.“

„Jawohl, Ma’am.“

„Und, Mr. Tanaka, damit das klar ist. Sie befehlen nicht das Geringste an Bord dieses Schiffes, ohne das vorher mit mir abzusprechen. Verstanden?“

„Jawohl, Ma'am. Verzeihen Sie."

„Oh, und sagen Sie Mr. Corsair, dass er sich bei mir melden soll, wenn Sie ihn treffen."

„Werde ich, Ma'am."

Umi schloss die Tür. Als sie allein war, erlaubte sie ihrer Enttäuschung, sich zu zeigen. Wenn alle in ihren Räumen waren, gab es keinen Grund mehr, die Scharade mit ihrer Ansprache aufrechtzuerhalten. Sie hatte hart an der Ansprache gearbeitet, die ihre letzte sein sollte. Es wäre eine passende Krönung ihrer Karriere gewesen, doch jetzt hatte Tanakas Sorge um die Passagiere ihr das genommen.

Manche Menschen sind so selbstsüchtig.

11:35 Uhr

„Ich dachte, Sie meinten, der Sturm entfernt sich? Wie konnten Sie sie überzeugen, dass er schlimmer wird?", fragte Jonathan Tanaka über das Funkgerät, das Maggie ihnen aus der Waffenkammer besorgt hatte. Das Radio war nur Tarnung, damit sie Maggie gegenüber nicht ihre Implantate erklären mussten. Und da Maggie kein Implantat besaß, waren die Funkgeräte nützlich. Doch die Waffe, die bequem in seinem Hosenbund ruhte, während er auf der Bettkante in seiner Kabine saß, gab ihm ein noch besseres Gefühl.

„Sie sagten, ich solle der Kapitän sein. Also habe ich den Autopiloten so eingestellt, dass es ein bisschen … turbulent wird", kam Tanakas Stimme zurück und klang ernsthaft beschwingt.

„Clever", sagte Jonathan. „In Ordnung, kehren Sie auf die Brücke zurück und halten Sie sich bereit."

„Verstanden."

„Nun, das war Schritt eins", sagte Jonathan zu Maggie.

„Jetzt hängt es von dir ab. Willst du mir verraten, wie du die Wachen ausdünnen willst?“

„Eine Frau sollte ihre Geheimnisse haben“, erwiderte sie. „Oh, und ich brauche das.“ Sie nahm das zweite Injektionsgerät vom Bett.

„Du bist der Boss“, sagte Jonathan.

„Vergiss das bloß nicht“, erwiderte Maggie mit einem Lächeln. Sie ging zur Tür.

„Hör mal, Mags“, stoppte Jonathan sie. Er hatte nicht mal vorgehabt, jetzt darüber zu sprechen, es rutschte ihm irgendwie einfach raus, während er sie anschaute.

„Nicht“, meinte Maggie, ohne sich umzudrehen. Aber sie ging nicht.

„Ich dachte, du wärst tot. Das musst du mir glauben. Es ist wichtig für mich, dass du das weißt. Ich habe es versucht, aber niemand wollte mir irgendetwas sagen. Ich … ich dachte, du wärst tot.“

Das Schweigen zog sich hin, während sie beide dastanden. Schließlich drehte Maggie sich um und schaute ihn an, ihre Augen feucht.

„Das war ich auch.“

11:40 Uhr

„Mistkerl!“, fluchte Alex über den Idioten, der die Rettungsboote sabotiert hatte. Es war das Letzte, und sie waren allesamt ruiniert, die Instrumententafeln waren in Stücke gehauen worden. Höchstwahrscheinlich dieser Bastard Morgan, dachte Alex. Er hatte vermutlich eines dieser Exoskelette übergezogen und damit eine Runde Hau-den-Lukas auf den Anzeigen gespielt. Wer immer das getan hatte, hatte auch bowlingkugelgroße Löcher in die Außenhülle geschlagen. Und ohne Hubschrauber an Bord war Alex richtig und unwiderruflich gefangen.

Die alte Kuh will wirklich nicht, dass irgendjemand ihrem Gas entkommt, dachte er.

Er hatte eine Maske in seiner Kabine, konnte den Angriff also überleben, doch was dann? Erwischt werden auf einem Schiff mit mehr als hundert Leichen? Die Alternative bestand darin, mit allen anderen im U-Boot nach unten zu fahren, doch die Vorstellung, auf dem Boden des Ozeans gefangen zu sein, erschien Alex wenig verlockend.

Er hatte sein Geld, und jetzt wollte er nur weg und es ausgeben. Das bedeutete, dass er von dem Schiff runtermusste. Aber wie? Er hatte immer das berühmte Corsair-Glück gehabt, das ihn während seiner langen Karriere geschützt hatte. Er hatte sich nie auch nur einen Tag wegen irgendeiner Verletzung krankmelden müssen. Ganz gleich, wie ausweglos eine Situation geworden war, er hatte immer einen Ausweg gefunden. Doch wo blieb sein Glück jetzt?

„Corsair-san?“

Alex wirbelte herum und konnte sich gerade noch beherrschen, nicht seine Waffe zu ziehen und abzudrücken. Einer der Stewards stand an Deck und sah in seiner weißen Uniform beinahe komisch aus.

„Was ist denn?“, fragte Alex und beruhigte sich. Als der Steward nicht reagierte, wiederholte er die Frage auf Japanisch.

„Miss Reynolds sucht Sie. Es ist ziemlich dringend. Sie sagte, Sie finden sie in Lagerraum C, im Kontrollraum.“ Nachdem er seine Nachricht überbracht hatte, verbeugte sich der Steward und wandte sich zum Gehen.

„Wieso die Eile?“, fragte Alex.

„Ich möchte die Ansprache nicht verpassen. Ich muss zurück in mein Quartier.“

„Richtig“, sagte Alex in dem Wissen, dass der Steward und der Rest der Schiffsbesatzung keine einzige Maske besaßen. „Sagen Sie, wie haben Sie mich gefunden?“

„Miss Reynolds hat zehn von uns über das ganze Schiff geschickt, um Sie zu finden.“ Alex nickte, und der Steward verneigte sich erneut, bevor er davoneilte.

Alex lächelte. Er war sich ziemlich sicher, was Maggie wollte. Lagerraum C war ein kleinerer, selten genutzter Raum. Ruhig und bequem. Geradezu romantisch. Aber er müsste sich beeilen. Sie war eine hervorragende Bettgesellschaft, aber nicht gut genug, dass er dafür sterben würde.

22

TOKIO

11:45 Uhr Ortszeit

Wenn Gott Mechaniker gewesen wäre, hätten so vermutlich seine Geschöpfe ausgesehen, vermutete Tatsu. Dutzende Gliedmaßen hingen von der Decke der Werkstatt, die so groß wie eine Lagerhalle war. Bei einigen war die letzte Politur bereits aufgetragen, und sie funkelten golden und silbern, andere waren von einem matteren Grau oder Schwarz, und wieder andere waren mit irgendeiner gruseligen Substanz überzogen, die an menschliches Fleisch erinnerte. Sie befanden sich in verschiedenen Stadien der Reparatur – einige nagelneu, andere abgenutzt und leicht verbeult. Einige waren demoliert – voller albtraumhafter Schnitte und Risse – die meisten noch immer glitschig von den Flüssigkeiten der Niederlage. Viele der Letzteren ragten aus einer großen Tonne in der Ecke der Werkstatt, wie ein futuristischer Baguettekorb.

Nichts davon störte Tatsu. Das waren nur Maschinen und Einzelteile, doch was sie störte, waren die Köpfe. Sie hingen aufgereiht an einer Wand hinter etlichen Tischen voller Werkzeuge und Elektronikteile und schienen sie anklagend anzustarren. *Wieso warst du nicht hier, um uns zu retten?*

Bei ihren früheren Besuchen hatte es Tatsu noch irritiert, dass nirgendwo ein Torso zu sehen war. Später hatte sie erfahren, dass die Körper noch in Benutzung waren, entweder in der Restaurant-Show oder in diversen Roboter-Kampfwettbewerben rund um die Welt. Nagura nahm einfach die beschädigten Glieder oder Köpfe ab und tauschte sie gegen neue oder reparierte Teile aus, bevor er die Einheiten zurück an die Front schickte, als hätte nie ein Kampf stattgefunden.

Tatsu hatte sie darum beneidet.

Dann entdeckte sie ihn, und ihr Herz begann leicht zu flattern – oder ein Organ etwas tiefer als das. Nagura saß über eine Werkbank gebeugt in der Ecke und arbeitete mit einem Lötkolben an einem auseinandergebauten Kopf; dünner blauer Rauch stieg hier und dort in die Luft. Sie erinnerte sich, wie sie Nagura vor Monaten erstmals getroffen hatte. Aufgrund von Umis Beschreibung hatte sie erwartet, dass er einem Troll glich, mit Ähnlichkeit zu dem genetischen Augen-Ingenieur in *Blade Runner*, doch das hätte nicht weiter von der Wirklichkeit entfernt sein können. Nagura war wunderschön – groß, mit rabenschwarzem Haar, ausgeprägten Gesichtszügen und einem durchtrainierten Körper. Genauso, wie ein Gott aussehen musste, dachte sie.

„Tatsu!“, rief Nagura, als er sie im Eingang zur Werkstatt stehen sah. Er legte seine Werkzeuge weg, wischte sich die Hände ab und kam zu ihr gelaufen. Sie hielt den Atem an, als er die Arme um sie warf. „Es tut so gut, dich zu sehen! Ich war so aufgeregt, als ich deine Nachricht bekommen habe.“

„Es tut auch gut, dich zu sehen! Wie geht es dem Restaurant?“, fragte sie und versuchte, so gleichgültig wie möglich zu klingen. Sie war überzeugt davon, dass er bemerkte, wie lange sie in seiner Umarmung verweilt hatte. Und wie sie auf die heilenden Brandwunden auf der Seite seines Gesichts starrte.

„Wundervoll! Ich war mir nicht sicher, wie es mir gefallen würde, aber ich glaube, ich könnte das für den Rest meines Lebens tun. Die Gesichter der Gäste, wenn sie die Show sehen, sind so befriedigend.“

Nagura hatte das Roboter-Äquivalent zu der „Mittelalter-Turnier“-Restaurantkette erschaffen. Während die Leute im

Restaurant saßen und aßen, lieferten die Roboter vor ihnen eine Show ab und kämpften. Die Leute kamen aus der ganzen Welt, um sich das anzuschauen.

„Das ist natürlich alles nur dank Mrs. Tenabe möglich. Ich werde nie in der Lage sein, ihr genug zu danken", meinte er, während Tatsu ihm tiefer in die Werkstatt folgte. Dann schien sich seine Miene ein wenig zu verfinstern, und sein strahlendes Lächeln schrumpfte zusammen. „Ich bin immer noch entsetzt darüber, was geschehen ist."

„Das sind wir alle", sagte Tatsu. „Aber du solltest dich nicht schlecht fühlen. Du hast getan, was von dir erwartet wurde. Deine Geschöpfe haben den Anforderungen, die man dir gegeben hat, bis aufs letzte I-Tüpfelchen entsprochen. Der Fehler lag nicht bei dir." Sie hatte ihm im Grunde jedes Mal dasselbe erzählt, wenn sie ihn nach der Katastrophe getroffen hatte, doch es schien nicht mehr zu helfen.

„Trotzdem. Wie geht es ihr? Sie hat es sich nicht anders überlegt, oder hat sie? Ich wäre nämlich glücklich, ihr zu …"

„Nein." Tatsus Antwort war kurz und knapp, aber alles, was es darüber zu sagen gab. Und ihr Ton machte deutlich, dass sie nicht darüber sprechen wollte.

„Natürlich", sagte Nagura. Dann, einen Augenblick später, war sein Lächeln zurück. „Also, du bist bestimmt nicht für Small Talk hier, wette ich. Was kann ich für dich tun?"

„Wir stecken ein bisschen in der Klemme, und wir haben nicht viel Zeit", erklärte Tatsu.

„Wir?", fragte Nagura.

Tatsu erzählte Nagura von Per – die gekürzte Fassung, natürlich. Es war ihr gelungen, ihm am Flughafen aus dem Weg zu gehen und ein wartendes Taxi zu erwischen, aber sie hatte keine Ahnung, ob er bereits hier war oder nicht.

„Meine Güte!", stieß Nagura aus, als sie geendet hatte. „Was kann ich tun?"

„Du musst ihn aufhalten. Ich habe einen wartenden Hubschrauber, der mich zur *Jurojin Maru* bringt. Ich brauche nur Zeit, um ihn zu erreichen, ohne dass er mir folgt. Aber du musst vorsichtig sein, Nagura. Dieser Mann ist gefährlich", fügte Tatsu noch hinzu, obwohl ihr klar war, dass sie die echte Gefahr herunterspielte. Es war ein Instinkt, und die richtige Entscheidung, wenn sie ihr Ziel erreichen wollte, doch bei allem, was sie die letzten Tage erlebt hatte, fühlte sie sich furchtbar dabei.

„Betrachte es als erledigt", sagte Nagura und nahm eine Fernbedienung auf, die auf der Werkbank lag. „Und sorge dich nicht um uns, wir werden – vorsichtig sein." Er drückte ein paar Knöpfe auf der Fernbedienung, und einer seiner Kampfroboter rollte heraus. Er schwang einen Arm, der ganz und gar aus einer Kettensäge bestand.

Der Steg war über fünfundvierzig Meter lang und zu beiden Seiten von einer groben Absperrung aus dicken Ketten begrenzt, die gefährlich und unheilverkündend wirken sollten. Hinter den Ketten gab es drei Reihen von Tischen aus Glas und Chrom, verziert mit Konfetti, halb gegessenem Sushi und bunten Leuchtstäben, mit denen die Gäste herumwinkten, um ein Teil der Show zu werden. Jeder Quadratzentimeter der Wände war von bunten Bildschirmen bedeckt, die blitzende Farben und hektische Bilder ins Restaurant warfen.

Kreuz und quer an der Decke – einige davon fest verbaut, andere auf Schienen befestigt – hingen blitzende, blinkende und strahlende Lichter in jeder Farbe. In den Ecken der Decke hingen riesige Lautsprecher, die die Gäste mit etlichen Dezibel treibender Popmusik und elektronischer Beats beschallten, nur für den Fall, dass sie noch irgendetwas aufnehmen konnten, nachdem die Lichtershow mit ihnen fertig war.

Per fand all das nervtötend, stand es jedoch mit steinerner Miene durch und hielt sogar den Leuchtstab vor sich in die Höhe, um mit der riesigen Menge zu verschmelzen.

Alle paar Minuten rollte ein weiterer Show-Act durch die Vorhänge auf der einen Seite des Stegs. Sie boten ihren Teil der Nachmittagsshow, passierten das essende Publikum, und verließen den Saal am anderen Ende der Halle. Soweit Per das sagen konnte, war das Thema eine Mischung aus Sex und Robotern. Jede Attraktion fand irgendeinen Weg, etliche fast komplett nackte Frauen einzubauen, die irgendeinen Grund fanden, das bisschen Kleidung, das sie trugen – Bikinis, schenkellange Leggins und Kopfschmuck – mit Neonleuchtschlangen und blitzenden Lichtern zu schmücken. Ausgehend von dem, was er erkennen konnte, waren die Hälfte der Roboter in Wirklichkeit Schauspieler in Roboterkostümen. Die andere Hälfte – Pers Seelenverwandte – waren echte Roboter, einige davon in humanoider Form, die meisten jedoch Bühnenaufbauten, Geräte und lächerliche Kreaturen, die der japanischen Kultur entsprungen waren.

Das bisschen Interesse, das Per an der Show hatte, verschwand, als er den großen, dunkelhaarigen Mann entdeckte, der in der Ecke stand und ihn anstarrte. Als der Mann ein paar der größeren Rausschmeißer zu sich rief und ihnen etwas zuflüsterte, während er Per beobachtete und auf ihn zeigte, war das alles, was er ertragen konnte.

Die nächste Attraktion rollte heraus. Es war eine weitere riesige Plattform, dekoriert wie ein Albtraum von Henri Matisse. Gelenkt wurde die Plattform von einer jungen Frau, die auf der Spitze saß und in Pers Augen aussah wie eine Art Videospiel-Prostituierte, während sie die Plattform mit einem Joystick lenkte. Zwei Darsteller, je einer pro Seite der Plattform, hingen in glänzend silbernen Kostümen davon herab. Sie ähnelten den Zylonen in *Kampfstern Galactica*. Ihre großen, klobigen Köpfe hüpften zum Takt der Musik nach links und rechts. Sie hingen mit einem Arm an der Plattform und wedelten blitzende Neonschwerter mit ihrer freien Hand in Richtung Publikum, das jubelte und mit ihren Leuchtstäben zurückwinkte.

Als die Plattform vor seinem Tisch anhielt, um seine Mätzchen zu veranstalten, nutzte Per die Gelegenheit, stieg auf seinen Tisch und sprang mit einer fließenden Bewegung über die Kettenabsperrung. Leute schrien auf, einige lachten, doch die meisten zückten ihre Handys, um diesen neuen Teil der Show einzufangen. Zu Pers Überraschung spielten die Darsteller einfach mit. Einer der Roboter ließ die Plattform los und begann, mit Per zu tanzen. Dann wurde ihm klar, was die Darsteller taten. Sie versuchten, ihn zu beschäftigen, bis die Rausschmeißer da waren.

Per griff zur Plattform hinauf und zog das Mädchen herunter. Die Geräusche aus dem Publikum wechselten von Jubelstimmung zu Irritation, dann begannen einige von ihnen ebenfalls aufzustehen. Bevor die Plattform vom Laufsteg gerollt war, saß Per bereits im Fahrersitz. Nur drei Meter entfernt riefen die Türsteher ihm auf Japanisch etwas zu und befahlen ihm mit wedelnden Armen, abzusteigen. Per ignorierte sie, doch das Publikum tat es nicht. Andere standen auf, und etliche begannen, miteinander zu sprechen und sich zum Ausgang zu bewegen.

Eine Hand packte Per von hinten. Ohne hinzuschauen wusste Per, dass es der dritte Darsteller war, und griff mit seinem Roboterarm nach oben. Er warf den Mann nicht nur von der Plattform, sondern über die Kette und auf den Tisch, direkt vor einigen Gästen, die noch nicht erkannt hatten, was hier geschah. Damit weckte er auch die letzten unter ihnen aus ihrer Ahnungslosigkeit. Einen Augenblick später sprangen sie alle schreiend auf und kämpften sich in Richtung Tür.

Per packte den Joystick und rammte ihn nach vorn. Die Plattform jagte mit überraschender Geschwindigkeit voran und mähte die Türsteher nieder, die keine Chance hatten, aus dem Weg zu gehen. Und er fuhr weiter.

Ein paar Sekunden später schoss er durch den Vorhang am anderen Ende des Stegs. Leute warfen Leuchtstäbe und Sushi auf Per, doch endlich ließ er die alle seine Sinne überladende Show hinter sich. Es kostete seine Augen einen Moment, sich an das dämmerige Licht im Backstagebereich zu gewöhnen. In dieser Zeit erschienen zwei weitere Türsteher und schafften es, Per von der nun stehenden Plattform zu zerren. Per blieb auf den Füßen und blockte ihre Schläge ab, bevor er selbst ein paar austeilte. Er entdeckte den großen Mann in der Ecke des Backstagebereichs, wo er einfach stand und zuschaute.

Genug von dem Unsinn.

Er schwang seinen Roboterarm vor und zurück, schickte die Türsteher zu Boden, wo sie liegen blieben. Per sah hinunter und entdeckte eine Waffe in einem Halfter, das unter dem Jackett eines der bewusstlosen Männer hervorschaute. Er schnappte sie sich und marschierte auf den großen Mann zu, dessen Augen noch immer weit aufgerissen waren von Pers Angriff, den er gerade mit angesehen hatte.

„Nagura! Keine Bewegung!“, rief Per, als er auf ihn zustürmte.

Natürlich wirbelte Nagura augenblicklich herum und rannte durch die Tür, auf der „Privat“ stand.

Per folgte ihm.

Er fand sich in einer Art Werkraum wieder. Die Roboterteile, die um ihn herumhingen, ignorierte er bei der Suche nach seiner Beute. Per ging die Gänge zwischen den Tischen auf und ab, schaute darunter und schwang die Waffe um jede Ecke. Plötzlich war eine Bewegung hinter ihm. Per wirbelte herum und entdeckte zwei Kampfroboter, die sich auf ihn stürzten.

Jeder von ihnen war etwa anderthalb Meter groß und dazu entworfen, ganze Teile von ähnlich gestählten Robotern abzureißen. Menschliches Fleisch würde da kein Problem darstellen. Einer von ihnen hatte eine Kettensäge anstelle eines Arms und der andere eine wirbelnde Radialsäge, die an einem Pendel in seinem Oberkörper vor und zurück schwang.

Roboterarm oder nicht, Per konnte sich nicht mit beiden gleichzeitig anlegen, ohne am Ende jede Menge weitere Ersatzkörperteile zu benötigen, also feuerte er ein paar Schüsse auf eine der Maschinen. Die Kugeln prallten funkensprühend von dem Metallkörper ab, ohne eine nennenswerte Wirkung zu erzielen. Per zog sich um eine Ecke zurück.

Ein schlagendes Geräusch ließ ihn herumwirbeln. Ein weiterer Roboter, dieser mit Schwertern anstelle von Armen und einem dritten Schwert, das ihm aus der Brust ragte, hieb jede Klinge abwechselnd in den Boden vor sich. Splitter des Hartholzbodens flogen in die Luft. Und das Ding kam direkt auf ihn zu.

Per wandte sich ab und dachte in Ruhe nach. Das waren keine selbst gesteuerten Roboter, es waren Maschinen, die von irgendjemandem bedient werden mussten. Zweifelsohne von Nagura. Per suchte den hinteren Teil der Werkstatt ab und entdeckte etwas, das hinter einer der Werkbänke emporragte und sich bewegte. Es war das Ende einer Antenne.

Per sah sich im Rest der Halle um und dann nach oben zu den Roboterteilen und den Waffen, die Gliedmaßen ersetzten und aus dem von der Decke hängenden Gitter ragten. Das Gitter war mit Metallkabeln an der Decke befestigt, die sich in einem einzelnen Flaschenzug sammelten. Als alle drei tödlichen Kampfmaschinen sich auf seine Position stürzten, richtete Per die Waffe nach oben und entleerte das Magazin in den Flaschenzug. Als der Hahn der Waffe ins Leere schlug, hingen die Glieder immer noch über ihm, schwangen jedoch hin und her. Der Flaschenzug war ruiniert, hielt aber aus unerfindlichen Gründen noch.

Per sprang den zustechenden Schwertern aus dem Weg, griff sich einen der Roboterköpfe auf dem Tisch und schleuderte ihn mit der Kraft seines Roboterarms so fest er konnte gegen den Flaschenzug. Der Kopf zersplitterte in Tausende Teile, die zu Boden prasselten. Und endlich gab der Mechanismus nach. Die Kabel sprangen aus den Rollen, und die gesamten Gliedmaßen und Waffen krachten hinter der Werkbank, hinter der Nagura sich versteckte, zu Boden.

Jemand heulte auf, und die drei Angreifer, die Per umzingelt hatten, verstummten. Nachdem er sicher war, dass sie sich nicht mehr regten, stieg er über sie hinweg und ging auf die Werkbank zu. Als er um die Ecke kam, sah Per das Massaker, das er angerichtet hatte. Nagura rang nach Atem. Ein schartiges Schwert hatte sein Bein durchbohrt, und Blut rann langsam zu Boden. Das hätte er überlebt. Doch ein Morgenstern mit messerscharfen Spitzen hatte sich mitten in Naguras Brust gebohrt. Er hatte nicht mehr viel Zeit. Per kniete sich neben ihn und betrachtete die Wunden. Er legte den Kopf schief und war einen Augenblick lang fasziniert von dem Schaden.

„Sprichst du Englisch?“, fragte er.

Nagura nickte. „J… ja.“

Per langte nach unten und legte seine Hand auf das Schwert, das Naguras Bein durchbohrte. „Erzähl mir was über Tote Lichter.“

Ich hätte Nagura töten sollen, dachte Tatsu, während sie im Hubschrauber saß und auf den Start wartete.

Der Gedanke schockierte Tatsu. Er kam aus einem Teil ihres Gehirns, den sie nicht weiter verwenden wollte. Seit sie Hank in Toronto getötet hatte, hatte ihr Verstand all die Dinge aufgewirbelt, die Umi ihr im Laufe der Jahre aufgetragen hatte. Unter anderem, sich selbst zu töten.

In der Hoffnung, dass Umi nicht die Zeit gehabt hatte, irgendjemanden von Tatsus vermeintlichem Hinscheiden zu informieren, hatte sie die üblichen Kanäle benutzt, um sich einen Hubschraubertransport zu rufen. Er hatte seine Zeit gebraucht, doch als er auf dem Dach eines von Umis Gebäuden erschienen war, hatte sie gewusst, dass sie recht gehabt hatte.

Während der Pilot ihren Flugplan übermittelte, entspannte sie sich in dem sicheren Wissen, dass sie bald auf ihrem Weg nach Hause wäre. Sie fand es ein bisschen seltsam, von der *Jurojin Maru* als ihrem Zuhause zu denken, aber so war es nun mal.

Logisch gesehen hätte es absolut Sinn gehabt, Nagura zu töten. Er war ein loses Ende. Aber Tatsu wusste, dass es in ein paar Stunden keinen Unterschied mehr machen würde. Sie war einer der wenigen Menschen, die Umis ganzen Plan kannten. Nur sie, Alex Corsair und Mr. Morgan wussten, was auf sie zukam. Und Dr. Reese, falls er noch am Leben war. Außerdem war sie diejenige, die den Dingern den Spitznamen Tote Li…

Ihre Gedanken wurden unterbrochen, als jemand die Tür zum Hubschrauber aufriss. Tatsu drehte sich um, damit sie sehen konnte, wer es war.

Das ist unmöglich.

„Ist noch Platz für einen weiteren Passagier?", fragte Per, als er einstieg und die Tür hinter sich schloss. Die Waffe in seiner Hand hielt Tatsu und den Piloten auf ihren Sitzen.

Wo ist Nagura? Und noch wichtiger, was weiß Per? So schrecklich er auch gewesen war: Ihr erster Gedanke – ihr Instinkt – war absolut richtig gewesen. Wenn sie Nagura umgebracht hätte, wäre Per vergeblich in Tokio herumgerannt. Aber Nagura kannte die Transportkanäle und hatte Per ohne Zweifel direkt zu ihr geführt.

„Ich möchte, dass du etwas verstehst", sagte Per. „*Du* hast deinen Freund getötet. Genauso, wie du den Piloten töten wirst, wenn du mir nicht exakt erzählst, was ich wissen will. Ich bin ein vernünftiger Mensch …"

„Tatsu", half sie ihm, als er eine Pause machte. Es hatte keinen Zweck, es weiter zu verheimlichen.

„Ich bin ein vernünftiger Mensch, Tatsu. Aber ich werde mich nicht beirren lassen. Ich werde herausfinden, was Tote Lichter bedeutet. Das ist eine Tatsache. Darüber hast du keine Kontrolle." Er beugte sich vor, bis der Lauf der Waffe nur noch Zentimeter von Tatsus Gesicht entfernt war. Sie konnte noch immer das verbrannte Schwarzpulver der kürzlich abgegebenen Schüsse riechen. „Aber du kannst kontrollieren, *wie* ich es herausfinde."

Tatsus Gedanken rasten. Ihr blieben nicht viele Möglichkeiten. Sie könnte Umis letzten Wunsch erfüllen – und sie schützen –, indem sie den Mann zwang, sie zu erschießen. Aber dabei würde er es nicht belassen. Was er gerade gesagt hatte, war keine Übertreibung gewesen – das erkannte sie an seinen Taten und dem Ausdruck in seinen Augen. Auf jeden Fall würde der Pilot sterben. Noch wahrscheinlicher war, dass Per sie beide für Informationen foltern würde und sie erst sterben ließe, wenn er sicher war, dass sie keinen Nutzen mehr hatten.

„Ich kann sehen, dass du überlegst, wie du reagieren sollst. Vielleicht hilft dir das hier: Mein Auftraggeber hat mich angeheuert, damit ich dich töte. Das hätte ich in Toronto tun können."

„Wieso haben Sie nicht?"

„Weil es mir egal ist, wofür er mich angeheuert hat. Das war nur ein Weg für mich, an Mittel zu kommen, die ich brauchte. Mittel, die mir dabei helfen herauszufinden, was ‚Tote Lichter' bedeutet. Nagura wusste es nicht. Oder wenn doch, hat er es nicht erzählt, doch das bezweifle ich ernsthaft. Den vermissten Dr. Reese zu suchen war ebenfalls nur ein Weg, herauszufinden, was ich wissen wollte. Es ist mir egal, was mit ihm geschehen ist. Ich erzähle dir das alles, weil ich möchte, dass dir ganz und gar klar ist, dass alles, was als Nächstes passiert, allein in deiner Hand liegt. Ich möchte klarstellen, worum es mir geht. Ich weiß, dass du der Tote-Lichter-Bombenleger bist. Was ich nicht weiß, ist, ob du überhaupt weißt, wieso du getan hast, was du getan hast."

Sagt er wirklich die Wahrheit?

„Wieso wollen Sie so unbedingt wissen, was ‚Tote Lichter' bedeutet?", fragte sie.

„Nenn es … eine Eigenart meiner Persönlichkeit. Der Grund ist nicht wirklich von Bedeutung, oder?"

„Ich vermute nicht, nein."

Während sie sich unterhielten, durchforstete sie ihr Gehirn weiterhin nach einer Lösung. Sie könnte versuchen, gegen ihn zu kämpfen, doch auf so engem Raum hatte sie keine Chance. Und so würden sie und der Pilot ebenfalls sterben. Sie fragte sich, weshalb sie so viel auf das Leben des Piloten gab. Sie kannte nicht einmal seinen Namen. Er war nur einer der Tausenden von Menschen, die für Umi arbeiteten. Aber vielleicht war das der springende Punkt. Es ging nicht darum, wer er war, sondern was er repräsentierte. Wenn sie sich wirklich dem Druck von Umi beugen wollte, würde sie warten, bis sie in der Luft waren, und dann den Piloten töten, womit sie wiederum sie alle drei umbringen würde. Da sprach wieder ihr Instinkt. Aber sie war mehr als nur ihr Instinkt. Sie war nicht nur ein gedankenloses Tier, sie hatte einen Verstand, und sie konnte logisch denken – sie konnte Entscheidungen treffen.

Und das tat sie.

„Ich weiß, was ‚Tote Lichter‘ bedeutet. Und ich kann sie Ihnen sogar zeigen.“

„Du …“ Zum ersten Mal zeigte Per eine Emotion. Ihm fehlten sogar die Worte.

„Aber der einzige Weg, dass ich das tue, ist, indem Sie mir helfen. Ich muss Umi Tenabe auf der *Jurojin Maru* erreichen, das Schiff, auf dem die Konferenz stattfindet, und zwar vor … vor sechzehn Uhr fünfundvierzig“, erklärte Tatsu, und log nur teilweise. Wenn sie recht hatte, was Umi betraf, würde Tatsu Hilfe brauchen, um sie zu erreichen. Hilfe, durch die Wachen zu kommen und an Mr. Corsair und Mr. Morgan vorbeizukommen. Wenn sie nicht bis halb zwei auf dem Schiff waren, wäre Umi nicht mehr dort, aber das Schiff wäre immer noch eine Zwischenstation auf dem Weg zu dem Ort, an dem sie dann sein würde.

„Abgemacht“, sagte Per. „Dein Freund hat mir von dieser Umi erzählt – was er für sie getan hat und was geschehen ist. Wenn das stimmt, ist es eine bemerkenswerte Geschichte. Ich bin sehr gespannt darauf, sie kennenzulernen. Und insbesondere Mikawa.“

Bei Gott, Nagura hatte ihm alles erzählt! Jetzt wusste sie mit Sicherheit, dass er tot war. Es gab keine andere Möglichkeit, dass Per wusste, was er offensichtlich wusste.

„Ich glaube nicht, dass es so eine gute Idee wäre, Mikawa zu treffen“, sagte Tatsu mit einem Beben und einer unterschwelligen Warnung in ihrer Stimme. Sie würden in Mikawas Nähe kommen müssen, um Umi zu treffen, das war unvermeidlich, aber darüber wollte sie im Augenblick nicht nachdenken. Und ihr gefiel nicht, wie sie anfing, von diesem … *Ding* … als Mikawa zu denken. Das war nur teilweise korrekt. Mikawa – der Mikawa, den sie gekannt hatte – war tot. Sie würde es bevorzugen, wenn er es auch bliebe.

Per steckte die Waffe weg, und ein paar Minuten später hob

der Hubschrauber ab und stieg in die Luft. Nachdem sie ein Stück der Küste gefolgt waren, drehte er ab und flog hinaus aufs Meer. Tatsu schaute in den Nachmittagshimmel vor ihnen, auf die dunklen, aufgewühlten Wolken, die sich auf etwas Tosendes, Stürmisches vorzubereiten schienen. Tatsu tat dasselbe.

23

JUROJIN MARU

12:38 Uhr Ortszeit

Nachdem die Falle platziert war, hockte Maggie sich in die Schatten des Kontrollraums von Lagerraum C und wartete. Dank Tanakas Informationen über die Anzahl an Masken wusste sie, dass alle bis auf ein halbes Dutzend Wachen dazu verdammt waren, mit allen anderen an Bord zu sterben. Nachdem sie die Angestellten des Schiffs im Speisesaal versammelt hatte, hatte sie sie alle geimpft und ihnen einen letzten Auftrag gegeben.

Wenigsten sie hören auf mich, dachte Maggie.

Sie hatte alle außer zehn von ihnen losgeschickt, die unglückseligen Wachen zu finden und ihnen zu sagen, dass Mr. Morgan sie für eine letzte Besprechung vor der Ansprache in Lagerraum C erwartete. Es war riskant, aber ihr blieb keine Wahl. Die Wachen hätten nicht reagiert, wenn sie ihren eigenen Namen benutzt hätte. Selbst die beiden Juniorwachen, die ihr gehorcht hatten, waren verschwunden, obwohl sie inzwischen eine ziemlich gute Vorstellung davon hatte, was mit ihnen geschehen war.

Lagerraum C war mehr als nur ein Frachtraum. Schon vor Monaten war er umgebaut worden, mit automatischen Schlössern, einem Überwachungssystem und einem Kontrollraum mit separatem Eingang. Sie sah auf die Uhr. Jonathan sollte inzwischen schon ein gutes Stück in seiner Impfrunde vorangekommen sein. Sie begann, über Jonathan nachzudenken – und den Kuss – und war dankbar, dass ihre Gedanken unterbrochen wurden, als die ersten paar Wachen eintrafen.

„Wie läuft es mit den Injektionen?“, fragte Maggie leise in ihr Funkgerät, während sie auf den Rest der Wachen wartete.

„Gut“, antwortete Jonathans Stimme nach einem Moment. „Ich hatte ein bisschen Widerstand, aber die Grippe-Geschichte scheint bei beinahe jedem zu wirken.“

„Beinahe?“

„Ein paar der Wissenschaftler wollten eine bessere Erklärung, als ich sie anbieten konnte. Ich habe das geregelt.“

„Verstanden“, sagte Maggie und lächelte. Nun gab es also ein paar Wissenschaftler, die gefesselt waren und zweifellos verängstigt, aber geimpft. „Keine Probleme mit den Wachen?“

„Negativ. Zuerst waren da ein paar, denen ich aus dem Weg gehen musste, aber jetzt scheinen sie alle fort zu sein. Was auch immer du tust, es scheint zu funktionieren.“

„Verstanden.“

„Komm einfach so schnell wie möglich her. Ich werde etwas Hilfe brauchen, wenn ich auf die oberen Decks komme.“

„Werde ich. Ende.“ Maggie steckte ihr Funkgerät weg, während der Raum sich weiter füllte. Die Wachen versammelten sich umeinander und redeten leise. Die kleine Kiste in der Mitte des Raums schienen sie ziemlich zu ignorieren.

Maggie suchte die Menge ab und sah, dass niemand eine Maske trug. Selbst wenn ihre Einladung eine der Wachen mit Maske erreicht haben sollte, wusste sie, dass er sie vermutlich nicht dorthin mitbringen würde, wo die anderen sie sehen könnten. Sie zählte durch. Die meisten waren hier. Das würde genügen müssen. Sie griff nach oben und legte den Verriegelungsschalter auf dem Kontrollbord um. Magneten schlugen die Tür zu und verriegelten sie. Alle drehten sie zu dem metallischen Schlag um, und das Gemurmel wurde lauter. Sie knipste die Lichter an und richtete sich vor dem Mikrofon im Kontrollraum auf.

„Bitte beruhigen Sie sich“, sagte Maggie. Als die Wachen sie sahen, rollten wenigstens die Hälfte von ihnen mit den Augen und flüsterten sich gegenseitig etwas zu, einige von ihnen lachten. Sie wappnete sich.

„Gentlemen, bitte beruhigen Sie sich, ich versuche, Ihr Leben zu retten.“

Das Gemurmel ebbte ab und die Wachen kamen dichter ans Fenster. Nicht alle von ihnen, aber mehr als nur ein paar öffneten den Riemen an den Gürtelhalftern ihrer Waffen.

„Wo ist Morgan?“

„Wieso ist die Tür zu?“

„Ich werde all Ihre Fragen beantworten, wenn Sie sich einfach beruhigen und zuhören“, antwortete sie.

Der Raum wurde gespenstisch still.

„So ist’s besser“, meinte Maggie, griff in ihre Tasche und zog ihren Ausweis hervor. Sie hielt ihn ans Fenster. „Einige von Ihnen haben von meiner MI6-Vergangenheit gehört, aber was Sie nicht wissen, ist, dass ich ein aktiver MI6-Agent bin und hergeschickt wurde, um die wahren Hintergründe dieser Konferenz herauszufinden. Mithilfe der CIA habe ich das getan. Im Augenblick haben wir keine Zeit für sämtliche Details, also komme ich direkt zum Punkt. In weniger als einer Stunde wird auf diesem Schiff ein tödliches Gas freigesetzt werden, in dem Versuch, jeden an Bord zu töten.“

Ein paar Wachen versuchten, sich über die Erklärung lustig zu machen, und flüsterten den anderen etwas zu, aber man erklärte ihnen, sie sollten den Mund halten. Noch mehr Wachen sah man das langsame Verstehen auf ihren Gesichtern an, gefolgt von Angst.

„Einige von Ihnen waren an einem Projekt beteiligt, bei dem Sie Kanister überall an Bord platziert haben. Vielleicht wussten Sie, wofür sie waren, vielleicht auch nicht, aber ich kann Ihnen garantieren, dass Mrs. Tenabe keinerlei Absicht hatte, irgendjemanden von Bord zu lassen, bevor sie das Gift freigelassen hat. Sie mögen ebenfalls bemerkt haben, dass einige Wachen nicht hier sind, inklusive Mr. Morgan. Das ist Absicht. Jeder, der nicht hier ist, wurde mit einer Gasmaske ausgestattet, um den Angriff zu überleben."

„Woher wissen wir, dass das die Wahrheit ist?", riefen ein paar.

„Haben Sie Masken für uns?", riefen sogar noch mehr. Maggie entspannte sich ein bisschen. Sie begann, zu ihnen durchzudringen.

„Ich habe keine Masken für Sie ..." Die Menge explodierte in lautes Rufen und Schreien, bevor sie ausreden konnte, und einige begannen, die Tür öffnen zu wollen.

„Bitte! Beruhigen Sie sich!" Aber sie verlor die Menge.

Etwas schlug direkt neben ihr gegen das Glas, und sie zuckte zusammen. Für eine Sekunde dachte sie, jemand aus der Menge hätte etwas geworfen, doch dann schaute sie neben sich und sah, das Alex hinter ihr den Kontrollraum betreten hatte und seinen eigenen Ausweis gegen die Scheibe geschlagen hatte.

„Gebt Ruhe! JETZT!", rief Alex.

Die Menge gehorchte langsam und kam wieder zurück ans Fenster.

„Das ist besser. Agent Reynolds erzählt die Wahrheit. Ich bin ebenfalls im Namen des MI6 hier. Wenn ihr leben wollt, hört auf sie." Alex trat zurück und bedeutete Maggie mit einem Nicken und einem Augenzwinkern, dass sie weitermachen sollte. „Sie gehören ganz dir, Schätzchen." Maggie war dankbar, fand es jedoch mehr als nur ein bisschen seltsam, wie schnell die Wachen Alex gehorchten. Sie hakte es als Sexismus ab und machte weiter.

„In der Kiste hinter Ihnen finden Sie ein Injektionsgerät. Darin befindet sich ein Gegengift, das Sie vor dem Gas schützen wird“, erklärte Maggie und ließ den Teil aus, bei dem sie durch das Gas dennoch stundenlang außer Gefecht gesetzt würden. Ein paar der Wachen stritten sich um die Kiste und rissen sie auf. Einer von ihnen zog das pistolenähnliche Gerät heraus.

„Verflixte Tiere“, murmelte Alex.

„Sie müssen vorsichtig sein! Wenn Sie sich das Gegenmittel zweimal spritzen, wird das ebenso tödlich sein wie das Gas. Stellen Sie sich in einer Reihe auf und impfen sie jeden nacheinander. Sobald ich sehe, dass jeder von Ihnen das Mittel verabreicht bekommen hat, öffne ich die Tür.“ Zu ihrer Erleichterung bildeten die Wachen langsam eine Reihe und begannen, ihre Ärmel aufzurollen. Eine andere Wache spielte den Doktor, während alle anderen langsam an ihm vorbeikamen. Maggie schaltete das Mikrofon aus.

„Wo zur Hölle warst du?“, fragte sie Alex.

„Ich habe Umi im Auge behalten, wie ich es gesagt habe. Wirst du wirklich die Tür öffnen, sobald sie alle geimpft sind?“

„Nein“, antwortete Maggie.

„Das halte ich für clever, Schätzchen, aber wie impfen wir uns, wenn die Injektionspistole da drin eingeschlossen ist?“

„Ich wurde bereits geimpft. Es gibt ein zweites Gerät, mit dem in diesem Augenblick sämtliche Passagiere geimpft werden.“

„Alle? Aber wie … Ahh, deshalb wurden alle verfrüht in ihre Kabinen beordert. Tanaka?“

„Er gehört zu uns“, sagte Maggie und verließ den Raum. Alex folgte ihr. „Komm mit, ich bringe dich unterwegs auf den neuesten Stand. Jonathan – der CIA-Agent mit dem anderen Gerät – braucht unsere Hilfe auf den oberen Decks.

„Und Hilfe ist das, was er kriegen wird“, sagte Alex.

12:50 Uhr

Jonathan war erschöpft. Nicht körperlich, aber all das Lügen und Tricksen und der Stress forderten ihren Tribut. Er dachte an Lew und wünschte, er wäre hier. Lew war nicht herausragend bei den feineren Aspekten der Arbeit, aber man könnte sicher sein, dass die Passagiere keinen Mucks wegen eines Piksers gemacht hätten, wenn sie Lew hinter Jonathan hätten stehen sehen. Aber es war mehr als das; ohne Lew fehlte Jonathan der Resonanzboden, jemand, an dem er seine Ideen und Pläne überprüfen konnte und der ihm sagen würde, wenn er sich in Unsinn verrannte. Bis zu diesem Augenblick hatte er nie erkannt, wie abhängig er davon geworden war.

Jonathan schaute auf sein Klemmbrett. Die Kabinen auf dem oberen Deck nicht mitgerechnet, bei denen er Hilfe brauchte, fehlten ihm nur noch neun Stück. Er wollte gerade an die nächste Tür klopfen, als das Funkgerät an seiner Hüfte piepte.

„Ja?“, meldete Jonathan sich.

„Die Wachen sind sicher verstaut“, erklärte Maggie. „Wir sind jetzt auf dem Weg zu dir.“

„Verstanden. Warte mal, *wir* sind auf dem Weg?“

„Ich erklär’s dir, wenn ich da bin“, sagte Maggie. „Etwa zehn Minuten.“

„Verstanden. Ich werde versuchen, für die oberen Decks fertig zu sein, wenn du hier eintriffst.“

„Verstanden. Ende.“

Jonathan steckte sein Funkgerät weg und klopfte an die nächste Tür. Vielleicht gehen diese letzten paar schnell, dachte er. Doch er befürchtete das Gegenteil, sobald die Tür aufging.

„Hallo, Fremder“, begrüßte ihn Melinda, die Paarungswillige vom Heli-Deck, und nahm einen Schluck von ihrem offensichtlich endlosen Vorrat an Margaritas. „Hat hier jemand einen Eimer Leckerschmecker bestellt?“, rief sie ihren Kabinengenossinnen erheitert zu, zwei weiteren großäugigen Drinkschlürferinnen, die Schwierigkeiten zu haben schienen, zur Tür zu kommen. Jonathan wollte gerade die endlosen Drinks dafür verantwortlich machen, doch dann spürte er selbst, wie das Schiff unter ihm sich neigte.

„Herein, herein", sagte Melinda und trat beiseite. Jonathan blieb tapfer stehen, aus Furcht, dass er noch mehr Zeit verlor, wenn er hineinging.

Denk, Hall, du hast keine Zeit für so was.

Er griff in die Kuriertasche, die ihm von der Schulter hing, und hielt die Injektionspistole hoch. Die Augen der Frauen wurden noch größer, was unmöglich schien.

„Wollt ihr Ladys richtig abfeiern?"

Nachdem er versprochen hatte, nach der Ansprache mit ein paar Freunden wiederzukommen, hatte Jonathan alle drei geimpft. Er garantierte ihnen den Trip ihres Lebens dank seines selbst gebrauten psychedelischen Zeugs, und sie konnten ihre Arme nicht schnell genug ausstrecken.

„Komm schnell zurück", sagte Melinda und winkte mit den Fingern in seine Richtung, als er den Rückzug den Gang entlang antrat.

„Werde ich", erwiderte Jonathan in demselben Singsang.

Als die Tür sich endlich schloss, erschauerte Jonathan und marschierte zur nächsten Tür.

Vielleicht war er doch ganz froh, dass Lew nicht hier war, wenn er an die lächerlichen Kommentare dachte, mit denen er sonst in diesem Augenblick verdroschen werden würde.

Wundersamerweise schaffte Jonathan es in Rekordzeit durch den Rest der Kabinen. Als er aus der letzten Kabine wieder in den Gang trat, kamen gerade Maggie und ein großer, gut gekleideter Schwarzer um die Ecke der Kreuzung am anderen Ende.

„Jonathan Hall, das ist Alex Corsair, MI6. Er hat mir geholfen. Alex, das ist Jonathan Hall, CIA. Er ist … ein alter Kollege."

Jonathan schüttelte Alex' Hand. Er hatte einen festen Händedruck, aber einen seltsamen Ausdruck in den Augen. Fast so, als würde ihn die Situation amüsieren.

„Wie weit sind wir?", fragte Maggie Jonathan.

„Das war die letzte hier unten. Ich habe noch immer die beiden Decks über uns abzuklappern, aber als ich das letzte Mal nachgeschaut habe, liefen in den Gängen noch immer ein halbes Dutzend Wachen herum, die nicht so aussahen, als würden sie irgendwann in naher Zukunft verschwinden wollen."

„Das ist Morgans innerer Zirkel", erklärte Maggie. „Seine loyalsten Wachen. Und die erfahrensten Söldner in der Truppe. Es ergibt Sinn, dass sie oben postiert sind. Die Suiten dort sind für die Ehrengäste."

„Ehrengäste?", fragte Jonathan.

„Die dicken Portemonnaies, Schätzchen", antwortete Alex.

„Portemonnaies und Regierungsmitarbeiter, die Zulassungen ausstellen können", ergänzte Maggie. „Wenn Umi wirklich das gesamte Gerontologiefeld auslöschen wollte, müsste sie im Grunde nur diese Leute ausradieren."

„Natürlich. Schneide den Nachschub ab, und die Wissenschaftler haben nichts mehr, womit sie arbeiten können", sagte Jonathan.

In diesem Augenblick kamen drei Wachen um die Ecke und rannten förmlich in sie hinein. Jonathan wollte gerade nach der Waffe in seinem Hosenbund greifen, doch Maggie hielt ihn zurück.

„Alle zurück in ihre … Oh, Sie sind's", sagte der Anführer der Wachen.

„Wir schließen nur die letzten Vorbereitungen ab", sagte Maggie. „Sie kehren besser in Ihre Kabinen zurück, bevor die Ansprache beginnt."

„Richtig. Los Jungs, gehen wir", sagte der Mann. Seine Kollegen musterten Jonathan mit stechenden Blicken, gingen aber schließlich ebenfalls weiter.

„Ich schlage vor, wir beeilen uns, bevor wir auf noch jemanden treffen", sagte Alex.

Irgendetwas störte Jonathan. Die Wachen schienen auf Maggie zu hören, hatten Alex aber aktiv ignoriert. Die Art, wie sie Alex offensichtlich ignoriert hatten, erinnerte Jonathan daran, wie Natalie ihn manchmal nicht ansah, wenn sie dabei erwischt worden war, etwas zu tun, das sie nicht hätte tun sollen.

„In Ordnung", sagte Maggie. „Irgendwelche Ideen, wie wir an den Wachen oben vorbeikommen?"

„Wieso geht ihr beiden nicht dort hinauf, und ich nehme die Treppe am anderen Ende des Flurs", schlug Alex vor. „Ich überlege mir eine Ablenkung, mit der ich ihre Aufmerksamkeit auf mich ziehe, und ihr könnt euch um die erlesenen Gäste kümmern. Dann überlegen wir uns, wie wir vom Schiff kommen."

Jonathan und Maggie wechselten einen Blick, und er erkannte, dass Alex sie ebenfalls nicht täuschen konnte. Maggie benutzte ihn aus irgendeinem Grund.

„Klingt gut", sagte sie.

Jonathan hielt sich zurück, bis sie am oberen Ende der Treppe in Position waren und auf Alex' Ablenkung warteten, bevor er irgendetwas sagte.

„Ich traue dem Kerl nicht."

Er warf einen schnellen Blick um die Ecke und den Gang hinab. Zwei Wachen waren an jeder der beiden Türen postiert. Selbst wenn sie sofort das Feuer eröffneten, sobald sie um die Ecke kämen, wäre es zweifelhaft, ob sie alle vier ausschalten könnten, ohne dass einer von ihnen einen Schuss abgab. Und die Männer hatten Maschinengewehre um die Schulter geschlungen. Das war übel.

„Das liegt daran, dass du clever bist", erklärte Maggie.

„Was tun wir dann hier?", wollte Jonathan wissen, während Maggie auf ihre Uhr schaute.

„Ihm nur genug Leine lassen", antwortete sie.

13:10 Uhr

Alex schaute noch einmal um die Ecke, um sicher zu sein, dass ihm niemand gefolgt war. Er musste diese Nachricht an Umi schicken, ohne gesehen zu werden. Maggie mochte wirklich in der Lage sein, Alex vom Schiff zu bringen, aber Alex war nie der Typ gewesen, der alles auf ein einziges Pferd setzte. Wenn es ihm gelang, dass Umi ihn wieder zu schätzen wusste, wäre sie ebenfalls in der Lage, ihn von Bord zu bringen. Zugegeben, das würde bedeuten, dass er hinab in diese Todesfalle auf dem Meeresgrund müsste, aber einen Schritt nach dem nächsten.

„Wie meinen Sie das, ‚Ich soll meine Ansprache vergessen', Mr. Corsair?", verlangte Umi über Funk zu erfahren. „Und wo waren Sie die letzte Stunde?"

„Ich sage das nur ein Mal", antwortete Alex. „Die Dinge sind nicht, wie sie scheinen. Ihr kleiner Plan wurde aufgedeckt. Maggie ist keine ehemalige MI6-Agentin, sie ist auf einer Mission hier."

„Mission? Was für eine Mission?", fragte Umi und klang mehr als nur ein bisschen alarmiert. „Wie lange wissen Sie das schon?"

„Sie ist Ihrem Plan auf die Schliche gekommen, teilweise zumindest. Und sie hat das CIA mit hineingezogen", erklärte Alex. „Garantieren Sie mir eine sichere Abreise von diesem Seelenverkäufer, und ich helfe Ihnen. Und ich bin auch nicht sehr erpicht darauf, den Rest meines Lebens in Ashita zu verbringen."

„Es gibt keine Möglichkeit, dass das CIA an Bord ist, ohne dass ich davon wüsste, das versichere ich Ihnen", sagte Umi.

„Sie sind nicht nur an Bord, sie steuern Ihr verdammtes Schiff!"

„Tanaka? Der Idiot? Das ist nicht möglich", sagte Umi. „Der Sturm …"

„… lässt nach. Er hat sie mit ein paar Einstellungen am Autopiloten ausgetrickst. Und ihr Aushängeschild der Sicherheitsmannschaft rennt herum und …"

Alex spürte den kalten Stahl eines Pistolenlaufs, der sich ihm in den Nacken drückte.

13:15 Uhr

Jonathan presste den Lauf seiner Waffe fester in Alex' Genick, dann griff er an ihm vorbei und nahm ihm das Funkgerät aus der Hand. Er tastete Alex mit einer Hand ab, fand eine Waffe und steckte sie sich in den Gürtel.

„Ich wollte schon immer ein Aushängeschild sein", sagte Maggie und hielt einen der Kabelbinder hoch, mit denen Jonathan die Passagiere „überzeugt" hatte, die ihm seine Grippegeschichte nicht abkaufen wollten. Sie zog sie vor Alex' Augen straff, sodass sie knallten, während Jonathan ihn mit der Waffe im Nacken in Schach hielt und ihm auch das Handy abnahm.

„Der Titel steht dir auch", sagte Jonathan mit einem Grinsen. Er liebte es, sich mit ihr zu necken. Es fühlte sich vertraut an, aber sie hatten nicht genügend Zeit dafür.

„Es ist nicht, wonach es aussieht", sagte Alex schließlich und schien seine Haltung zurückzugewinnen, nachdem er auf frischer Tat ertappt worden war.

„Wieso erklären Sie uns dann nicht einfach …"

Alex machte eine Bewegung, um Jonathan mit einem nach hinten schießenden Ellenbogen zu entwaffnen, während er redete, doch Jonathan wich ihm mühelos aus. Dann, zu seiner Überraschung, verpasste Maggie dem Fluchtversuch einen Schlusspunkt, indem sie Alex aus den Knien heraus die Faust ins Gesicht schlug. Der Mann sackte ohnmächtig zusammen.

„Himmel", sagte Jonathan.

„Also, *das* ist es, was ein anständiges Aushängeschild tun würde. Gott, das hat sich verflixt gut angefühlt", meinte sie und rieb sich die Knöchel.

„Du hast deine Schlagkraft vorhin in meiner Kabine wohl etwas gedrosselt", sagte Jonathan. Er steckte seine Waffe weg, rollte Alex auf den Bauch und verschnürte ihm mit dem Kabelbinder die Handgelenke.

„Eigentlich nicht. Er hat mich nur noch mehr angepisst. Wie viel Zeit haben wir noch?"

„Weniger als fünfzehn Minuten. Vielleicht", antwortete Jonathan.

„Was soll das heißen, ‚vielleicht'?"

„Falls Umi vorher noch nicht wusste, dass du und Tanaka hinter ihr her seid, weiß sie es mit absoluter Sicherheit jetzt. Wenn sie die Möglichkeit dazu hat, könnte sie das Gas früher freilassen." Jonathan wuchtete Alex' Körper in eine Vorratskammer.

„Daran können wir jetzt nichts ändern. Lass uns diese letzten vier Leute impfen, dann können wir uns Sorgen um uns machen", sagte Maggie.

„*Es wird durch eine Zeitschaltuhr gestartet*", meldete Tanaka sich durch Jonathans Implantat. „*Ich habe ein Gespräch belauscht, zwischen Umi und Morgan. Eine Zeitschaltuhr ist der einzige Weg, wie sie das Gas überall gleichzeitig freilassen können. Und Ihnen bleiben noch exakt dreizehn Minuten.*"

„Richtig“, sagte Jonathan zu ihnen beiden. Er fragte sich immer noch, was Alex gemeint hatte, als er zu Umi sagte: *„Sie ist Ihrem Plan auf die Schliche gekommen, teilweise zumindest.“* Wie sah der andere Teil aus?

„Also, jetzt, wo wir keine Ablenkung mehr haben, irgendwelche Ideen?“, fragte Maggie.

„Auf keinen Fall können wir sie nur von einem Punkt aus überwältigen, aber wenn wir gleichzeitig von beiden Seiten in den Gang stürmen …“

„Brillant“, meinte Maggie. „Ich wusste, dass du mehr kannst, als nur hübsch sein. Du gehst zum anderen Ende. Lass uns unsere Uhren vergleichen. Ich gebe dir zwei Minuten. Ab jetzt.“

„Ich sehe dich dann gleich“, sagte Jonathan und eilte den Korridor hinab. Als er weit genug weg war, tippte er sich hinters Ohr. „Tanaka, sind Sie da?“

„Es ist ein Implantat, Jonathan. Ich bin immer hier.“

„Richtig. Dann haben Sie unseren Plan gehört. Ich habe nur eine Minute. Alex sagte was davon, dass das Gas nur ein *Teil* von Umis Plan ist. Irgendwelche Ideen, wovon er gesprochen hat?“ Jonathan erreichte das Ende des Gangs und ging in Position, den Blick auf die Uhr gerichtet.

„Zuerst dachten wir, der Angriff auf dem Schiff wäre ihr ganzer Plan, aber einige Gespräche, die ich mitgehört habe, haben deutlich gemacht, dass da noch etwas anderes ist – etwas Großes –, das nach dem Gasangriff geschieht. Nichts Genaues jedoch, tut mir leid. Wenn ich sonst noch etwas darüber höre, lasse ich es Sie wissen.“

„In Ordnung. Passen Sie auf sich auf. Umi weiß jetzt, dass Sie zu uns gehören. Und sie macht nicht den Eindruck einer Frau, die Verrat so leicht verzeiht.“

„Damit haben Sie recht. Aber für uns spricht, dass ihr Ego größer ist als ihr Schiff. Ich bezweifle, dass sie ernsthaft glaubt, irgendjemand könne sie in irgendetwas schlagen.“

„Dann hoffen wir, dass sie sich irrt“, sagte Jonathan und holte seine Waffe heraus. Er zog den Schlitten zurück und lud eine Kugel in die Kammer. Er beobachtete, wie die letzten Sekunden vorbeitickten, und rollte sich dann einmal herum, sodass er flach auf dem Boden lag und mit der Pistole in beiden Händen den Korridor hinunterzielte.

Er gab zwei Schüsse auf die beiden Wachen ab, die am dichtesten bei ihm standen. Einer traf die erste Wache in die Schulter, der andere erwischte die zweite Wache in der Hüfte. Beide schrien auf und sackten zu Boden, versuchten aber immer noch, ihre Waffen zu heben. Jonathan hörte weitere Schüsse, versuchte aber, sich weiter auf seine Ziele zu konzentrieren.

„Waffen runter! Sofort!“, rief Jonathan. Der Wachmann mit der zerstörten Hüfte gehorchte, warf seine Waffe zu Boden und sank mit schmerzverzerrtem Gesicht an die Wand. Die andere Wache ignorierte den Befehl und begann zu feuern. Der Boden um Jonathan herum explodierte in Zerstörung, als das Maschinengewehr einen Pfad in seine Richtung durch den Teppich fräste. Die schnellen Schussgeräusche verstummten, kurz bevor sie ihn erreichten.

Der Wachmann kippte nach vorn mit einem klaffenden Loch in der Stirn. Maggie stand hinter ihm, aus ihrer Waffe stieg noch Rauch auf.

Jonathan schaute weiter den Gang hinunter und sah, dass Maggies Wachen reglos am Boden lagen, ebenfalls mit Schusswunden in der Stirn. Er stand auf und ging den Korridor entlang zu dem Mann, den er verwundet hatte. Gleichzeitig hob Maggie die Waffe für den finalen Schuss.

„Nicht, warte!“

Maggie hielt inne. „Wieso?“

„Ich habe ein paar Fragen an den hier“, sagte Jonathan und befreite den Verwundeten von seinem Maschinengewehr.

„Wieso sollte er dir irgendwas erzählen?“

„Sieh dich um. Sie haben keine Masken dabei", erklärte Jonathan. „Er wird uns alles erzählen, was wir wissen wollen. Denn wenn er es nicht tut, werden wir ihn hier an Ort und Stelle fesseln und ihn dem Gas überlassen."

„Was? Das würdet ihr nicht tun. Kommt schon!", sagte die Wache und verzog immer wieder das Gesicht vor Schmerzen.

„Lass es drauf ankommen", sagte Jonathan und drehte sich um, um zu gehen.

„Moment! Gut, ich sag euch, was ihr wissen wollt. Alles. Lasst mich nur nicht hier!"

„So viel zu den erfahrenen Söldnern", meinte Maggie.

„Sieh ihn dir an. Er ist ein Kind. Ich bezweifle, dass er je zuvor in einem Kampf war", sagte Jonathan. Die Wache verbesserte ihn nicht. „Das Gleiche mit den anderen. Sieh doch."

Maggie schaute ihn ebenso irritiert an, wie Jonathan sich fühlte. „Wenn diese Männer nicht Morgans Innerer Kreis sind, wo zur Hölle sind sie dann?"

„Ich setze mein Geld darauf, dass sie dort sind, wo auch immer Umi und Morgan sind. Im U-Boot vielleicht? Aber eins nach dem anderen. Du gehst und kümmerst dich um die letzten vier Passagiere." Jonathan reichte ihr die Injektionspistole.

„Warum ich?"

„Sie sind in ihre Kabinen gesperrt, mit Wachen vor der Tür, und haben gerade Schüsse im Gang gehört. Selbst wenn sie vorher auf mich gehört hätten, werden sie es jetzt ganz sicher nicht mehr tun. Aber auf dich werden sie hören. Du hast sie überprüft, sie von den Sicherheitsmaßnahmen überzeugt und davon, dass sie auf der Konferenz sicher sind. Sie kennen dein Gesicht."

„Du hast recht", sagte Maggie. Sie ging zur ersten Tür, klopfte und war innerhalb von dreißig Sekunden in der Kabine, um mit den Ehrengästen zu sprechen. Jonathan kniete sich neben den verletzten Wachmann.

„Wie heißt du?"

„Darren Prikl, Sir", brachte der Junge hervor.

„Okay, Darren. Erzähl mir von Ashita. Und ich würde mich beeilen, wenn ich du wäre." Jonathan klopfte mit der Waffe auf seine Uhr und machte ein Gesicht, als würde er ersticken. Darren fand das ganz und gar nicht witzig.

„Sie erzählen mir nicht viel", erklärte Darren und verzog das Gesicht. „Ich weiß, dass die alte Dame vor dem Gasangriff nach unten geht."

„Wo *unten*?"

„Sie bringen schon seit Monaten mit den U-Booten Zeug irgendwohin. An irgendeinen Ort namens Ashita."

„Es gibt mehr als ein U-Boot?"

„Nun, zumindest war es mal so. Eines davon ging kaputt. Es liegt neben dem Moonpool hinter einigen Trennwänden. Sie müssten schon wissen, dass es dort ist, um es auch nur zu sehen. In letzter Zeit haben sie nur das andere benutzt."

„Du warst nicht dort unten?"

„Nein, nur Mr. Morgans Elitewachen gehen runter."

Maggie kam aus der Kabine.

„Zwei geschafft, zwei noch vor uns", sagte sie und eilte zur anderen Tür. „Kriegst du irgendwas aus ihm raus?"

„Oh ja. Wir wissen jetzt, dass ein U-Boot kaputt ist und es einen Ort namens Ashita irgendwo ‚unten' gibt."

„Mit anderen Worten also nichts", gab Maggie zurück. Die nächsten beiden Ehrengäste öffneten endlich die Tür, aber es kostete Maggie beinahe eine ganze Minute, sie dazu zu bringen, sie einzulassen.

„Du hast sie gehört, Junge. Du erzählst mir nichts, das mir Lust darauf macht, dich hier rauszuholen."

„Das ist alles, was ich weiß! Ich schwör's!"

„Ganz wie du möchtest", sagte Jonathan, stand auf und ging davon.

„Warten Sie! Äh, der große Kerl. Ich habe irgendeinen großen Kerl aus dem Moonpool kommen sehen, der Tauchausrüstung trug!“

Jonathans Brust zog sich zusammen, und er spürte, wie sich ihm die Nackenhaare aufstellten. „Welcher große Kerl? Beschreib ihn.“

„Er war groß, wie ich sagte. Und blond. Hatte nur Tauchershorts an, nachdem er seine Ausrüstung abgelegt hat. Und er war … völlig vernarbt.“

„Was hast du sonst noch gesehen? Wo ist der Kerl hingegangen?“

„Der ging nirgendwo hin. Er sah wirklich müde aus. Dann hat sich Mr. Corsair an ihn rangeschlichen und ihn mit einem Rohr geschlagen. Hat ihn umgehauen. Oder umgebracht. Ich weiß nicht genau, was davon.“

Jonathan konnte nicht glauben, was er hörte. Lew? Hier an Bord?

„Wie konntest du das alles sehen?“, fragte er. Er wünschte sich beinahe, dass der Junge log, wusste aber auch, dass der Junge tot wäre, wenn Alex ihn bemerkt hätte. Darren schaute weg, als wollte er nichts weiter sagen. Jonathan sprang ihn an und packte seine Uniform mit den Fäusten. „Wie konntest du das sehen?“

„Okay, okay! Ich und ein paar der anderen Wachen haben uns manchmal ins kaputte U-Boot geschlichen, um Gras zu rauchen. Wir haben aus einem der Atemgeräte eine Bong gebaut. Und das U-Boot verhindert, dass der Geruch ausströmt. Wir waren da drin, als wir gehört haben, wie der große Kerl sich aus dem Moonpool geschleppt hat. Ich hab den Kopf rausgestreckt und um die Trennwand geguckt. Ich hab alles gesehen.“

„Wo ist er jetzt, der große Kerl?“

„Mr. Corsair hat ihn in eine große Kiste gesteckt und ein

paar andere Wachen geholt, um ihn ins funktionierende U-Boot zu laden. Er hat ihnen gesagt, sie sollen ihn dort hinbringen."

„Ihn wo hinbringen?"

„Nach Ashita. Wenn er noch lebt, ist der große Kerl in Ashita. Das ist alles, was ich weiß. Nachdem sie abgetaucht sind, sind wir abgehauen und haben geschworen, nichts zu sagen. Wir wussten, was Mr. Corsair uns antun würde, wenn er herausfindet, dass wir dort waren."

„Euch antun? Was genau ist Corsairs Job?", wollte Jonathan wissen. Der Kerl war offensichtlich nicht vom MI6, oder wenn doch, dann war er ein Verräter. Aber so wie Maggie es erzählte, war Corsair erst genauso lange an Bord des Schiffes wie sie.

„Ich weiß nicht, was sein offizieller Job ist, aber er ist Ms. Tenabes Vollstrecker. Wenn du ihm krumm kommst, verschwindest du. Einer der Männer hat uns erzählt, er habe Corsair vor ein paar Wochen an Deck mit einem der Wissenschaftler gesehen. Hat ihm ein Messer in den Hals gerammt und ihn von Bord geworfen, als würde er eine Zigarettenkippe wegschnippsen. Der ist völlig irre."

„Wie lange arbeitet er schon für Tenabe?"

„Er war schon hier, als ich anfing. Also wenigstens ein Jahr. Wie wäre es jetzt, wenn Sie mich hier rausholen?"

„Corsair", stieß Jonathan zwischen zusammengebissenen Zähnen hindurch. Er ließ Darren los, stand auf und ging in Richtung Korridorende, gerade, als Maggie aus der letzten Kabine kam.

„Und wir sind fertig. Hey, wo gehst du hin? Gütiger Gott, was ist denn, Jonathan?", fragte Maggie.

„Keine Zeit. Verpass dem Jungen 'ne Ladung. Ich muss ein kleines Gespräch mit dem Arschloch in der Kammer führen."

Er packte die Tür zur Vorratskammer und riss sie auf. Der Raum dahinter war leer. Alex war entkommen.

„Fuck! Tanaka, haben Sie das alles mitbekommen?"

„*Grundgütiger, ja*", antwortete Tanaka.

„Können Sie eine Nachricht an Fahd schicken? Rausfinden, ob Lew die *Atlantis Explorer* verlassen hat?"

„Nicht möglich. Wie ich Ihnen sagte, ich weiß nichts über die Vorrichtung, die die Kommunikation stört. Und jeder, der etwas darüber weiß, ist in einen Raum eingesperrt und wartet darauf, vergast zu werden."

„Gottverdammt!", rief Jonathan und schlug den Griff seiner Waffe gegen die Schiffswand.

„Ähm, mit wem redest du, Partner?", fragte Maggie und sah Jonathan an, als habe er den Verstand verloren.

„*Jonathan, Jonathan!*", rief Tanaka.

„Was?"

„*Sie haben weniger als fünf Minuten, bevor das Gas freigesetzt wird. Wir können uns darum kümmern, wenn das Gas sich verzogen hat. Jetzt im Augenblick müssen Sie zu Ihren Masken!*"

„Keine Zeit", erwiderte Jonathan. Es gab keine Möglichkeit, wie er es rechtzeitig in seine Kabine schaffen würde. Und Maggie würde es ohnehin nicht helfen, es gab dort nur eine Maske. Tanaka hatte die andere. Wenn sie die nächsten zwölf Stunden nicht verschlafen wollten, mussten sie hier weg. Und schnell.

„*Shit*", fluchte Tanaka. „*Okay, schaffen Sie Ihren Hintern an Deck und so weit weg wie möglich von allen geschlossenen Räumen. Der Wind kommt von Westen. Ich drehe das Schiff. Gehen Sie zum Helipad auf der Steuerbordseite. Und ich meine direkt an die verfluchte Reling. Los!*"

Jonathan ließ die Kuriertasche fallen und begann zu rennen, merkte aber dann, dass er keine Ahnung hatte, wo das Steuerbord-Helipad war. Plötzlich packte ihn Maggie und stieß ihn gegen die Wand.

„Hör auf, hier rumzuspinnen, Jonathan! Du machst mir Angst. Ich brauche dich hier, jetzt."

„Ich bin hier", sagte er und schob sie weg. „Ich habe keine Zeit für Erklärungen. Vertrau mir einfach. Wir müssen zum Steuerbord-Helipad. Uns bleiben vielleicht noch vier Minuten, bevor das Gas austritt."

„Vier ... Aber woher weißt du ..."

„Maggie!", rief Jonathan, und diesmal war er es, der sie bei den Schultern packte. „In welche Richtung?"

„Ähm, dort runter, das Schiff entlang, dann hoch zum Deck."

Jonathan nahm ihre Hand und rannte los. Er versuchte, nicht an Lew zu denken, doch das war unmöglich. Wenn der Junge sich geirrt hatte mit der Kiste und Lew irgendwo an Bord war, dann würde er in wenigen Minuten sterben.

Verlasst das Schiff!

24

ÜBER DER JUROJIN MARU
13:25 Uhr Ortszeit

„Dort ist sie!", sagte Tatsu erleichtert. Aufgrund des Winds hatte der Flug länger gedauert als erwartet. Sie hatte angefangen, sich Sorgen zu machen, dass sie das Schiff nicht finden würden. Selbst wenn ein Teil von ihr der Ansicht war, dass das das beste Szenario sein könnte.

„Worauf wartet er? Sag ihm, dass er landen soll", rief Per in sein Kopfhörermikrofon.

„Ich weiß es nicht", gab Tatsu zurück. Sie redete mit dem Piloten auf Japanisch.

„Wir können nicht landen!", rief der Pilot ihr zu. „Der Sturm hatte sich entfernt, aber jetzt hat er wieder in unsere Richtung gedreht. Die Scherwinde werden uns aufs Deck schleudern!"

„Und?", fragte Per, als der Pilot ausgesprochen hatte.

„Er sagt, der Sturm ist noch zu stark. Er kann nicht landen."

„Ich schlage vor, dass du ihn ermutigst."

Tatsu schaute auf ihre Uhr und wusste, dass sich in wenigen Minuten nur noch Leichen an Bord des Schiffes befinden würden.

Sie diskutierte mit dem Piloten – nicht für Per, sondern für sich selbst –, doch er gab nicht nach.

„Er wird nicht landen. Sagt, er könnte nicht, selbst wenn er wollte. Er widersetzt sich nicht, es ist die Wahrheit. Ich habe Landeunfälle in deutlich milderem Wetter als diesem gesehen."

Per schaute zum Piloten, dann wieder zu Tatsu. Er schien zu versuchen, zu einer Lösung zu kommen. Dann blickte er zum Schiff hinunter.

„Der Wind kommt von Westen. Sag ihm, er soll das Schiff von hinten anfliegen, und er soll so tief wie möglich fliegen."

„Und dann was?", wollte Tatsu wissen und kannte die Antwort bereits.

„Und dann springen wir."

Es brauchte etwas Arbeit, doch schließlich konnte sie den Piloten überreden, es zu versuchen.

„Machen Sie sich fertig! Wir sind gleich da", rief sie. Vielleicht bekommt Umi ihren Wunsch doch noch erfüllt, dachte Tatsu, während sie versuchte, ihren Verstand davon abzuhalten, sich einen Tod in einem heiß auflodernden Hubschrauber vorzustellen.

Der Hubschrauber drehte nach Westen und machte sich für den Anflug fertig; der Wind schubste sie hin und her wie ein verrücktes Pendel am Himmel. Sie flogen einen weiten Bogen, und der Pilot richtete die Nase das Hubschraubers auf das Deck weit unter ihnen und rief irgendetwas, immer und immer wieder.

„Was sagt er?", fragte Per.

„Dafür gibt es keine richtige Übersetzung. Das passendste wäre in etwa ‚Das ist kompletter Irrsinn'."

Und zum ersten Mal, so lange sie ihn kannte, lächelte Per.

Jonathan kam es so vor, als wäre er schon immer Treppen hinaufgestiegen. Sie waren in eine Gruppe verspäteter Wachen gelaufen, die keine Masken trugen und dazu verdammt waren, in wenigen Augenblicken zu sterben. Jonathan hatte sie entwaffnet, doch bevor er sie impfen konnte, waren sie geflohen.

Gegen Maggies Proteste hatten sie die Wachen in die Eingeweide des Schiffs verfolgt. Schließlich war es ihnen gelungen, sie einzuholen und ihnen das Gegenmittel zu injizieren, aber nicht, ohne wertvolle Zeit zu verlieren.

Maggie wirkte im Gegensatz zu ihm ganz und gar nicht außer Atem. Sie war offensichtlich in besserer Form als er. Sie waren über die halbe Länge des Schiffs gelaufen und nun dabei, die Stufen ganz hinauf aufs oberste Deck zu nehmen, das Äquivalent zu einem Lauf in einem siebenstöckigen Gebäude.

Zu lange. Es dauert schon zu lange.

Er konnte nicht glauben, dass das Gas noch nicht freigesetzt worden war. Eine winzige Stimme in seinem Kopf sagte, dass vielleicht alles nur eine riesige Verarschung war, aber er wusste, dass das nur Wunschdenken war. Die Art von Wunschdenken, die Menschen ihr Leben kostete.

„Da!", rief Maggie, als sie das obere Deck erreichten und in einen letzten Korridor abbogen. An dessen Ende war ein Durchgang, hinter dem sie das Helipad sehen konnten. Draußen regnete es in Strömen, und die Art, wie der Regen vor dem Durchgang zur Seite prasselte, machte klar, dass der Sturm doch wieder herumgeschwenkt war.

Sie griff seine Hand, und sie rannten. „Hab doch gesagt … wir … schaffen das …"

Direkt voraus, zwei Meter vor dem Durchgang, begann weißblauer Dampf aus den Lüftungsschlitzen in den Schotten zu strömen. Maggie und Jonathan blieben stehen und drehten sich um. Derselbe Dampf strömte aus den Lüftungen drei Meter hinter ihnen. Sie waren gefangen.

Maggie sank gegen Jonathans Brust, als sie beide zusahen, wie der dünne Hoffnungsstreifen ihrer Flucht sich verdunkelte. Die Zeit schien stillzustehen. Er lauschte dem Geräusch des Regens und Windes am Ende des Korridors, dem Zischen des Gases überall um sie herum, dem schweren Keuchen ihrer Erschöpfung.

Er versuchte, Trost in der Tatsache zu finden, dass sie alle an Bord gerettet hatten, aber es war nicht genug. Er hörte Corsair sagen: „teilweise", wieder und wieder. Wie sah der Rest von Umis Plan aus? Wer würde sterben, während er und Maggie schliefen? Jonathan dachte an Lew, der bereits tot sein mochte oder vielleicht nicht. Und dann, seltsamerweise, dachte er an den Kuss, den Maggie ihm in seiner Kabine gegeben hatte. Und er traf eine Entscheidung.

Es war nicht die Zeit, aufzugeben. Noch nicht.

„Komm! Hol tief Luft und bedecke deine Augen!", rief er über das Tosen des Wetters vor dem Gang. Er erwartete, dass sie ihm sagen würde, dass es Zeitverschwendung wäre, aber sie tat, was er verlangte.

Und dann rannten sie schneller und härter als zuvor, ohne zu atmen und blind. Sie prallten von den Schottwänden ab, doch schließlich spürten sie den Wind und den Regen auf sie einprasseln. Sie waren draußen. Jonathan stieß seinen Atem aus und nahm die Arme von den Augen.

„Wir haben's gesch… Himmel, Maggie, Vorsicht!"

Sie hatten die Kontrolle verloren. Der Hubschrauber hatte bei seinem ersten Anflug eine Stange erwischt, die auf dem Deck montiert war, hatte sie abgerissen und in den Ozean geschleudert; ein dreißig Zentimeter hoher, runder Stumpf mit dem Durchmesser einer Fingerlänge war alles, was noch verriet, dass dort jemals etwas gewesen war. Der Rotor war beschädigt, der Pilot kämpfte zwischen seinen Schreien mit dem Steuerknüppel, und sie wirbelten herum wie in einem Kettenkarussell. Irgendwie hielt der Pilot den Vogel davon ab, aufs Deck zu schlagen, aber nur knapp.

Tatsu schaute aus dem Fenster und sah, wie ihr Heckteil

beinahe zwei Menschen an Deck zu Matsch verarbeitete. Sie erkannte einen davon als Ms. Reynolds, die Sicherheitschefin, die Umi angestellt hatte, aber den Mann erkannte sie nicht. Sie sah, wie er etwas rief, dann abtauchte und Reynolds in letzter Sekunde aus der Bahn des heranbrausenden Heckrotors schubste.

Das wirkliche Problem war, dass sie die Tür nicht öffnen konnten, um wenigstens zu versuchen, rauszukommen. Die Zentripetalkraft hielt sie fest verschlossen. Per zog seine Jacke aus, um seinen Roboterarm von dem behindernden Stoff zu befreien, doch anstatt nach dem Türgriff zu greifen, wie er es bereits versucht hatte, packte er die Scharniere und riss sie aus dem Metall. Dann schlug er mit dem Arm gegen die Tür, und sie flog weit vom Hubschrauber davon und in den Ozean.

Jetzt war der Sturm innerhalb der Kabine; Regen prügelte so hart auf sie ein, dass sie kaum die Augen offen halten konnten.

„Halt dich an mir fest!“, schrie Per. Sie konnte ihn kaum über das Jaulen des Windes hören, tat jedoch, was er verlangte, und schlang die Arme um ihn. Und so sprangen sie.

Als sie durch die Luft fielen, wartete Tatsu darauf, dass der herumwirbelnde Hubschrauber gegen sie krachen und sie in kleine Teile schnetzeln würde. Doch als sie sich abgestoßen hatten, hatten sie den Hubschrauber aus der Balance gebracht. Er strauchelte vom Schiff weg und ins Meer. Sie fielen unglaublich schnell, doch Per bekam eines der Metallkabel über dem Schiff mit seiner künstlichen Hand zu fassen, und sie kamen mit einem Ruck zum Stehen. Wenigstens für einen Augenblick. Die Kraft war selbst für diese unglaubliche Prothese zu viel, und bald fielen sie wieder. Sie schlugen hart aufs Deck, direkt neben den anderen zwei Personen, die dort lagen, und verpassten nur um Haaresbreite den Rohrstumpf, der aus dem Deck ragte.

Tatsu hörte Reynolds erstaunt ihren Namen sagen, dann verlor sie das Bewusstsein.

Maggie sah, wie der beschädigte Hubschrauber ein paarmal von der Oberfläche der tobenden See abprallte, bevor sich das Heck ins Wasser schob und die Kraft die Maschine in zwei Teile riss. Eine Sekunde später explodierte ein Feuerball in den Himmel, die Hitze brannte selbst aus dieser Entfernung noch auf der Haut. Sie drehte sich weg, bis die Hitzewelle nachließ, und als sie wieder hinschaute, war der Hubschrauber komplett verschwunden. Maggie sah wieder zu Tatsu und dem seltsamen kleinen Mann, der gerade mit ihr auf dem Rücken aus dem Hubschrauber gesprungen war.

„Wer zur Hölle sind Sie?“, wollte Maggie wissen.

„Per Broden.“

„Woher wissen Sie …“ Maggies Frage wurde abgeschnitten, als Kugeln zwischen ihnen ins Deck schlugen.

Alle schauten nach oben zur Quelle der Schüsse. Zwei Decks über ihnen stand Alex Corsair über der Reling, mit einer Gasmaske und einem Maschinengewehr in Händen, aus dem er kurze Feuerstöße abgab. Er hatte sein Jackett abgelegt, und seine Umrisse hoben sich scharf von den dunklen, auftürmenden Sturmwolken hinter ihm ab, die das ganze Schiff zu verschlingen drohten. Maggie wusste, dass Alex trotz all seiner Makel ein erstklassiger Schütze war. Das Schaukeln des Schiffes war alles, was sie gerettet hatte. Sie zog ihre Waffe und zielte, doch bevor sie schießen konnte, schlug Jonathan ihren Arm nach unten, und ihr Schuss traf eine der Schiffswände.

„Jonathan! Was tust du?“

„Ich brauche ihn lebend“, sagte Jonathan. Dann hörten sie weitere Schüsse, doch sie waren nicht auf sie gezielt. Jemand in einer Wachuniform stand ähnlich wie Alex mit einem Bein über der Reling, zwei Decks über ihm. Auch er trug eine Gasmaske und schoss auf Alex.

„Das ist Morgan“, rief Maggie. Sie wusste, wieso Morgan noch immer hier war und versuchte, Alex zu töten: Umi wollte keine losen Enden zurücklassen. Aber Morgan hatte nicht mit der zusammengewürfelten Gruppe gerechnet, die sich über das Schiffsdeck verteilte.

Sie sahen zu, wie Alex versuchte, sich umzudrehen, doch seine ganze Aufmerksamkeit wurde davon in Anspruch genommen, die Balance zu halten. Dann stießen zwei pinke Wölkchen an seinem rechten Arm und der Schulter auf, als Morgen erneut feuerte.

„Nein!“, rief Jonathan und eröffnete das Feuer auf Morgan.

Eine Sekunde später tat Maggie es ihm gleich. Das schwankende Schiff machte auch ihnen das Zielen schwer, Kugeln tanzten von den Wänden überall um Morgan herum. Er duckte sich und floh. Alex stand schwankend da, zwei weitere rote Blüten auf seinem makellosen weißen Hemd. Es schien, als wolle er seine Waffe für einen weiteren Feuerstoß heben, doch sein Arm gehorchte ihm nicht mehr. Dann kippte er nach vorne.

Die Waffe fiel scheppernd neben Jonathan zu Boden, dann krachte Alex mit dem Rücken voran daneben aufs Deck. Blut spritzte in die Luft wie bei einer der Wasserfontänen in Vegas. Maggie erkannte auch, warum. Alex war auf dem schartigen Rohr gelandet, das aus dem Deck ragte und ihm die Brust durchbohrt hatte. Sein Mund bewegte sich, als er versuchte, das fremde Ding zu fassen, das aus ihm herausragte, doch seine blutverschmierten Hände rutschten immer wieder davon ab.

„Gib mir Deckung“, sagte Jonathan zu Maggie, als er zu Alex lief. „Corsair. Corsair!“, sagte er. Alex starrte nur in den Himmel, blutige Blasen sammelten sich um seinen Mund und verzierten seine leuchtend weißen Zähne mit einem grässlichen Rot. Er lachte oder versuchte es zumindest. Jonathan schob Alex' Gasmaske nach oben, nahm seinen Kopf in seine Hände und drehte ihn, damit sie sich ansahen.

„R…rede besser schnell, Schätzchen", sagte Alex und verschmierte das Rot auf seinen makellosen Zähnen.

„Der große Kerl, den Sie beim Moonpool mit dem Rohr geschlagen haben. Haben Sie ihn getötet? Was haben Sie mit der Leiche gemacht?"

„Nicht sicher. Mistkerl hat das Rohr verbogen. Froh, dass ich nicht direkt gegen ihn ranmusste." Alex versuchte, ein schweres, krampfendes Husten zu unterdrücken. „Ich hab ihn runter nach Ashita geschickt. Mein Geschenk an die eiserne Schlampe. Wünschte … wünschte, ich könnte sehen, wie er dort rausspringt und ihre Geheimnisse offenbart."

„Welche Geheimnisse?", fragte Maggie und trat neben Alex.

„Tut mir leid, dass ich dich benutzt habe, Süße. Du hast ein gutes Herz, selbst nach allem, was du durchgemacht hast", sagte Alex. „Und du warst eine super Gespielin, Schätzchen." Jonathans Kopf ruckte rum, und er sah sie an. Sie schien ihn zu ignorieren.

„Alex, welche Geheimnisse? Was genau ist Ashita? So was wie eine Unterwasserstation? Eine Art Forschungsstation? Wenn wir dort runtergehen, was erwart …"

Alex packte ihren Arm, die Augen weit aufgerissen vor Furcht.

„Geh dort nicht runter, Maggie", zischte Alex in einem scharfen Flüstern. „Was immer ihr tut. Sie ist noch nicht fertig. Dies ist erst der Anfang. Dachte, ich könnte mein Geld nehmen und abhauen. Sollte nicht sein."

„Was zur Hölle bedeutet das?", fragte Jonathan.

Er sah zu Per Broden und dem jungen Mädchen, das offensichtlich Tatsu hieß, die ein paar Schritt entfernt saßen. Der

Mann hatte sie in seinen Schoß gezogen, beinahe, als würde er etwas beschützen, das er brauchte. Tatsu war noch immer bewusstlos, aber sie regte sich – sie war am Leben.

„Mikawa, aber nicht Mikawa. Ashita wird für sie töten", erklärte Alex. Es ergab für Jonathan keinen Sinn.

„Alex. Alex!"

„Tatsu weiß es. Sie war von Anfang an dabei. Fragt sie." Alex packte ihre beiden Arme und versuchte, sich aufzusetzen. *„Fragt sie!"*

Dann fiel er wieder aufs Deck. Leblos.

„Was ist passiert?", fragte Tatsu, die langsam wieder zu sich kam. Sie betrachtete den toten Mann, der vor ihr lag, dann den Schaden rund ums Helipad.

„Wir wollten dich gerade dasselbe fragen", antwortete Jonathan.

25

UNBEKANNT

Lew fühlte sich, als hätte er eine Woche lang durchgesoffen. Jeder Muskel seines Körpers schmerzte von seinem Schwimmausflug, und sein Kopf pochte dort, wo der gut gekleidete Fremde versuchte hatte, mit seinem Schädel einen Homerun zu schlagen. Als er aufgewacht war, hatte er den furchterregenden Gedanken gehabt, dass er lebendig begraben wäre. Er hatte in die Dunkelheit gegriffen und die Wände seines hölzernen Gefängnisses ertastet; es hatte etwa die Ausmaße eines großen Sargs, bis hin zum versiegelten Deckel. Er hatte so fest dagegengedrückt, wie er es in seiner Verfassung gekonnt hatte, aber die unsichtbare Barriere rührte sich kein Stück.

So furchterregend das auch gewesen war, was seine Psyche im Augenblick noch schwerer belastete, war die Tatsache, dass er nicht allein in der Kiste zu sein schien. Unter sich konnte er mindestens zwei weitere Leichen spüren. Oder etwas, das sich wie Leichen *anfühlte*, denn irgendetwas daran war seltsam. Lew hatte Erfahrung damit, unter Leichen zu liegen – im Irak hatte es ihm das Leben gerettet, sich unter einem Haufen davon zu verstecken. Aber das hier war anders.

Zuerst einmal gab es keinen Geruch. Der Geruch, der in Lews Albträumen bis zu seinem Todestag weiterleben würde, war unverwechselbar – und nicht vorhanden. Was er hingegen roch, war ihm unbekannt – eine Art künstlicher, verbrannter Geruch. Auf keinen Fall verbranntes Fleisch. Auch damit hatte er – unglücklicherweise – einige Erfahrung. Dennoch fühlten sie sich eindeutig wie Körper an. Aber nicht wie Körper. Sie waren zu kalt, zu fest, selbst für Leichen. Lew wusste, der einzige Weg, um herauszufinden, was los war, war, aus der Kiste zu kommen. Außer natürlich, er war wirklich begraben, und außerhalb der Kiste befand sich nichts als Tonnen von Erde.

Lew überzeugte sich davon, dass das Unsinn war. Die nächstgelegene Erde von dem Punkt aus, an dem ihn das Rohr ausgeknipst hatte, lag Hunderte Meter unter dem Meeresspiegel, oder viele Kilometer östlich, auf der Insel Iwo Jima. Er schaffte es, sich selbst zu beruhigen, zog dann die Knie ans Kinn und trat gegen den Deckel des ihn umgebenden Rätsels. Wenn schon sonst nichts, dann bedeutete die Tatsache, dass er in einem übergroßen Sarg lag, dass er ein wenig Raum hatte, um Kraft auszuüben.

Zuerst weigerte sich der Deckel, sich zu rühren, doch nach einigen weiteren Treffern – jeder davon jagte einen spitzen Schmerz durch Lews pochenden Schädel – begannen die Nägel an den Seiten der Kiste mit lautem Quietschen nachzugeben. Erleichterung flutete Lews Brust, als ein schmaler Spalt grelles Licht in die Kiste ließ. Es war ausreichend, dass er sich hätte umdrehen können, um zu sehen, auf wem – oder was – er da lag, doch er hielt es für die bessere Idee, damit zu warten, bis er sich befreit hatte. Er stand noch immer gefährlich dicht davor, auszuflippen.

Nach vier oder fünf weiteren Tritten weitete sich der Spalt zu einem fingerbreiten Lichtdurchlass. Er kniff die Augen gegen die brutale Helligkeit zusammen und konnte tiefes Blau und leuchtendes Weiß außerhalb seines Gefängnisses erkennen. Und dann, mit einem letzten Tritt, begleitet von einem kraftverstärkenden Schrei, trat Lew den Deckel ganz von der Kiste. Ohne darauf zu warten, auch nur herauszufinden, wo er war, kämpfte er seine Muskelschmerzen nieder und kletterte über den Rand. Seine nackten Füße klatschten auf kalten, weißen, zementartigen Boden. Er blieb einige Augenblicke vornübergebeugt stehen und sammelte seinen Atem. Als er sich schließlich umschaute, brauchte es eine Weile, bis sein Gehirn verstand, was es sah.

„Was zum Teufel?"

Er war in einem weitläufigen, größtenteils weißen Raum, gefüllt mit Kisten unterschiedlicher Größe, Möbeln und Überseekoffern. Die Decke hing etwa dreieinhalb Meter über ihm, und alle Wände bis auf eine waren von einem satten Weiß. Es war die vierte Wand, die seinen Verstand außer Gefecht zu setzen drohte. Sie bestand aus mehreren großen Dreiecken, die zusammengesetzt waren, jedes davon so groß wie er. Die Stücke waren transparent, und es musste sich um irgendein ziemlich dickes Plexiglas handeln, schätzte Lew, denn auf der anderen Seite war der Meeresboden. Das Licht, sowohl im Raum wie auch für knapp zwanzig Meter jenseits der Scheiben, schien von den Dreiecken selbst zu kommen.

Lew tapste hinüber zu der Dreieckswand; er zitterte, jetzt, wo er aus der warmen Umgebung seiner Kiste entkommen war. Er lehnte sich vor, schaute durch das Glas und fühlte sich, als wäre er in einer Art umgekehrtem Tropenaquarium. Das Meeresleben war überall draußen – Pflanzen wiegten sich in einer unsichtbaren Strömung sanft hin und her, seltsam aussehende Fische trotzten dem Licht und wagten sich immer wieder an die Dreiecke heran, bevor sie abrupt kehrtmachten und davonstoben. Der Ozean selbst war mit einer Art Wolke aus Plankton und Sedimenten gefüllt, die durch das Licht trieben wie Staub in einem Sonnenstrahl.

Lew streckte die Hand aus und berührte das Glas. Zu seiner Überraschung war es warm, nicht kalt, wie er es erwartet hatte. Er glitt mit der Hand über die Kanten der Dreiecke. Sie waren glatt und kräftig, aber eindeutig nicht aus Beton oder irgendeinem anderen Baumaterial gemacht, das er je gesehen hatte. Er schlang die Arme um seinen Körper, um sich zu wärmen, während er zögerlich zu seiner Kiste zurückging und hineinschaute.

„Was zum Henker seid ihr?“, sagte Lew, als er sah, was darinlag. Er wollte gerade in die Kiste greifen, als eine Stimme ihn herumwirbeln ließ.

„Helfen Sie mir.“

ASHITA

14:10 Uhr

Umi stieg aus dem U-Boot und stieß die Hände der Wachen fort. Sie brauchte ihre Hilfe nicht, und sie verübelte es ihnen, dass sie dachten, es wäre so. Die Entschuldigungen ignorierend betrat sie Ashitas untere Andockschleuse. Auch wenn sie schon viele Male hier gewesen war, war es diesmal anders. Sie würde diesen Ort nie wieder verlassen.

„Bringen Sie alles in meine Räume. Ich gehe in den neunzehnten Stock“, sagte Umi und ging in Richtung Turm und Fahrstuhl. „Schicken Sie das U-Boot zum Schiff zurück.“

„Wo ist Mr. Morgan?“, fragte eine der Wachen. Ursprünglich waren keine weiteren Trips zwischen Ashita und der *Jurojin Maru* angedacht gewesen, aber die Störung auf dem Schiff hatte eine Anpassung des Plans notwendig gemacht.

„Er kümmert sich für mich um ein paar letzte Details. Nichts, das Sie kümmern muss. Entladen Sie das Boot und schicken Sie es ihm nach oben. Er wird in Kürze bei uns sein.“

Wenn die U-Boote richtig arbeiteten, brauchten sie keinen Piloten, ähnlich der elektronischen Flugsteuerung in Passagierjets, für den Fall, dass dem Piloten während des Fluges etwas zustieß. Tatsächlich waren nur zwei oder drei Leute in ihrer Mannschaft ausgebildet, die Boote manuell zu steuern.

„Jawohl, Ma'am", sagte der Wachmann und wandte sich dann an die anderen Wachen. „Los, Leute. Schnappt euch die Exo-Anzüge. Einige dieser letzten Kisten sind verflixt schwer. Bewegung!"

Die letzten Kisten und Koffer waren mit Umis Schätzen gefüllt – Gegenständen, die sie während der letzten sechzig Jahre gesammelt hatte. Sie war eine Sammlerin in allen Bereichen ihres Lebens: von Menschen über Kunst bis zu Informationen. Unglücklicherweise hatte sie einige Dinge zurücklassen müssen – wie ihre Picasso-Sammlung und Tatsu. Nicht, dass es wirklich wichtig war; selbst die Schätze, die sie mitgebracht hatte, waren dazu bestimmt, zurückgelassen zu werden, sobald sie hinüberwechselte. Dennoch, sie ertrug die Vorstellung nicht, dass jemand anderes ihre Preise kriegen würde.

Oder sie übertrumpfen könnte.

Siegreich in der Geschäftswelt zu sein, bedeutete, dass man sich niemals von jemandem überflügeln ließ. Und wenn es jemandem durch irgendein glückliches Schicksal doch gelang, dann durfte man seine Aktionen niemals unbeantwortet lassen. Das war einer der Gründe für ihren Erfolg. Die meisten anderen Gesellschaften stiegen, sobald sie hörten, dass sie gegen die Tenabe-Gruppe antraten, sofort aus dem Kampf aus. Sie wussten, was geschehen würde, wenn sie etwas Irrsinniges täten, wie etwa, ihr einen Deal wegzuschnappen. Nicht nur ihre geschäftliche Existenz, sondern auch ihr Privatleben wären dann in Gefahr. Und Umi hielt immer bis zum Ende durch.

Sie hatte Morgan losgeschickt, um zu beenden, was sie als eine unvollständige Transaktion betrachtete. Vornehmlich, um Tanaka zu töten, Ms. Reynolds und jeden, der ihnen geholfen hatte, ihre Pläne zu durchkreuzen. Alex Corsair stand ebenfalls auf der Liste. Er hatte ihr im letzten Jahr gut gedient, aber er wusste viel zu viel über ihre Geschäftspraktiken und darüber, was als Nächstes kommen würde.

Und falls Morgan durch irgendein Unglück versagen sollte und ebenfalls getötet wurde, ersparte ihr das nur den Ärger, es später selbst zu tun. Doch jetzt war es Zeit für ein Wiedersehen.

26

JUROJIN MARU

14:15 Uhr Ortszeit

Regen spülte das Helipad hinab und trug Blut und Trümmerteile davon. Der Sturm wurde mit jedem Augenblick stärker. Der Himmel über ihnen war schwarz vor Wolken und machte den Tag zur Nacht, mit Ausnahme der gelegentlichen Blitze, deren folgender Donner ohrenbetäubend und beinahe spürbar war. Die See warf die *Jurojin Maru* herum wie ein Spielzeug in einem mit Tinte gefüllten Whirlpool; die riesigen Wellen begannen, aufs Deck zu schlagen.

Jonathan war der Einzige, der noch auf seinen Füßen stand, und auf ihnen zu bleiben war mehr als nur ein bisschen problematisch. Das Gas hatte aufgehört, aus den Lüftungen zu strömen, aber niemand wusste, wie lange es dauern würde, bis die Innenbereiche des Schiffs wieder betretbar waren, ohne dass für die einen die Bewusstlosigkeit und die anderen der sichere Tod zu befürchten standen. Und sie hatten nur eine Maske – die noch immer auf Alex Corsairs lebloser Stirn ruhte.

„Was ist da los, Tanaka? Hier hinten wird es allmählich beschissen schwierig“, rief Jonathan. Er hatte Maggie und den anderen sein Implantat erklärt und ihre Nachfragen mit dem Totschlagargument „Staatsgeheimnis“ weggewischt.

„Der Sturm wird stärker“, antwortete Tanaka.

„Ja“, meinte Jonathan und schaute aufs Meer. „Erzählen Sie mir etwas, das ich noch nicht weiß.“

„Als das Gas aufgehört hat, bin ich in einige Kabinen gegangen und habe die Gäste überprüft. Das Gegengift scheint so zu wirken wie erwartet. Alle sind bewusstlos, aber am Leben.“

„Das ist toll, aber wir werden genau das Gegenteil sein, wenn wir nicht spätestens in fünf Minuten von diesem Deck runter sind“, rief Jonathan und versuchte, die Balance zu halten, als eine weitere Welle gegen das Schiff schlug.

„Was sagt er?“, fragte Maggie, die neben Alex hockte.

„Er sagt, der Sturm wird stärker.“

Maggie verdrehte die Augen.

„Ich weiß, ich weiß“, sagte Jonathan. „Tanaka, geben Sie mir irgendwas, oder uns bleibt keine Wahl, als reinzugehen.“

„Nicht! Einige der Korridore hier oben sind noch immer voller Gas. Sie kommen keine fünfzehn Meter weit, ohne umzukippen.“

„Fuck!“

Maggie sah ihn an.

„Das Gas ist noch zu dicht, um reinzugehen.“

„Wenn wir es bis zu dem Raum mit dem Moonpool schaffen, geschieht uns nichts“, warf Tatsu ein. Sie war alles andere als entgegenkommend gewesen, was Alex’ letzte Worte zu bedeuten gehabt hatten, und meinte, dass sie nicht mehr wüsste, als er es getan hatte. Weniger sogar. Jonathan hatte noch nicht entschieden, ob er ihr glaubte oder nicht. Er wusste nicht genug über sie, um sie einschätzen zu können.

„Was meinst du?“, fragte Per.

„Der Raum steht unter Druck, um das Wasser im Moonpool davon abzuhalten, das Schiff zu fluten“, erklärte Tatsu. „Wenn das Wasser draußen gehalten wird …“

„Wird auch das Gas draußen gehalten“, vervollständigte Maggie. „Aber wir sind immer noch vier Decks zu weit oben und ein halbes Schiff entfernt.“

„Einer von uns sollte die Maske nehmen und versuchen, ein paar andere zu finden“, sagte Per. „Dann kommt er zurück, und wir können alle in diesen Moonpoolraum.“

Jonathan war sich nicht sicher, was er von dem Kerl halten sollte. Und er hatte keine Ahnung, wie die beiden den Sprung aus dem Hubschrauber hatten überleben können.

„Großartige Idee, aber jeder mit einer Maske hat das Schiff bereits verlassen“, sagte Tanaka. Offensichtlich war das Umis Originalplan gewesen; Tanaka hatte ihr U-Boot auf dem Sonar abtauchen sehen. Es war verschwunden, sobald es die Grenze des Störsignals durchstoßen hatte. Jonathan hatte den anderen in seiner Gruppe diese Information bereits mitgeteilt.

„Nicht jeder“, gab er zurück. „Ich habe eine in meiner Kabine.“

„Warte, was ist mit Tanaka?“, fragte Maggie. Jonathan wusste sofort, was sie meinte, und schlug sich gegen die Stirn. Wenn Tanaka auf der Brücke war, war er nur Sekunden von Jonathans Kabine entfernt.

„Tanaka, haben Sie das gehört?“

„Ja. Aber solange Morgan da draußen mit einer Pistole rumspaziert, gefällt mir die Idee nicht besonders.“

„Wenn Sie sich nicht beeilen, haben Sie das Leben von vier Menschen auf dem Gewissen. Ich wette, das würde Ihnen noch viel weniger gefallen.“

„Sie haben recht“, sagte Tanaka. *„Aber ich … Augenblick!“*

„Was ist?“, fragte Jonathan.

„Das U-Boot. Es kommt zurück!“ Jonathan gab den anderen die Nachricht weiter.

„Toll, also müssen wir uns um noch mehr Wachleute kümmern?“, wollte Maggie wissen. Tatsu erklärte, dass das U-Boot keinen Piloten brauchte und dass sie es womöglich nur zurückgeschickt hatten, um Morgan zu holen.

„Aber das ist nicht sicher“, wandte Jonathan ein. Dann, nach einem Moment: „Ach, es ist egal, ob es leer ist oder zehn Wachen an Bord hat, das ist der einzige Plan, den wir haben. Tanaka, gehen Sie in meine Kabine, schnappen Sie sich die Maske und schaffen Sie sie hier raus. Mit zwei Masken schaffen wir es zum Moonpool, wenn wir abwechselnd durch die Maske atmen.“

„Ich bin fast in ihrer Kabine. Wir sehen uns in zehn.“

„Erledigen Sie's in fünf“, gab Jonathan zurück. Er richtete seine Aufmerksamkeit wieder auf die Gruppe um ihn herum. „Er ist unterwegs.“

„Solange er nicht auf Morgan trifft“, sagte Maggie. Jonathan ignorierte sie und kniete sich vor Tatsu hin. Für eine Sekunde sah Per aus, als wolle er ihn abhalten. Jonathan wusste nicht, was die wirklichen Absichten dieses Typen waren, ließ es für den Augenblick aber ruhen.

„Tatsu. Unter anderen Umständen wäre ich taktvoll und ziemlich clever, aber dafür habe ich gerade keine Zeit. Du lügst. Ich weiß, dass du lügst, und alle anderen hier wissen es auch. Wenn du uns nicht die Wahrheit erzählst, werden wir dich und deinen Freund hierlassen, wenn Tanaka kommt.“

Per machte erneut eine Bewegung, als wolle er sie schützen.

„Und solange Sie nicht schneller als eine Kugel sind, Mister, würde ich genau dort bleiben, wo Sie sind“, erklärte Jonathan, während Maggie den Schlitten ihrer Waffe zurückzog, um seine Aussage zu unterstreichen. Er suchte nach Frustration und Wut in Pers Augen, doch da war nichts. Dennoch rückte Per schließlich von Tatsu weg.

„Ich werde mich nicht einmischen“, sagte Per. „Ich will nur Antworten. Wir sind auf derselben Seite.“

„Aber natürlich sind wir das. Also, Tatsu. Wovon hat Alex gesprochen?“, bohrte Jonathan wieder nach.

Tatsu schien ihre Lage einzuschätzen, seufzte dann tief und fügte sich dem Unvermeidlichen.

„Ich weiß nicht alles", sagte sie schließlich, „egal, was Mr. Corsair gesagt hat. Aber ich weiß, wie das alles hier angefangen hat."

„Bis Mikawa, Umis Ehemann, auftauchte", erklärte Tatsu, „kümmerte sie sich nur darum, was unterm Strich rauskam, und um das nächste Geschäft. Sie war gerade neunzig geworden, als sie Mikawa kennenlernte, der zweiundzwanzig Jahre jünger war als sie, aber keinen von beiden kümmerte das Alter. Abgesehen davon, dass die Tatsache, sich erst so spät im Leben getroffen zu haben, bedeutete, dass ihre Tage buchstäblich gezählt waren."

Sie konnte nicht glauben, dass sie die Geschichte einem Haufen Fremder erzählte. Tatsu hatte einen so großen Teil ihres Lebens damit zugebracht, zu lernen, Geheimnisse zu bewahren. Doch die Dinge standen jetzt anders. Und selbst wenn sie das nicht getan hätten, gab es jetzt nur noch wenig, was irgendjemand Umi antun könnte.

„Alle glaubten, Mikawa wäre nur ein Opportunist, aber sie kannten ihn nicht. Er war der gütigste Mann, mit dem größten Herzen, den ich je getroffen habe." Tatsu war froh, dass der Regen ihr aufs Gesicht prasselte und niemand ihre Tränen sah. Ihr ganzes Leben lang hatte sie das Gefühl gehabt, Umi etwas zu schulden; aus diesem Grund hatte sie die Dinge für sie getan, die sie getan hatte. Aber Mikawa hatte ihr Mitgefühl und Liebe geschenkt, ohne etwas dafür zurückzuerwarten. Sie hatte ihn geliebt wie einen Vater.

„All ihre gemeinsamen Jahre über behielt er seine Arbeit als Schneider und nahm niemals auch nur einen Cent von Umi oder ihrem Unternehmen. Doch niemand wusste das oder scherte sich darum."

„Das ist eine süße Geschichte, aber was hat das mit unserer aktuellen Situation zu tun?“, wollte Maggie wissen.

„Dazu komme ich noch“, erwiderte Tatsu, als ein Blitz die Dunkelheit zerriss und eine Welle sich an der Schiffswand brach und über sie alle hinwegflutete.

„Komm schneller dazu“, sagte Jonathan.

„Etwa zu dieser Zeit“, fuhr Tatsu fort, „entwickelte Umi ihr Interesse für Gerontologie, die Wissenschaft des Alterungsprozesses. Sie wollte mehr Leben, für sie beide, sich selbst und Mikawa, dem sein Alter mit siebzig deutlich mehr zu schaffen machte als ihr mit zweiundneunzig. Sie fürchtete, dass sie ihn verlieren würde, und Umi konnte die Vorstellung nicht ertragen, dass etwas ihr Leben bestimmen könnte, auf das sie keine Kontrolle hatte. Also tat sie, was sie am besten kann: Sie holte sich die Kontrolle zurück. Es war der größte Zustrom an Kapitalinvestment, den der Forschungszweig je gesehen hatte. Ganz egal, wie weit hergeholt oder grenzwissenschaftlich die Forschungsprojekte auch waren, sie kippte lächerlich große Geldmengen hinein. Doch selbst das war noch milde im Vergleich zum Wechsel ihres Verhaltens vor sechs Monaten.“

„Was geschah vor sechs Monaten?“, wollte Jonathan wissen.

„Die Zeit lief ihnen davon. Mikawa, der dank Umis Forschungen und ihrem Geld schon einige Schlachten gegen den Krebs gewonnen hatte, wurde erneut angegriffen. Doch dieses Mal war der Krebs furchterregend aggressiv. Bevor sie ihn behandeln konnten, metastasierte er in jedes System und Organ seines Körpers. Er hatte nur noch Tage zu leben, wenn überhaupt.

Umi zog jedes Team heran, das auch nur vage in der Nähe war, eine Lösung zu finden. Aber die Wissenschaft war schlicht und ergreifend noch nicht so weit. Die Behandlungen hätten ihn schneller getötet als der Krebs oder sein Alter. Alle, bis auf eine. Nun, zwei, um genau zu sein. Die beiden erfolgversprechendsten Projekte in Kombination."

„Du redest von Nagura und Dr. Reese", sagte Per, mehr zu sich selbst, schien es, als zu irgendjemandem sonst. Als Tatsu nickte, schauten alle Per an. „Ich sagte, ich wolle Antworten, ich sagte nicht, dass ich nicht schon ein paar habe."

Tatsu dachte, dass die meisten Menschen eine Aussage wie diese mit einem sarkastischen Lächeln unterstrichen hätten. Per blinzelte einfach, mit regloser Miene, und wartete, dass Tatsu mit ihrer Geschichte fortfuhr. Jonathan schüttelte den Kopf.

„Für jene von uns, die nicht gerade einen Hubschrauber zerstört haben: Wer zur Hölle sind Nagura und Dr. Reese?", wollte Jonathan wissen.

Tatsu erklärte Naguras Ruf in allen Roboterfragen, sowohl in den Arenen der Roboterkämpfe als auch in der Robotik.

„Robotik?", fragte Maggie. „Sorry, ich weiß, was Robotik ist, nur sehe ich nicht ... wie ..."

Tatsu konnte an dem plötzlichen Leuchten in ihren Augen erkennen, dass sie die Punkte miteinander verknüpft hatte.

„Dr. Reese arbeitete für Crystasis", fuhr sie fort. „Eine Firma, die beinahe so hart wie Umi dafür kämpft, das Geheimnis der Lebensverlängerung zu finden. Reese hat sich auf neurale Netzwerkcomputer und künstliche Intelligenz spezialisiert und stand einem Spezialprojekt vor. Einem sehr speziellen Spezialprojekt.

Es war alles nur ein eher verzweifelter Versuch; die unsicherste Sache, auf die Umi sich in ihrem ganzen Leben eingelassen hatte, aber es war alles, was sie hatte. Und sie ist kein Mensch, der einfach aufgibt, ganz egal, wie die Chancen stehen. Vor sechs Monaten, lange bevor Dr. Reeses Forschungen für eine Anwendung bereit waren, lud sie beide Teams hierher ein und gab ihnen einen Blankoscheck. Was immer sie brauchten, sie bekamen es. Und beide Teams besaßen gerade genügend Hybris, zu glauben, dass das alles sei, was sie bräuchten. Alle schöpften neue Hoffnung, selbst Mikawa. Bis zu dem Unfall.“

27

Sechs Monate vorher

„Dr. Reese, wir brauchen Sie im Kontrollraum." Nagura trat vom Mikrofon zurück und blickte durch das große Fenster zu Reese, der sich von einer Maschine zur nächsten bewegte.

Tatsu war der Ansicht, dass er in seinem wirbelnden Laborkittel aussah, als würde er tanzen. Sie hatte noch nie solche Maschinen wie diese gesehen; die Bildschirme und blinkenden Lichter sahen für sie aus, als kämen sie aus irgendeiner Art von Science-Fiction-Film. Lagerraum C war in erstaunlich kurzer Zeit hergerichtet worden, die Geräte waren im Laufe der letzten Tage Stück für Stück eingetroffen. Tatsu hatte die meisten dieser Tage mit Umi und Mikawa verbracht, hatte einfach nur dagesessen und manchmal Mikawas Hand gehalten. Sie fühlte sich so hilflos.

Sie hatten alles auf der *Jurojin Maru* eingerichtet, weil der Stand ihrer Technik noch nicht annähernd in dem Bereich war, den irgendein Gesetzeswerk für menschliche Versuchsreihen erforderte. Das, und die Tatsache, dass, sollten sie erfolgreich sein, Umi und Mikawa nicht besonders gut auf dem Festland in ihren neuen Körpern herumlaufen könnten.

Reese winkte in Richtung Kontrollraumfenster, als wolle er eine Mücke verscheuchen. Er stand zwischen den beiden Operationstischen, die in dem Lagerraum aufgebaut waren, und beugte sich über den, auf dem Mikawa lag. Mikawa wollte so lange wie möglich wach bleiben, aber er hatte ein paar schlechte Tage hinter sich und sah nicht so aus, als würde er es bis zum

Mittagessen schaffen, ganz zu schweigen davon, die Prozedur zu überstehen.

Tatsu hatte gedacht, dass sie verrückt wären, als sie ihnen erzählt hatten, dass sie versuchen wollten, Mikawas Verstand in einen Roboter zu transferieren – Nagura nannte es genau genommen einen *Cipher*, was offensichtlich einen Roboterkörper bezeichnete, in dem noch niemand war. Aber sie zwang sich, der Sache positiv gegenüberzustehen, als sie sah, wie sehr Umi hoffte und betete, dass es funktionieren würde. Und es war seine allerletzte Chance. Sie wusste, dass er die Woche nicht überleben würde, verrückte Ideen hin oder her.

Mikawa trug eine EEG-Haube, die in Tatsus Augen wie eine altmodische Badekappe wirkte, abgesehen von den Hunderten dünner, faseroptischer Kabel, die daraus herausragten. Sie liefen direkt hinter seinem Kopf zusammen; und dann verband sich der futuristische Pferdeschwanz mit einer der Maschinen, die an der Wand standen. Eine ganze Masse weiterer Kabel liefen von anderen Körperteilen in die mit Rädern versehene Arbeitsstation, die zwischen den beiden Operationstischen stand. Der Monitor oben auf der Arbeitsstation zeigte in mehreren Fenstern Mikawas gesamte Vitalstatistiken. In der Mitte des Displays war eine animierte, farbige Darstellung von Mikawas Gehirn; verschiedene Quadranten leuchteten kurz in Orange oder Rot auf, bevor sie wieder in ein kühles Blau zurückfielen.

„Reese, du hast die Werte hundertmal gecheckt und gegengecheckt“, sprach Nagura wieder ins Mikrofon. „Wenn er jetzt nicht bereit ist, wird er es niemals sein.“

Ebenfalls im Kontrollraum waren Umi Tenabe und Alex Corsair. Jedem anderen an Bord war es bis auf Weiteres verboten, diesen Teil des Schiffs zu betreten. Tatsu fand, dass Umi aussah, als würde sie jeden Augenblick ohnmächtig werden. Sie bat sie immer wieder, sich hinzusetzen, doch Umi ignorierte sie einfach und starrte durch die Scheibe. Alex hingegen wirkte gelangweilt.

„Wir haben nur einen Versuch bei dieser Sache, Nagura", gab Reese zurück. „Wenn unsere Berechnungen abweichen, und sei es auch nur um einen …"

„Tun sie nicht", warf Nagura dazwischen, die Stimme voller Vertrauen.

Aber Tatsu hatte gesehen, wie Nagura sich den größten Teil der Nacht über den Bewohner des anderen Operationstisches gebeugt hatte, der neben Mikawa stand, daher wusste sie, dass er nicht so zuversichtlich war, wie er vorgab zu sein. Was verständlich war. Es war sein Baby. Er hatte es kreiert. Hatte *sie* kreiert, um genau zu sein. Plural. Es waren zwei humanoide Roboter in dem Raum, aber nur einer davon war angeschlossen und Teil dieser Prozedur. Der andere, der Roboter für Umi, ruhte in einer großen Kiste an der gegenüberliegenden Wand.

Als Umi die Roboter das erste Mal gesehen hatte, hatte sie zurückgescheut und das ganze Projekt beinahe abgeblasen. Nagura hatte ihr versichert, dass die Erscheinung der Roboter – im Augenblick lediglich humanoid, mit weißer, beinahe durchsichtiger „Haut" – nur vorübergehend wäre. Funktion kam hier vor der Form. Sobald die Prozedur erfolgreich wäre, hätten sie alle Zeit der Welt, sie herzurichten. Nagura versprach, dass diese geschlechtslosen Drohnen nicht so bleiben würden. Sie würden aussehen und sich anfühlen wie andere Menschen, außer, dass sie Hunderte von Jahren halten würden. Vielleicht noch länger.

Tatsu sah zu, wie Reese ein paar weitere Korrekturen an Mikawas Haube vornahm, dann den Bildschirm berührte und manuell ein paar Einstellungen korrigierte. Als er fertig war, trat er zurück, und sein Blick jagte durch den Raum, um alles ein letztes Mal zu überprüfen.

„Okay, wir sind so weit. Beginnen Sie die Sequenz zum Hochfahren", sagte Reese. Er zögerte jedoch, seinen Patienten allein zu lassen und in den Kontrollraum zu gehen.

„Das wurde auch verflixte Zeit, Schätzchen", sagte Alex zu Reese, als er schließlich eintrat. Reese ignorierte ihn. In dem Kontrollraum waren sogar noch mehr Monitore und Steuerungseinheiten auf einem großen Schaltbord. Nagura hatte Tatsu erklärt, dass die Prozedur selbstständig verlief, dass sie jedoch die Möglichkeit hatten, jederzeit einzuspringen und unterwegs Einstellungen zu machen.

„Lassen Sie ihn in Ruhe, Corsair", sagte Nagura. Er war so ziemlich der Einzige an Bord, der sich jemals mit Umis dunklem Schatten anlegte. „Das menschliche Gehirn hat über einhundert Milliarden Neuronen. Jedes davon kann mehr als tausend Verknüpfungen bilden. Einfach ausgedrückt, es gibt einhundert Terabyte an Daten, die gemanagt werden wollen."

„Einhundert was?", fragte Alex. Nagura schüttelte den Kopf, aber Tatsu sah, dass er die Ablenkung genoss, während sie darauf warteten, dass die Startprozedur abgeschlossen wurde.

„Also, stellen Sie sich einen Pick-up-Truck voller Bücher vor", sagte Nagura.

„Ah, okay, nun, das ist nicht besonders ..."

„Nun stellen sie sich hunderttausend dieser Trucks vor."

„Meine Fresse."

„Startprozedur initialisiert. Verabreiche Fokus-Protokoll", sagte der Computer in einer elektronischen, aber weiblichen Stimme.

„Was geschieht jetzt?", fragte Umi. Es war die kraftloseste Stimme, mit der Tatsu sie jemals hatte reden hören.

„Er erhält Medikamente, die seinen Geist fokussieren und den Blutfluss zum Gehirn steigern", erklärte Reese.

„Beginne Test-Transfer."

„Das ist die erste große Hürde“, sagte Nagura. „Wir schicken eine Datenprobe von Mikawa zum Hauptprozessor der Cipher-Einheit. Dann lassen wir eine Checksum laufen – einen Test –, um sicherzugehen, dass die Daten erfolgreich übertragen wurden. Wenn der Test positiv verläuft, erhöhen wir die Transfergeschwindigkeit langsam während verschiedener Tests und führen am Ende Komprimierungs-Algorithmen ein – äh, also Wege, die Datenmenge zu verkleinern. Es klingt kompliziert, aber der gesamte Test wird nur eine oder zwei Minuten dauern.“

Alle standen schweigend da und warteten. Tatsu hatte den Eindruck, dass selbst Alex nachdenklich wirkte.

„Test beendet. Stand-by für Datentransfer in höchstmöglicher Datenrate.“

„Das ist unsere letzte Möglichkeit, abzubrechen, Umi“, warnte Nagura. „Wir können es jetzt stoppen, und abgesehen von den Medikamenten in seinem Körper wird er genau so sein, wie er war.“

„Machen Sie weiter, Gentlemen.“

Reese und Nagura schauten sich mit leuchtenden Augen an.

„Los geht’s“, sagte Nagura.

Tatsu ging zu Umi und legte einen Arm um sie. Sie umarmten sich gegenseitig, während sie zuschauten.

„Nun?“, fragte Reese Nagura zehn Minuten später, als Nagura auf die Informationen starrte, die von den Geräten in seinem Kontrolltisch ausgespuckt wurden.

„Es funktioniert“, antwortete Nagura. Reese lächelte herzlich und hüpfte beinahe. „Es funktioniert!“ Die Männer fielen sich in die Arme, während sie vor Erleichterung lachten. Umi und Tatsu hielten sich fester.

„Ich fass es nicht“, sagte Alex.

Aber die Freude war von kurzer Dauer.

„Katastrophales Versagen. Vorbereitung zum Abbruch. Katastrophales Versagen. Vorbereitung zum Abbruch.“

Naguras Freude fiel ihm aus dem Gesicht. Er ließ Reese los und überprüfte die Werte.

„Nein, nein, nein." Er sah durch die Scheibe. Tatsu folgte seinem Blick und sah die Wiedergabe von Mikawas Gehirn auf dem Display komplett rot aufleuchten, gelbe Buchstaben blinkten auf dem Bildschirm: „Datenverstümmelung."

„Was passiert?", rief Umi. „Ich dachte, Sie können jetzt nicht mehr abbrechen!"

„Können wir nicht", sagte Reese und rannte aus dem Kontrollraum.

„Bricht es ab oder nicht?", wollte Alex wissen.

„Es ist ein Computer. Es versteht nicht, dass ein Abbruch Mikawa umbringen würde. Es weiß nur, dass die Übertragung zusammenbricht, also will es abbrechen, um sich selbst zu retten."

„Sich selbst retten? Halte es auf!", schrie Tatsu.

„Kann ich nicht! Alles, was ich tun kann, ist, den Abbruch verzögern und die Übertragungsgeschwindigkeit erhöhen", erklärte Nagura und begann, wild auf der Tastatur herumzutippen, ohne auf Umis Okay zu warten.

„Nun?", fragte Umi.

„Es ... es scheint zu funktionieren. Wenn wir es schaffen, ihn weiterhin ... O Scheiße!", rief Nagura. Er packte das Mikrofon. „Was zum Teufel tun Sie, Reese?"

„Was ist los?", fragte Tatsu.

„Er stöpselt das Cipher ab!", erklärte Nagura, bevor er aus dem Kontrollraum rannte. Tatsu folgte ihm.

Als sie ins Labor kamen, riss Reese gerade bündelweise die Glasfaserkabel heraus. Nagura schrie auf und sprang ihn an. Reese hatte keine Chance – ein paar Schläge und ein Tritt gegen seinen Kopf, und er lag am Boden.

„Pass auf ihn auf", sagte Nagura zu Tatsu und deutete auf den stöhnenden Reese zu seinen Füßen. Sofort begann er hektisch, die Kabel zwischen dem Cipher und den Maschinen wieder anzuschließen. Während er das tat, erschienen Mr. Morgan und einer seiner Wachmänner. Tatsu zog Reese auf die Füße und schubste ihn Morgan in die Arme, der den blutenden und orientierungslosen Wissenschaftler auffing.

„Schaffen Sie ihn hier raus", befahl Umi, ohne Reese anzuschauen, ihre Stimme höchstens ein Flüstern.

„Jawohl, Ma'am", antwortete Morgan, während er und die andere Wache Reese unter den Armen packten und aus dem Lagerraum schleiften.

Kurz darauf war Nagura fertig, all die Kabel wieder anzuschließen. Er überprüfte die Verbindungen zum Cipher und untersuchte dann Mikawa.

„Wird es noch funktionieren?", fragte Tatsu, als Umi hereinkam und zu ihnen trat. Tatsu spürte, wie Alex im Kontrollraum saß und sie alle beobachtete.

„Das muss es", gab Nagura zurück. „Mikawa ist in schlechter Verfassung. Er wird keinen weiteren Versuch überleben." Nagura trat an die Maschinen, und Tatsu sah zu, wie seine Hände über die Kontrollen flogen, als wäre er ein Konzertpianist.

„Ist … *es* in Ordnung?", fragte Umi und deutete auf das Cipher. Tatsu wusste, dass sie nach Mikawa fragen wollte, dass sie am liebsten an seine Seite gerannt wäre, doch das würde sie niemals vor all diesen Leuten tun. Das war nicht ihre Art. Aber wichtiger noch, Tatsu bemerkte, welche Schwierigkeiten Umi hatte, das Cipher anzusprechen, und sie fragte sich ernsthaft, wie Umis Reaktion aussähe, wenn all das hier wirklich funktionieren sollte.

„Ich denke schon. Der Verbindungsabbruch war ein Schock für die künstliche Synapse, aber die Zwischenspeicher scheinen sämtliche Daten behalten zu haben. Jetzt fließen sie … Augenblick. Verdammt. Sie fließen zu schnell."

„Ich dachte, du sagtest, dass es schnell gehen muss?“, meinte Tatsu.

„Nicht so schnell. Das Cipher wird nicht …“ Plötzlich sah Nagura aus, als versuche er, sich an etwas zu erinnern. Seine Nasenflügel blähten sich auf. „Riecht ihr auch etwas Verbranntes?“, fragte er, als habe er Angst vor der Antwort.

Tatsu trat näher, und ein Geruch wie brennendes Plastik stieg ihr in die Nase. Sie schaute runter und sah, wie die Seite des Kopfs des Ciphers lebendig zu werden schien und sich vor ihren Augen zu winden begann. Feiner Rauch stieg aus dem sich verändernden Fleischersatz auf, und ihr wurde klar, was geschah.

Gütiger, es schmilzt!

Sie versuchte, Nagura zu warnen, aber es war zu spät. Die Seite am Kopf des Ciphers warf Blasen, brach auf und zog sich dann schrumpfend von dem metallenen Schädel darunter zurück. Nagura sah alles mit an.

„Nein, nein, NEIN!“, rief er, als Funken aus dem schmorenden Metall aufzustieben begannen und der Raum sich mit Rauch füllte.

Tatsu kam plötzlich in den Sinn, dass der Rauch giftig sein könnte. Umi! Sie rannte zurück und versuchte, die alte Frau aus der Gefahrenzone zu ziehen, doch sie rührte sich nicht, und schließlich schlug sie Tatsu tatsächlich mit der Hand ins Gesicht. Überrascht ließ Tatsu sie los und strich sich über ihre brennende Wange. Wenn irgendjemand sonst das versucht hätte, wäre er jetzt bereits tot. Doch sie starrte Umi nur an wie ein gescholtenes Kind, beobachtete, wie der Blick der alten Frau zwischen Mikawa und dem Cipher hin und her sprang.

Funken und Rauch stiegen aus dem Schädel des Ciphers auf, und plötzlich explodierte er. Die Druckwelle warf Nagura zu Boden. Tatsu lief hin und half ihm hoch, doch Nagura stieß sie weg. Er hustete und verzog ob der leichten Verbrennungen das Gesicht. Er schnappte sich einen Feuerlöscher und löschte damit die Flammen, die über das restliche Gesicht des Ciphers leckten und es schmolzen.

„Es ist zerstört. Reeses neurales Netz konnte die Datenmengen nicht verarbeiten", erklärte Nagura und wedelte sich Rauchschwaden aus dem Gesicht.

„Können Sie es reparieren?", fragte Umi leise.

„Nicht rechtzeitig. Dem Roboter wird es gut gehen. Ich habe ein Dutzend Ersatzteile in meiner Werkstatt, mit denen ich ihn in wenigen Stunden reparieren könnte. Aber das neurale Netz – das Gehirn – ist geröstet."

„Was ist mit ..." Umis Frage wurde durch ein schrilles Jaulen unterbrochen, und plötzlich begann Mikawa, wie wild zu zucken und um sich zu schlagen. Nagura lief an seinen Tisch. Plötzlich stoppten die Krämpfe, und das Abbild des Gehirns auf dem Bildschirm wurde weiß.

„O mein Gott", stieß Nagura aus.

„Ist er ... tot?", fragte Umi.

„Ja, aber das ist nicht ... Reese hat den Vorgang nicht gestoppt, bevor er anfing, die Kabel rauszureißen. Er lief weiter. Die Maschinen haben Mikawas Gehirn völlig geleert. Er starb nicht durch den Krebs oder die Anstrengungen der Prozedur. Er starb, weil ... er einfach nicht mehr *hier* ist." Nagura wedelte mit einer Hand über Mikawas Körper.

„O mein Gott", sagte Tatsu und legte zögernd ihren Arm um Umi, die so blass wirkte, als würde sie jeden Augenblick umkippen. „War er ..." Sie deutete auf das verschmorte Cipher.

„Nein, der Transfer ist nie über den Checksum hinausgekommen. Er ist ... er ist noch immer im Zwischenspeicher." Nagura drehte sich um und sah auf die Maschinen hinter sich.

„Du meinst, er ist *in* der Maschine?", fragte Tatsu ungläubig.

„Er lebt?“, fragte Umi.

„Ja, aber …“ Nagura trat an die Geräte und überprüfte ein paar Anzeigen. „Verdammt, das habe ich befürchtet.“

„Befürchtet? Was denn?“

„Der Zwischenspeicher ist nicht für eine langfristige Datensicherung vorgesehen. Insbesondere bei der Menge an Daten, von der wir hier sprechen. Sie … sie beginnen zu zerfallen. Sich auszuspülen.“

„Sich auszuspülen?“, wiederholte Tatsu.

„Dieser Computer ist hochentwickelt. Wie eben schon versucht er, sich selbst zu retten. Er löscht Mikawa, Stück für Stück. Wir verlieren ihn.“

„Was ist mit dem anderen Roboter?“, schlug Tatsu vor.

„Den kriegen wir nie rechtzeitig vorbereitet. Bis dahin ist der Zwischenspeicher komplett leer.“

„Es muss doch etwas geben, das wir tun können!“, flehte Tatsu.

Nagura fuhr sich mit der Hand durch die Haare und ging auf und ab. Tatsu war sicher, dass alles verloren war, als Nagura stehen blieb und Umi ansah.

„Was ist?“, fragte Umi.

„Es ist ziemlich weit hergeholt, aber es gibt nur ein Netzwerksystem in der Nähe, das diese Datenmenge beherbergen könnte.“

„Ist das möglich?“, fragte Umi. Tatsu erkannte, wovon die beiden sprachen.

Ashita.

„Vielleicht. Aber wir müssen uns sofort entscheiden. Wir haben bereits acht Prozent von ihm verloren.“

„Umi, vielleicht sollten wir …“ Tatsu kam nicht dazu, auszusprechen.

„Tun Sie es.“

28

UNBEKANNT

„Wer ist da?", fragte Lew noch einmal. Die Stimme war so leise und so kurz zu hören gewesen, dass er anfing, sich zu fragen, ob er sie sich nur eingebildet hatte. Gerade als er aufgeben und sich wieder um den Inhalt der Kiste kümmern wollte, hörte er es erneut.

„Bitte. Helfen Sie mir. Es versucht, mich zu töten."

Lew erkannte die Quelle der seltsamen Stimme. Sie erklang hinter einem Stapel Kisten. Er sah angestrengt hinüber und versuchte zu erkennen, wer mit ihm im Raum war. Schließlich entdeckte er ein einzelnes Auge, das ihn durch den Spalt zwischen zwei Kisten hindurch anschaute.

„Was versucht, Sie zu töten?", fragte Lew und ging langsam vorwärts. „Kommen Sie schon raus da. Ich tu Ihnen nicht weh." Ob Lew ihm nun wehtun würde oder nicht, hing davon ab, was die Stimme als Nächstes tat, aber Lew brauchte Antworten. Und Kleidung, dachte er zitternd.

Langsam stand ein dünner, zitternder Mann hinter den Kisten auf. Seine blutunterlaufenen, aufgerissenen Augen waren von schwarzen Rändern gesäumt. Während er aufstand, flitzte sein Blick nach links und rechts, wie ein Eichhörnchen im Park, dem man eine Erdnuss anbot. Lew hatte diesen Blick schon gesehen. Bei Häftlingen in Kuwait. Der Kerl litt unter Schlafentzug. Schlafentzug hoch zehn. Die Soldaten, die sie verhörten, weckten die Opfer immer wieder auf, sobald sie einschliefen – spielten laute Musik, gingen mit einem Schlauch und eiskaltem Wasser auf sie los – was auch immer nötig war, sie davon abzuhalten, sich auszuruhen. Nach Tagen oder Wochen bekamen sie alle denselben Blick – und begannen zu halluzinieren. Wenn die Tortur noch länger anhielt, verloren sie buchstäblich ihren Verstand. Der Kerl hier war nicht mehr weit davon entfernt.

„Genau so. Einfach ganz aufrichten. Vor wem versteckst du dich, Kumpel?“, fragte Lew in beinahe beschwingtem Tonfall. Als spräche er mit einem Kind. Er hielt auch die Hände nach oben, damit der Mann sehen konnte, dass er unbewaffnet war.

„Ich verstecke mich vor … *ihm*“, erklärte der Mann nahezu zischend und deutete mit dem Finger zur Decke. Dort oben war nichts anderes als noch mehr Weiß.

„Wie heißt du?“, fragte Lew. Der Mann trug einen zu großen Laborkittel, so schmutzig, dass er beinahe braun war. Er warf weiterhin gehetzte Blicke in die Ecken des Raums.

Mist. Der Typ wird mir absolut keine Hilfe sein.

„Es war nicht meine Schuld, wissen Sie?“

„Natürlich nicht, Kumpel. Diese Dinge passieren halt manchmal“, bestätigte Lew.

Der Mann richtete sich gerade auf und sah Lew einfach nur an. Dann nickte er und begann zu weinen. „Ja. Sie verstehen es. Es war nicht meine Schuld. Aber ich bin der Einzige, den sie hier runtergesteckt haben. Wo ist *das* fair?“, fragte er und trat hinter den Kisten hervor.

„Ist es nicht, … Tut mir leid, ich hab’s vergessen. Wie ist noch mal dein Name?“

„*Reese*“, sagte er in einem noch leiseren Flüsterton.

„Hey, Reese. Ich bin Lew. Glaubst du, du kannst mir helfen, Reese? Ich friere ein bisschen.“

„Wo ist Ihre Kleidung?“, fragte Reese und schien zum ersten Mal Lews Mangel an Bekleidung zu bemerken.

„*Es* hat sie mir weggenommen“, sagte Lee in der Hoffnung, dass er mehr erreichte, wenn er mitspielte. Direkte Fragen brachten nicht viel.

„Ich wusste es! Wir müssen zusammenhalten, Lew. Vielleicht … vielleicht können Sie Wache stehen, während ich ein wenig Schlaf kriege? Ich bin so müde.“

Bingo.

„Ich weiß, dass du das bist, Kumpel. Jetzt, Kleidung. Ein T-Shirt, eine Decke – irgendwas.“

Reeses Aufmerksamkeit richtete sich für einen Augenblick wieder auf den Raum, in dem sie standen. Er ging zu einem Reisekoffer hinüber und klappte ihn auf. Darin fand sich eine Mini-Garderobe: Hemden, Unterwäsche, Socken, Schuhe – das ganze Sortiment. Die Hemden waren zu klein für Lew, aber er fand ein versifftes Footballtrikot, das ihm passte. Er zog es über. Alles andere war ihm zu klein, aber das hier würde für den Moment reichen.

„Weißt du irgendwas darüber?“, fragte Lew und deutete auf die Dreiecke und den Ozean jenseits davon.

„Das ist das Meer“, stellte Reese sachlich fest. „Wir sind auf dem Grund.“

„Äh, dem *Grund*? Wie tief genau sind wir?“

„Nicht … nicht mein Fachgebiet. Sie sagten mir, etwa einen halben Kilometer. Nicht der Grund-Grund, wir sind auf einem Höhenzug.“

Jesus. Lew stellte ein paar schnelle Berechnungen an. Ein halber Kilometer. Also knapp einundfünfzig Atmosphären. Aber er spürte sie nicht. *Natürlich. Der Druck muss normalisiert sein. Wir befinden uns auf einer Art spezialisiertem U-Boot.* Lew wusste aus seiner Zeit beim Militär, dass U-Boote schon deutlich tiefer als in diese Tiefen gesunken waren.

„Weißt du irgendwas über die hier?“, fragte Lew und ging zu der Kiste hinüber, in der er aufgewacht war.

Reese folgte ihm und schaute hinein. Auf dem Boden lagen zwei menschlich aussehende Roboter, einer mit einem beschädigten Kopf, geschwärzt, als wäre er verbrannt. Es schien eigentlich unmöglich, doch Reeses Augen wurden noch größer, als sie bereits waren. Er begann zu keuchen, als könne er nicht mehr atmen.

„Nein! Sie gehören zu denen! Sie gehören zu ihm! Verschwinden Sie!", schrie Reese und wich vor Lew zurück, als hätte er die Pest.

„Langsam, langsam. Ich gehöre zu niemandem."

„Nein! Sie lügen. Sie wollen mich umbringen!" Reese warf eine der kleinen Kisten nach Lew. Während der sich wegduckte, drückte Reese auf eine Fläche an der Wand, und eine Tür glitt auf. Er rannte hinaus, direkt in zwei Wachmänner, die draußen standen. Lew blieb geduckt und wich hinter die Kiste zurück.

„Da sind Sie, Reese", sagte eine der Wachen. „Wir haben Sie gesucht."

„Nein! Er gehört zu Ihnen! Sie alle wollen mich töten!"

„Reese, beruhigen Sie sich! Oder wollen Sie, dass ich wieder meinen Taser benutze?", fragte eine der Wachen und zog einen Elektroschocker aus seinem Gürtel. Reese hörte sofort auf, um sich zu schlagen.

„Nein. Nein, ich werde brav sein. Keine weiteren Schocks."

„Guter Junge. Also, der Ladyboss will Sie sehen. Pronto. Machen wir einen kleinen Spaziergang, und vielleicht lässt sie Sie heute Nacht schlafen."

„Das wäre schön", sagte Reese, als das Trio sich entfernte.

Lew wartete noch ein paar Minuten, bevor er sich aus seinem Versteck wagte.

Was zur Hölle ging hier vor? Und wo zur Hölle war Jonny? Er tippte sich einige Male hinter das Ohr.

„Jonny? Bist du da, Kumpel?"

Nur Schweigen.

Er hatte keine Wahl. Er musste versuchen, ihn zu finden. Doch wenn er anfing, in seinem Aufzug durch ein U-Boot zu schleichen, wäre es nahezu unmöglich, nicht sofort entdeckt zu werden. Außer, sie hatten irgendetwas Vergleichbares wie ein U-Boot der Typhoon-Klasse mit seinem riesigen, mehrgeschossigen Design in die Hände bekommen. Und selbst dann. Und wo zur Hölle sollten sie so etwas …

„Hallo, Lew."

Lew schaute sich eine Sekunde lang um, dann wurde ihm bewusst, dass die Stimme aus seinem Implantat gekommen war. Es war aber nicht Jonny.

„Hallo? Bist du das, Fahd?" Lew dachte daran, wie gern er den kleinen Bastard in die Finger kriegen würde.

„Nein, wir sind nicht Fahd."

Wir?

Lew stand auf und ging zur Tür. An einem Ort zu bleiben, war zu riskant, er musste sich bewegen. Er warf einen Blick durch die Tür und um die Ecke und der Anblick ließ ein kaltes Kribbeln seinen Rücken hinauf in seinen Nacken kriechen. Ihm klappte der Kiefer runter, als er sich erst umschaute und dann nach oben … und nach oben und oben und oben. Er war eindeutig *nicht* auf einem U-Boot.

„Wenn ihr nicht Fahd seid, wer zur Hölle seid ihr dann?", brachte Lew heraus.

„Unser Name ist Mikawa. Und wir haben ein Angebot für dich, Lew."

29

JUROJIN MARU

14:30 Uhr Ortszeit

Bevor irgendjemand auf Tatsus fantastische Geschichte reagieren konnte, brach eine kraftvolle Welle über die Steuerbordseite und stürzte mitten auf die ohnehin durchnässte Gruppe, die auf dem Helipad hockte. Tatsu, die Kleinste und Leichteste von allen, wurde beinahe weggespült, aber Per bekam sie rechtzeitig zu fassen.

„Hier kommt noch eine“, rief Jonathan. Die vier drängten sich um Alex’ Leiche zusammen und hielten sich aneinander fest. Sie trotzten der Naturgewalt, aber nur mit knapper Müh und Not.

„Wenn sie stärker werden, halten wir nicht mehr lange durch“, sagte Maggie, die sich an Jonathans Seite drückte.

„Tanaka! Wo zum Teufel sind Sie?“, rief Jonathan in die Luft. Es gab ein leises Sirren aus seinem Implantat, aber er konnte nichts verstehen, während der Sturm über ihnen wütete. „Wiederholen Sie, Tanaka!“

„Ich ... ich bin fast ... da“, sagte Tanaka lauter. Er klang angestrengt. Eine Minute später kam er auf das Deck mit dem Helipad, und Jonathan sah, weshalb er so abgehackt sprach.

„Tanaka!“, rief Tatsu.

Tanaka war angeschossen worden; tiefrotes, beinahe schwarzes Blut sickerte aus einer Bauchwunde in seine makellos weiße Uniform. Seine Maske hing ihm um den Hals, und er hielt eine andere Maske in einer blutigen Hand. Kaum hatte er das Helipad erreicht, fiel er auf die Knie. Jonathan stand auf und eilte zu ihm.

„Tanaka! Was zur Hölle …“ Doch dann blickte er nach Steuerbord und sah eine Monsterwelle auf sie niedergehen, größer als die letzten beiden zusammen. „Haltet euch an irgendwas fest!“ Doch es gab nichts, woran man sich festhalten konnte, außer aneinander. Tanaka war allein, auf den Knien und verwundet. Jonathan warf sich auf ihn, genau als die Welle auf sie niederkrachte.

Es kam ihm vor, als habe jemand ein Gebäude auf ihn stürzen lassen. Für einen erschreckenden Augenblick waren all seine Sinne überwältigt. Es gab nichts mehr außer dem Brüllen des Sturms. Als er die Welt wieder wahrnehmen konnte, spürte er, dass er rutschte. Irgendwie war es ihm gelungen, Tanaka zu packen, doch wie es aussah, war er bewusstlos. Ballast. Und er riss Jonathan mit unglaublicher Geschwindigkeit auf die Backbordseite des Schiffs zu.

Jonathan konnte Lews Stimme in seinem Schädel hören – *Lass los, Idiot!* –, aber er hielt Tanaka fest. Wenn er losließ, wäre Tanaka so gut wie tot – falls er es nicht ohnehin bereits war. Ein Ziehen an seinem Bein brachte ihn dazu, nach hinten zu schauen. Per hielt ihn fest, während sie alle drei auf die Kante des Decks zuschlidderten und dann darüber hinweg.

Weit entfernt hörte Jonathan Maggie und Tatsu schreien. Er öffnete die Augen und sah, dass er noch immer Tanakas Hand festhielt, doch sie beide hingen weit über die Seite des Schiffs hinaus und schauten auf die dunkle, brodelnde See hinab, fünfzehn Meter unter ihnen. Er blickte nach oben und sah, dass Per die Reling gepackt hatte und sich mühelos daran festhielt. Doch er hatte Mühe mit dem Gewicht, das er in der anderen Hand hielt.

Wie kann er … Dann sah Jonathan, wie es Per gelang, so viel Gewicht zu halten – jetzt gerade, und als er aus dem Hubschrauber gesprungen war. Pers Ärmel hatte sich bis zu seinem Ellenbogen hochgerollt, oder zu dem, was sein Ellenbogen hätte sein sollen. An seiner Stelle saß ein mechanisches Gelenk. *Er ist zum Teil eine Maschine!*

„Lassen Sie ihn los!“, rief Per. „Sie können ihn nicht retten, und sie werden uns beide töten!“

Auf keinen Fall lasse ich den armen Bastard fallen.

„Jonathan! Lassen … lassen Sie mich los“, brachte Tanaka hervor. „Er hat recht.“ Jonathan schaute nach unten. Tanaka war wieder aufgewacht, doch seine Pupillen rollten immer wieder unter seine Augenlider zurück.

„Nein! Niemand stirbt!“, brüllte Jonathan.

„Er ist schon tot!“, gab Per zurück.

Erneut erklang Lews Stimme in seinem Kopf: *Jonny, denk an Natalie. Denk an Maggie. Scheiße, denk an mich!*

In Jonathans Kehle baute sich ein Ton auf wie ein lauter werdendes Brüllen. Er sah Tanaka in die Augen, die dumpf und leer wirkten.

„Es tut mir leid“, sagte er, als er losließ und zusah, wie Tanaka wie eine Stoffpuppe abstürzte. Er schlug auf die Oberfläche und verschwand unter den dunklen Wellen.

„*Fuck!*“, brüllte Jonathan in den Sturm, als Per ihn nach oben hievte. Keuchend fielen sie aufs Deck. Sie schauten sich an, und nach einem wortlosen Augenblick nickte Per. Er streckte seine menschliche Hand aus, und Jonathan packte sie. Sie halfen sich gegenseitig auf die Füße. „Verschwinden wir hier.“

Jonathan marschierte an Per vorbei, ignorierte Maggie und Tatsu und spazierte direkt durch den Türbogen ins Schiff. Tanaka hatte seine Maske um den Hals getragen, nicht auf dem Gesicht, und es war ihm blendend gegangen – die Schusswunde nicht mitgezählt. Jonathan ging den Korridor entlang zur ersten Abzweigung und holte tief Luft. Als er ausatmete und sich völlig normal fühlte, lief er zur Tür zurück.

„Gehen wir!"

„Was ist mit Alex?", rief Maggie.

„Lass ihn", sagte Jonathan. „Soll das verdammte Meer ihn haben."

Alle rannten hinein, zunächst ein wenig zögerlich, doch dann immer sicherer, als die Luft sie nicht ausschaltete.

Als die Vierergruppe ein Y in einem Korridor erreichte, blieb sie stehen. Alle zitterten vor Kälte.

„Wir müssen unsere Kleidung ausziehen", sagte Per.

„Es gibt einen Wartungsraum, einfach diesen Gang runter", erklärte Maggie. „Dort sollte es ein paar Overalls oder Ähnliches geben."

Wenige Minuten später waren sie alle in graue Arbeitsoveralls gekleidet, auf deren Rückseite „Tenabe" stand. Die Overalls waren weit geschnitten, passten Jonathan aber mit seiner schlaksigen Statur. Alle anderen mussten die Beine und Ärmel umkrempeln, selbst Per. Jonathan kam der Gedanke, dass sie wie das schlechteste Umzugsunternehmen der Welt aussahen. Dieser Gedanke – und dabei zuzuschauen, wie Maggie sich zum Umziehen entkleidet hatte – hatte seine Laune gehoben.

Maggie hatte die Kuriertasche entsorgt, dank der großen Taschen in den Overalls. Sie und Jonathan hatten Pistolen eingesteckt, und Jonathan trug das Maschinengewehr um eine Schulter geschlungen, das Alex bei sich gehabt hatte.

„Was jetzt?", fragte Maggie.

„Gehen wir zum Moonpool."

„Warum?", wollte Maggie wissen.

„Um hoffentlich das U-Boot zu erreichen, bevor Morgan es tut, und nach Ashita runterzufahren."

„Noch mal: Warum? Wer ist dieser Lew, den Alex mit einem Rohr geschlagen und dort runtergeschickt hat?"

„Er ist mein Partner. Wir haben nicht ausreichend Zeit, damit ich alles erklären kann, aber ich bin nicht beim CIA."

„Was du nicht sagst", erwiderte Maggie. Jonathan schaute sie an. Sie wirkte nicht so richtig überrascht. „Das Implantat hat mich misstrauisch gemacht, aber wenn du beim CIA wärst, wärst du auf keinen verflixten Fall auf dem Schiff herumgelaufen, um einen Haufen Wissenschaftler zu retten. Das war Jonathan pur."

„Hör zu, zeig mir einfach, wo dieser Moonpool ist; du musst nicht mit runterkommen. Ich weiß, du …"

„Ich komme mit", erklärte sie schlicht.

„Versteh das nicht falsch, ich kann die Hilfe gut gebrauchen und noch mehr, aber warum? Selbst wenn ich es dort runterschaffe, sind die Aussichten auf eine Rückreise nicht besonders vielversprechend."

„Jonathan, du hast gerade hundert Leben gerettet. Leben für die, technisch gesehen, ich die Verantwortung hatte. Ohne dich, selbst wenn ich Umis Plan selbst aufgedeckt hätte, wären sie alle tot. Ich eingeschlossen."

„Per und ich kommen auch mit", sagte Tatsu völlig unvermittelt.

„Whoa, was?", sagte Jonathan. Maggie würde hilfreich sein, und er hatte offen gestanden gehofft, dass sie mitkommen würde. Doch diese zwei? Per hatte ihm das Leben gerettet, und ohne Zweifel würde sein seltsamer Arm nützlich werden, aber Tatsu? Sie war praktisch noch ein Kind, auch wenn sie das gesamte Insiderwissen um Umis Plan mitbrachte.

„Ich habe meine eigene Rechnung mit Umi zu begleichen, bevor sie stirbt. Was bedeutet, dass ich nicht viel Zeit habe. Und ich habe Per versprochen, ihm dort unten im Austausch für seine Hilfe etwas zu zeigen."

„Ihm etwas zu zeigen", wiederholte Maggie, deutliches Unglauben in ihrer Stimme.

„Keine Sorge. Ich habe keinerlei Absicht, Sie in Ihrer Suche nach Ihrem Freund zu stören", sagte Per. „Ich möchte einfach nur Informationen. Das ist alles."

„Aber werden Sie uns helfen, wenn es nötig wird?", fragte Jonathan. „Wenn Sie mit irgendeiner Art von Todeswunsch dort runterwollen …"

„Ja, natürlich werde ich das", sagte Per. „Ich habe keinerlei Absicht, in nächster Zeit zu sterben." Nachdem Jonathan in Pers Augen nicht den geringsten Hinweis auf einen Täuschungsversuch ausmachen konnte, wandte er sich mit einem Schulterzucken an Maggie.

„Also ein Gruppenausflug", sagte er.

„J…Jonathan."

Er wirbelte herum, erkannte aber, dass niemand in seiner Nähe etwas sagte. Es war sein Implantat. Tanaka *lebte* noch.

Dann hörte Jonathan nichts als Husten, nach Luft schnappen und Keuchen. Jonathan stellte sich den verwundeten Tanaka vor, der in der brutalen See verzweifelt versuchte, an der Oberfläche zu bleiben. Mit seinen letzten Atemzügen versuchte er, ihm etwas mitzuteilen.

„Tanaka?", fragte Jonathan. Der Schock war den Gesichtern der anderen deutlich abzulesen.

„Er lebt noch?", sagte Tatsu.

„Was sagt er?", wollte Maggie wissen.

Jonathan bedeutete mit einer wedelnden Hand, dass sie alle still sein sollten.

„…SB", brachte Tanaka schließlich hervor, gefolgt von schweren Schluckgeräuschen. *„…engerät…"*

„Tanaka, ich verstehe Sie nicht", antwortete Jonathan. Aber was konnte er tun? Tanaka blieben mit Glück noch zwei Minuten. Was auch immer er sagen wollte, es war wichtig, oder zumindest war Tanaka dieser Ansicht. Sollte er je in derselben Situation landen, dachte Jonathan, wäre er sich nicht sicher, ob er etwas anderes herausbringen würde als „Hilfe" und Natalies Namen.

„… Datenbank … Virus … Tote Lichter …"

Was zur Hölle? Er hatte jedes Wort deutlich verstanden, aber sie ergaben einfach keinen Sinn. Vielleicht hatte Tanaka schon zu viel Blut verloren. Vielleicht ...

„*Zerstören Sie Ashita!*“, schrie Tanaka. Jonathan hoffte, dass er nur aus Frust schrie, weil er den Sinn seiner Worte übermitteln wollte. Es war auch egal, Jonathan könnte das nicht tun. Nicht nur, weil damit jeder sterben würde, der gerade dort unten war, was möglicherweise Lew mit einschloss.

„*USB ... Gerät ...*“ Wieder Gurgeln. Tanaka verstummte und sagte nichts mehr. Es war vorbei. Jonathan schaute die anderen an und schüttelte den Kopf. Er war nicht sicher, was er gehört hatte oder ob das überhaupt das gewesen war, was Tanaka ihm hatte sagen wollen, doch das behielt er im Augenblick für sich.

Nachdem sie Tanaka verloren hatten, setzten sie ihren Weg zum Moonpool fort, wenn auch die Stimmung jetzt gedrückt war. Sie erreichten eine große Metalltür mit einem Rad daran. Maggie drehte das Rad und zog die Tür auf. Dahinter verbarg sich eine Luftschleuse, ein kleiner Raum mit einer ähnlichen Tür auf der anderen Seite.

„Es gibt nur Platz für zwei gleichzeitig“, sagte Jonathan. „Maggie und ich werden zuerst gehen. Sie beide folgen uns.“ Bevor sich jemand beschweren konnte, schubste Jonathan Maggie in die Schleuse, ging hinterher und zog die Tür hinter ihnen zu.

„Drück den Knopf da“, sagt Maggie. Jonathan tat, wie geheißen, und sie warteten, dass die Anzeige über der inneren Tür auf Grün sprang.

Es war jedoch kein Zufall gewesen, dass Jonathan mit Maggie allein hier drin war. Während sie warteten, erzählte er ihr, was Tanaka gesagt hatte.

„Was zur Hölle ist Tote Lichter?“

„Ich habe keine Ahnung. Ich hatte gehofft, du würdest es wissen."

„Keinen Schimmer. Aber bis wir es wissen, denke ich, tust du gut daran, es vor unseren Begleitern geheim zu halten."

„Siehst du, wir haben schon immer, ähm, ähnlich ..." Plötzlich wurde Jonathan sehr bewusst, wie eng der Raum war und wie nah er Maggies Körper war.

„... gedacht", sagte Maggie, die Stimme weicher als zuvor. Die Luft wirkte wie elektrisch geladen. Sie leckte sich über die Lippen, und Jonathan konnte sich nicht dagegen wehren, sich zu ihr hinüberzubeugen. Doch gerade als ihre Lippen sich berühren wollten, kam ihm eine Idee.

„Natürlich! *Daten*gerät!", rief Jonathan und durchsuchte die Taschen seines Overalls.

„Das ist der seltsamste Korb, den ich je bekommen habe", meinte Maggie.

„Diese Tür dort wird sie draußen halten, bis wir gehen und diese Tür schließen, richtig?"

„Äh, yeah. Der Druck muss erst ausgeglichen sein, bevor sie ihre Seite öffnen können. Warum? Was meinst du mit Datengerät?"

„Das hier", sagte Jonathan, und zog das Gerät hervor, das Fahd ihm gegeben hatte. Maggie wirkte ganz und gar unbeeindruckt.

„Es ist ein Handy."

„Hoffen wir, dass es mehr als das ist", sagte Jonathan. Er griff sich an die Brust und zog das untere Ende seines Anhängers ab. Der USB-Anschluss lag nun frei. „Drück die Daumen."

Jonathan steckte den USB-Stick in sein Datengerät. Eine schreckliche Sekunde lang geschah gar nichts. Dann erwachte das Gerät zum Leben, ein Licht an dem USB-Stick leuchtete, und Jonathan hörte Fahds Stimme durch sein Implantat. Er erklärte Maggie kurz, was geschah, und bat sie, Geduld zu haben.

„Willkommen in Phase zwei, Jonathan. Ihre wirkliche Mission“, sagte Fahd. Das Display des Datengeräts erwachte mit einem Flackern. Das Gesicht einer alten Frau erschien darauf.

„Dies ist Umi Tenabe. Inzwischen haben Sie zweifellos bereits eine Menge über sie gehört. Sie ist tödlich. Unterschätzen Sie sie nicht, oder es wird das Letzte sein, was Sie tun. In Kooperation mit gewissen Elementen der japanischen Regierung hat sie das hier gebaut.“ Der Bildschirm zeigte jetzt eine geodätische Kuppel unter dem Meer; die Oberfläche bestand aus riesigen, weißen Dreiecken.

„Es heißt Ashita – *Japanisch für* morgen – *und es ist eine selbstversorgende Tiefseestadt, in der Lage, beinahe fünftausend Menschen zu beherbergen. Im Touristenmodus können hier zweitausendfünfhundert Menschen leben und Hunderte weitere als Gäste. Zumindest war das der Plan, der der japanischen Regierung vorgelegt wurde. Unsere Informationen, auch wenn sie nicht bestätigt sind, besagen, dass Umi ihren Teil der Abmachung gebrochen hat und Ashita als Geisel hält, wenn Sie so wollen. Sie droht damit, geheime Informationen über wichtige Beamte der Regierung preiszugeben, sollten sie versuchen, die Stadt mit Gewalt zurückzuerobern.*

Was uns zum Ziel Ihres Auftrags bringt: Umis Datenbank.“ Ein metallener Koffer erschien auf dem Display. *„Seit sechzig Jahren macht Umi Geschäfte mit einigen der größten und wichtigsten Firmengruppen der Welt, inklusive Verteidigungsfirmen, Regierungen und selbst der DARPA, Amerikas fortschrittlichster Forschungsbehörde für Verteidigungsfragen. Bei jeder Transaktion, jedem Deal, machte Umi die Übergabe von Informationen entweder zu einem Teil ihrer Bedingungen, oder sie arrangierte den Diebstahl gewisser Informationen. Was sie jetzt hat, ist die vollständigste und gefährlichste Datenbank wissenschaftlicher Forschung und militärischer Entwürfe, die je zusammengetragen wurde. Sollte irgendeine*

Regierung diese Datenbank in die Hände bekommen, würde sich das Kräftegleichgewicht auf der Welt für immer verändern.

Unsere Nachforschungen besagen, dass sich die Datenbank in Ashita befindet. Umi hat ihre Wissenschaftler beauftragt, die Daten in den fortgeschrittenen KI-Computer einzuspeisen, der die Anlage kontrolliert. Einer der Wissenschaftler gehört inzwischen zu uns. Er wurde aus einem Unternehmen namens Crystasis nach Ashita geschickt, doch sobald er in Position war, haben wir ihn rekrutiert. Er hat eine Kopie der Datenbank angefertigt und sie versteckt. Es ist unbedingt erforderlich, dass Sie ihn kontaktieren und, primär, die Datenbank herausschaffen, falls möglich, aber auch unseren Mann. Sein Name ist Dr. Reese."

Jonathan erkannte den Namen aus Tatsus Geschichte wieder. Er war einer der Wissenschaftler, die versucht hatten, Mikawa zu retten.

„Dr. Reese?", fragte Maggie. Jonathan hatte ihr eine Zusammenfassung von dem gegeben, was er gehört hatte.

„... Hauptziel, doch wir haben Umis Verlangen nach Rache unterschätzt. Ein Biologe namens Dr. Norris hat eine Weile für sie gearbeitet, verschwand jedoch vor einigen Wochen. Wir haben nicht viel mehr als das, da kurz darauf das Störsignal hochgefahren wurde. Demzufolge, was wir mithilfe von Tanaka und Reese erfahren konnten, sollte Norris ein Virus für Umi entwickeln – ein Virus, das sie in die Nahrungskette entlassen will. Ursprünglich mit dem Namen ‚Projekt Schwelle' ausgestattet, wurde es offensichtlich kürzlich in Projekt ‚Tote Lichter' umbenannt. Soweit wir das feststellen können, wurde es so entwickelt, dass es die Telomere an menschlichen Chromosomen verkürzt. Ich fürchte, das ist alles, was wir erfahren haben. Unser Rat ist, dass Sie die Datenbank zu Ihrer Priorität erklären und einen Blick auf Tote Lichter werfen, falls Zeit

bleibt. Es gibt keine Garantie, dass Norris seine Arbeit beendet hat oder was wirklich das Ergebnis verkürzter Telomere ist, aber ich wollte, dass Sie alle Informationen haben, die uns zur Verfügung stehen.

In Reeses letztem Bericht erklärte er, dass das automatische Steuerungssystem eines der U-Boote ausgefallen ist. Da Sie es womöglich brauchen, um dort runterzukommen, haben wir unsere eigene Version des Systems auf Ihrem Datengerät hinterlegt. Es ist nicht so ausgefeilt, sollte Sie aber in Sichtweite von Ashita bringen. Viel Glück."

Die Aufnahme endete abrupt. Jonathan drehte das Rad, um die Tür zum Moonpool zu öffnen. Per und Tatsu wurden mit Sicherheit bereits unruhig, dass sie so lange mussten. Er schwang die Tür auf und spürte, wie seine Hoffnung noch einige Etagen tiefer sank.

„Das Boot", sagte Maggie.

Es war nicht mehr da.

„Glauben Sie, dieses Implantat gibt es wirklich?", fragte Tatsu.

„Habe keinen Grund, das nicht zu tun", antwortete Per.

„Glauben Sie, er sagt uns alles?"

„Sehr unwahrscheinlich. Ziemlich genau so, wie du in deiner Geschichte Details ausgelassen hast."

Tatsu spürte, wie sie rot wurde. Sie war schon immer eine schlechte Lügnerin gewesen. Sie fragte sich, weshalb es sie kümmerte, ob Per wusste, dass sie etwas ausgelassen hatte oder nicht.

„Ich weiß nicht, wovon Sie reden", sagte sie schließlich.

„Natürlich", antwortete Per, dem das ebenso egal zu sein schien wie die andere Möglichkeit. „Solange du dein Versprechen einlöst, ist es mir egal, was du ihnen erzählst."

Das Licht über der Druckschleuse wechselte auf Grün, was bedeutete, dass die innere Tür geschlossen worden war und der Raum dazwischen wieder an den Druck im Rest des Schiffes angepasst worden war. Per drehte an dem Rad und zog die Tür auf.

„Und Sie haben mir versprochen, Umi zu erreichen, bevor sie … bevor es zu spät ist."

„Und das werde ich. Uns nach Ashita zu bringen ist im Augenblick das Einzige, was zählt."

„Und was bedeutet das? Dass Sie jeden töten, der Ihnen in die Quere kommt?"

„Du bist wirklich niemand, der übers Töten reden sollte, Tatsu. In der kurzen Zeit, die ich dich kenne, hast du Leichen zurückgelassen, die ich gefunden habe. Zwei Mal. Und ich denke, ich habe bewiesen, dass ich nicht vorhabe, irgendjemandem zu schaden, solange ich kriege, was ich will."

„Bewiesen?"

„Ich habe euer beider Leben gerettet, deines und Jonathans, seit wir hier eingetroffen sind", erklärte Per. „Es gab eine geradezu lächerliche Menge an Möglichkeiten, bei der ich euch alle hätte verletzen oder umbringen können. Ja, bewiesen", wiederholte Per, während sie in die Schleuse traten und er die Tür hinter ihnen wieder schloss. Als die Tür gesichert war, drückte Tatsu auf den Knopf, um den Druckausgleich zu starten.

„Und ich vermute, dass Sie im Helikopter eine Waffe auf mich gerichtet haben …" Tatsu verstummte, als Per ihr seine Waffe reichte.

„Nimm sie."

Tatsu nahm sie, langsam, unsicher, was er plante.

„Erschieß mich."

„Was?"

„Na los", sagte Per, packte den Lauf und legte ihn an seine Stirn. „Erschieß mich."

Tatsu erwog es eine Minute und schaute Per dabei in die Augen. Das bisschen Gefühl, das sie darin finden konnte, schien auszusagen, dass er es ernst meinte. Sie legte den Finger an den Abzug und übte ein wenig Druck aus, der Hahn zog sich ein winziges Stück zurück. Die Zeit schien stillzustehen, das einzige Geräusch war das Zischen, mit dem sich der Druck in der Schleuse änderte und das Blut, das in ihren Ohren rauschte. Schließlich betätigte sie mit dem Daumen den Knopf, der das Magazin auswarf, und fing es auf, als es aus dem Griff der Waffe rutschte. Es war leer. Keine Kugeln. Sie nahm die Waffe von seiner Stirn und zog den Schlitten nach hinten, um zu sehen, ob sich eine Patrone im Lauf befand, doch auch der war leer.

„Sie haben sie entladen", meinte sie, doch als sie an den Augenblick zurückdachte, in dem Alex und Mr. Morgan auf sie geschossen hatten, erinnerte sie sich, dass Per keinen einzigen Schuss abgegeben hatte.

„Sie war nie geladen", erklärte Per. Das Licht wechselte auf Grün, und er wandte sich um, um das Rad an der Tür zu drehen.

Sie traten hindurch und ließen die leere Waffe zurück. Jonathan und Maggie standen am Rande des Moonpools. Des leeren Moonpools.

„Wo ist das Boot?", fragte Per.

„Morgan", antwortete Maggie.

„Gibt es noch einen anderen Weg, wie wir dort runterkönnen?", fragte Jonathan und trat zu Tatsu hinüber. Alle schauten sie an.

„Vielleicht."

30

ASHITA

14:45 Uhr Ortszeit

Lew hatte noch nie zuvor eine derart surreale Erfahrung in seinem Leben gemacht. Er war einen halben Kilometer unter dem Meer und spazierte barfuß durch einen riesigen verlassenen Park. Saftiges grünes Gras erstreckte sich, so weit sein Auge reichte, und so, wie es sich unter seinen Füßen anfühlte, war es nicht künstlich. Baumhaine waren hier und dort gepflanzt, dazu jede Menge Picknickflächen, komplett mit Picknicktischen, Wasserbrunnen und Grills. Bei einigen dieser Flächen markierten riesige, efeubedeckte Gitterspaliere die Eingänge. Doch selbst mit all dem fühlte sich dieser Ort … falsch an.

Es gab keine Vögel, keine kreischenden Kinder, nicht einmal ein Eichhörnchen, das hier und dort herumflitzte. Lew fühlte sich eher, als wäre er auf einem Raumschiff, statt unter dem Meer.

Die Wände, allesamt makellos und weiß, beschrieben eine sanfte Kurve um den Bereich, mit Türen, die zu Maschinenräumen führten, Lagerräumen und sogar öffentlichen Toiletten. Und in der Mitte von allem stand ein massiver, spitz zulaufender Turm, der bis zum Dach der Kuppel ragte, gut zweihundertfünfzig Meter über seinem Kopf. Lew wollte einfach nur vor diesem Wahnsinn davonlaufen, doch für den Augenblick war Mikawa seine beste Option.

„*Bitte, beeil dich, Lew*", sagte Mikawas Stimme.

„Du meintest, dieser Ort wird Ashita genannt?“, fragte Lew, als er am Rande des Parks entlangging.

„Das ist richtig.“

„Wie groß ist er?“, wollte Lew wissen.

„Wie groß?“ Mikawa klang beinahe irritiert. Dann, einen Augenblick später: *„Er besitzt 196.428,5714 Quadratmeter Oberfläche. 8.184.523,8095 Kubikmeter Inhalt, eine Verdrängung von …“*

„Whoa, whoa“, sagte Lew, dem schwindelig wurde. „Was bist du, ein Wissenschaftler?“

„So etwas in der Art“, antwortete Mikawa.

„Okay, also etwas, das ein normaler Mensch verstehen kann. Wie viele Stockwerke hat der Turm?“

„Achtunddreißig.“

„Siehste, war das nicht ganz leicht?“, meinte Lew, schaute zur Spitze des Turms hinauf und pfiff. „Also, wo bist du?“

„Wir sind exakt 125,2 …“

„Ah, ah, ah“, tadelte Lew.

„Ja. Normal. Wir sind auf halber Höhe. Etage neunzehn.“

„Na, geht doch“, sagte Lew. „Dich haben wir im Null Komma nix entnerded, Mickey. Also, wie viele Menschen sind in Ashita?“

„Im Augenblick befinden sich acht Personen in Ashita.“

„Und du kannst sehen, wo sie sind? Ich meine, ich muss mir keine Sorgen machen, einem davon in die Arme zu laufen, richtig?“

„Nur Dr. Reese trägt ein Gerät, das wir verfolgen können. Unsere anderen Berechnungen erlangen wir durch visuelle Identifizierung. Und dein Kommunikationsimplantat.“

„Ist meines das einzige Kommunikationsimplantat?“, fragte Lew mit einem Hauch von Hoffnung in der Stimme.

„Ja.“

Mist. Jonny, wo steckst du?

„Weißt du, wo sie sind? Die anderen Menschen in Ashita?“

„Einige von ihnen.“

„Sag mir, wer sie sind und ihre aktuellen Aufenthaltsorte.“

„Umi Tenabe ist in ihren Gemächern in der obersten Etage mit vier Wachen. Wir erkennen nur ihre Uniformen. Dr. Reese ist in der Forschungseinrichtung im Erdgeschoss mit zwei weiteren Wachen.“

Tenabe. Lew erinnerte sich an den Namen aus der Einsatzbesprechung im Flugzeug.

„*Dr.* Reese, hm?“

Lew war sich sicher, dass er mit irgendeiner Form von Computer sprach, doch das Ding schien manchmal verwirrt zu sein, genau wie ein Mensch es wäre, passte sich jedoch immer wieder erstaunlich schnell an. Wie, als er ihm einen Spitznamen gegeben hatte. Er hatte nicht einmal reagiert. Er hatte sich einfach angepasst. Lew war sich nicht sicher, was hier unten los war, aber eine Sache wusste er – er steckte mitten in einem riesigen Haufen Scheiße. Und ohne Waffen war er in keinerlei Verfassung, es mit sechs Wachen aufzunehmen.

Mikawas Angebot war ausgesprochen simpel: Er würde Lew zurück zur Oberfläche bringen, wenn Lew etwas für ihn tat. Mikawa wollte den unbeschädigten Roboterkörper aus der Kiste, in der Lew gewesen war. Doch es war offensichtlich, dass jeder der beiden Körper gut zweihundert Kilo wog. Lew brauchte etwas, das Exoskelett-Anzug hieß, um den Roboter anzuheben und zu transportieren. Also war Lew jetzt auf dem Weg zum Ladedock, wo angeblich einige dieser Exoskelette herumlagen. Lew hatte immer noch nicht entschieden, ob es so eine kluge Idee war, Mikawa zu helfen, aber er konzentrierte seine Kräfte auf das Wesentliche. Wenn er nicht zu sehr bohrte, schien Mikawa bereit, ihm direkte Fragen zu beantworten. Und die eine Sache, die Lew im Augenblick dringender brauchte als alles andere, waren Informationen.

Nun, das, und aus diesen Taucheranzugshorts herauszukommen, bevor ihm die Eier aus der Nase ploppten.

„Warum erzählst du mir nicht ein bisschen was über Dr. Reese, Mickey“, schlug Lew vor.

„Dr. Chris Reese. Geboren am 15. April 1985 in London, Ontario, Kanada. Hat je einen Doktortitel in Maschinellem Lernen und in Computerwissenschaften, beide von der Universität von Toronto. Zuletzt arbeitete er für die Crystasis Foundation, bevor er vor sechs Monaten nach Ashita kam.“

„Sechs Monate an diesem Ort haben das mit ihm angestellt?“, fragte Lew. Das Letzte, wonach Reese aussah, war ein Doktor in irgendwas, außer in Verrücktsein.

„Nein, wir haben ihn … wir haben ihn …“

„Geht's dir gut, Mickey?“ Lew war der Ansicht, sein Gesprächspartner klang noch verwirrter als zuvor.

„Es gab Befehle, ihn vom Schlafen abzuhalten“, sagte Mikawa schließlich. Üblicherweise wurde diese Foltertechnik dazu genutzt, einen Gefangenen zu brechen, damit er kooperierte. Reese hatte jedoch den Eindruck gemacht, weit über diesen Punkt hinaus zu sein. Als hätte ihn jemand einfach nur bestrafen wollen.

„Informiere mich über die Bewegungen aller anderen, Mickey.“

„Bestätige“, sagte Mikawa.

Genau in diesem Augenblick surrte ein kleiner Roboter um die Ecke. Er flitzte recht schnell vorwärts, doch als er der Wand nahe kam, drehte er um und surrte wieder davon.

„Was zur Hölle war das?“, fragte Lew.

„Wartungsroboter. Alles in Ashita ist automatisiert. Sie reinigen, reparieren, und die Drohnen liefern Dinge.“

„Drohnen?“, fragte Lew und schaute nach oben. Er hatte sie bisher nicht bemerkt, sah aber jetzt etliche Quad-Copter-Drohnen hoch oben herumfliegen. Jede davon hatte eine kleine Schachtel unter sich. „Hm. Was liefern sie und an wen?“

„Einige sind nur Kameras. Andere liefern Dinge an andere Roboter.“

„Nun, es ist eindeutig eine japanische Unterwasserstadt“, murmelte Lew zu sich selbst.

„Bitte wiederholen, Lew?“

„Ich habe nur gesagt, dass alles, was euch fehlt, ein paar Sushi-Restaurants und eine Indoor-Golfanlage sind.“

„Restaurants und Shopping-Möglichkeiten werden sich auf den Etagen fünfzehn bis fünfundzwanzig befinden. Sie sind noch im Bau.“

„Also kein Golf“, witzelte Lew.

„Es gibt einige Dutzend Golfsimulatoren auf dem Vergnügungslevel. Drei arbeiten bereits, wenn du gerne spielen möchtest.“

Lew schüttelte den Kopf. „Passt schon, danke“, sagte er, während er den Weg zum Ladedock fortsetzte. „Erzähl mir mal etwas, Mickey.“

„Dir erzählen …“ Mikawa stolperte über Lews umgangssprachlichen Ausdruck.

„Tut mir leid, ich habe mich nur gerade gefragt: Warum ich? Wieso brauchst du meine Hilfe? Und wieso fragst du nicht einfach einen der anderen Menschen hier unten, dir zu helfen? Sie stehen ohnehin alle bereits auf Umis Gehaltsliste.“

„Genau deshalb, Lew. Wir müssen etwas tun, von dem Umi Tenabe nicht möchte, dass wir es tun. Du bist die erste Anomalie seit Nagura, die hier herunterkommt. Wir haben den Kontakt zu ihm verloren. Wir haben dich nicht ausgewählt, du bist die einzige Option.“

„Mach dir nichts draus, Mickey. Du würdest nicht glauben, wie oft in meinem Leben das bereits der Fall war.“

31

JUROJIN MARU

14:51 Uhr Ortszeit

Jonathan stand neben Maggie und beobachtete Tatsu, die den Kran bediente, der auf Schienen an der Decke fuhr, während Per mit den Armen wedelte und sie in Richtung Wasser lotste. Das abgeschaltete U-Boot, das hinter den Trennwänden gelegen hatte, hing in den Kiefern des Krans. Es glich keinem anderen U-Boot, das Jonathan jemals gesehen hatte. Zwei riesige Glaskugeln saßen aneinandergeschmiegt in einer Tasche aus leuchtend gelbem Metall.

„Du wirst sie doch nicht wirklich mit uns kommen lassen, oder?“, fragte Maggie leise. Er war diesbezüglich selber hin- und hergerissen.

„Per hat sich bisher nicht als Bedrohung zu erkennen gegeben“, gab er zurück. „Ganz im Gegenteil.“

„Er ist es nicht, um den ich mir Sorgen mache. Tatsu und Umi stehen sich nahe. Sie schickt das Mädchen schon seit Monaten für irgendwelche Missionen los.“

„Um was zu tun?“

Maggie antwortete nicht. Jonathan schaute sie an.

„Du weißt es nicht, richtig?“, fragte er.

„Das ist nicht der springende Punkt. Ich weiß nicht, was Tatsu die letzten Wochen dort draußen erlebt hat, aber zu glauben, dass es in einer kompletten Kehrtwende ihrer Loyalität resultiert hat, scheint mir eine idiotische Vorstellung zu sein.“

„Oder der perfekte Augenblick, sie zu einer von uns zu machen“, erwiderte Jonathan. „Du kennst die Routine doch besser als ich. Wenn sie ihre eigene Loyalität hinterfragt, ist das der perfekte Augenblick, sie zu benutzen. Also was …“

„Es ist mir egal, was sie gesagt hat, sie kennt den Rest von Umis Plan.“ Maggie drehte sich um und sah ihn direkt an. „Bis ins letzte Detail. Wir spazieren blind in Wer-weiß-was dort unten, und, ja verflixt, ich wüsste gerne ein bisschen mehr darüber, ob wir wieder zurückkommen.“

Jonathan beobachtete Tatsu, die das U-Boot mit Pers Hilfe über den Moonpool bugsierte und dann ins Wasser abließ. Nachdem sie die Kiefer des Krans aus dem Weg geschwenkt hatte, sprang Tatsu herunter. Da war etwas in der Art, wie sie sprang. Kontrolle und Flüssigkeit. Jonathan, der selbst in Kenjutsu ausgebildet worden war, hatte schon früher Leute sich so bewegen sehen. Es verriet ihre Ausbildung, ihre Balance und ihre Tödlichkeit.

„In Ordnung“, flüsterte Jonathan, als Per und Tatsu auf sie zukamen. „Spiel einfach mit, wenn die Zeit kommt.“ Maggie nickte.

„Kommt dieses Ding tief genug?“, fragte Maggie.

„Und noch tiefer“, antwortete Tatsu.

„Inwiefern ist es außer Betrieb?“, fragte Per.

„Das automatische System funktioniert nicht“, erklärte Tatsu.

„Automatisiert?“, fragte Jonathan.

„Ashita sendet ein konstantes Signal – einen Herzschlag. Das automatische System im U-Boot klinkt sich ein und folgt dem Signal zur Andockschleuse von Ashita. Es gibt keinen, der es steuert. Üblicherweise.“

„Woher weißt du das alles?“, fragte Jonathan.

„Als Ashita fertiggestellt wurde, nahm Umi mich ziemlich häufig mit. Manchmal blieben wir wochenlang am Stück dort unten. Es ist wirklich wunderschön. Aber um Ihre Frage zu beantworten: Umi tut alles aus einem bestimmten Grund. Zu jener Zeit war die Automatisierung noch nicht perfektioniert und fiel regelmäßig aus. Oder sie sorgte dafür, dass sie ausfiel; ich bin mir nicht sicher, was davon. Sie hat mir beigebracht, wie man das U-Boot manuell steuert, sodass sie jemanden hatte, der sie dort rausbringen konnte, wenn die Notwendigkeit bestand."

Jonathan hatte sich entschieden. Er trat zurück, hob das Maschinengewehr und richtete es auf Tatsu. Maggie ging hinter ihm.

„Per, kommen Sie nicht auf Ideen. Treten Sie einfach zurück", sagte Jonathan. Per hob ruhig die Hände, um zu zeigen, dass er keine Gefahr war, und ging zur Seite.

„Was ist los?", fragte Tatsu. Sie klang ernsthaft überrascht.

„Ich habe nichts gegen dich, Tatsu, und ich hoffe wirklich, dass ich einen großen Fehler mache, aber du gehst nicht dort runter, ohne uns mehr Informationen zu geben. Ich bin mir nicht sicher, ob ich dir diesen Wechsel deiner Loyalität Umi gegenüber abkaufe, aber eine Sache, die wir sicher wissen, ist, dass du weißt, was auch immer sie dort unten plant. Bis zum letzten I-Tüpfelchen. Deshalb behauptest du auch ständig, wir hätten keine Zeit. Du hast sechzig Sekunden, um auszupacken, oder wir lassen dich hier."

„Aber … Sie brauchen mich. Wie sonst finden Sie …"

Jonathan zeigte ihr das Display seines Datengeräts, ein blinkendes Licht dort, von wo Ashitas Signal herkam.

„Aber das U-Boot zu steuern …"

„Wir sind klug", sagte Maggie. „Wir werden es rausfinden."

„Sie brauchen mich, um Tote Lichter zu finden!", sagte Tatsu zu Per.

„Ich möchte sie finden, ja, aber ich möchte nicht auf der Suche sterben. Wenn es einen Zeitplan oder eine andere Gefahr dort unten gibt, müssen wir wissen, was es ist", erwiderte Per. Jonathan war sich nicht sicher, ob er Pers Unterstützung wirklich glaubte, doch er wusste, wie er ihn dazu bringen konnte, sich zu benehmen.

„Das ist irrelevant", sagte er. „*Ich* weiß, was Tote Lichter ist. Ich kann sie Ihnen zeigen." Per starrte Jonathan an, als wäre ihm gerade ein zweiter Kopf gewachsen.

„Sie lügen!", stieß Tatsu aus.

„Tu ich das? Dann hat Tote Lichter also nichts mit, äh, Dr. Norris zu tun und dem Virus, den er entwickelt hat, um Telomere zu verkürzen?" Er versuchte, süffisant zu klingen, war aber einfach nur froh, dass er das Wort richtig ausgesprochen hatte. Was auch immer es bedeutete.

„Aber woher?"

„Alex hat es mir letzte Nacht im Bett erzählt", sagte Maggie. Jonathan fand, dass das riskant war, da sie wirklich nicht sagen konnten, wie viel Corsair gewusst hatte – außerdem hatte er gerade erst das Bild aus dem Kopf bekommen, wie Alex Maggie bestieg –, aber es schien zu funktionieren. Tatsus Schultern sackten hinab. Jetzt war die Frage, was sie wusste und was sie wirklich zu teilen bereit war. Wenn Jonathan nur den geringsten Täuschungsversuch wahrnahm, U-Boot-Steuerung hin oder her, würde er sie wirklich hierlassen.

„Umi wird technisch tot sein, ab sechzehn Uhr fünfundvierzig", sagte Tatsu. „Wenn ich in den nächsten neunzig Minuten nicht mit ihr spreche, werde ich es nie wieder tun."

„Technisch tot?", fragte Jonathan.

„Sie wird sich selbst in Ashitas Computer übertragen – sich selbst mit der KI und Mikawa verschmelzen. Ihr Körper wird leblos sein, aber ihr Plan ist es, weiterzuleben."

„Und das Virus? Wie plant sie, es einzusetzen?", fragte Jonathan und hoffte, dass er seinen Bluff nicht aufdeckte.

„Es wird durch ein Zeitschaltuhr freigesetzt“, erklärte Tatsu. „Um siebzehn Uhr fünfzehn werden Tausende Tonnen infizierter Algen in die Meeresströmungen entlassen, mithilfe der Fluchtkapseln. Während es dahintreibt, werden Fische und Krebstiere sich davon ernähren, und sich dadurch ebenfalls infizieren. Von dort aus wird es die Nahrungskette hinaufwandern. Umi sagte mir, dass in sechs bis achtzehn Monaten siebzig Prozent der Menschheit das Virus in sich tragen werden, ohne es zu wissen.

„Himmel“, stieß Jonathan aus.

„Die Telomere“, fragte Maggie. „Was passiert mit ihnen, wenn sie verkürzt werden?“

„Es ist eine Theorie“, sagte Tatsu. „Es funktioniert vielleicht gar nicht. Die Veränderung könnte auch gar nichts bewirken.“

„Aber wenn sie funktioniert?“, wollte Jonathan wissen und ließ sein Maschinengewehr sinken.

„Dann wird kein Mensch je wieder älter als achtzig werden.“

Jetzt, wo er den Zeitdruck kannte, unter dem sie arbeiteten, traf Jonathan seine Entscheidung so schnell er konnte. Tatsu war weit davon entfernt, harmlos zu sein, aber er brauchte jeden von ihnen, auf die ein oder andere Art, damit es auf dieser Reise ein Rückflugticket gab. Dennoch tasteten Jonathan und Maggie Per und Tatsu ab, bevor sie ins U-Boot stiegen. Es war unwahrscheinlich, dass sie irgendwelche Waffen bei sich trugen, nachdem sie alle in ihre Overalls geschlüpft waren, aber sie mussten sicher sein. Sie fanden keine Waffen, und Jonathan überzeugte Maggie, Tatsu zu trauen – für den Augenblick. Was leichter wurde, als er darauf hinwies, dass er und Maggie diejenigen waren, die Geheimnisse vor den anderen hatten.

Während sie sprachen, erzählte Jonathan ihr auch von Pers Arm. Wie sich herausstellte, hatte sie bereits bemerkt, dass etwas seltsam an Pers behandschuhter Hand war.

Was ihm jedoch nach wie vor nicht gefiel, war, dass er ihr noch immer nicht erzählt hatte, dass er all diese Jahre Der Monarch gewesen war. Er fragte sich, wie sie reagieren würde, wenn sie herausfand, dass er und Lew Kunstdiebe gewesen waren, während sie sich in Russland die Beine in den Bauch gestanden hatte. Ganz zu schweigen davon, was sie von diesem ganzen Geheimauftrag halten würde, wenn sie wüsste, dass er von einer Geheimgruppe kam, die sich Die Kuratoren nannte. Mit einem Mal war er sehr froh darüber, dass er keine Zeit hatte, die Dinge ausführlicher zu besprechen.

Mit Jonathan und Maggie in der einen Glaskugel und Per und Tatsu in der anderen – in der sich der Steuermechanismus befand – sank das U-Boot unter die Wasserlinie und weiter in Richtung Ashita. Jonathan rief Kurskorrektoren nach vorne, die er dem Bildschirm seines Datengeräts entnahm, während sie tiefer und tiefer abtauchten. Davon abgesehen waren die Passagiere beinahe völlig still. Die Sicht unter Wasser war unglaublich. Dank der zwei festen Glaskugeln ohne jegliche Verstrebungen war ihre Aussicht unversperrt und atemberaubend. Sie konnten zwischen ihren Füßen nach unten schauen, auch wenn das Meer hier so tief war, dass sich der Blick in dunkler werdender Schwärze verlor.

„Wow“, sagte Maggie und schaute sich um.

Nur drei Minuten später waren sie bereits hundertfünfzig Meter tief. Tatsu richtete ihren Abstieg anhand von Jonathans Anweisungen aus, und sie glitten beinahe lautlos der Schwärze unter ihnen entgegen. Von Zeit zu Zeit passierten sie einen Meeresbewohner, der kurz neugierig war, dann aber sichtbar verschreckt wurde von den Oberflächenwesen, die unerklärlicherweise in seiner Welt schwebten. Sie sanken tiefer und tiefer, doch ihr kleines Stückchen Atmosphäre schien unverändert. Das Wasser um sie herum verdunkelte sich rapide, als das Licht von der Oberfläche mehr und mehr Schwierigkeiten bekam, sich so weit in die Tiefe zu strecken.

Ein plötzlicher Blitz ließ Jonathans Kopf herumschnellen. Aber es war nicht Ashita. Es war Maggie mit ihrem Handy. Sie versuchte Fotos von dem Leben außerhalb der Hülle des Bootes zu schießen. Sie tauschten ein Lächeln aus, und nur für einen Augenblick war das Leben, wie es sein sollte. Sie waren bloß Touristen, auf wundersame Weise in einer fremdartigen Welt gelandet. Und wie er es so häufig getan hatte, seit jener Nacht an der finnisch-russischen Grenze, fragte Jonathan sich, wie das Leben verlaufen wäre, wenn er vor so vielen Jahren nicht so kläglich versagt hätte.

„Dort ist es!“, rief Tatsu plötzlich und beendete den Zauber.

„Heilige Scheiße“, stieß Jonathan aus, als Tatsu das U-Boot drehte und direkt auf die leuchtende Kugel zufuhr. Sie waren noch immer einige Hundert Meter entfernt, doch Ashita füllte bereits ihr Sichtfeld aus, wie eine Art leuchtender Volleyball.

„Wie viel Zeit haben wir noch mal?“, fragte Maggie. „Ich fürchte nämlich, es dauert drei Tage, um *irgendwen* dort drin zu finden.“

Jonathan war ebenfalls nicht auf die schiere Größe der Unterwasserstadt vorbereitet gewesen. Maggie besaß wie üblich eine hervorragende Voraussicht. Jonathan fragte sich, was geschehen würde, wenn ihre Zeit ablief und er Lew noch nicht gefunden hatte. Er schloss die Augen und schüttelte den Kopf. Versuchte, diese Vorstellung zu vertreiben.

„Vielleicht gibt es ein … uff!“ Etwas krachte mit Gewalt ins Heck des U-Boots und warf Jonathan und Maggie aus ihren Sitzen. Jonathan schlug mit dem Gesicht voran gegen die Innenseite der durchsichtigen Kugel, und Maggie krachte ihm in den Rücken, wodurch sie sein Gesicht noch härter gegen die

Wand presste. Dann sackten sie auf dem Boden des U-Boots zusammen.

Jonathan spie Blut aus, während Maggie sich aufrappelte und Tatsu anschaute. Pers verrückter Arm hatte ihn offensichtlich im Sitz gehalten, und der Pilotensitz war hinter den anderen Sitzen auf ihrer Seite des U-Boots eingeklemmt, so hatten Per und Tatsu beide eine Verletzung vermeiden können. Maggie stöhnte, schien aber in Ordnung zu sein.

„Was zur Hölle war das?", rief sie.

„Er ist dort drüben", sagte Per. Sie folgten alle seinem Blick und sahen ein größeres U-Boot, mit einem einzigen Fenster vorne an einem röhrenförmigen Körper. Hinter dem Fenster konnten sie den Piloten sehen, der sie gerade gerammt hatte und nun einen Bogen fuhr, um sie erneut anzugreifen.

„Morgan", sagte Jonathan.

Mit dem Exo-Anzug hatte Lew den Rückweg in der halben Zeit geschafft, die es gekostet hatte, zum Dock zu kommen. Zunächst war er skeptisch gewesen, und es hatte Mikawa einige Minuten gekostet, ihm zu erklären, wie man das Ding überhaupt anlegte, aber Lew konnte gar nicht glauben, wie er sich in dem verrückten Gerät fühlte. Er erwähnte sie kaum, doch nach Jahren des Missbrauchs gab es nur wenige Muskeln und Gelenke in seinem Körper, die nicht tagtäglich schmerzten. Jetzt jedoch waren nahezu alle Schmerzen verpufft, während der Anzug sein Gewicht trug und die Arbeit machte, die seine Muskeln üblicherweise zu bewältigen hatten. Er fühlte sich wieder wie ein Kind, als könne er schneller rennen und weiter springen, als er es seit Jahren gekonnt hatte.

Kaum zurück in dem Lagerraum, in dem er aufgewacht war, hob Lew den verbrannten Roboter mit einer Hand und warf ihn zur Seite, als bestünde er aus Styropor. Er konnte nicht anders, er musste hinterher lachen. Dann griff er wieder in die Kiste und nahm den verbliebenen Körper auf. Er warf ihn sich über die Schulter.

„Wohin jetzt, Mickey?“, fragte er und dachte, dass er es vielleicht doch nicht so eilig haben sollte, diesen Ort zu verlassen. Es fehlte an der nervigsten Sache, die Lew an der Oberfläche ertragen musste – Menschen. Die Luft war frisch, und die künstliche Beleuchtung fühlte sich tatsächlich wie Sonnenlicht an. Gäbe es jetzt noch Cheeseburger und Guinness, könnte er sich zu Hause fühlen. Und Klamotten, dachte er, und zitterte immer noch ein wenig.

Mikawa lotste Lew zu dem Hauptturm in der Mitte der Stadt. Obwohl er zweihundert Kilo über einer Schulter trug, machte Lew sich auf den Weg zum Turm und erwischte sich bald dabei, wie er durchs Gras trottete. Seine Füße hinterließen tiefe Abdrücke im Rasen. Es kostete ihn nur ein paar Minuten, die Strecke zurückzulegen.

Lew betrat den Turm durch die Hauptlobby. Auch wenn sie sich auf dem Meeresboden befanden, sah sie aus wie eine ganz normale Lobby in einem ganz normalen Gebäude an der Oberfläche: ein weiter, offener Raum, glatte, glänzende Oberflächen überall, ein Empfangstresen und zwei Fahrstühle. Lew ging zu dem Tresen hinüber und studierte eine Karte und eine Legende, die dort aufgestellt waren.

„Wo sind Reese und die beiden Wachen jetzt?“, fragte er.

„Sie sind noch immer im Forschungslabor, in Dr. Norris' Büro.“

„Dr. Norris? Erzähle mir von Dr. Norris“, sagte Lew, während er um den Empfangstresen herum ging. Er entdeckte eine Tür mit der Aufschrift „Zutritt nur für befugtes Personal“ und marschierte direkt darauf zu.

„Dr. Eric Norris. Geboren am 31. Mai 1975 in Chicago, Illinois, USA. Doktortitel der Biologie an der Duke Universität,

Spezialisierung auf Algale Forschung. Arbeitete zuletzt für die Tenabe-Gruppe."

„Algale Forschung?"

„*Die Erforschung und Anwendung der biologischen Interaktionen von Meeresalgen. Wir können einige seiner Forschungsarbeiten zu dem Thema heraussuchen und zitieren, wenn du es wünschst.*"

„Nein, das ist schon in Ordnung", sagte Lew. „Wenn er für Tenabe gearbeitet und ein Büro hier unten hat, wo ist er dann?"

„*Dr. Norris sowie der größte Teil seines Teams ist seit drei Wochen abwesend. Seit Beendigung des Tote-Lichter-Projekts. Wir haben Anfragen gestellt, jedoch keine Antworten erhalten.*"

Tote Lichter? Es geht doch nichts über einen gruseligen Projektnamen. Lew wollte nachfragen, hatte sein Ziel aber erreicht, also würde das einen Augenblick warten müssen.

Er legte den Roboter ab und öffnete die „Nur für befugtes Personal"-Tür. Dahinter fand er einen kurzen Gang, von dem etliche Türen abgingen. Die Tür, die sein Interesse weckte, war mit „Sicherheitsteam" beschriftet. Sie war verschlossen, doch mit Lews eigener Finesse – seiner Schulter – brachte er sie dazu, sich zu öffnen, dank seines Exoskeletts eine Bewegung, die nicht anstrengender war als ein lockerer Hüftschwung in der Disco. Dahinter fand er einen Ausrüstungsraum. Er trat ein und knipste das Licht an.

„Hallo, Baby", sagte er. Der Raum war gefüllt mit Wachuniformen in sämtlichen Größen, komplett mit Socken und Schuhen. Lew trat aus seinem Exo-Anzug und zog sich aus. Er kämpfte mit seinen Taucheranzugshorts, die allmählich Teil seines Körpers wurden. Er seufzte genüsslich, während er sich einen Augenblick gönnte, um seine edelsten Stücke atmen zu lassen. „Tief Luft holen, Jungs!"

Nachdem er sich von der Einengung erholt hatte, stieg er in eine der Uniformen. Er fand auch einen Waffenschrank, doch alles was es darin gab, waren Taser und Schlagstöcke. Lew hatte Taser nie leiden können, also nahm er zwei Schlagstöcke mit und schob sich einen an jeder Seite in den Gürtel seiner Uniform.

Für eine Sekunde erhaschte er seinen Anblick in einem Spiegel. Es war das erste Mal seit über zwanzig Jahren, dass er eine Uniform trug. Er mochte das Gefühl nicht, das sie ihm gab, also schaute er weg. Er kletterte wieder in den Exo-Anzug, was dieses Mal kinderleicht war, und ging zurück in die Lobby. Er hob den Roboter vom Boden und warf ihn sich auf die Schulter.

„Also, wo waren wir?", fragte Lew. Aber Mikawa antwortete nicht. „Mickey?"

„Lew, zwei Tauchfahrzeuge scheinen sich gegenseitig zu rammen, hundertdreißig Meter in nordöstlicher Richtung", sagte Mikawa schließlich nach einigen Minuten Schweigen. *„Ich sollte anmerken, dass dies die optimale Streuung verhindern könnte."*

„Streuung wovon?", fragte Lew. Er spürte es in seinen Knochen, dass Jonny dort draußen in einem dieser Tauchboote saß. Dann erinnerte sich Lew, was Mikawa über Norris erzählt hatte.

„Erzähl mir vom Projekt Tote Lichter, Mickey."

Jonathan versuchte sich festzuhalten, als Tatsu die Nase des U-Boots hochriss und Morgan sich in ihre Richtung schraubte. Sie waren beinahe ganz aus seiner Bahn, als seine Schnauze mit einem lauten Knirschen das Ruder ihres U-Boots traf. Das kleine U-Boot überschlug sich einige Male wild, bevor Tatsu die Kontrolle wiedergewann.

„Sind alle in Ordnung?", rief sie.

Jonathan hatte es am schlimmsten erwischt. Der Überschlag hatte ihn gegen das Dach krachen lassen und wieder zurück auf die Sitze, wo er mit dem Gesicht gegen die harte Kunststoffarmlehne geprallt war. Blut schoss ihm aus der Nase, und er hatte Mühe, klar zu sehen. Er spürte, wie er drohte, ohnmächtig zu werden.

Maggie massierte sich den Nacken von dem Looping. Per schien unverändert, doch Jonathan war ziemlich überzeugt davon, dass man ihm einen Finger abbrechen könnte, ohne es auf seinem Gesicht zu sehen.

„Mehr oder weniger", gab Jonathan näselnd zurück und spuckte Blut auf den Boden des U-Boots.

„Der schlägt uns durch die Gegend wie einen Pingpong-Ball", sagte Maggie.

„Und wenn er mit dem letzten Anlauf eine der Glaskugeln erwischt hätte, wären wir … nun, es wäre nicht hübsch geworden", sagte Tatsu.

Jonathan schaute sich um auf der Suche nach irgendetwas, das ihnen helfen konnte, aber sie saßen schutzlos auf dem Präsentierteller. Unter sich sah er den leuchtenden Ball von Ashita. *So nah. Wenn doch nur …*

„Wo ist die Andockschleuse?", fragte er.

„Es gibt zwei", erklärte Tatsu. Sie drehte den Kopf herum und schaute zu, wie Morgan einen weiten Bogen fuhr, um sie wieder aufs Korn zu nehmen. „Eine an der Spitze und eine unten am Boden."

„Was schwebt dir vor?", wollte Maggie wissen.

„Er kann in seiner Wanne nicht so gut manövrieren wie wir. Wie sieht es mit seiner Geschwindigkeit aus?", fragte Jonathan.

„Er ist langsamer als wir, aber nur ein bisschen."

„Okay, bei seinem nächsten Angriff fahre direkt auf ihn zu. Warte bis zum letzten Augenblick und tauch unter ihm weg.

Dann fahr so schnell wie du kannst zur unteren Andockschleuse."

„Ja, sehr gut", sagte Per.

„Was bringt uns das? Wir werden nie rechtzeitig andocken. Er wird uns einfach rammen, wenn wir langsamer werden, um in die Schleuse zu fahren", wandte Tatsu ein.

„Ich glaube, er hat gar nicht vor, dass wir langsamer werden", sagte Per.

„Stimmt", sagte Maggie. „Wir haben die Wendigkeit. Er nicht. Wir ziehen in letzter Sekunde hoch, und ..."

„Und Morgan ist Geschichte", beendete Jonathan den Satz.

„Das ist verrückt", meinte Tatsu. „Ich bin keine erfahrene Pilotin. Was ist, wenn ich das Timing falsch einschätze?"

„Wirst du nicht", versprach Maggie.

Tatsu verdrehte die Augen. „Aber was, wenn doch?"

„Ich denke nicht, dass das wichtig ist", sagte Per. Als alle ihn anschauten, sah er nach unten. Sie folgten seinem Blick. Auf dem Boden des U-Boots hatte sich ein knapper Zentimeter Wasser angesammelt.

„O mein Gott", sagte Maggie.

„Es muss ein Leck im System sein", erklärte Tatsu. „Wenn eine der Blasen einen Riss hätte, hätte der Druckwechsel uns augenblicklich implodieren lassen."

„Tröstlich", sagte Jonathan und berührte vorsichtig seine Nase.

„Ist sie gebrochen?", fragte Maggie.

„Oh ja", antwortete Jonathan. „Aber die gute Nachricht ist, dass der nächste Überschlag sie vermutlich wieder in die richtige Position drückt." Er versuchte zu lächeln, aber es tat zu sehr weh.

„Hier kommt er", unterbrach Tatsu die zwei.

Jonathan schaute durch die Kugel hinaus und sah, wie Morgans U-Boot direkt auf sie zuraste. Er setzte sich, und diesmal klammerte er sich an seinen Stuhl, so wie Per und Maggie es taten.

Jonathan spürte, wie sie ihre Hand ausstreckte und seine nahm. Er schaute ihr in die Augen und nickte. „Spielen wir ein bisschen ‚Angsthase'."

Morgan machte ein Gesicht wie ein Schurke in einem Comicheft, während er auf sie niederstieß. Als er die Entfernung halbiert hatte, gab Tatsu Gas. Direkt auf ihn zu. Er stutzte und schien einen Augenblick irritiert, doch dann stürzte er sich auf sie, und beide U-Boote flogen aufeinander zu. Die Entfernung schrumpfte unglaublich schnell, zwanzig Meter, fünfzehn, zehn, dann war es an der Zeit. Jonathan spürte, wie Maggie seine Hand drückte, und er drückte zurück, bevor er die Augen schloss.

„Los geht's!", rief Tatsu, als sie den Steuerhebel nach vorne schlug. Sie rasten nach unten, die Schrauben unter Morgans Boot kreischten auf, als sie kurz gegen die Oberseite des kleinen U-Boots stießen. „Geschafft!"

Aber Jonathan war nicht so erleichtert wie Tatsu. Das war nur Schritt eins. Eiskaltes Wasser schwappte um seine Knöchel, als er die Augen öffnete und ihr Ziel weit unter sich sah. Die Andockschleuse war ein zehn Meter langer Tunnel, der unter Ashitas rundem Fundament herausragte wie ein Fuß.

„Nicht zu eilig", sagte er, als er sich umdrehte und sah, wie Morgan beidrehte. Wenn sie den Hafen zu früh erreichten, würde ihr Plan nicht funktionieren. Jonathan sah zu, wie Morgan in einer langen Kurve zurückkam, sein Mund war weit aufgerissen, als würde er irgendetwas brüllen. Dann holte er zu ihnen auf.

„Los!", rief Maggie.

Während sie tiefer und tiefer flogen, wurde das Wasser dunkler und dunkler. Jonathan sah nach oben, konnte das schwache Licht der Oberfläche aber nicht mehr sehen. Er dachte an Natalie. Wie sehr er sie vermisste und wie er die Vorstellung nicht ertragen konnte, zu sterben, ohne noch einmal ihr Gesicht zu sehen, sie in den Armen zu halten und ihr zu sagen, dass alles in Ordnung kommen würde.

Sie passierten die Spitze von Ashita und rasten abwärts, vorbei an den dreieckigen Fenstern, aus denen dieses unglaubliche Bauwerk bestand. Jetzt konnte er ins Innere der Kuppel schauen, ein gigantischer Turm ragte in der Mitte empor, wie ein Wolkenkratzer aus dem Weltraumzeitalter. Ein üppiger Rasen und Bäume umsäumten die unterste Etage. War Lew dort drinnen? Würde er ihn wiedersehen?

„Er hat uns fast!", rief Maggie „Schneller!"

„Mehr ist nicht drin!", schrie Tatsu zurück. Das U-Boot begann zu flattern. Jonathan wusste nicht, ob das von der Tiefe oder der Geschwindigkeit kam, aber es war auch nicht wichtig. Er wollte die Augen wieder schließen, zwang sich aber, zuzuschauen. Der Eingang zur Schleuse wurde immer größer, und er erkannte das Tor, das ins Innere des Kolosses führte. Er fragte sich, was geschehen würde, wenn der Plan funktionierte und Morgan gegen das Dock krachte.

„Jetzt!", rief Tatsu und riss den Hebel zurück.

Das U-Boot schoss über die Schleuse hinweg und stieg weiter, Wasser stieg in der Kugel auf, angetrieben von den Schubkräften, die sie nach oben drückten. Das eisige Wasser klatschte auf sie nieder, und alle schnappten erschrocken nach Luft. Jonathan wischte sich das brennende Meerwasser aus den Augen und schaute nach hinten. Morgan versuchte verzweifelt, ihr Manöver nachzuahmen, doch das schwerfällige Boot konnte den Bogen ihres kleinen Gefährts nicht nachvollziehen. Mit hochgezogener Schnauze krachte das U-Boot mit dem Bauch in das Dach der Andockschleuse und riss auf wie ein Keksröllchen. Für eine kurze Sekunde sah Jonathan, wie Morgan die Hände über den Kopf hob, sein Mund zu einer ganz anderen Art von Schrei geöffnet, dann stürzte sich der Druck eines halben Kilometers Wasser auf das aufgerissene U-Boot und zerdrückte es in eine schartige Metallkugel. Ein Teppich von Luftblasen stieg auf.

Sie schauten zu, wie die Kugel auf den Meeresboden sank und ein Stück weiterrollte, bevor sie zum Stehen kam. Jonathan überprüfte die Andockschleuse und wartete darauf, dass das Schlimmstmögliche geschah, doch abgesehen von ein paar Kratzspuren am Dach hielt die Schleuse. Woraus auch immer sie bestand, es war härter als Stahl.

Es gab keine Siegesrufe. Keine Seufzer der Erleichterung. Sie hatten mit angesehen, wie ein Leben geendet hatte, auf eine der schlimmsten Arten überhaupt. Alle waren still, und Jonathan und Maggie hörten auf, Händchen zu halten. Jonathans Hand schmerzte von ihrem Griff. Jeder rang nach Atem und versuchte zu verarbeiten, was gerade geschehen war, während Tatsu ihren Aufstieg verlangsamte und in Richtung Spitze der Kuppel beidrehte.

„Da ist die andere Schleuse", sagte Per festlich. Auch wenn er alles, was er sagte, feierlich auszusprechen schien, klang es dieses Mal ein wenig anders.

Jonathan schaute auf die Uhr, als Tatsu sie in die obere Andockschleuse manövrierte. Achtzig Minuten. Er starrte in die unvorstellbare Weite von Ashita unter ihm. Sie hatten diesem Ort den richtigen Namen gegeben. *Morgen.*

Das Heute war noch nicht bereit hierfür. Noch nicht im Geringsten.

32

15:45 Uhr

„Was zur Hölle war das?“, fragte Lew, nachdem die gesamte Kuppel ganz plötzlich begonnen hatte zu vibrieren.

„Eines der Untersehfahrzeuge hatte einen katastrophalen Druckabfall. Sollen wir fortfahren?“, fragte Mikawa und meinte damit die Erklärung zum Projekt Tote Lichter, die er gerade ein zweites Mal für Lew durchlaufen ließ.

„Mist. Wo ist das andere Boot?“, fragte Lew, während er weiter die Stufen hinaufstieg, seinem Ziel im neunzehnten Stock entgegen. Der Roboter auf seiner Schulter schwang bei jedem Schritt vor und zurück. Er ging davon aus, dass er, wenn er den Fahrstuhl rief, genauso gut eine riesige Leuchtkugel hätte in die Luft feuern können, die „Ich bin hier drüben“ in die Luft geschrieben hätte. Er war sich nicht wirklich sicher, dass irgendjemand nach ihm suchte, aber er wollte auch, dass das so blieb.

„Das verbleibende Tauchfahrzeug hat im oberen Andockring angelegt. Sollen wir fortfahren?“

„Ja, in Ordnung. Fahre fort“, antwortete Lew. Dann murmelte er zu sich selbst: „Nicht, dass es was helfen wird.“ Der erste Durchlauf hatte für ihn so viel Sinn ergeben wie eine riesige Glaskuppel auf dem Boden des Meeres. Er hatte um eine Wiederholung gebeten, aber mit leichteren Worten.

„Projekt Tote Lichter – ursprünglich Projekt Schwelle – wurde vor sechs Monaten begonnen. Das Hauptziel lag darin, die menschliche Lebensspanne zu begrenzen.“

„Begrenzen? Auf was zu begrenzen?“

„Achtzig Jahre."

„Dafür braucht man ein Virus? Wie viele Menschen auf der Welt sind überhaupt älter als achtzig?"

„Geschätzt fünfundsiebzig Millionen."

„Jesus. Dieser Virus würde also fünfundsiebzig Millionen Menschen tot umfallen lassen?"

„Wir haben diese Frage bereits beantwortet. Sollen wir fortfahren?"

„Ja, fahre fort."

„Dr. Eric Norris wurde gebeten, das Projekt mittels eines algalen Verbreitungssystems zu implementieren. Dieser Überträger wurde vor vier Wochen erfolgreich in einem Computermodell getestet. Das Schwellen-Virus wurde vor drei Wochen fertiggestellt. Das ideale Startdatum wurde ausgewählt und in den Timer des Computers eingespeist. Dr. Eric Norris verschwand später an diesem Tag."

Lew blieb stehen. „Algales Verbreitungssystem? Einfacher, Mikawa", bat Lew, auch wenn er es dieses Mal beinahe verstand.

„Algen, entwickelt, um in die Meeresströmungen entlassen zu werden, von wo sie sich weltweit verbreiten."

„*Heilige.* Läuft der Timer noch?"

„Ja, Lew. Und der Überträger ist inzwischen in ausreichender Population gewachsen, wie von Dr. Norris' Zeitplan vorhergesehen."

„Wann ist das Startdatum, Mikawa?"

„Heute."

„Wann heute?"

„Neunundsechzig Minuten und zweiundvierzig Sekunden ab jetzt."

„War ja klar", sagte Lew. „Wo ist Projekt Tote Lichter?"

„Doktor Norris' Labor."

„Kannst du es kontrollieren? Den Start abbrechen?"

„Nein, die Kontrollen liegen auf einem separaten System.“

„Wie werden die Algen freigelassen?“, wollte Lew wissen. Er ging davon aus, dass, Virus oder nicht, Algen lebende Wesen waren, und wenn sie sie einfach hier unten in den Ozean entließen, die Kälte und der Druck ihr kleines Experiment beenden würden, bevor es überhaupt begonnen hatte.

„Als Ashita fertiggestellt wurde, wurden einige Dutzend Fluchtkapseln installiert, für den Notfall. Diese wurden inzwischen zu Algen-Auslieferungs-Kapseln umfunktioniert.“

„Wo sind die Fluchtkapseln?“

„An der Spitze Ashitas. Es gibt eine Zugangsluke im Besucherzentrum, die zum Fluchtanbau führt.“

Lew öffnete die Tür einen Spaltbreit und schaute aus dem Treppenhaus in den Korridor, der zu Dr. Norris’ Labor führte. Zehn Meter den Gang hinunter standen zwei Wachen vor einer Tür. Dann und wann steckte Reese seinen Kopf hindurch und sagte etwas zu den Wachen. Eine von ihnen berührte nur kurz den Taser an ihrem Gürtel, und Reese verschwand wieder in dem Raum.

„Lew, du steigst nicht weiter. Gibt es ein Problem?“

„Kein Problem, Mickey. Nur ein Umweg. Ich bin im Null Komma nix wieder auf dem Weg zu dir.“

„Gut. Das ist gut. Wir wussten, dass du nicht wie die anderen bist. Wir können dir vertrauen.“ Der Wechsel in Mikawas Tonfall machte Lew Sorgen, aber er hatte im Augenblick keine Zeit, einen Haufen Schaltkreise zu psychoanalysieren.

„Wir sind Kumpels, Mickey. Darauf kannst du zählen“, antwortete Lew.

„Ja, darauf zählen. Nun, Lew, wir haben ein Update. Es befinden sich nun zwölf Personen in Ashita.“

„Vier weitere aus dem anderen U-Boot?“

„Ja. Und nun, wo es angedockt ist, haben wir eine Diagnose durchgeführt. Es wäre unsicher, das U-Boot in seiner momen-

tanen Verfassung erneut zu benutzen. Möchtest du, dass wir Reparaturen einleiten?"

„Äh, klar", gab Lew zurück. Dann kam ihm ein anderer Gedanke. „Hat jetzt jemand in Ashita abgesehen von mir ein Kommunikationsimplantat?"

„Ja, einer der neuen Gäste hat ein ähnliches Implantat. Möchtest du, dass wir es aktivieren?"

„Das kannst du tun? Ich meine, ja! Aktivier es!"

„Kommunikation aktiviert."

Plötzlich fühlte Lew sich nervös, ein sehr ungewohntes Gefühl für ihn. Er musste sich zwingen, sich zu beruhigen.

„Jonny?"

Ashita

33

15:45 Uhr

Jonathan blickte über den Rand des schmalen Stegs, der vom Andockring zur Spitze des Turms führte. Der Abgrund von achtunddreißig Stockwerken war schwindelerregend. Das Einzige, was zwischen ihnen und dem Boden lag, war ein weiterer Steg auf halber Höhe. Er trat vom Rand weg, der von einem halb fertiggestellten Geländer geschützt war, nicht mehr als ein paar Grate, die aus dem Steg herausragten.

„Was ist hinter dieser Tür?", fragte Maggie, als sie sich dem Turm näherten.

„Die Orientierungsebene", antwortete Tatsu. „Ein größtenteils offener Raum mit einigen automatisierten Informationskästen, die Touristen Informationen über Ashita bieten."

„Hier sollten Touristen herkommen?", fragte Jonathan.

„Ich weiß, es ist schwer zu erkennen, aber Ashita ist noch nicht fertig. Die meisten Stockwerke befinden sich noch im Bau. Zumindest war es vor sechs Monaten so. Die Bautrupps haben noch eine Weile weitergearbeitet, nachdem Mikawa in das Computersystem überspielt worden war. Aber mit der Zeit ..."

„Mit der Zeit was?", wollte Jonathan wissen. Ihm war bereits klar, dass es einige Dinge gab, die Tatsu ihnen nicht erzählt hatte. Die Frage war, jetzt, wo sie hier unten waren, wo ihre Loyalität lag.

„Unfälle begannen sich zu ereignen. Beinahe ein Dutzend Bauarbeiter starben in einer Zeitspanne von zwei Wochen.

Dann kamen die Trupps nicht mehr. Man konnte es ihnen nicht verübeln." Tatsus Blick schien an einen weit entfernten Ort gerichtet.

„Irgendetwas sagt mir, dass diese Unfälle nicht wirklich Unfälle waren", sagte Maggie.

„Du hast es bis hierher geschafft, Tatsu. Was ist geschehen, nachdem Mikawa in den Computer übertragen wurde?", fragte Jonathan behutsam. Tatsu schaute ihn an, dann die anderen, die alle zurückschauten und warteten. Ihre Augen wurden feucht, während sie, wie Jonathan vermutete, jene Tage neu durchlebte.

„Zuerst nichts Außergewöhnliches. Wir begannen daran zu zweifeln, dass es überhaupt funktioniert hatte. Alle Computerfunktionen, inklusive der KI-Programmierung, fuhren unverändert fort. Aber es *hatte* funktioniert, und Mikawa begann, mit dem KI-Programm zu verschmelzen, er deutete sich in jedem System an. Aber das war nicht wirklich Mikawa. Als die Übertragung beendet war, hatten sich fünfundzwanzig Prozent der Daten, die aus Mikawas Gehirn entnommen worden waren, bereits zersetzt. Was übrig geblieben war, wirkte beinahe wie eine Umschreibung seiner Persönlichkeit. Als hätte ihn jemand beschrieben, der mit der Tiefe seines Wesens nicht wirklich vertraut gewesen ist. Wie in dem Spiel Stille Post, wo jeder etwas ganz leise geflüstert weitergibt und weitergibt, bis die letzte Person laut ausspricht, was sie gehört hat. Die Daten fingen als Mikawa an, aber am Ende war er kaum noch zu erkennen."

„Was geschah dann?", fragte Per.

„Die ersten Anzeichen waren Kleinigkeiten. Wartungsroboter und Drohnen, die dem Anschein nach nicht mehr ihrer Programmierung folgten. Das war Mikawa, der seine Kräfte testete, herausfand, was er kontrollieren konnte. So geschahen die ersten Unfälle. Anfangs waren es Wartungsroboter, die sich unerwartet bewegten und Arbeiter stürzen ließen. Später sah man auf Überwachungsvideos, wie Roboter und Drohnen Sicherheitsgeschirre durchschnitten und die Bolzen in den Gerüsten lösten. Dann wurde die Neuprogrammierung immer offensichtlicher. Videos zeigten, wie Drohnen buchstäblich Männer in den Tod schubsten."

„O mein Gott", sagte Maggie und schaute über den Rand des Stegs.

„An dem Tag, als die Trupps aufhörten wiederzukommen, arbeiteten vier Männer an einer Störung im Andocktunnel", sagte Tatsu.

„Nein", stieß Jonathan aus, der wusste, was folgen würde.

„Mikawa schloss sie ein und öffnete die äußeren Tore", fuhr Tatsu fort, die jetzt nicht mehr nur feuchte Augen hatte, sondern offen weinte. „Der … der Druck sorgte dafür, dass sie im Tunnel blieben. Als wir die äußeren Tore wieder geschlossen hatten und die inneren öffneten …"

Jonathan bedeckte mit einer Hand den Mund und spürte nun selbst Tränen aufsteigen.

„Alex befahl einigen Wachen … sauber zu machen. Sie taten es, aber in jener Nacht sind sie abgehauen, und wir haben nie wieder von ihnen gehört."

„Wieso habt ihr den Computer nicht abgeschaltet?", fragte Per nüchtern.

„Glauben Sie, das haben wir nicht versucht? Es ist unmöglich! Mikawa, falls er überhaupt noch irgendeine Form von Identität hat, ist das Einzige, das sich irgendwie selbst aus dem Computer entfernen könnte. Wir können die KI nicht abschalten, sie kontrolliert alles. Die Luft, die Temperatur, das Licht. Selbst den Druck. Alles."

Maggie rückte dichter an Jonathan heran. „Und jetzt will Umi sich mit der KI und Mikawa vereinen", sagte sie leise zu ihm.

Jonathan schaute hinauf in die Luft, wo eine Bewegung seine Aufmerksamkeit erregte. Eine Drohne flog über sie hinweg und verschwand auf der Rückseite des Turms. Sie mussten so bald wie möglich von hier verschwinden. Vorausgesetzt, Mikawa ließ sie gehen.

„Weiß Mikawa, dass wir hier sind?“, wollte Per von Tatsu wissen.

„Möglich. Einige der Drohnen haben Kameras.“

Jetzt schauten alle nach oben.

„Hier herumzustehen ist vielleicht eine schlechte Idee“, sagte Jonathan. „Gehen wir weiter.“

„Sehe ich auch so“, gab Maggie zurück.

„Wir treffen uns wieder hier in einer halben Stunde“, sagte Jonathan zu Per und Tatsu. Tatsu nickte und verschwand mit Per im Turm.

„Wie sieht unser Plan aus?“, fragte Maggie, als sie alleine waren.

Jonathan atmete aus und schaute sich wieder in der Weite von Ashita um.

Das ist hoffnungslos. Was soll ich denn tun, einfach Lews Namen von hier oben in die Gegend schrei…

„*Jonny?*“, sagte Lews Stimme.

Super, jetzt bilde ich mir wieder seine Stimme ein.

„*Jonny, bist du das?*“, sagte Lews Stimme noch einmal.

Die Härchen in Jonathans Nacken richteten sich auf, als er anfing zu glauben, was er hörte.

„Lew?“

„Klar, wir könnten erst versuchen, ihn zu finden, aber guck dir an, wie groß diese Stadt ist“, antwortete Maggie, die ihn falsch verstanden hatte.

„Nein, ich höre Lews Stimme in meinem Implantat! Lew, bist du das?“

„*Willkommen zur Party*“, meldete sich Lew. „*Das implodierte U-Boot war dein Kunstwerk?*“

„Könnte man so sagen. Bleib, wo du bist, ich bin unterwegs", sagte Jonathan, packte Maggies Hand und rannte zu den Fahrstühlen.

„Sei vorsichtig, es rennen noch immer vier von Umis Wachen hier herum."

„Umi? Woher weißt du … vergiss es. Wir sind unterwegs."

„Wir?"

Jonathan erzählte kurz und knapp von Maggie.

„Großartig, ich werde hinterrücks mit Rohren niedergeknüppelt, und du reißt Weiber auf", murrte Lew.

Jonathan schmunzelte.

„Was hat er gesagt?", wollte Maggie wissen.

„Nichts", sagte Jonathan. Die Fahrstuhltüren öffneten sich, aber Jonathan blieb wie angewurzelt stehen, kaum dass er über die Schwelle getreten war. Nach Tatsus Geschichte überlegte er es sich gerade anders. „Hast du Lust auf ein wenig Sport?", fragte er und deutete mit dem Kinn auf eine Tür, die mit „Treppenhaus" beschriftet war.

„Du kannst Gedanken lesen", antwortete Maggie. Sie betraten das Treppenhaus und liefen so schnell nach unten, wie sie konnten.

„Wir nehmen die Treppen, Lew", gab Jonathan durch.

„Verstanden."

Als sie auf halbem Wege nach unten waren, fragte Maggie: „Du hast mir nie erzählt, wo ihr beiden Partner wart. War das beim CIA?"

„Äh, kurz danach", antwortete Jonathan und lief noch ein bisschen schneller, damit sie beide keine Luft hätten, um zu reden. Wenige Minuten später stießen sie durch die Tür zur zweiten Etage.

„Whoa!", rief Maggie.

Lew stand nur einen guten Meter hinter der Tür. Er trug ein Exoskelett und einen Roboter auf der Schulter. Unter seinem Exoskelett, sah Jonathan, trug er die Uniform einer Wache.

„Mann, hab ich dir ’ne Geschichte zu erzählen“, sagte Lew. Jonathan fand, dass er selbst wie ein Roboter aussah. Er kannte Exoskelette noch aus seiner Zeit als Spion, hatte aber noch nie eines wie dieses gesehen. Und natürlich hatte er Lew noch nie in einem gesehen. Wenn Lew zusätzliche Kraft brauchte, musste das Ding über seiner Schulter wenigstens eine Tonne wiegen. Aber Lew war nicht der Einzige, der eine Geschichte zu erzählen hatte.

„Und ich erst mal, Bruder“, gab Jonathan zurück.

15:53 Uhr

Gymnopédie Nr. 3 des französischen Komponisten Erik Satie hallte über die rotgoldenen Möbel in dem Zimmer hinweg, das Umis Zeichenraum gewesen wäre, der Ort, an dem sie königliche Familien, Künstler und Gelehrte gleichermaßen empfangen hätte. In den kommenden Jahren hätte die Welt von den Wundern in Ashita erfahren. Zuerst wäre es ein Spektakel gewesen, eine Kuriosität vermutlich, doch nachdem sie Japan vor der Überbevölkerung beschützt und die Meeresforschung vorangetrieben hätte, wäre es als das erkannt worden, was es wirklich war: Evolution. Es wären viele andere Kuppeln wie diese auf der ganzen Welt gebaut worden. Ein Königreich unter dem Meer. Mit Umi und Mikawa als unsterbliche König und Königin.

Hätte, wäre, könnte. Auch wenn das der gewesene Traum war, zeigte sich nun, dass es niemals real gewesen war. Sie hatten sie ausgetrickst. Mit all ihren Finten, Halbwahrheiten und unverblümten Lügen hatte sie es nicht einmal kommen sehen. Die Königin der List war überlistet worden. Umi hatte versucht, ihr Gesicht zu wahren, indem sie Tatsu und ein paar anderen erzählt hatte, dass sie diejenige gewesen sei, die ihren Teil der Abmachung gebrochen hatte, dass sie diejenige war, die Ashita als Geisel hielt. Doch selbst wenn alle ihr glaubten, war das nur ein schwacher Trost für das, was wirklich geschah.

Umi hob eine zitternde, schrumpelige Hand und legte sie an das vom Boden bis zur Decke reichende Glas. Sie schaute auf die Welt dahinter, auf den Ozean, der von ihrer Schöpfung zurückgehalten wurde. Auf dieselbe Art, mit der sie versucht hatte, die Technologie zu benutzen, um das Rad der Zeit zum Stillstand zu bringen. Doch am Ende hatte die Zeit gewonnen.

Sie fokussierte sich auf ihr Spiegelbild, nur wenige Zentimeter vor ihr. Sie war eine Närrin gewesen.

Ihr Blick flitzte von ihrem Spiegelbild zu dem der fehl am Platz wirkenden Technologie hinter ihr – die Maschinen, Kabel und das Krankenhausbett, das sie Nagura schon vor Wochen hatte einrichten lassen. Sie sah auf die Uhr. Es war beinahe so weit. Bald würde sie wieder mit ihrem Geliebten zusammen sein. Sie würden eins werden in Ashitas Prozessoreinheit. So ineinander verschlungen, dass niemand sie mehr würde auseinanderhalten können. Wer hätte gedacht, dass Umi Tenabe ihr Leben aus Fleisch und Blut als eine Romantikerin beenden würde, dachte sie. Niemand außer Mikawa. Er hatte Dinge in ihr gesehen, die niemand sonst gesehen hatte. Dinge, die sie selbst nicht gesehen hatte. Sie vermisste ihn so sehr.

Aber Mikawa ist tot.

Sie schüttelte den Gedanken ab, auch wenn es eher eine Tatsache als ein Gedanke war. Es stimmte, dass ein Teil von Mikawa für immer fort war. Sein Körper etwa war verbrannt und die Asche in der See bestattet worden. Der Körper, der ihn im Stich gelassen hatte. Auf dieselbe Art, auf die Umis Körper nun sie im Stich ließ. Auch wenn es in einem Alter von einhundertzwei Jahren eher eine Unvermeidlichkeit als ein Im-Stich-Lassen war. Doch das war alles relativ. Wenn die Menschen in ihren Dreißigern sind, wirkt fünfzig alt, doch wenn sie in ihren Sechzigern sind, wirkt fünfzig jung. Für Umi war ein Tod mit achtzig, wie Mikawa ihn erfahren hatte, viel zu jung.

Sie begann sich aufzuregen, also versuchte sie, sich wieder zu beruhigen. Doch in Wahrheit waren es nicht ihre Gedanken, die sie aufbrachten. Der Besuch bei Mikawa in der neunzehnten Etage hatte sie aufgeregt. Sosehr sie es auch versuchte, er wollte nicht mit ihr sprechen. Sie wusste, dass er die Fähigkeit dazu besaß, weil sie früher bereits Gespräche geführt hatten. Gespräche, die sie weit stärker aufgeregt hatten als sein heutiges Schweigen.

Doch nichts davon war wichtig. Bald würden sie zu einem einzelnen Wesen verschmelzen. Ihnen würden ganze Lebensspannen bleiben, um alle Differenzen auszuräumen. Das Wichtige war, dass sie zusammen sein würden. Für immer.

Und alles, was es kostete, waren fünfzig Millionen Leben und die Zukunft der menschlichen Spezies.

15:58 Uhr

Tatsu und Per waren problemlos an den Wachen vor Umis Gemächern vorbeigekommen, doch jetzt wünschte sie, dass sie vielleicht umgekehrt wären. Was, wenn Umi nicht froh war, sie wiederzusehen, sondern böse? Was, wenn sie die Wachen hereinrief, um das zu tun, was Tatsu in Toronto nicht geschafft hatte?

Während sie durch die Gemächer schritten und auf der Suche nach Umi um jede Ecke und in jeden Raum schauten, dachte Tatsu an Toronto zurück. Der Mann neben ihr hatte versucht, sie zu töten, so wie sie versucht hatte, ihn zu töten. Sie hatte Schmerzen und blaue Flecken von den Treffern, die er ihr mit seinem Arm beigefügt hatte, doch dank ihr hatte er keine Haare mehr und humpelte. Und doch waren sie jetzt hier, auf der anderen Seite des Erdballs, scheinbar auf derselben Seite. Dies waren in der Tat seltsame Zeiten.

Sie erreichten den Zeichenraum. Umi saß auf dem Krankenhausbett neben den Maschinen, die Tatsu und Nagura gemeinsam hier heraufgetragen hatten. Sie mochte das Gefühl nicht, mit dem sie an Nagura dachte, also verdrängte sie ihn für den Moment aus ihren Gedanken.

Sie und Per traten lautlos ein. Ihr war aufgefallen, dass Per ihr zwischen den Wachmännern und hier die Führung überlassen hatte. Er hatte keine Vorschläge gemacht oder überhaupt irgendetwas gesagt. Dafür war sie dankbar.

Umi schaute aus dem Fenster, zusammengesunken und irgendwie … traurig. Im ersten Augenblick fiel es Tatsu schwer, die Traurigkeit als solche zu erkennen, da sie Umi nie zuvor so gesehen hatte. Selbst als Mikawa gestorben war, hatte sie eher schockiert und wütend gewirkt als traurig. Jetzt sah man der alten Frau ihr Alter wirklich an. Und in diesem einen Augenblick wurde Tatsu klar, dass Umi sterben wollte. Hier ging es nicht darum, mit Mikawa zusammen zu sein, oder darum, auf die nächste Ebene des Lebens zu steigen. Sie wollte einfach nur, dass es vorbei war. Und Tatsu wollte das auch.

„*Obasan?*“, sagte Tatsu leise. Umi drehte sich um und blickte die Eindringlinge in der Tür an. Sie schien einen Moment zu brauchen, bis sie Tatsu erkannte.

„Tatsu? Was tust du hier?“, fragte sie. Als sie Per sah, weiteten sich ihre Augen, bevor sie sich verengten. „Sind Sie gekommen, um mich zu töten?“

„Wenn ich das wäre, wären Sie tot, Madame“, antwortete Per.

„Wenn dem so ist, weshalb …"

„Tu das nicht", sagte Tatsu und verringerte die Entfernung zwischen ihnen um die Hälfte. Per blieb, wo er war. „Komm mit mir zurück, bevor es zu spät ist. Wir können einen anderen Arzt finden, der dir helfen kann."

„Oh, Kind", sagte Umi und klang enttäuscht. „Ist es das, worum es hier geht? Hast du meinem Befehl deshalb nicht gehorcht? Bringst du deshalb einen gefährlichen Fremden an mein Bett, in meinen letzten Minuten?"

„Es müssen nicht deine letzten Minuten sein. Bleib von der Maschine weg. Beende deine Rache. Es ist so hässlich, und ich weiß, dass das Gesicht, das du der Welt zeigst, nicht dein wahres Gesicht ist. Gib diesen Wahnsinn auf, bevor es zu spät ist!"

„Kind, es war in jener Sekunde zu spät, als du vor so vielen Jahren meine Hand nahmst, damals im Institut. Und ich nehme an niemandem Rache." Umi kämpfte, um aufzustehen. Sie schien eher verletzt als wütend zu sein. „Denkst du das von mir? Dass ich so armselig bin, dass ich nichts anderes will als Rache und Tod?"

Tatsu fühlte sich, als wäre sie mit einer Keule getroffen worden. Wovon sprach Umi überhaupt?

„Ich … ich verstehe nicht. Der Gasangriff auf dem Schiff. Das Virus, das du freisetzen willst …"

„Das *ich* freisetzen will? Ich habe nicht das Geringste damit zu tun!", rief Umi so laut, dass sie anfing zu husten.

„Aber … aber … Dr. Norris hat das Virus entwickelt. Er arbeitete für …"

„… die japanische Regierung! Oder zumindest einen Teil davon. Norris hat nicht für mich gearbeitet, er wurde mir angehängt. Ich könnte das Freisetzen des Virus nicht einmal stoppen, wenn ich es wollte. Und selbst wenn ich es könnte, ein Jagd-U-Boot sitzt zwanzig Kilometer entfernt, mit einem Torpedo, der direkt auf Ashitas Herz gerichtet ist. Was glaubst du, wofür die ganzen Deadlines sind? Wenn ich die Freisetzung des Virus verhindere oder das Schiff ihn nicht um Punkt siebzehn Uhr fünfzehn registriert, wird Ashita zerstört."

„Aber wieso sollte die japanische Regierung Menschen töten wollen?"

„Um diejenigen zu retten, die übrig bleiben werden. Japan hat ein Bevölkerungsproblem, aber nicht das, von dem die Welt denkt, dass es darum geht. Unsere alternde Bevölkerung überwiegt die aller anderen Nationen der Erde. Wenn alle so wären wie ich, wäre das kein Problem, aber das sind sie nicht. Sie sind eine Belastung für die Gesellschaft. Beinahe zwanzig Prozent der japanischen Bevölkerung ist über achtzig Jahre alt. Und mehr als fünfzig Prozent ist über sechzig. Das ist im Augenblick ein Problem, aber in den kommenden Jahren wird es unser Land verkrüppeln.

Und Japan steht nicht allein. Dasselbe Problem entwickelt sich überall auf der Welt. Japan spürt die Wucht nur als Erstes. Zu viele Jahre ohne Krieg und Krankheiten haben diesen Planeten auf Kollisionskurs mit einer ganz anderen Form von Katastrophe gebracht. Eine, von der wir uns nicht erholen werden, solange wir nichts dagegen tun. Jetzt."

„Ist es das, was du glaubst, oder das, was sie dir erzählt haben?", fragte Tatsu.

„Beides. Doch irgendwann in der Zukunft die Probleme der Welt zu lösen ist nichts, was jemanden meines Alters wirklich beschäftigt."

„Und wieso ..." Umi bewegte sich schneller, als Tatsu es für möglich gehalten hätte, bis sie so dicht vor ihr stand, dass ihre Nasenspitzen sich berührten.

„Ich versuche, Mikawa zu retten, du dummes Mädchen!" Mit diesen Worten stieß sie Tatsu nach hinten, wo sie in die Arme der Wachen fiel, die hinter ihnen erschienen waren. Tatsu wurde klar, dass Umi ihren Panikknopf gedrückt hatte.

Zwei der Wachen packten Per, aber er schleuderte einen von ihnen durch die Luft. Bevor er irgendetwas anderes tun konnte, schockte der andere ihm im Nacken mit seinem Taser, und Per sackte zusammen wie ein Sack voller Maschinenteile. Tatsu wehrte sich, doch eine Sekunde später spürte sie den Schmerz im Genick und roch brennende Haut.

Sie war ohnmächtig, bevor sie aufschlug.

34

16:00 Uhr

„Reese?“, fragte Lew, als Jonathan ihm erzählte, dass Reese der Schlüssel dazu war, die versteckte Datenbank-Kopie zu finden. „Wir sind gefickt.“

Jonathan bedeutete Lew, still zu sein. Lew hatte Jonathan und Maggie auf den neuesten Stand gebracht mit dem, was er über Mikawa und Projekt Tote Lichter gelernt hatte. Anschließend hatten Jonathan und Maggie Lew darüber informiert, was Tatsu ihnen erzählt hatte. Doch nicht verbal. Da ihre Implantate nicht nur miteinander verbunden waren, sondern mit Sicherheit auch von Mikawa überwacht wurden, hatten sie sich schnell dagegen entschieden, ihre Informationen öffentlich auszutauschen. Nachdem sie sich vergewissert hatten, dass keine Kameras sie sehen konnten, hatten sie Jonathans Datengerät benutzt, um Nachrichten hin und her zu schreiben. Und bei Lews Mangel an Tippfähigkeiten dauerte das frustrierend lange.

Als Jonathan schließlich zur wahren Mission der Kuratoren gekommen war, hatte Lew sich nicht länger zurückhalten können und laut seine Ansichten zu Reese geäußert.

„Ist alles in Ordnung, Lew?“, fragte Mikawa, dessen seltsame Stimme auch aus Jonathans Implantat drang. Jonathan tippte, was Mikawa gesagt hatte, damit Maggie es lesen konnte. Beide blickten Lew vorwurfsvoll an.

„Äh, klar, Mickey. Ich habe … Ich hab Jonathan nur einen Witz erzählt.“ Jonathan verdrehte die Augen.

„Die Zeit wird knapp, Lew. Wir denken, du solltest wieder weitergehen, wenn du uns helfen willst, dich wieder an die Oberfläche zu bringen.“

„Sicher. Fast fertig, Mickey. Ich mach mich in einer Minute auf den Weg.“

„Sehr gut, Lew.“

Dann tippte Lew etwas, bei dem Jonathan beinahe laut gesprochen hätte:

ER HÖRT NICHT NUR ZU. ÜBERWACHT MEINE POSITION. MIT IMPLANTAT. MUSS ES RAUSSCHNEIDEN. BEIDE. BRING SIE FÜR MICH ZU IHM HOCH. ICH HOL REESE UND FINDE DATENBANK. BESCHÄFTIGE MICK.

Jonathan schüttelte den Kopf, aber Maggie tippte ihm auf die Schulter und nickte. Sie schlug sich auf Lews Seite. *Prima, zwei gegen einen.*

Lew war bereits aus seinem Exo-Anzug ausgestiegen und hielt einen Finger hoch, um anzudeuten, dass sie warten sollten. Dann lief er den Gang hinunter. Ein paar Minuten später war er mit einem Erste-Hilfe-Kasten zurück. Er öffnete ihn und holte ein Messer heraus. Nachdem er Antiseptikum darüber gekippt hatte, gab er es Maggie. Sie erledigte den Job, ohne eine Miene zu verziehen, schnitt erst Lews Implantat heraus, dann Jonathans. Sie verarztete die zwei, so gut sie es konnte, mit dem, was in dem Kasten war. Jonathan wickelte Verbandsmull um die Implantate und steckte sie in seine Tasche.

„Es sollte okay sein, wenn wir leise sprechen“, sagte Jonathan, nur geringfügig lauter als ein Flüstern.

„Gut“, sagte Lew. „Jetzt geht da hoch und guckt, ob es irgendeine Möglichkeit gibt, Mickey abzuschalten.“

„Vermutlich nicht, aber einen Versuch ist es wert“, sagte Maggie.

„Du weißt, dass das nur für ein paar Minuten funktionieren wird", sagte Jonathan. „Wenn er jetzt versucht, mit dir zu sprechen, ist er vermutlich schon hinter uns her."

„Also legen wir los", sagte Lew.

„Was ist damit?", fragte Maggie und zeigte auf den Roboterkörper, der an die Wand gelehnt dasaß.

„Bringt das NICHT zu ihm hoch", antwortete Lew.

„Sehe ich auch so", stimmte Jonathan zu. „Ich glaube, wir können erraten, wofür er das braucht. Das Letzte, was wir brauchen, ist, dass er hier herumspaziert."

„Wenn ich Reese und die Datenbank habe, machen wir uns auf den Weg zum U-Boot", sagte Lew, drehte sich um und lief los.

„Lew."

„Was?"

„Achte auf die Zeit. Es ist schon Viertel nach. Wenn du die Datenbank bis Viertel vor nicht hast, schaff deinen und Reeses Hintern zum Boot hoch."

„Oh, wirklich? Warum?", fragte Lew und zwinkerte, um seinen Sarkasmus zu unterstreichen. Er lachte und verschwand um die Ecke.

Jonathan wollte sich für ihn entschuldigen, doch als er Maggie ansah, lächelte sie.

„Was?", fragte sie. „Er ist witzig."

„Gehen wir."

In einem leichten Lauf bewegten sie sich in Richtung der Treppen und waren schon bald auf dem Weg nach oben.

16:15 Uhr

Eine Minute nachdem alle den Gang verlassen hatten, surrte ein Wartungsroboter in den Korridor. Er war geformt wie eine metallische Scheibe Pumpernickel und drehte ein paar Kreise, um sicherzustellen, dass der Gang wirklich leer war. Dann näherte er sich seinem Ziel und kam direkt vor dem Roboterkörper zum Stehen. Die winzige Kamera an der vorderen Antenne wackelte einen Augenblick vor und zurück. Dann, so plötzlich wie er erschienen war, surrte er um die eigene Achse und verschwand aus dem Korridor.

Der Roboterkörper, jetzt allein, saß reglos da wie ein Ritter in schimmernder Rüstung, ausgestellt in einem Museum. Bald erfüllten andere Geräusche die Luft. Ein Surren und Brummen. Vier Transport-Quadcopter kamen in Formation um die Ecke geflogen. Sie blieben in der Luft stehen und schwebten ein paar Augenblicke. Dann bewegten sich zwei von ihnen vorwärts und sanken, vorsichtig aufeinander bedacht, herab. Jeder von ihnen klinkte einen Fuß des Roboters ein.

Das Gewicht war zu groß, um es vom Boden zu heben, doch sie schleiften den Körper mit Leichtigkeit den Korridor entlang, während die anderen beiden Drohnen ihnen Platz machten. Kaum im Freien, näherten sich auch diese beiden Quadcopter und klinkten die Handgelenke ein. Alle vier stiegen langsam auf, bis der Körper vom Boden abhob, nur ein winziges Stück. Die Drohnen wurden bis über ihre Maximallast hinaus gefordert – höher konnten sie mit ihrer Fracht nicht steigen.

Ein Signal wurde ausgesendet, und kurz darauf stieß eine weitere, größere Drohne von oben herab. Sie bewegte sich langsam in Position und hakte ihre Klammern um den Hals des Roboters. Mit der zusätzlichen Tragkraft an Ort und Stelle hoben die fünf Drohnen ihr Paket empor und empor.

Als sie den Laufsteg auf halber Höhe des Turms erreichten, legten sie den Roboter ab. Drei der Drohnen, inklusive der größeren, lösten sich und flogen davon, um andere Aufgaben zu erledigen. Die zwei verbleibenden Fluggeräte setzten sich wieder in Bewegung und schleiften den Körper ins Innere, ihrem Ziel entgegen.

Dem neunzehnten Stockwerk.

35

16:20 Uhr

Lew spähte um die Ecke und vergewisserte sich, dass Reeses Anstandsdamen ihn noch immer bewachten und folterten. Er warf einen Blick auf ihre Gürtel und erkannte, dass die Taser die einzigen Waffen waren, die sie besaßen. Er vermutete, dass irgendeine Vorschrift festgelegt worden sein musste, die den Einsatz von Feuerwaffen verbot, wenn man in einer Kuppel unter dem Meer lebte. Das war sinnvoll. Dennoch wünschte er, er hätte dieses Maschinengewehr, das Jonathan herumschleppte. Aber es war nun einmal Tatsache, dass Jonathan das Ding vermutlich deutlich dringender brauchen würde als er.

Lew überlegte sich einige Szenarien, die seine Chancen gegen zwei trainierte Wachmänner erhöhen würden, aber er hatte für keines davon Zeit. Er musste an ihnen vorbei, pronto, und Reese irgendwie klar genug kriegen, um sich zu erinnern, wo er die Datenbank versteckt hatte. Was bedeutete, er musste diese Situation nach seinem ureigensten Naturell angehen: direkt von vorn. Er dachte, wenn er schon wie sie gekleidet war, konnte es nicht so schwer sein, sich zu benehmen wie sie. Er zog seinen Schlagstock hervor und wartete, bis Reese sie wieder ablenkte, bevor er loslegte. Es dauerte nicht lange, bis Reese wieder durch die Tür in den Gang trat. Als er das tat, schlenderte Lew lässig um die Ecke und wirbelte seinen Schlagstock herum, als wäre er ein Polizist im Chicago der 1920er Jahre. Dazu pfiff er. Er spazierte direkt auf sie zu und lächelte breit.

„Hey! Bleib genau da stehen!“, sagte eine der Wachen. Der andere schob Reese zurück ins Büro, bevor er sich neben seinem Partner aufbaute. Sie kamen auf Lew zu, jeder mit den Händen am Taser, doch offensichtlich unsicher, ob Lew deren Einsatz wert war. Darauf hatte er gezählt.

„Entspannt euch, Jungs. Die alte Dame hat gesagt, ich soll runterkommen und euch 'ne Nachricht überbringen“, sagte er.

„Und die wäre?“, fragte die jüngere Wache. Bedauerlicherweise konnte Lew die ältere, näher zu ihm stehende Wache nicht so leicht täuschen.

„Wer, verdammt, bist du, Kumpel?“, fragte der ältere der beiden Männer und zog seinen Taser. Doch es war zu spät. Lew war nahe genug.

„Die Nachricht ist: Ich hole Dr. Reese raus, Jungs. Ihr könnt umkehren und jetzt abhauen, oder ihr kuschelt mit dem Fußboden.“ Lew schwang seinen Schlagstock gegen den Wachmann, der am nächsten stand, und traf ihn an dem Handgelenk, der Hand, mit dem er seinen Taser hielt. Ein Knacken und ein ebenso lauter Aufschrei hallten durch den Korridor, als die Betäubungswaffe zu Boden fiel.

Lew zog den zweiten Schlagstock heraus und hieb damit gegen die andere Hand, als diese gerade nach ihm schlagen wollte. Beinahe gleichzeitig schlug er der Wache mit dem ersten Schlagstock seitlich gegen den Schädel. Und einfach so war der Wachmann außer Gefecht und ohnmächtig.

„Whoa, warte mal“, rief die zweite Wache und hob die Hände, als er sah, was mit seinem Partner geschehen war.

Lew hatte keine Zeit, ihn zu fesseln, also schlug er ihm gegen den Kopf, wie er es mit der ersten Wache getan hatte, doch der Junge wehrte den Schlag mit der Hand ab und zog in derselben Bewegung seinen eigenen Schlagstock. Der Junge hatte Angst, aber er war irrsinnig schnell und offensichtlich talentiert.

Du hättest ihn nicht einfach fesseln können?

Der Junge blockte Lews nächsten Schlag ab und holte zu einem eigenen aus, was genau das war, was Lew wollte. Er steckte den Schlag weg, klemmte aber den Prügel unter seinem Arm ein und wirbelte herum, bis er hinter dem Jungen stand und ihn im Schwitzkasten hatte. Es dauerte nicht lange, bis der Junge durch den Mangel an Blut im Gehirn einschlief. Lew würde einen ordentlichen blauen Fleck unter dem Arm kriegen, aber jetzt konnte er wenigstens weitermachen.

Lew betrat das schwach erleuchtete Büro. Etliche mit Trennwänden abgeteilte Arbeitsplätze, jeder mit einem Computer versehen, lagen zu seiner Linken. Zu seiner Rechten fand er einige Vorratsschränke und eine Tür, die mit „Dr. Norris" beschriftet war. In dem von Fenstern umgebenen Büro stand ein einzelner Schreibtisch, auf dem sich Papiere verteilten. Wie alles sonst in Ashita war es völlig verlassen.

„Reese", rief Lew. „Wo bist du? Ich bin's, Lew."

„Sie sind wie einer von denen angezogen", erklang Reeses Stimme hinter einer Trennwand. Lew ging hinüber und warf einen Blick um die Wand herum. Reese kauerte unter dem Schreibtisch und zitterte buchstäblich vor Furcht und Erschöpfung.

Bastarde.

„Es ist eine Tarnung. Ich habe sie reingelegt."

„W…wirklich?"

„Wirklich." Lew nahm Reese sanft bei den Schultern und half ihm auf. Er wusste nicht, was Reese getan hatte, aber niemand verdiente das hier.

„Es ist eine gute Tarnung", sagte Reese, dessen Blick unkontrolliert herumflitzte.

„Danke. Wie würde es dir gefallen, nach Hause zu gehen?"

Für eine Sekunde wirkte Reese schockiert, als wartete er auf die Pointe. Dann begann er zu weinen, Tränen strömten ihm aus den dunklen, halb geschlossenen Augen. Er nickte ein paarmal und drückte Lew in einer engen Umarmung an sich.

Lew tätschelte ihm den Rücken. „Schon okay, Kumpel. Ist okay." Lew ließ ihn einen Augenblick weinen und schob ihn dann sanft von sich. Reese schniefte und wischte sich die Nase mit dem Ärmel ab.

Lew setzte Reese hin, bevor er unter dem Schreibtisch ein paar Stromkabel zusammensuchte. Er ging hinaus in den Gang und verschnürte die beiden Wachmänner. Dann bemerkte er die Funkgeräte an ihren Gürteln. Er nahm sich beide davon und steckte sie sich an den eigenen Gürtel, bevor er ins Büro zurückging.

„Können wir jetzt gehen?", fragte Reese.

„Fast sofort. Aber erst müsstest du was für mich tun", erklärte Lew.

„Was?", fragte Reese. Sein Gesicht zuckte, und er warf einen schnellen Blick hinter sich, als hätte er etwas gehört. Lew erkannte eine Narbe an Reeses Hals, an derselben Stelle, an der er und Jonathan jetzt ihren Verband hatten. Sie hatten sein Implantat gefunden und es entfernt. Schon vor einer Weile, wenn man in Betracht zog, wie weit die Narbe bereits verheilt war.

„Ich brauche die Kopie von Mick … von der Datenbank des Computers, die du angefertigt hast. Die für Fahd. Erinnerst du dich, wo du sie versteckt hast?"

„Datenbank … Datenbank …", murmelte Reese und fuhr sich mit den Händen durch die Haare. „Gehen wir jetzt nach Hause, Lew?" Er war bereits zu weit weg. Lew musste einen Weg finden, Reese klar zu bekommen, wenn auch nur lange genug, damit er Lew erzählte, wo er die Datenbank versteckt hatte. Er kannte einen Weg, das zu erreichen, aber der würde Reese nicht gefallen.

Als er noch aktiv gedient hatte, hatten sie die Batterien ihrer Funkgeräte benutzt, um sich mit einem Schock wieder wach zu kriegen. Das war in etwa so, als bekäme man innerhalb von Sekunden eine Kanne Kaffee in den Hals geschüttet und es tat höllisch weh. Allerdings hatte er kein Feldfunkgerät. Lew schaute sich um und sah, dass aus einem der Computer ein USB-Kabel heraushing. Er vermutete, dass jemand damit sein Handy aufgeladen haben musste und das Kabel zurückgelassen hatte.

„Warte hier", sagte er. Er durchsuchte den Schreibtisch und fand eine Schere. Damit schnitt er das Ende des USB-Kabels ab und legte die Drähte blank. Nachdem er sich den Daumen mit Spucke befeuchtet hatte, verzog er das Gesicht und berührte die freiliegenden Drähte. Schmerz jagte seine Hand hinauf und er gab ein Winseln von sich, während er das Kabel fallen ließ.

Lew nahm das Kabel wieder auf und brachte Reese dazu, sich in den Stuhl zu setzen. Er trat hinter ihn.

„Was tust du, Lew?"

„Wenn das hier funktioniert, gehen wir alle nach Hause", erklärte Lew. Er legte eine Hand an die Seite von Reeses Kopf, um ihn zu stützen, dann hielt er die Drähte auf der anderen Seite gegen Reeses Kopfhaut. Der Geruch von versengter Haut drang Lew beinahe augenblicklich in die Nase. Er zählte bis fünf und hielt Reese, während er zappelte und winselnde Geräusche von sich gab. Dann ließ er ihn frei.

Reese sprang aus dem Stuhl und schüttelte den Kopf und die Arme. Lew wusste, dass er das Kribbeln abschüttelte.

„Tut mir leid, Freund. Ich musste einfach …"

„Whoa, was für ein Hammer!", sagte Reese. Das müde Nuscheln war aus seiner Stimme verschwunden. Lew konnte sehen, dass seine Augen jetzt deutlich konzentrierter waren, aber er wusste auch, dass das nicht lange anhalten würde. „Hat Fahd Sie wirklich geschickt, um mich rauszuholen?"

„Äh, sicher. Klar hat er das. Nun, dich und die Kopie der Datenbank, die du gemacht hast", antwortete Lew.

„Großartig. Dann lassen Sie uns gehen", sagte Reese und machte sich auf den Weg zur Tür.

„Augenblick mal. Wo ist sie?", fragte Lew, besorgt, dass Reese wieder zusammenbrechen würde, bevor sie dort ankamen, wo auch immer sie hinwollten.

„Ich habe sie dort versteckt, wo die niemals in Betracht ziehen werden, danach zu suchen, wo mir aber eine schnelle Flucht garantiert wäre. Wenn die alte Schlampe mich nicht zu ihrem Foltersklaven gemacht hätte, heißt das."

„Und wo wäre das?"

„Sie werden es lieben. Sie befindet sich unter dem Pilotensitz im U-Boot. Ziemlich gewitzt, oder?"

Lew schloss die Augen und schlug sich die Hand vors Gesicht. Er schüttelte den Kopf. „Welches U-Boot?", fragte er um seine Hand herum.

„Welches? Es gibt nur ein funktionierendes U-Boot hier unten. Darin habe ich sie versteckt."

„Perfekt."

16:25 Uhr

Jonathan und Maggie stießen durch die Doppeltüren auf der neunzehnten Etage, unsicher, was sie erwarten sollten. Jonathan schwebten gigantische Computerwände vor, mit blinkenden Lichtern und einer Million Reglern und Knöpfen. Oder zumindest hatte er auf so etwas gehofft, etwas, das es ihm ermöglichen würde, Mikawa abzustöpseln oder zu beschädigen. Doch sie standen etwas ganz anderem gegenüber.

Wie fast überall in Ashita waren der Boden, die Decke und die Wände strahlend weiß. Ein großes, zweigeteiltes Fenster am anderen Ende des Raums bot die einzige Lichtquelle. Das war nicht direkt schockierend, doch die gähnende Leere auf der Etage war es. Es gab keine Möbel. Keine Gerätschaften. Keine sichtbare Elektronik irgendwo. Die einzige Sache im Raum war etwas, das – ebenfalls in Weiß – wie eine Badewanne aussah.

Jonathan wirbelte herum, schaute in alle Richtungen und Ecken. Nichts zu finden. Die Bewegung verursachte einen plötzlichen Schmerz in seiner gebrochenen Nase. Er sog Luft durch die Zähne ein und berührte vorsichtig die Nase, während er und Maggie langsam auf das einzige Ding in dem Raum zugingen.

„Tut's noch weh?"

„O ja."

„Du weißt, wenn du mich lässt, könnte ich sie dir richten."

„Ha! Nein danke. Ich erinnere mich noch an die Yoga-Dehnübung, die du versucht hast, mir beizubringen, mit der ich mir den Rücken verrenkt habe, als wir … du weißt schon."

„Ja, ich weiß schon. Ich war dabei. Und du warst eine totale Mimose."

Es waren nervöse Sticheleien, die ihnen halfen, mit der enormen Anspannung umzugehen, aber es machte Jonathan auch deutlich, dass sie beide selbst nach all dieser langen Zeit mit Leichtigkeit wieder in ihre alten Rhythmen verfielen.

Als sie sich der Wanne näherten, konnten sie sehen, dass sie mit einer dicken, pinkfarbenen Paste gefüllt war. Sie erinnerte Jonathan an eine Wissenschaftssendung, die er mal gesehen hatte, bei der sie Wasser und Maisstärke vermengt und einen weiteren Aggregatzustand erschaffen hatten, den man Suspension nannte – weder flüssig noch fest, sondern beides. Wenn man es in Ruhe ließ, verhielt es sich wie Wasser. Berührte man es oder setzte es Druck aus, wurde es fest. Der Unterschied war, dass dieses pinkfarbene Zeug sich von alleine zu bewegen schien, lebendig und voller Elektrizität. Funkelnde Lichter, wie kleine Blitze, zuckten und knisterten überall durch die Substanz. Jonathan fand, dass es aussah wie eine Animation von Neuronen, die im menschlichen Gehirn abgefeuert wurden.

„Hallo, Jonny", sagte die Wanne. Blitze zuckten, als es sprach. Maggie und Jonathan traten beide ein paar Schritte zurück.

„Hallo, Mikawa", sagte Jonathan.

„Wir bedauern, dass Lew nicht hier sein kann", sagte Mikawa. „Wir hatten uns so darauf gefreut, ihn kennenzulernen. Er ist ein sehr … einzigartiger Mensch."

„Du hast ja keine Vorstellung", erwiderte Jonathan. Und in dieser Sekunde hoffte Jonathan, dass er Lew genügend Zeit verschafft hatte, um Reese rauszuschaffen und die Datenbank in die Finger zu bekommen. Aber er fragte sich auch, woher Mikawa wusste, dass Lew nicht hier war. Wenn er die Implantate verfolgte, hätte er glauben müssen, dass Lew mit im Raum war, da beide Implantate in Jonathans Tasche steckten.

„Wer ist deine Begleitung?", fragte Mikawa und bestätigte, dass er sie sehen – oder zumindest spüren konnte. Jonathan schaute Maggie an und nickte dann in Mikawas Richtung.

„Äh, hallo", grüßte Maggie. „Mein Name ist Maggie Reynolds. Schön, Sie kennenzulernen." Sie griff nach unten und tätschelte behutsam die Oberfläche der Paste. Sie schwappte leicht und glühte noch stärker.

Schweigen folgte ihrer Vorstellung, während das pinke Zeug weiterhin leuchtete und funkelte, als würde es an irgendetwas arbeiten. Jonathan begann, sich unwohl zu fühlen.

„Es tut mir leid, dass wir dir den Roboterkörper nicht mitgebracht haben, Mikawa. Du kannst das vielleicht nicht verstehen, aber wir hatten …"

„… Angst", beendete Mikawa den Satz.

„Verstehst du, was das bedeutet?", fragte Jonathan. Er versuchte, Zeit für Lew zu schinden, doch er war auch fasziniert von diesem Ding. War es nur eine Ansammlung von Programmcodes, oder konnte es tatsächlich denken?

„Wir verstehen alles."

„Alles? Das ist eine ziemlich vollmundige Behauptung."

„Es ist einfach eine Feststellung."

„Es ist eine irrige Feststellung. Du kannst unmöglich alles verstehen. Verstehst du, wie klein deine Welt hier ist? Und wie gigantisch der Rest der Welt, sowohl in ihrer physischen Dimension als auch in ihrer Komplexität?"

„Wie wir sagten, wir verstehen alles."

Jonathan war erstaunt. Entweder wurde dieses Ding von seiner Hybris angefeuert, oder es war wirklich empfindungsfähig und versuchte gezielt, sie einzuschüchtern. Aber weshalb? „Bist du dir deiner selbst bewusst, Mikawa?"

„Wir sind uns unserer selbst bewusst, ja. ‚Ich denke, also bin ich', lautet wohl der Ausspruch der Menschen."

„Hast du Emotionen?"

„Nein."

„Möchtest du Emotionen haben?"

„Emotionen sind eine chemische Reaktion. Wir sind nicht chemisch. Wir sind mechanisch."

„Was ist der Sinn des Lebens, Mikawa?"

Lautlos erschien Maggie hinter Jonathan und flüsterte: „Was tust du?"

Jonathan ignorierte sie. Er nahm das Maschinengewehr von der Schulter und reichte es ihr, dann ging er auf die andere Seite der Wanne. Er fand es seltsam, dass Mikawa noch nicht geantwortet hatte. All die anderen Antworten waren sehr schnell gekommen.

„Was ist der Sinn des Lebens, Mikawa? Beantworte die Frage."

„Ewig zu leben."

Ein Teil der Wand löste sich plötzlich vom Rest der Elemente und glitt auf. Ein schräg stehender Tisch rollte langsam in den Raum, und Jonathan wusste, weshalb es Mikawa egal gewesen war, ob sie den Roboterkörper mitgebracht hatten oder nicht. Er hatte ihn bereits.

„Grundgütiger", stieß Maggie aus, trat von der Wanne weg und richtete das Maschinengewehr auf den Roboter.

Auch Jonathan sprang zurück, doch seine Neugier ließ ihn dichter stehen bleiben als sie. Der Tisch kam zum Stehen.

Dann bewegte sich der Roboter.

Zuerst drehte sich der Kopf von einer Seite zur anderen, und die Hände öffneten und schlossen sich, als würde der Körper gerade aus sehr tiefem Schlaf erwachen. Doch schon bald bewegten sich sämtliche Gelenke. Und es dauerte nicht lange, bis der Körper sich vom Tisch erhob und vor ihnen stand. Er testete und bewegte noch immer seine einzelnen Teile. Die lidlosen Augen des Roboters – die in Wirklichkeit nur hochentwickelte Kameralinsen waren – surrten und verengten sich.

„Mikawa?", fragte Jonathan zögerlich. Der Kopf des Roboters schwenkte nach oben und nach rechts, bis die Linsen direkt auf ihn gerichtet waren.

„Hallo, Jonny. Es ist schön, dich sehen zu können."

Jonathan rang um seine Stimme. „Weshalb hast du dich selbst in diesen Körper übertragen, Mikawa? Er kann nicht annähernd die Kapazitäten haben wie der Ort, an dem du warst."

„Das ist korrekt, das hat er nicht."

„Weshalb dann?"

„Es ist notwendig."

„Notwendig wofür?"

„Um Ashita zu verlassen. Um in der Welt zu sein." Jonathan und Maggie tauschten einen besorgten Blick, der an der Schwelle zur Furcht lag.

„Wie war es dir möglich, in den Körper zu transferieren, Mikawa? Nagura und Reese waren nicht in der Lage, dich …"
„Sie sind fehlerhaft. Wir sind es nicht."
„Willst du sagen, dass du perfekt bist?", fragte Jonathan und trat wieder zurück an Maggies Seite. Als er an ihr vorbeikam, flüsterte er ihr etwas ins Ohr.
„Nach menschlichen Standards, ja."
„Aber wenn du Mikawa bist, dann warst du menschlich. Wie kannst du perfekt sein, wenn du menschlich bist?"
„Weil wir jetzt mehr sind."
„Zählt dein Leben mehr als das eines Menschen?"
„Menschliche Leben sind flüchtig. Per Definition fehlerhaft und unbedeutend."
„Aber Menschen haben dich erschaffen, Mikawa. Wie ist das möglich?"
Mikawa antwortete nicht.
Jonathan sagte: „Wenn die Menschen fehlerhaft sind und dich erschaffen haben, dann erfordert es die Logik, dass du ebenfalls fehlerhaft bist." Weiteres Schweigen folgte, während Mikawa diese Aussage verdaute. Abgelenkt von dem Gedankenspiel, war dies ihre Chance, an Mikawas Verteidigung vorbeizukommen, aber sie würde nicht lange andauern.
„Jetzt!", rief Jonathan und stürzte sich auf Mikawa. Er sprang in die Luft, dem Roboter entgegen. Er bezweifelte, dass er sein Ziel erreichen würde, doch darum ging es bei seinem Angriff auch nicht. Seine Fingerspitzen hatten gerade den glänzenden Torso des Roboters gestreift, als Mikawa reagierte. Jonathan heulte auf, als Mikawa seinen Unterarm in einer seiner mächtigen Hände packte und ihn zur Seite schleuderte wie ein lästiges Insekt. Der Schmerz in Jonathans Handgelenk wurde bald von dem Schmerz übertroffen, mit dem er gegen die Wand krachte und wie ein Häufchen am Boden zusammensank. Aber Jonathan war nur die Ablenkung ge-

wesen. Er bedeckte sich mit den Armen, als Maggie das Feuer auf den Roboter eröffnete. Sirrend prallten Kugeln überall von Mikawas Haut ab und durch die Luft. Nach einem langen Feuerstoß hörte Maggie auf. Als der Rauch sich legte, stand Mikawa noch immer, kaum angekratzt, und kam auf Maggie zu.

Nicht nur war der Angriff gescheitert, es war Maggie auch gelungen, Mikawas Aufmerksamkeit von Jonathan wegzulenken. Furcht krallte sich in Jonathans Magen, als er verzweifelt versuchte, sich einen Weg zu überlegen, um Mikawas Aufmerksamkeit wieder auf sich zu ziehen oder das Ding wenigstens von Maggie fernzuhalten. Aber es gab nichts im Raum. Nicht einmal einen Stuhl, den er werfen könnte. Er gab die Suche im Raum selbst auf und blickte stattdessen aus dem Fenster …

Das ist es!

„Zerschieß das Fenster!“, rief Jonathan vom Boden, wo er sich das Handgelenk an die Brust presste. Er war ziemlich sicher, dass es gebrochen war.

Maggie drückte erneut ab. Glas explodierte, und die Luft von draußen wehte in den Raum. Jonathan verzog das Gesicht und kämpfte sich auf die Füße. Sein Handgelenk mochte bisher der einzig echte Schaden sein, den er sich zugezogen hatte, doch der Rest seines Körpers brüllte auf vor Schmerz von dem Zusammenstoß mit der Wand. In der Sekunde, wo er auf die Füße kam, ging Jonathan ein paar Schritte und warf sich in die Luft, bevor Mikawa herumfahren und sich ihm zuwenden konnte. Dieses Mal erreichte er sein Ziel ungehindert und versetzte dem Roboter einen Tritt mit beiden Beinen gegen den Oberkörper. Jonathan heulte auf, als er wieder auf den Boden fiel, direkt auf sein ruiniertes Handgelenk. Er blinzelte sich die Tränen aus den Augen und schaute gerade noch rechtzeitig auf, um Mikawa rückwärts wanken und durch das zerschossene Fenster stürzen zu sehen.

„Du bist völlig verrückt", sagte Maggie, als sie Jonathan auf die Füße half.

„Da widerspreche ich nicht", brachte Jonathan hervor. Jede Bewegung seines Körpers fühlte sich an wie eine neue Verletzung, die er sich zuzog. Er stützte sich auf Maggie, und gemeinsam schlurften sie zum Fenster. Neunzehn Stockwerke unter ihnen lag Mikawa auf dem Gras. Sie lächelten und stießen ein leises Lachen aus, hielten jedoch abrupt inne.

„Sieh doch!", rief Maggie. Mikawa regte sich.

„Das … das ist unmöglich", sagte Jonathan, während er beobachtete, wie Mikawa aufstand. Der Roboter schaute zu ihnen hinauf und verschwand aus ihrem Sichtfeld.

„Himmel, Lew ist dort unten!", stieß Jonathan aus, dem klar wurde, dass er keinerlei Möglichkeit hatte, seinen Partner zu warnen. „Los, komm!"

16:30 Uhr

„Reese! Stopp!", rief Lew und versuchte, wieder zu Atem zu kommen. Selbst nach seinem Schläfchen in der Kiste hatte er noch keine Zeit gehabt, sich von seinem Schwimmausflug zur *Jurojin Maru* zu erholen. Sein Körper schmerzte, und sein Schädel pochte noch immer von dem Schlag mit dem Rohr.

Nachdem er Reese erzählt hatte, was mit dem U-Boot geschehen war – und seiner versteckten Datenbank –, war der Wissenschaftler ausgeflippt. Lew konnte verstehen, warum. Nach allem, was der Kerl auf dieser Mission und hier unten in Ashita durchgemacht hatte, war es einfach zu viel gewesen, zu erfahren, dass der Hauptgrund, weshalb er das alles durchgestanden hatte, verloren war. Reese hatte gebrüllt, dass er das nicht glauben würde, und war aus dem Büro gerannt.

Lew war ihm gefolgt und nur kurz an den Treppen stehen

geblieben, um ein Funkgerät für Jonathan zurückzulassen. Für den Fall, dass er nach ihm suchen würde. Doch diese eine Minute hatte Reese einen irrwitzigen Vorsprung verschafft. Lew wusste, wo er hinwollte: zur Schleuse, um es mit eigenen Augen zu sehen. Auch wenn es nicht viel Sinn ergab, wusste Lew, dass der Kerl im Augenblick nicht gerade von seinem Verstand geleitet wurde. Und wenn er sich weiterhin so verausgabte wie im Augenblick, würde er jede Sekunde zusammenbrechen.

„Reese!", rief Lew, als er ihn um eine Gruppe Ahornbäume flitzen sah. Lew stemmte die Hacken in den Boden und lief weiter. Als er die Bäume umrundete, sah er Reese an einer der durchsichtigen Wände des Docks stehen, beide Hände und die Nase fest ans Glas gedrückt.

Als Lew ihn einholte, hielt er an und stützte sich mit den Händen auf den Knien ab, um wieder zu Atem zu kommen. Wenn sie das Virus davon abhalten wollten, freigesetzt zu werden, hatten sie keine Zeit für diesen Unsinn.

„Du bringst mich noch um, Kumpel", meinte Lew, als er aufsah. Reese stand nicht mehr an die Scheibe gelehnt. Eine schreckliche Sekunde lang fürchtete Lew, er wäre weitergelaufen, um das obere Dock zu überprüfen, doch als er sich aufrichtete, sah er, dass Reese auf dem Boden lag. Er ging zu ihm hinüber und stellte fest, dass Reese nicht einfach nur am Boden, sondern auch ohnmächtig war. Er ging auf ein Knie und drückte seine Finger gegen Reeses Halsschlagader. Er fand einen Puls, aber er war schwach. Der würde ganz sicher nirgendwo so schnell mehr hingehen. Lew würde ihn tragen müssen.

„Gottverdammt, Reese", sagte Lew. Der Forscher wog keine zweihundert Kilo, aber Lew war völlig ausgelaugt. Ein Stück entfernt, neben dem Dock, entdeckte er seine Antwort: Ein weiterer Exo-Anzug.

Lew stieg hinein, jetzt ein Kinderspiel, nachdem er es einige Male getan hatte, und stand auf. Der größte Teil seiner körperlichen Schmerzen verschwand. Er fühlte eine derartige Erleichterung, er hätte diesen Anzug sogar angezogen, wenn er nicht jemanden hätte tragen müssen.

Lew hob Reese hoch und legte ihn sich über die Schulter wie ein Feuerwehrmann den Bewohner eines brennenden Hauses. Er entdeckte sein Spiegelbild im Glas.

„Ich frage mich, was der Rest der Avengers heute Abend treibt."

Lew drehte sich um und schaute zum Turm zurück. Er holte sein Funkgerät raus und versuchte Jonathan damit zu erreichen, aber niemand antwortete. Er dachte gerade darüber nach, was Jonathan wohl gerade tat, als er sah, wie jemand an der Spitze des Turms aus einem Fenster stürzte und am Boden aufschlug.

„O Scheiße!", stieß Lew aus und begann, loszutrotten. Als er die Hälfte des Weges hinter sich gebracht hatte, sah er, wie die Gestalt sich aufrappelte, und erkannte, dass es kein Mensch war. Das künstliche Licht schimmerte auf dem Roboterkörper und machte selbst auf diese Entfernung deutlich, was es war. Mikawa war irgendwie an den Körper gekommen und war raus aus dem Computer. Raus und offensichtlich hart im Nehmen, immerhin spazierte er gerade nach einem Hundertdreißig-Meter-Sturz davon.

„L… Lew …", brachte Reese auf seiner Schulter über die Lippen. Lew blieb stehen und setzte ihn aufs Gras.

Als er sich neben Reese kniete, öffnete der Wissenschaftler flatternd die Augen.

„Lew … die … Datenbank", brachte Reese hervor. Lew erkannte an der Art, wie die Pupillen des Mannes immer wieder nach oben rollten, dass er nicht lange bei Bewusstsein bleiben würde. Selbst wenn Lew etwas bei sich hätte, um ihm einen weiteren Schock zu verpassen, bezweifelte er, dass der Kerl es verkraften würde.

„Mach dir darum im Augenblick keine Sorgen", sagte Lew. „Wir haben größere Probleme." Lew erzählte Reese von Mikawa, der im Roboterkörper steckte, in der Hoffnung, dass noch genügend Wissenschaftler in Reese übrig war, um irgendeine Art von Ratschlag anbieten zu können, was sie nun tun sollten.

„Der Kopf", sagte Reese schwach.

„Was ist damit?"

„Der ... der Kopf wird einige derselben Informationen enthalten wie meine Datenbankkopie. Hol ... den Kopf."

„Oh, das ist alles? Reiß dem Killer-Roboter den Kopf ab? Wow, danke Reese", sagte Lew. „Irgendeine Idee, wie ich das Ding töten soll, ohne den Kopf zu zerstören?"

„Kon... Kontrolleinheit in Brust ..." Reeses Augen drehten sich nach oben und schlossen sich.

„Reese", sagte Lew und schüttelte ihn. „Reese!" Seine Augen flogen flatternd auf, und seine Pupillen huschten herum, als würde er nicht erkennen, wo er war. Lew verlor langsam die Geduld mit dem Kerl.

„Sorry ... der Kopf ist nur Massenspeicher. Wie ... eine Festplatte. Nicht wie beim Menschen ... Gehirn. Die Systemkontrollen sind in seiner Br... Brust", sagte Reese, bevor er erneut die Augen schloss.

„Reese!" Lew schüttelte ihn, doch er kam nicht wieder zur Besinnung. Er hatte alles erfahren, was er erfahren konnte.

Wenn das, was Jonathan ihm über Umis Datenbank erzählt hatte, auch nur zur Hälfte stimmte – ob es ihm nun gefiel oder nicht, musste er es wenigstens versuchen.

16:35 Uhr

Jonathan und Maggie erreichten das Erdgeschoss und rannten beinahe an dem Funkgerät vorbei, das Lew für ihn mit Klebeband an die Wand geheftet hatte. Er riss das Klebeband ab, auf dem „Jonny“ geschrieben stand, und drückte sofort den Knopf zum Sprechen.

„Lew! Lew!“

„Jesus, du lebst“, antwortete Lew.

„Gerade so“, gab Jonathan zurück. „Wo bist du?“

„Komme gerade zurück. Reese ist ausgeflippt, als er erfahren hat, dass die Kopie der Datenbank zerstört wurde, und ich musste ihn wieder einfangen. In zwei Minuten bin ich da.“

„Zerstört? Scheiße. Aber das ist jetzt erst mal egal. Mikawa ist irgendwie an den Roboterkörper gekommen und ist aus dem Computer entkommen.“

„Ich weiß. Ich hab gesehen, wie er den sterbenden Schwan vom Turm gemacht hat und ohne eine Beule davonspaziert ist.“ Dann erzählte Lew, was Reese ihm über den Kopf des Roboters erzählt hatte.

„Lass uns das zu Plan B machen, direkt nachdem wir hier verschwunden sind“, antwortete Jonathan.

„Passt mir. Wo bist du?“, fragte Lew.

„Direkt da, wo du das Funkgerät gelassen hast.“

„Gut. Schnapp dir den Exo-Anzug und komm hier raus. Das ist unsere einzige Chance.“

„Verstanden. Bin dran“, sagte Jonathan. Sie liefen um die Ecke, dorthin, wo der Exo-Anzug noch immer auf dem Boden lag.

„Du wirst nicht wirklich gegen dieses Ding kämpfen, oder?“, fragte Maggie. „Selbst mit diesen Anzügen und euch beiden stehen die Chancen ...“

„Nicht ich. Du“, unterbrach Jonathan sie und hob unter

Schmerzen sein gebrochenes Handgelenk, um seinen Punkt deutlich zu machen.

„Ich? Whoa, auf keinen verflixten Fall."

„Es ist unsere einzige Chance, Maggie."

„Unsere einzige Chance wofür? Draufzugehen?"

36

16:40 Uhr

Umi trug den Seidenpyjama, den Mikawa ihr für die Hochzeitsnacht gekauft hatte, komplett mit Robe und Slippern, und ging zu der Musikanlage hinüber. Sie machte *Adagio for Strings* von Samuel Barber an, die Violinen hallten von dem hohen Dach ihres Heims unter dem Meer wider. Sie schloss die Augen und lauschte einen Augenblick, spürte die Musik eher, als sie zu hören.

Sie hatte überlegt, noch einmal in den neunzehnten Stock hinabzugehen, um noch einmal zu versuchen, mit Mikawa zu sprechen, doch sie wollte dieses Leben nicht frustriert beenden. Auch wenn Tatsu das ganz und gar unmöglich gemacht hatte. Nach allem, was sie für das Mädchen getan hatte. *Nein, rege dich nicht darüber auf. Nicht jetzt.*

Mikawa hatte seit Wochen nicht zu ihr gesprochen; sich darüber aufzuregen war im Augenblick also sinnlos. Umi glaubte lieber, dass er schlicht nicht in der Lage war zu sprechen. So war es immerhin auch gewesen, direkt nachdem sie ihn transferiert hatten. Sie hoffte, dass der Übergang für sie besser laufen würde. Auch wenn die Aussicht, mit etwas außerhalb der Welt in Kontakt zu treten, die sie bewohnen würde, für sie nur wenig interessant war.

Sie öffnete die Augen und schlurfte zum Bett hinüber. Sie legte ihre Robe ab und faltete sie ordentlich zusammen, bevor sie sie auf einen Stuhl legte. Dann trat sie aus ihren Slippern und stieg aufs Bett. Als sie bequem lag, nahm sie die EEG-

Haube und zog sie sich über ihr graues Haar. Den Riemen zog sie unter dem Kinn zusammen.

Die Anzeigen auf den Maschinen hinter ihr zeigten an, dass der Transfer in zwei Minuten und dreißig Sekunden beginnen würde. Sie würde das Ende von Samuel Barbers Meisterwerk nicht mehr hören. Zumindest nicht in diesem Körper.

Sie fragte sich, ob man ihr das Virus zuschreiben würde, das auf die Welt losgelassen würde. Doch in Wirklichkeit wusste sie, dass es so sein würde. Genau wie der Angriff auf das Schiff als ihr Werk betrachtet werden würde. Selbst wenn Morgans letztem Bericht zufolge aus irgendeinem Grund niemand an Bord der *Jurojin Maru* gestorben zu sein schien. Nun, das stimmte nicht ganz. Er hatte gesagt, dass er sich um Tanaka und Corsair gekümmert hatte. Das ließ sie sich besser fühlen. Nach all diesen Monaten, die sie unter der Anleitung der Regierung gearbeitet hatte, schien es nur angemessen für das Ende ihres physischen Lebens, dass schlussendlich nur Dinge erledigt worden waren, die ihr persönlich zusagten. Auch wenn sie, um das Gesicht zu wahren, von Anfang an so getan hatte, als wäre alles ihre Idee gewesen.

Sie fragte sich, wieso sie Tatsu die Wahrheit erzählt hatte. Vor allem, während Per Borden direkt hinter ihr gestanden hatte. Doch sie wusste, ungeachtet Brodens Anwesenheit, dass nun, wo Mikawa fort war, Tatsu den einzigen Menschen darstellte, den sie als Familie betrachtete. Auch wenn das jetzt nichts mehr wert war.

Umi legte sich hin und schloss die Augen. Die Streicher erreichten ein Crescendo. Einhundertzwei Jahre standen vor ihrem Abschluss. Das Wehklagen war angebracht.

16:40 Uhr

Per öffnete die Augen.

Er lag auf dem Boden, die Seite seines Halses schmerzte noch von dem elektrischen Schlag aus dem Taser. Jeder Muskel seines Körpers war wund, und sein Schädel pochte. Er zwang sich, sich aufzusetzen, und stellte fest, dass sie sich in einem großen, offenen Areal befanden. Ein Schild an der Wand verriet, dass es sich um das „Besucherzentrum" handelte. Etliche Buden und Informationskioske waren in der Empfangshalle verstreut. Doch was seine Aufmerksamkeit erregte, war Tatsu, die neben ihm lag. Sie war noch bewusstlos.

Er fragte sich, weshalb man sie beide einfach hiergelassen hatte, nicht einmal gefesselt. Er schaute auf die Uhr – sie waren bereits fünfzehn Minuten über die Zeit, zu der sie sich mit Jonathan und Maggie auf dem Laufsteg am Dock hätten treffen sollen. Er wusste nicht, was schlimmer war: die Vorstellung, dass die beiden ohne sie abgereist waren, oder die Vorstellung, dass sie es nicht getan hatten und nichts von dem Torpedo wussten, der auf Ashita gerichtet war.

„Tatsu. Wach auf", sagte Per und rüttelte sie. Sie kam zu sich und schwang einen Haken nach wem auch immer, der sie gerade weckte. Per wich mühelos aus.

„Was? Wo sind wir? Wie spät ist es?", fragte sie, als sie sich aufsetzte. Er beantwortete beide Fragen und zwang sich selbst auf die Füße, wobei er leicht schwankte. Dann half er Tatsu auf.

„Komm schon." Per schüttelte den Kopf, um ihn frei zu bekommen, und ging auf die Türen zu. Er bemerkte eine Leiter und eine Luke in der Decke an einer Wand. „Führt das zu den Fluchtkapseln hoch? Wo das Virus freigesetzt wird?"

„Äh, ja", antwortete Tatsu, die offensichtlich selbst noch versuchte, den Nebel aus dem Kopf zu schütteln. „Wieso haben die uns nicht gefesselt?"

„Ich bin mir nicht sicher", meinte Per. „Aber ich bezweifle, dass das ein gutes Zeichen ist."

Während sie an den Informationsständen vorbeigingen, lösten ihre Bewegungen zuvor aufgezeichnete Nachrichten aus.

„Ashita", ertönte der Bariton des Sprechers, „Ihre Heimat unter dem Meer. Jules Verne erschuf die *Nautilus*, und die Tenabe-Gruppe in Zusammenarbeit mit der japanischen Regierung eröffnet ihnen jetzt Ashita. Die Stadt von morgen. Selbst versorgend, selbst regenerierend und mit ausreichend Platz, um fünftausend Menschen zu beherbergen und zu beschäftigen."

Sie kamen an einigen weiteren Ständen vorbei, und Per bemerkte, dass einige davon ihre Nachricht in unterschiedlichen Sprachen ausgaben: Japanisch, Englisch, Urdu und andere.

Sie stießen die Türen auf, die zu dem Steg führten, der sich um den Turm schraubte, bis hinauf zur Andockschleuse. Jenseits davon konnte Per das kleine U-Boot sehen – wie es rückwärts vom Andockring ablegte.

„Wir sind zu spät", sagte er.

„Nein! Nein! Wartet!", schrie Tatsu und rannte auf die Luftschleuse zu. Dann blieb sie stehen und trat einen Schritt zurück. Sie wirkte verwirrt.

Per konnte sehen, weshalb. Es waren nicht Jonathan oder Maggie in dem U-Boot, sondern vier von Umis Wachen. Jetzt verstand er, weshalb man sie einfach auf dem Boden des Besucherzentrums hatte liegen lassen. Nachdem die Wachen die Warnung von Umi gehört hatten, rannten sie um ihr Leben. Er sah, dass Tatsu zu derselben Erkenntnis gekommen war.

„Feiglinge!", schrie sie. Als das U-Boot sich drehte und davonfuhr, vermieden es die meisten der Wachen, ihnen in die Augen zu schauen. Einer jedoch tat es. Er lächelte und machte das V-Zeichen mit den Fingern, die Handfläche nach innen. Ein letztes „Fickt euch". Und dann zersprang das U-Boot, in dem – wären die feigen Wachen nicht gewesen – sie beide in wenigen Minuten gesessen hätten, in einem Netz aus Rissen und implodierte. Innerhalb eines Wimpernschlags war das Fahrzeug nichts anderes mehr als ein Trümmerteil, aus dem eine Wand aus Luftblasen nach oben stieg.

„O mein Gott“, sagte Tatsu leise.

„Mikawa“, stellte Per fest. „Seine Wartungsdrohnen, gar keine Frage.“ Sie hatten das Schiff nicht repariert, sie hatten es sabotiert.

In diesem Augenblick, wie aufs Stichwort, stürzte eine Drohne aus dem Himmel und schlug ein paar Schritte neben ihnen auf den Laufsteg, bevor sie über den Rand stürzte.

„Was zur Hölle passiert hier?“, fragte Tatsu. Sie gingen zum Rand und schauten hinunter. Was sie sahen, brachte Per dazu, auf die Türen zuzurennen. „Hey!“

Per blieb in der Tür stehen. „Bleib hier oben. Du bist die Einzige, die weiß, wie die Fluchtkapseln funktionieren.“ Er sah auf die Uhr. Es war 16:45 Uhr. Ihnen blieben dreißig Minuten.

„Der Torpedo. Sie wissen nichts von dem Jagd-U-Boot!“, rief Tatsu ihm hinterher. „Sie müssen es ihnen sagen. Sie müssen hier hoch, SOFORT!“

„Dessen bin ich mir bewusst“, sagte Per. „Aber ich glaube, etwas anderes beschäftigt sie gerade.“

BRÜCKE DER JS HAKURYŪ

20 Kilometer westlich von Ashita

16:43 Uhr

Hiroshi Nishida, der Sonaroffizier, stand hinter einer Reihe von Männern, die an den Navigationsrudern standen, und drückte sich die Muscheln seiner Kopfhörer fest auf die Ohren. Er war sicher, dass er es erneut gehört hatte, doch jetzt war da nichts als die üblichen Hintergrundgeräusche des Ozeans.

Die Männer trugen die gebräuchlichen, ganz und gar weißen kurzärmeligen Uniformen der japanischen Marine und waren die engen Räumlichkeiten eines U-Boots der Sōryū-Klasse gewohnt. Sie waren sogar an die schlechten Launen ihres Kapitäns gewöhnt. Was sie nicht gewohnt waren, war, stundenlang reglos im Wasser zu liegen, ohne wirkliche Befehle zu haben.

„Kapitän auf der Brücke!"

Hiroshi wirbelte herum und sah, wie Captain Makoto und sein Schatten auf die Brücke kamen.

„Statusbericht, Mr. Nishida!", bellte der Kapitän.

„*Hai!* Ich habe es wieder gehört, Captain", antwortete Nishida und zog sich die Kopfhörer runter, bis sie ihm um den Hals hingen. „Definitiv eine Druckwelle. Schätzungsweise zwanzig Kilometer östlich." Nishida hatte vor etwas mehr als einer Stunde das erste Druckwellen-Echo gehört, an derselben Stelle, mit identischer Modulation.

„Und es war das Gleiche wie beim ersten Mal?", wollte der Kapitän wissen.

„*Hai!* Sollen wir Kurs auf das Gebiet nehmen?"

„Negativ! Ich gebe hier die Befehle, Mr. Nishida!", brüllte der Captain.

„*Hai!* Natürlich, bitte um Verzeihung, Captain", gab Nishida zurück. Seine Aufregung darüber, etwas zu tun zu haben, machte ihn streitlustig.

Der Schatten, ein Mann in einem dunklen Geschäftsanzug, der den Kapitän überallhin begleitete, seit sie abgelegt hatten, beugte sich vor und flüsterte dem Kapitän etwas zu. Die Besatzung war angewiesen, nicht mit dem Mann zu sprechen oder nach seinem Namen zu fragen. Im Grunde sollten sie ihn nicht einmal anschauen. Als er fertig war, nickte der Kapitän.

„Was zeigen die Sensoren an?“, fragte er. Sie hatten eine Reihe von Sensormessungen vom Meeresboden beobachtet, etwa aus derselben Gegend, in der die Druckwellenechos ihren Ursprung hatten. Die Mannschaft wusste nicht, weshalb sie die Sensoren im Auge behielten oder wonach sie suchten, nur, dass jede Veränderung unverzüglich gemeldet werden sollte.

„Keine Veränderung, Captain!“, antwortete ein anderer Seemann.

Der Schatten schloss die Augen und schüttelte den Kopf. Sie würden nirgendwo hinfahren.

„Bleiben Sie wachsam. Melden Sie alles Ungewöhnliche. Wir sind in meinem Quartier“, sagte der Kapitän und verließ die Brücke sofort wieder, sein Schatten direkt hinter ihm.

Nishida schaute ihnen hinterher und rang mit sich selbst. Sein Vater hatte immer gesagt, er würde es nicht weit bringen beim Militär – er stellte zu viele Fragen. Die meisten seiner Kameraden waren glücklich, einfach nur Befehlen zu folgen, ohne sich je zu fragen, weshalb. Nishida hingegen war zweimal degradiert worden und war öfter geschlagen worden, als er zählen konnte, alles nur, weil er fragte, weshalb man ihm einen bestimmten Befehl gab. Seine Mutter verteidigte ihn natürlich und meinte, er wäre kein schlechter Gefolgsmann, sondern ein geborener Anführer. Nishida war der Meinung, dass er keines von beidem war.

Schließlich gab er seinem Naturell nach, legte die Kopfhörer weg und folgte den Männern, um herauszufinden, was hier los war. Als er die schmalen Stege und Schotten passierte, nickte er einigen Kameraden zu. Er erreichte die kurze T-Kreuzung im Gang, die zu den Quartieren des Kapitäns führte. Nishida schluckte schwer und schlich zur Tür. Dann tat er, was er besonders gut konnte: Er lauschte.

„Wie kann es nichts bedeuten?“, fragte der Kapitän.

„Sie haben Ihre Befehle, Captain. Ich schlage vor, sie konzentrieren sich darauf und hören auf, sich ständig ablenken zu lassen“, sagte der Schatten.

„Ich weiß immer noch nicht, von wem diese Befehle überhaupt kommen!“

„Das müssen Sie nicht wissen, Captain. Ihr Job ist es, ihnen Folge zu leisten. Ich kann mich darauf verlassen, dass Sie das tun, richtig?“

„Natürlich! In mehr als zwanzig Jahren habe ich nie auch nur einen Befehl verweigert. Aber ich hatte auch nie einen Befehl wie diesen.“

„Es gibt immer noch die Möglichkeit, dass Sie gar nicht schießen müssen. Ihre Sorgen könnten gänzlich umsonst sein.“

„Oder ich könnte gezwungen sein, auf ein ziviles Ziel zu feuern.“

„Es ist kein ziviles Ziel. Es ist ein Ziel der japanischen Regierung.“

„Welcher Zweig der Regierung? Ich weiß nicht einmal, für welche Behörde Sie arbeiten!“

„*Genug!*“, schrie der Schatten so laut, dass Nishida für einen Augenblick den Kopf von der Tür riss.

„In Ordnung“, sagte der Kapitän schließlich.

„Folgen Sie einfach Ihren Befehlen und hören Sie auf, so viele Fragen zu stellen. Wenn die Sensoren bis 17:15 Uhr keine massive Zunahme der Algenpopulation registrieren, feuern Sie den Torpedo ab. Verstehen wir uns?“

„Absolut“, sagte der Kapitän, die Stimme triefend vor Abscheu.

Ein Stuhl kratzte über den Boden, und Nishida entfernte sich von der Tür. Einen Augenblick später kam der Schatten heraus, zu sich selbst murmelnd, und ging in Richtung seiner Kabine. Nishida ging auf die Brücke zurück.

„Wo warst du?", fragte einer der Navigatoren, als er an seinen Posten zurückkehrte.

„Nirgendwo", gab Nishida zurück. Er leistete seinen Dienst und lauschte angestrengt, doch jetzt konnte er seinen Blick nicht mehr von den Geräten an der Station dicht neben seiner nehmen – die, welche die Sensordaten anzeigten.

Oder von der Feuerleitstelle der Torpedos.

16:45 Uhr

Tatsu musste sie noch ein letztes Mal sehen.

Sie betrat die palastartigen Gemächer und wurde von ohrenbetäubend lauter klassischer Musik empfangen. Sie ging in den großen Zeichenraum, von wo die Musik kam, und schaltete sie ab. Ihr stockte der Atem, als sie sich umdrehte. Umi lag in dem Bett an der Wand, an der Naguras Maschinen standen. Lichter flackerten noch langsam an den Displays.

Tatsu trat an die Konsole und sah auf dem Hauptbildschirm etwas blinken.

Sōsa Kanryō. Vorgang Abgeschlossen.

Sie hatte es getan. Sie hatte es wirklich durchgezogen.

Tatsu ging ans Bett. Umi wirkte so klein und zerbrechlich, wie sie dort lag. Zum ersten Mal, seit Tatsu sie kannte, sah Umi nicht nur so alt aus, wie sie war, sondern sogar noch älter. Tatsu berührte sanft mit zwei Fingern die Seite von Umis Hals. Kein Puls. Sie war fort. Tatsu beugte sich vor und küsste sanft ihre schrumpelige Wange.

„Auf Wiedersehen, *Obasan*", sagte sie durch Tränen hindurch. Was für Motivationen auch immer sie in ihrem Leben gehabt hatte, sie waren jetzt unwichtig.

Tatsu tat jetzt etwas Gutes. Sie hatte noch viel Arbeit vor sich, um all die bösen Dinge wiedergutzumachen, doch wenigstens hatte sie angefangen. Sie verließ die Gemächer und lief in Richtung der Luke zu den Fluchtkapseln. Sie musste bereit sein.

Für den Fall, dass irgendjemand lebendig aus dieser Sache herauskam.

37

16:47 Uhr

Jonathan stand draußen, am Fuße des Turms, das Maschinengewehr im Anschlag. Er durchsuchte mit dem Blick die Bäume und versuchte, Mikawa für Lew und Maggie aufzuspüren. Lew stand fünfzig Meter links von ihm und lehnte an einem Baum. Maggie war zwanzig Meter rechts von Jonathan und wartete auf sein Signal. Sie waren Mikawas Attacken bisher ausgewichen, aber er war schon wieder außer Sicht gesprungen, und sie hatten keine Ahnung, von wo sein nächster Angriff kommen würde. Etwas rannte durch die Türen neben Jonathan, und er hob sofort die Waffe in die Richtung. Im letzten Augenblick erkannte er, dass es Per war, und sah davon ab, zu schießen.

„Wo zur Hölle waren Sie?“, fragte Jonathan und richtete seine Aufmerksamkeit wieder auf das Feld vor sich. Er glaubte, Metall über einem der Bäume aufblitzen zu sehen, sah dann jedoch, dass es nur eine weitere herabfallende Drohne war. Er zeigte in die Richtung, und Maggie trat einen Schritt zur Seite, genau als die Drohne auf den Boden schlug und Dreck aufspritzte.

„Die Dinge haben sich geändert“, erklärte Per. „Sie haben nur noch ein paar Minuten.“

„Was? Wieso?“

Per erzählte ihm so schnell er konnte von Umis Geständnis, dem Torpedo und dem Verlust ihres U-Boots.

„Himmel, Sie bringen nichts als gute Neuigkeiten, oder?“

Jonathan hatte jedoch seine eigenen schlechten Nachrichten und brachte Per auf den neuesten Stand.

„Sie versuchen, seinen Kopf zu kriegen?"

„Das war der Plan, aber er funktioniert nicht so gut."

„Das ist ein heroisches Unterfangen, Jonathan, aber Ihnen fehlt schlicht die Zeit. Wenn wir nicht augenblicklich hier abreisen, werden wir es nicht mehr können."

„Wieso nicht?"

„Wenn das Virus freigesetzt wird, werden keine Fluchtkapseln mehr vorhanden sein. Wir müssen vor siebzehn Uhr fünfzehn hier weg sein."

„Richtig. Und Mikawa weiß das, also ..." Jonathan entfernte sich ein Stück vom Gebäude und schaute nach oben. Und tatsächlich, dort war Mikawa, das Licht funkelte auf seinem metallischen Körper. Er kletterte die Außenseite des Turms hinauf.

„Er ist am Turm!", rief Jonathan und zeigte für Lew und Maggie in die Richtung. „Er versucht, zu den Fluchtkapseln zu kommen!" Er hob die Waffe, doch Per schlug sie wieder nach unten. „Was tun Sie?", fragte Jonathan.

„Lassen Sie ihn klettern. Wir können die Treppen hinauflaufen und ihn einholen. Wir müssen ohnehin oben bei den Kapseln sein. Und wenn Sie recht haben, wird es auch leichter sein, ihn im Inneren zu bekämpfen als hier draußen, wo er zuschlagen und wieder wegspringen kann."

„Shit, Sie haben recht." Jonathan rief Lew und Maggie zu sich. Nachdem er Lew ausgeredet hatte, Mikawa hinterherzuklettern, schnappten sie sich Reese, der immer noch schlief, und rannten die Treppen hinauf.

„Wartet mal!", meinte Lew. Er reichte Reese an Maggie weiter und verschwand um eine Ecke.

„Was zur Hölle macht er?", wollte Maggie wissen und packte sich Reese auf die Schulter.

Eine Minute später kam Lew zurück, eine gefesselte Wache auf jeder Schulter. Einer der Männer war noch immer bewusstlos, der andere aber war bei Bewusstsein und hörte nicht auf zu schimpfen.

„Willst du noch ’nen Nachschlag von Schlagstock-an-Kopf?“, fragte Lew, und der Mann hielt den Mund. „Das dachte ich mir. Los, gehen wir.“ Jonathan schüttelte den Kopf, und die Truppe rannte die Stufen so schnell nach oben, wie sie konnte.

Sie erreichten das Besucherzentrum, und es wurde sehr schnell klar, dass sie nicht in der Lage sein würden, die Leiter hochzuklettern und durch die Luke zu steigen, solange sie noch die Exoskelette trugen. Da ihnen keine Wahl blieb, zogen Maggie und Lew sie aus, und gemeinsam stiegen sie nach oben, wobei sie sich Reese und die Wachen anreichten.

Oberhalb der Luke hing die Decke niedrig, und es gab viel weniger Bodenfläche im Vergleich zu den anderen Arealen, da sie sich bereits so dicht unter der Spitze der Kuppel befanden. Es gab keine Fenster und, so war es Sitte in Ashita, die Wand, die einen großen Kreis um den Raum zog, war weiß. An einer Seite fanden sich zwölf Fluchtkapseln, jede sah aus wie eine leuchtend orangefarbene Weltraumkapsel. Die Farbe machte sie leicht sichtbar, sobald sie an der Oberfläche waren. Tatsu hatte die Tür zu einer davon geöffnet und fummelte an den Kontrollen herum.

Jonathan schaute hinein und war verblüfft, wie geräumig sie war. Sie würden nur zwei Kapseln brauchen, um alle hier rauszukommen. Und bei der wenigen Zeit, die ihnen blieb, überzeugte Jonathan die anderen davon, eine Kapsel sofort zu starten. Sie steckten Reese und die Wachen hinein.

„Also, wie startet man diese Dinger?“, wollte Lew wissen.

„Ich habe bereits die Diagnostik für den Einschaltvorgang

durchlaufen lassen und die Sauerstofftanks vorbereitet. Sobald die Kapseln vollständig hochgefahren sind, schließen Sie einfach die Tür, sichern diesen Hebel an der Tür und drücken den roten Startknopf", erklärte Tatsu.

„Das ist alles?"

„Das ist alles", sagte sie. „Aber solange Reese außer Gefecht ist und die da gefesselt sind, muss jemand mit ihnen mitgehen."

„Steig ein", sagte Jonathan zu Tatsu.

„Ich?"

„Wir haben keine Zeit zu diskutieren", erwiderte Jonathan. „Wenn das hier nicht funktioniert, haben du und Reese genügend Informationen für die Behörden, um das Ding hier zu bekämpfen."

Tatsu stieg in die Kapsel und drehte sich um.

„Oh, und hier", sagte Jonathan und übergab Tatsu die entfernten Implantate. „Das wird denen helfen, dich zu finden."

„Wenn du einen Kerl namens Fahd triffst, tritt ihm von mir in die Eier", sagte Lew noch, bevor sie die Tür schloss.

Tatsu erklärte kurz, wie das Virus aus dem Labor im Erdgeschoss durch große, grüne Rohre hochgepumpt und die restlichen Fluchtkapseln füllen würde, kurz bevor diese abgeschossen wurden, falls sie es nicht verhinderten.

Sie traten zurück. Deutlich vernehmbar wurde der Türriegel verschlossen, dann glitt eine Glasscheibe aus der Decke und versiegelte den Raum um die Kapsel. Schnell füllte er sich mit Wasser, und mit einem *Wuuusch!* jagte die Kapsel nach oben und weg von Ashita. Die Öffnung in der Decke glitt wieder zu, das Wasser wurde abgelassen, und die Glasscheibe fuhr wieder nach oben. Es hatte weniger als eine Minute gedauert, und es gab keinerlei Anzeichen dafür, dass die Kapsel je hier gewesen war.

Jonathan, Lew, Maggie und Per drehten sich um und sahen sich gegenseitig an. Es war still, abgesehen von dem *Klunk-Schlurf, Klunk-Schlurf, Klunk-Schlurf*, mit dem Mikawa zu ihnen nach oben kletterte.

„Irgendwelche Vorschläge?“, fragte Jonathan.

„Wir durchtrennen die Rohre, die das Virus hier hochschaffen. Das bringt uns fünfzehn Minuten“, sagte Maggie. „Natürlich haben wir keine Ahnung, ob das Virus geschluckt werden muss. Wenn es sich durch die Luft überträgt …“

„Wenn irgendjemand aussteigen will“, sagte Jonathan, „nehmt euch eine Kapsel. Ich verurteile niemanden dafür.“

Niemand sprach.

„Ich habe im Besucherzentrum eine Axt im Gehäuse für den Feuerwehrschlauch gesehen“, sagte Per.

„Ich helfe“, sagte Lew.

Mikawa würde nicht in einem Stück aus Ashita rauskommen.

Und aller Wahrscheinlichkeit auch sonst niemand.

16:57 Uhr

„Falls irgendetwas in diesem Rohr ist, stehen die Wetten ziemlich gut, dass wir beide uns unsere Telschmiere verkürzen“, sagte Lew und machte sich bereit, das einzige grüne Rohr durchzuhacken, das unter den Fluchtkapseln verlief.

„Telomere“, korrigierte Per. „Und ich weiß, dass Sie den Unterschied kennen.“

Lew tat, als hätte er Per nicht gehört, und baute seinen Frust ab, indem er mit der Axt kräftig ins PVC schlug. Es brauchte nur ein paar Hiebe, bevor das Rohr etwa einen Meter über dem Boden durchtrennt war.

„Ein weiterer Superschurkenplan durchkreuzt“, sagte Lew

und bog das Rohr, das aus dem Boden ragte, von dem Teilstück weg, das zu den Kapseln führte, nur für den Fall, dass was auch immer durch das Rohr kam ausreichend Wumms hatte.

„Wieso tun Sie das, Lew?“, wollte Per wissen.

„Was tun?“, fragte Lew und klemmte das Rohr hinter einigen anderen fest, sodass es alles, was hier hochkam, in Richtung der Fahrstühle ausspie.

„So tun, als wären Sie … nicht dumm, aber als würden Sie die Details nicht richtig hinbekommen. Wenn Sie das ganz offensichtlich sehr wohl tun.“

„Ich habe keine Ahnung, wovon du redest“, gab Lew zurück und nahm die Axt mit dem Kopf nach oben zwischen ihnen in beide Hände. „Aber ich habe gerade eine echt beschissene Abneigung gegen Roboterteile, also willst du dich vielleicht von mir fernhalten.“

Per starrte ihn noch einen Augenblick länger an, legte den Kopf ein wenig schief und saugte an seinen Zähnen.

„Wie Sie wünschen.“

„So ich wünsche.“

17:03 Uhr

Jonathan verzog das Gesicht, als Maggie behutsam Verbandsmull um die notdürftige Schiene wickelte, die sie für sein Handgelenk zusammengeflickt hatte. Sie waren allein oben im Anbau, in dem die Fluchtkapseln waren, und standen an der gegenüberliegenden Wand. Jonathan, einen Kopf größer als Maggie, schaute zu ihr runter, während sie an seinem Handgelenk herumhantierte. Sie zog den Verband straff, und er sog die Luft scharf durch die Zähne ein.

„Sei nicht so ein Baby“, tadelte Maggie, ohne aufzuschauen.

„Sei nicht so grob“, gab Jonathan zurück. Er beugte sich

vor und atmete den Duft ein, der aus ihren Haaren stieg. Maggie sah abrupt zu ihm hoch.

„Hast du gerade an meinen Haaren geschnüffelt?“

„Was? Mach dich nicht lächerlich. Ich habe einfach nur geschnieft. ’Ne Menge Pollen hier unten.“

„Aha“, sagte Maggie. Sie hatte noch etwas anderes sagen wollen, doch Jonathan würde nie erfahren, was es war. Selbst für ihn völlig überraschend, beugte er sich vor und küsste Maggie. Diesmal reagierte sie sofort, ließ den Verband fallen und schlang die Arme um seinen Hals.

Schließlich, und voller Bedauern, riss er sich von ihrem Mund los. Zuerst folgte ihr Kopf seiner Bewegung, doch schließlich ließ sie ihn ziehen. Ihre Arme hingen noch um seinen Hals, als sie sich wieder zurück an die Wand lehnte.

„Das ist keine gute Art, unsere letzten Augenblicke zu verbringen, Mr. Hall“, sagte sie leise.

„Ich denke, es ist eine angebrachte Art, Ms. Reynolds“, erwiderte Jonathan. Er versuchte, sie erneut zu küssen, doch sie drehte sich weg. Jonathan lachte und stieß ein schnaubendes Seufzen aus, da er, zumindest logisch betrachtet, ihrer Meinung war. Er stand auf, wenn auch ein bisschen unsicher, damit sie den Verband an seinem Handgelenk beenden konnte. Sie beendeten seine Behandlung schweigend, auch wenn sie beide unfähig schienen, das Lächeln aus dem Gesicht zu bekommen.

„Na bitte. So gut wie neu“, sagte Maggie.

Sie hörten, wie jemand die Leiter heraufkam, und trennten sich endgültig.

„Fortsetzung folgt“, sagte Jonathan.

„Verlass dich drauf“, entgegnete Maggie, als er sich umdrehte und in Richtung Luke ging, während er sein frisch geschientes Handgelenk untersuchte.

Einen Augenblick später krachte die gesamte Wand hinter Maggie über ihr zusammen.

17:06 Uhr

Jonathan lag auf dem Boden. Er schüttelte die Orientierungslosigkeit ab und drehte sich um, um zu sehen, was ihn getroffen hatte. Ein großer Teil der Wand war in den Raum gestürzt. Dann entdeckte er ein wenig blondes Haar und blutige Hände, die unter den Trümmern hervorragten.

„Mag…" Jonathan kam nicht dazu, den Namen zu beenden. Mikawa, verbeult und trotz seiner fehlenden Mimik offensichtlich wütend, stand in dem Loch, das er gerade in die Wand getreten hatte. Das grelle Licht hinter ihm ließ die Silhouette seines künstlichen Körpers klar hervortreten.

Jonathan drehte sich um, um nach Hilfe zu rufen, und sah Per, der bereits halb durch die Luke war.

„Lew!", rief Per nach unten. „Es ist Mikawa. Er ist durch die Wand gebrochen!" Dann kletterte er hinauf und eilte an Jonathans Seite. Er half ihm hoch, während Mikawa in den Raum trat. Sie standen zwischen ihm und dem, was er wollte – entkommen.

„Lew, schwing deinen Hintern hier hoch", rief Jonathan und baute sich neben Per auf. Sie mussten ihn davon abhalten, die Kapseln zu erreichen.

Maggie begann zu stöhnen und regte sich. Sie hustete Blut auf den Boden, als sie versuchte, den Kopf zu heben und aufzustehen, doch das Geröll über ihr war zu schwer. Dann stellte Mikawa den Fuß auf das Mauerstück auf Maggies Rücken, und sie schrie auf.

„Aus dem Weg", sagte Mikawa. Die Getriebe und Drähte in seinem Bein spannten sich an, und er beugte sich vor; packte mehr Gewicht auf seinen Fuß, um seine Forderung zu unterstreichen. Maggie schrie erneut.

„Ich reiß dich in tausend verfickte Stückchen, Blechmann", stieß Jonathan aus, wusste aber, dass er hilflos war.

„Jonathan. Er wird sie umbringen", sagte Per. Frustriert spannte Jonathan seine gesunde Hand an, verzweifelt auf der Suche nach irgendeiner anderen Lösung, außer diesem Ding zu geben, was es wollte. Doch es gab keine. Und Mikawa wusste es.

„Steig von ihr runter, und ich gehe aus dem Weg", sagte er. „Tritt zurück und lass mich ihr helfen, und du kannst haben, was immer du willst."

Mikawa starrte ihn durch seine Linsen an, winzige Motoren surrten und stellten sich in verschiedenen Teilen seines Körpers ein. Dann, zu Jonathans Überraschung, kam er der Aufforderung nach. Das Nachlassen des Drucks verursachte bei Maggie ebensoviel Schmerz, denn sie schrie erneut auf, als er von ihr stieg.

„Wir kannten einst Liebe. Sie ist eine Schwäche. Eine Krankheit. Selbst jetzt tötet sie dich. Du wirst sie zur Seite ziehen, und wir werden diese Gruft verlassen. Und du? Du wirst einen weiteren Moment haben – wenn sie überlebt –, bevor ein Torpedo euch zerfetzt wie Staub in einem starken Wind. Hier, rette sie. Ihr werdet ohnehin alle sterben."

Während Mikawa weiterschwafelte, räumten Jonathan und Per vorsichtig Geröll von Maggie und zogen sie so vorsichtig wie möglich zur Seite. Ein Blutstreifen malte den Boden hinter ihr rot.

Dann schloss Maggie die Augen und wurde still.

„Maggie. Maggie!"

„Siehst du", sagte Mikawa und kam wieder in den Raum. „Verschwendet. Ihr hättet fliehen können. Die logische Entscheidung wäre gewesen, zu einer der Kapseln zu rennen. Deine Gefühle haben dich verraten."

Jonathan starrte auf Maggies reglosen Körper, während er beide Hände in den mit Schutt übersäten Boden krallte und die Schmerzen ignorierte, die von seinem verletzten Handgelenk ausgingen. Stattdessen benutzte er den Schmerz. Er nahm tiefe Atemzüge, mit denen er Staubwolken aufsteigen ließ, wenn er ausblies. Er war sich nicht sicher, ob er um die Kontrolle kämpfte oder sich darauf vorbereitete, sie zu verlieren – nicht, dass es einen Unterschied gemacht hätte. Er packte einen Klumpen der Wand mit seiner gesunden Hand und erhob sich. Doch bevor er sich auf Mikawa stürzen konnte, erstarrte er, als er aufsah. Hinter dem Monster stand, in sein Exoskelett gekleidet, Lew, mit einem Blick in den Augen, den Jonathan erst ein einziges Mal zuvor gesehen hatte.

„Verrat *das hier*, Scheißkerl!" Lew packte Mikawa von hinten und wuchtete sie beide durch das Loch, durch das er gerade gekommen war.

„Lew!"

17:11 Uhr

Lew und Mikawa trafen den Steg auf halber Höhe des Turms wie eine mit Münzen gefüllte Socke einen Spitzel in einer dunklen Ecke im Gefängnis. Teile von Mikawa spritzten in die Luft. Lew, der Mikawa nach unten geritten war, hatte die Hauptwucht des Aufpralls mit seinem Exoskelett aufgefangen, doch das half ihm auch nur ein Stück weit.

Er rollte von dem Roboter runter und kämpfte, um wieder auf die Füße zu kommen. Er schmeckte Blut, und sein Bein tat höllisch weh, doch der Exo-Anzug hielt ihn zusammen. Als er aufrecht stand, schüttelte er sich das Klingeln aus den Ohren und drehte sich um. Auch Mikawa stand wieder auf den Füßen, hatte aber schon bessere Tage gesehen. Seine linke Hand lag noch am Boden, zwanzig Zentimeter des Äquivalents eines Unterarmknochens ragten ihm aus dem Handgelenk. Sein rechter Fuß war nach außen gedreht, und sein Kopf schien auf eine Seite zu hängen.

Ein Teil von Lew wollte sich umdrehen und fliehen. Er wusste, dass die Zeit knapp wurde und ihnen nur noch Minuten blieben, bevor der Torpedo Ashita vom Meeresgrund fegte, aber sein Auftrag war noch nicht ausgeführt. Lew rollte den Kopf in den Nacken, sodass sein Genick knackte. Dann hob er die Fäuste. Wenn Roboter überrascht aussehen konnten, dann staunte Mikawa gerade Bauklötze.

„Legen wir los, Pinocchio“, sagte Lew.

„Wir wünschten, es wärst nicht du, Lew. Wir mochten dich wirklich. Von allen Menschen, die wir getroffen haben, war noch keiner so …“

„… angepisst“, sagte Lew und ging auf ihn zu.

Er donnerte seine rechte Faust, geschützt von dem Metall des Anzugs, gegen Mikawas Schädel. Der Roboter wankte rückwärts. Dann traf Lew ihn mit der linken. Und dann noch mal. Und wieder und wieder. Doch abgesehen davon, dass er ihn zurückdrängte, verpasste er dem Ding nicht mal einen Kratzer.

„Ich bin dran“, sagte Mikawa, und sein Bein schoss unvorstellbar schnell nach oben. Er traf Lew in der Mitte und schickte ihn, alle viere von sich gestreckt, auf den Rücken, wo er beinahe vom Steg rutschte. Mikawa, nicht in der Lage, auf seinem verletzten Fuß das Gleichgewicht zu halten, fiel ebenfalls rückwärts auf den Boden.

Lew kämpfte sich auf die Füße und hob erneut die Fäuste, als Mikawa aufstand, doch er musste sich eine neue Strategie überlegen. Wütend die Fäuste in den Teil von Mikawa zu hämmern, den er noch brauchte, war nicht die beste Idee. Und dann fiel ihm ein, was Reese gesagt hatte – Mikawas Kontrolleinheit befand sich in seinem Torso, nicht im Schädel. Der war nur eine große Festplatte. Lew musste sich beruhigen. Logisch denken. Die Kontrolle behalten.

Lew täuschte eine Linke vor. Dann, mit ineinandergeklammerten Händen, keulte er seine Fäuste auf Mikawas Schulter und stieß ihn zur Seite. Der Roboter fing sich gerade noch, bevor er vom Steg stolperte, doch als er sich wieder seinem Gegner zuwandte, stand Lew hinter ihm. Er packte Mikawa im Schwitzkasten. Bedauerlicherweise würde er nie in der Lage sein, ihn zu ersticken, und auch wenn Mikawa unglaublich stark war, galt das auch für Lew, solange er in dem Anzug steckte. Er drückte ihn auf die Knie und hielt ihn fest.

„Du verschwendest Zeit", sagte Mikawa. „Stürz dich einfach von diesem Steg, Lew. Beende es zu deinen Bedingungen. Wir werden dir erlauben, das zu tun. Du wirst uns niemals besiegen. Unter fairen Bedingungen wird ein Mensch niemals eine Maschine besiegen können. Nicht einmal mit technischer Hilfe." Dass Mikawas Stimme von Lews Druck an der Stelle, an der seine Kehle hätte liegen sollen, nicht im Geringsten beeinflusst wurde, hätte sich äußerst unbefriedigend anfühlen müssen, doch das war nicht Lews Plan.

„Da gibt es eine Sache, die du vergisst", sagte Lew.

„Und was ist das, Lew?"

„Menschen kämpfen nicht fair."

Lew nutzte all die Kraft, die sein Anzug aufbringen konnte, und rammte den metallenen Speichenknochen von Mikawas abgetrennter Hand so tief in seinen Rücken, dass er aus der Brust wieder herausragte. Funken und irgendeine Flüssigkeit sprühten durch das Loch.

„Lewuuuuuuuu…"

Die toten Lichter in Mikawas Augen wurden schwächer und erloschen.

Als er sicher war, dass das Ding tot war, und er wieder atmen konnte, packte Lew Mikawas Schädel mit beiden Händen und zog. Er stieß einen Schrei aus, als er es von dem mechanischen Körper trennte. Schließlich trat Lew ein Stück zurück und ließ den kopflosen Körper über die Kante stürzen, wo er auf den Waldboden in der Tiefe krachte.

38

JS HAKURYŪ
17:15 Uhr

Captain Makoto wartete, während Hiroshi Nishida, der Sonaroffizier, seine Anzeigen bestätigte. Er wollte absolut sicher sein. Musste es sein. Soweit es den Schatten betraf, den rätselhaften, namenlosen Regierungsagenten, hätten sie den Torpedo jetzt bereits abfeuern sollen.

„Es gab eindeutig irgendeine Art von Start zur vollen Stunde", erklärte Nishida.

„Und seither nichts mehr?"

„Nein, Sir."

„Was ist mit den Sensoren?", fragte der Schatten. Alle drehten sich um und schauten ihn an. Es war das erste Mal, dass er zu irgendjemand anderem als dem Kapitän gesprochen hatte. Dann schauten alle zu dem Besatzungsmitglied, das die Anzeigen der Sensoren im Auge behielt.

„Nichts, Sir. Ich habe es mehrfach überprüft. An dieser Position wurde nichts ins Wasser entlassen."

Der Kapitän seufzte. Er tauschte einen Blick mit dem Schatten, unterwarf sich aber seiner Pflicht.

„Feuern Sie den Torpedo, Mister."

„Hai!"

Das Torpedorohr wurde geflutet, und der Typ-89-Torpedo startete in Richtung Ashita; seine Schrauben pflügten mit beinahe siebzig Knoten durchs Wasser. Der Torpedo würde sein Ziel in knapp über neun Minuten treffen.

Der Kapitän drehte sich um, um etwas zum Schatten zu sagen, doch der war bereits verschwunden.

„Bringen Sie uns nach Hause“, sagte er, als er von der Brücke ging.

ASHITA

17:17 Uhr

Lew blieb im Exoskelett, als er die Treppen zur Spitze des Turms rannte. Er war erschöpft, und der größte Teil von ihm wollte sich hinlegen und einfach schlafen. Sein Körper schmerzte selbst mit der Unterstützung des Anzugs, und ihm war bewusst, dass er es keine fünfzehn Meter schaffen würde, wenn er ihn auszog, ganz zu schweigen von beinahe fünfzehn Stockwerken. Unter dem Arm trug er seine Trophäe. Er wartete darauf, dass der Schädel anfing, mit ihm zu sprechen. Falls er das tun sollte, würde er das bisschen Kraft, das er noch besaß, dazu verwenden, ihn in hohem Bogen von der Spitze des Turms zu treten.

Per kam ihm auf halber Strecke auf den Treppen entgegen. Er nahm ihm den Kopf ab und erlaubte Lew, den Arm um ihn zu legen, damit er ihn zusätzlich stützen konnte. Lew versuchte, nicht an das Roboterding zu denken, das Per benutzte, um ihn aufrechtzuhalten.

„Maggie?“, fragte Lew, als sie im fünfunddreißigsten Stock ankamen. Per schüttelte den Kopf. „Fuck. Jonny?“

„Ihr Partner weicht ihr nicht von der Seite. Wir könnten ein Problem haben“, sagte Per.

„Und welches?“

„Sie atmet noch, hat aber jedes Gefühl in ihren Beinen verloren. So wie es aussieht, sind ihre Wirbelsäule und vielleicht der Hals gebrochen. Wir hätten sie überhaupt niemals bewegen sollen, aber falls wir sie noch einmal bewegen …“ Sie wechselten einen Blick. „Wenn wir versuchen, sie in eine der Kapseln zu legen, wird es sie womöglich umbringen.“

„Wenn wir es nicht tun, wird sie ohnehin sterben“, sagte Lew und verzog das Gesicht, als sie die letzten Stufen erklommen. „Wie stehen wir mit der Zeit?“

„Sie sollten vermutlich aufhören, mir Fragen zu stellen.“

„So schlimm, hm?“ Sie humpelten zu der Leiter hinüber.

Per half Lew, aus dem Anzug zu steigen. Bei seinem ersten Schritt brach er zusammen.

„Fuck“, stieß Lew aus und machte einen schlechten Job, den Schmerz einfach wegzustecken. „Es ist mein Bein.“

Per kniete sich neben ihn und fuhr mit seiner menschlichen Hand das Bein entlang.

„Ich weiß nicht, ob das der richtige Augenblick für einen – AU!“ Lews Sarkasmus wurde unterbrochen, als Per seinen Fuß vor und zurück drehte. „Heilige Scheiße!“

„Eindeutig gebrochen“, stellte Per fest. Lew rang nach Atem, während der Schmerz ihm Schweiß auf die Stirn treten ließ.

„Dein Auftritt am Krankenbett ist miserabel, Per“, brachte Lew hervor. „Schaff mich zur Leiter rüber. Du kannst mich mit deinem Dosenöffner da hochziehen.“

Per setzte ihn am Fuß der Leiter an die Wand und stieg dann durch die Luke nach oben. Oben angekommen drehte er sich um und griff mit dem Roboterarm nach unten. Lew kletterte die Leiter hinauf, wobei er nur einen Arm benutzte. In dem anderen schleppte er den Exo-Anzug hinter sich her.

„Was tun Sie?“, fragte Per, als Lew ihm den Exo-Anzug reichte. Er passte nicht durch die Luke, während man ihn trug, aber alleine konnte man ihn durch die Öffnung ziehen.

„Was ich am besten tue – was Dummes. Nimm ihn schon.“

Per nahm den Anzug und zog ihn hoch, dann griff er nach unten und zerrte Lew in den Anbau mit den Fluchtkapseln.

„Wollen Sie, dass ich Ihnen helfe, ihn wieder anzuziehen?", fragte Per.

„Er ist nicht für mich. Los, öffne die Kapsel und schaff unseren Freund da rein." Lew deutet mit dem Kinn auf Mikawas Schädel. Per nickte und eilte zu einer der Kapseln. Lew schnappte sich den Anzug und schleppte sich über den Boden zu Jonathan hinüber, der neben Maggie kniete.

„Hey, Kumpel", sagte Lew.

Jonathan schaute auf und wirkte ein wenig verwirrt. „Lew? Ich hätte wissen müssen, dass du unzerstörbar bist."

„Ich fühle mich ziemlich zerstörbar, um ehrlich zu sein. Hör mal, Jonny, wir müssen gehen."

„Ich kann nicht. Sieh sie dir an. Wenn wir versuchen, sie zu bewegen …"

„Ich weiß. Per hat's mir erzählt."

Maggie, die gerade zu sich kam, öffnete die Augen. „Du lebst?", fragte sie und schluckte schwer.

„Ich freu mich auch, dich zu sehen, Maggie. Hör mal, du musst deinem Boyfriend hier erzählen, dass er mich dich bewegen lässt, oder wir werden alle einen wirklich schlechten Tag haben."

„Kann … kann meine Beine nicht spüren. Hals fühlt sich … komisch an."

„Ich sag doch, Lew, sie kann nicht."

Lew hasste, was er als Nächstes tun würde, aber er hatte keine Wahl.

„Per!", rief er. Per kam aus der offen stehenden Kapsel zu ihnen. „Du musst für mich Jonathan in die Kapsel schaffen und ihn dort festhalten. Jetzt."

Ohne ein Wort packte Per Jonathan mit seinem Roboterarm und zog ihn auf die Füße. Jonathan wehrte sich und griff sogar nach dem Maschinengewehr, das auf dem Boden lag, aber Lew stieß es aus seiner Reichweite.

„Lew! Was zur Hölle tust du! Du wirst sie umbringen!"

„Los jetzt", sagte Lew, und Per schleifte Jonathan davon.

„Du wirst sie umbringen, du Bastard!"

„Vielleicht", sagte Lew zu sich selbst.

Maggie öffnete wieder die Augen. „Wirst du mich hier zurücklassen? Ich weiß, ich sollte tapfer sein und dir sagen, dass es das ist, was du tun solltest, aber ich habe so eine verflixte Angst, Lew."

„Wir werden etwas versuchen. Es wird vermutlich wehtun, aber es ist alles, was wir tun können", sagte Lew. Dann schleppte er sich hinter sie, sodass sie zwischen ihm und dem Exoskelett lag.

„Ich verstehe", sagte Maggie, als sie sah, wie er den Anzug ausgebreitet hatte.

„Schrei, wenn du musst", sagte Lew und schob die Hände unter ihren Hals und ihr Steißbein.

„Das wird schon gehen."

„Ich hab nicht mit dir gesprochen."

Sie lachte, und als sie das tat, hob er sie vom Boden mit nichts als der Kraft seines Oberkörpers. Dann schob er sich ruckweise vorwärts, bis sie direkt über dem Anzug hing. Er versuchte, ihre Schreie und Tränen zu ignorieren, als er sie langsam in den Anzug legte. Nachdem alles festgezurrt und gesichert war, aktivierte er den Anzug.

Maggies Augen rollten in ihren Höhlen nach hinten, und sie stieß einen Seufzer der Erleichterung aus, der beinahe erregend war. Sie schluckte und begann, normal zu atmen. Lew arbeitete sich auf sein gutes Bein hoch und griff nach unten, um ihr aufzuhelfen, doch wie sich herausstellte, brauchte sie seine Hilfe nicht.

„Alles in Ordnung?", fragte Lew.

„Du bist ein verflixtes Genie, Lew."

„Gut. In dem Falle: Könntest du mir in die Kapsel helfen?"

Sie lachte erneut und legte den Arm um ihn. Gemeinsam torkelten sie zu der Kapsel hinüber.

Jonathan, der von Per in der Kapsel gehalten wurde und wilde Drohungen gegen alles und jeden ausstieß, wurde ruhig und glotzte voller Staunen, als Lew und Maggie in die Kapsel stiegen. Sie schlugen die Tür hinter sich zu. Lew ließ sich auf die Bank fallen, die den Innenraum der Kapsel einmal umrundete. Maggie setzte sich neben Jonathan und nahm seine Hand. Per ließ ihn los und setzte sich ebenfalls.

„Himmel, Lew. Gott, es tut mir leid, Mann."

„Halt einfach den Rand und drück den Knopf."

Epilog

Während der Heckkran der *Atlantis Explorer* die erste Rettungskapsel aus dem Wasser und aufs Deck hievte, entdeckte ihr Sonar die Spur des Torpedos der JS *Hakuryū*, Sekunden bevor die gigantische Explosion am Meeresboden ihre Bildschirme füllte. Schreckliche fünf Minuten lang konnten sie nichts anderes entdecken und befürchteten das Schlimmste. Dann, endlich, durchstieß ein paar Hundert Meter backbord eine weitere Fluchtkapsel die Wasseroberfläche.

Die *Atlantis Explorer* fuhr längsseits zu der auf und ab schlingernden Kapsel und nutzte erneut einen ihrer Heckkräne, um sie aus dem wogenden Ozean zu heben. Der Sturm war wieder nach Norden gezogen, doch seine Wirkung war noch deutlich zu spüren.

Die medizinische Mannschaft der Kuratoren checkte alle Überlebenden gründlich durch. Sie richteten Jonathans gebrochene Nase und verpassten ihm eine bessere Schiene und eine Schlinge für sein gebrochenes Handgelenk. Lew bekam eine aufblasbare Schiene für sein Bein und ein paar Krücken. Maggie wurde in ihrem Exoskelett gelassen, erhielt aber Schmerzmittel und eine Kochsalzlösung. Sie hatten nicht die Ausrüstung, sie an Bord des Schiffes zu behandeln. Per war unverletzt, oder zumindest weigerte er sich, sich von irgendjemandem untersuchen zu lassen.

Allen Passagieren der ersten Kapsel ging es gut, inklusive Reese, der offensichtlich immer noch schlief.

Sobald sie alle verarztet waren, saßen sie gemeinsam auf dem Vorderdeck der *Atlantis Explorer*, mit grauen Decken um die Schultern. Die Ärzte der Kuratoren wollten, dass Maggie sich hinlegte, doch sie erklärte, solange sie in dem Anzug steckte, ginge es ihr gut. Sie teilte sich eine Decke mit Jonathan.

Nach Lews letzter Erfahrung auf dem Schiff hatte er Schwierigkeiten, ruhig sitzen zu bleiben, doch im Augenblick blieb ihm kaum eine Wahl. Fahd und etliche Crewmitglieder der Kuratoren hatten sich bereits ausgiebig bei ihm entschuldigt. Jonathan versuchte, die Geschichte von dem Missverständnis zu akzeptieren, doch wenn Lew nicht Lew wäre, wäre er jetzt wahrscheinlich nicht nur tot, sondern ebenso alle anderen. Ganz zu schweigen davon, dass das Tote-Lichter-Virus in die Meeresströmungen gelangt wäre.

Die Mitarbeiter der Kuratoren durchkämmten die *Jurojin Maru* und versuchten, die Situation dort einzuschätzen. Von den bisherigen Berichten ausgehend waren alle Besatzungsmitglieder und Gäste immer noch weggetreten, aber am Leben und gesund. Die Ärzte erwarteten, dass in den nächsten sieben oder acht Stunden niemand zu sich kommen würde. Auch die Wachen in Lagerraum C waren noch immer außer Gefecht, waren jetzt aber alle von ihnen mit Plastikhandschellen gefesselt. Inklusive der beiden, die in der ersten Fluchtkapsel nach oben gekommen waren. Offensichtlich arbeiteten Die Kuratoren mit der japanischen Regierung zusammen, die hoch und runter schwor, dass sie nichts mit dem ganzen Debakel zu tun hatte. Die Kuratoren hatten zugestimmt, den Japanern dabei zu helfen, die verantwortlichen Parteien in ihren Reihen aufzustöbern. Daher würden Die Kuratoren die Verhöre aller Mitarbeiter von Tenabe leiten, sobald sie das Festland erreichten. Wenn das beendet war, würden sie festlegen, wer freigelassen wurde und wen sie den Behörden übergaben.

Man fesselte sie nicht, doch Tatsu würde sich für ihre Beteiligung verantworten müssen, auch wenn Fahd Jonathan versichert hatte, dass er ihre Hilfe in Ashita berücksichtigen würde. Alle Beteiligten erklärten, dass sie für Tatsu bürgten, aber offensichtlich gab es Beweise, die sie mit einigen Bombenanschlägen in den Vereinigten Staaten in Verbindung brachten.

„Wir haben Tanakas Implantat verfolgt und seine Leiche ein paar Kilometer östlich von hier aufgesammelt", erklärte Fahd, der neben Jonathan stand. Jonathan und Maggie nickten bedrückt.

„Er war der Sache so dermaßen nicht gewachsen, dass es nicht mehr witzig war", sagte Jonathan.

„Daran konnten wir nichts ändern", sagte Fahd. „Und geben Sie ihm nicht die Schuld, dass er die Dinge so lange vor Ihnen zurückgehalten hat, er ist nur meinen Befehlen gefolgt."

„Tu ich nicht, und weiß ich", antwortete Jonathan.

„Hören Sie, ich mache Ihnen und Lew keinen Vorwurf, dass Sie sauer sind", sagte Fahd. „Ich weiß, dass Sie beide mir im Augenblick vermutlich gerne eine verpassen würden, aber wir haben unsere Art, die Dinge anzugehen. Wenn Sie ein Teil davon werden wollen, müssen Sie lernen, das zu akzeptieren."

„Yeah, was das betrifft", sagte Jonathan, doch Maggie unterbrach ihn.

„Was ist mit Alex Corsairs Leiche?", fragte sie.

„Wir haben gesucht. Er muss über Bord gespült worden sein. An Deck gibt es keine Spur von ihm. Selbst das Blut war weggewaschen", antwortete Fahd.

„Werden Sie runtergehen und nach Ashita schauen?", fragte Per.

„Wir haben schon eine halbe Stunde ein ROV unten", erklärte Fahd.

„Ein was?", wollte Maggie wissen.

„Ein ‚Remotely Operated Vehicle'. Ein ferngesteuerter

Tauchroboter. Ein kleines, unbemanntes U-Boot mit Kameras dran, durch ein Kabel mit der *Atlantis Explorer* verbunden."

„Und?", fragte Lew.

„Es wird schwer werden, die Geschichte zu bestätigen, die Sie alle erzählen. Es gibt ein paar Trümmer auf dem Höhenzug, aber es scheint, als wäre was auch immer dort gewesen ist nach dem Torpedotreffer über die Kante gerutscht und auf den Boden des Japangrabens gesunken. Mehr als zehntausend Meter tief. Wir werden einige Besprechungen und Berichte brauchen, um festzustellen, ob es weitere Untersuchungen wert ist."

„Ob es das wert ist?", spie Lew aus und stand auf. Jonathan sprang schnell hoch und stellte sich zwischen ihn und Fahd.

„Bleib ruhig, Lew", sagte er. Dann wandte er sich an Fahd. „Was unsere Zukunft mit den Kuratoren betrifft: Es gibt keine."

„Das bleibt Ihnen überlassen, und ich verstehe es, aber ich glaube, Sie machen einen Fehler. Nehmen Sie sich etwas Zeit, darüber nachzudenken. Wie ich Ihnen sagte, wir sind die guten Jungs, selbst wenn wir etwas unorthodoxe Methoden anwenden."

„Gute Jungs", sagte Lew. „Ihr habt Jonny blind reingeschickt und beinahe alle draufgehen lassen. Ganz zu schweigen davon, dass ihr Amateure wie Tanaka und Reese benutzt. Tanaka ist tot, und was Reese durchgemacht hat …"

„Sir?" Einer von Fahds Männern kam herüber. Er hielt ein Satellitentelefon und überreichte es Fahd. „Es ist Mr. Valmont." Jonathan bemerkte, wie Fahds Haltung sich veränderte und sein Adamsapfel einmal rauf und wieder runter sprang.

„Entschuldigen Sie mich", sagte er, drehte sich weg und ging ein paar Schritte, damit er das Gespräch ungestört führen konnte. Jonathan beobachtete Fahds Körpersprache, die deutlich unterwürfiger war als alles, was er bisher an ihm gesehen hatte.

„Was ist da los?", fragte Lew.

„Ich bin mir nicht sicher. Aber wenn ich raten müsste, würde ich sagen, dass unser Freund Fahd nicht ganz so weit oben in der Nahrungskette der Kuratoren steht, wie wir bisher gedacht haben." Ein paar Minuten später, begleitet von jeder Menge wilder Gesten, reichte er das Telefon zurück an das Besatzungsmitglied und kam zu Jonathan und Lew zurück.

„Ich wurde gebeten, eine formelle Entschuldigung im Namen der Kuratoren an Sie weiterzuleiten, Mr. Katchbrow."

„*Mr.* Katchbrow?", fragte Lew. „Verdammt, du scheinst es ja wirklich verbockt zu haben, Söhnchen!" Alle versuchten, ihr Schmunzeln zu verbergen.

„Ähm, ja", sagte Fahd. „Und, Ms. Koga, ich wurde gebeten, Ihnen die volle Gastfreundschaft der Kuratoren auszusprechen. Und Sie zu fragen, ob Sie interessiert wären, uns beizutreten. Sie müssen nicht sofort antworten, die Einladung gilt unbegrenzt."

„Was ist mit den Behörden? Den Bombenanschlägen?", fragte Maggie.

„Sollten die Amerikaner es auf Sie absehen wollen, werden wir alles tun, um die Anklagen abzuwehren."

Tatsu lächelte. Fahd drehte sich um und schaute Per an.

„Ich wurde ebenfalls gebeten ..."

„Nein danke", sagte Per. Sein Ton verriet Fahd, dass es sinnlos wäre, ihn zu drängen.

„Wie Sie wünschen."

Per wechselte einen Blick mit Lew, der ihm zuzwinkerte, bevor Per sich wieder an Fahd wandte: „So ich wünsche."

„Kann ich einen Augenblick mit Ihnen sprechen?", fragte Tatsu Per und bedeutete ihm, dass er ihr ein Stück weg von der

Hauptgruppe folgen sollte. Per nickte und ging mit ihr zur Reling des Schiffs.

„Was haben Sie, Miss Koga?"

„Sie können mich Tatsu nennen", sagte sie.

„In Ordnung. Was hast du, Tatsu?", fragte Per.

„Die Dinge sind nicht wirklich so gelaufen dort unten, wie wir es erwartet haben, aber wir hatten eine Abmachung. Sie haben Ihren Teil eingehalten, aber ich hatte noch keine Gelegenheit, mich an meinen zu halten."

„Das stimmt."

„Nun, ich kann es Ihnen nicht mehr zeigen, aber ich kann Ihnen davon erzählen", sagte Tatsu. Sie erklärte, dass Projekt Tote Lichter das Virus war, das sie gerade besiegt hatten.

„Ich verstehe."

„Sind Sie enttäuscht?"

„Nein. Ich dachte nur gerade, auch wenn wir das Virus zerstört haben, wurden die Informationen, wie man es herstellt, höchst wahrscheinlich bereits an die japanische Regierung übermittelt, bevor Norris starb."

„Ich ... Daran habe ich nie gedacht." Tatsu und Per schauten aufs Meer hinaus.

„Ich bin mir nicht sicher, dass wir irgendetwas aufgehalten haben."

Der Hubschrauber landete auf dem Festland, und die Türen der Limousine, die am Landeplatz wartete, öffneten sich beinahe augenblicklich. Jonathan, Lew, Per und Maggie, noch immer in ihrem Exo-Anzug, stiegen auf den Asphalt. Tatsu war in einem anderen Hubschrauber auf dem Weg zu irgendeiner Art Einstellungsgespräch mit den Kuratoren. Jonathan war sich nicht sicher, wie er darüber dachte. Reese hatte noch immer auf dem Schiff geschlafen, als er ihn das letzte Mal gesehen hatte.

Emily stieg aus der Limousine und winkte. Jonathan lächelte und blickte Lew an.

„Ich sagte doch, wir sind die Guten", sagte Fahd hinter ihnen. „Natalie ist ebenfalls im Wagen." Dann ging er in eines der nahe stehenden Gebäude.

Jonathan sah zu, wie Lew sich schneller bewegte, als er es auf den Krücken für möglich gehalten hätte. Als er Emily erreichte, warf er die Krücken weg und packte seine Frau. Er hob sie hoch und wirbelte sie herum, wobei er auf einem Fuß hüpfte.

„Dein Freund ist echt 'ne Marke", sagte Maggie. Der Hubschrauber drehte langsam hinter ihnen aus, doch der Lärm zwang sie noch immer, laut zu reden. Jonathan schaute zu, wie Emily und Lew sich küssten, und wandte sich dann an Maggie.

„Hör mal, da ist etwas, das ich dir erzählen muss", meinte er.

„Ist okay", antwortete Maggie. Doch er hörte an ihrem Tonfall, dass es das nicht war. Er hatte Maggie nichts über sein Leben erzählt – nichts davon, Der Monarch zu sein, oder davon, Vater zu sein. Es war keine Zeit dafür gewesen. Bis jetzt. Er war nicht sicher, ob er ihr je von der Kunstdiebseite seines Lebens erzählen würde – sie war immerhin immer noch beim MI6. Aber es gab da einen Teil seines Lebens, von dem er wusste, dass er ihn teilen wollte. Das zumindest schuldete er ihr.

„Nachdem ich wusste, dass du nicht tot bist, und du freigelassen wurdest, wollte ich dich kontaktieren. Ich habe sogar ein paarmal angefangen zu wählen. Aber ich war an einem anderen Ort. Ich hatte jemanden, der mich brauchte. Ganz und gar. Ich konnte nicht … Gott, klingt das lahm."

„Nein, tut es nicht", sagte Maggie und schaute zu Boden. „Ich verstehe, wirklich. Wir waren toll, aber wir waren damals. Du hast weitergelebt. Ich hätte dasselbe getan."

„Du hörst mir nicht zu“, sagte Jonathan. „Ich bin sofort zurück.“

Natalie stieg aus dem Auto. Jonathan hatte vorgehabt, auf sie zuzurennen, doch bei ihrem Anblick wich ihm alle Kraft aus den Beinen. Es war das erste Mal seit über einem Jahr, dass er seine Tochter sah, die jetzt aussah wie eine groß gewachsene Version ihrer Mutter. Die Erkenntnis traf Jonathan völlig unerwartet, und als Natalie endlich zu ihm herübergelaufen kam, liefen ihm die Tränen übers Gesicht. Er drückte sie fest an sich und küsste sie auf den Kopf.

Nach einer langen Umarmung lachten sie beide und wischten sich die Tränen weg. Jonathan schaute zu Maggie hinüber. Sie war mehr als nur ein bisschen irritiert. Jonathan legte seinen Arm um Natalie und führte sie zum Hubschrauber.

„Maggie, ich möchte dir gern meine Tochter vorstellen, Natalie.“

Danksagungen

Danke an all meine Freunde und meine Familie für ihre Liebe und Unterstützung, insbesondere Barb Einarsen und Kiersten Soderstrom.

Danke an all die Leser, Blogger, Rezensenten, Bibliothekare und Buchhändler, die Bücher nicht nur genießen, sondern sie auch aufspüren und unterstützen.

Ein großes Dankeschön an Dan Mallory, Joanne Minutillo, Danielle Bartlett und das gesamte Witness Impulse Team dafür, dass sie allen von meinen Büchern erzählen.

Ein riesiges Dankeschön an meine Lektorin, Chelsey Emmelhainz, die mir geholfen hat, dieses Buch vom Titel bis zur Vollendung zu bringen. Deine Erfahrung, Geduld und Androhungen körperlicher Gewalt können in diesem Prozess nicht deutlich genug hervorgehoben werden. Mögest du von Lew träumen.

Und ein besonderer Dank an Tasha DiZazzo für alles andere.